桃花镇上桃花事

王春荣 著

团结出版社
UNITY PRESS

图书在版编目（CIP）数据

桃花镇上桃花事 / 王春荣著. -- 北京 ： 团结出版
社, 2017.6

ISBN 978-7-5126-5241-5

Ⅰ. ①桃… Ⅱ. ①王… Ⅲ. ①短篇小说－小说集－中
国－当代 Ⅳ. ①I247.7

中国版本图书馆CIP数据核字(2017)第128195号

出　　版	团结出版社
	（北京市东城区东皇城根南街84号　邮编：100006）
电　　话	（010）65228880　65244790
网　　址	http://www.tjpress.com
E-mail	65244790@163.com
经　　销	全国新华书店
印　　刷	三河市京兰印务有限公司
装帧设计	成都天恒仁文化传播有限责任公司

开　　本	170mm×240mm　1/16
印　　张	18
字　　数	270千字
版　　次	2017年6月第1版
印　　次	2020年6月第2次印刷

书　　号	ISBN 978-7-5126-5241-5
定　　价	49.80元

目 录

CONTENTS

桃花镇上桃花事

桃花镇上的女人是喝桃花江水长大的，天生的好肤色。然而桃花镇虽临桃花江，船运发达，居民却多以务农为生。长年的风吹日晒，孩子一个又一个地猛生，再是天生丽质，不到三十也就红颜凋零，凸显出老相。庆丰娘是个例外，嫁为人妇十多年了，肤如凝脂，风韵诱人。也难怪，她只生了一胎，在家里不要肩挑手提的，桃花镇上女人没有几个比她有福气。

庆丰娘的老公叫王桂乐。王桂乐没进过学堂，倒有一肚子墨水。他爱买书读书，家里藏书达数百之多，在桃花镇上绝对称得上"藏书家"。

王桂乐年长老婆一转，瘦身材，大骨架，高颧骨，暴牙，眼窝深陷，满头卷发，生着一双大脚丫。万善桥桥头老先生说他"有异相"，也不知是褒是贬。王桂乐在镇上摆个草药摊。人穷命也贱，有病先想着省钱，王桂乐不愁没生意。一日所得除家用外，还能省下两个小钱给自己买本书，为庆丰娘买瓶雪花膏什么的，生活过的有滋有味，在桃花镇上也算是小康人家了。

王桂乐生性孤僻，却十分疼爱老婆，采药和生意上的事他一揽全包。庆丰娘每日除理理家务外，无所事事。庆丰娘又是个耐不得寂寞的人，整天到晚带着孩子走东家串西家，街长里短地和三姑六婆扯些不咸不淡的话，日子过得逍遥。

别看庆丰娘在人前爱说爱笑，活泼灵精，见了王桂乐却是低眉顺眼，温驯得像只猫。偶尔王桂乐动恼叱骂她几句，她也不敢回嘴，只会跑到屋里抹把泪。桃花镇上人都不解，这公婆俩怎么看怎么不般配呀，王桂乐懂文识墨，庆丰娘一字不识，王桂乐相貌奇陋，庆丰娘如花似玉，王桂乐寡言少语，庆丰娘三分钟不说话就要生病……有嘴巴快的说庆丰娘没亏本，夜里委屈点，白天不是过得很舒服吗。也有人说王桂乐的爪子长会瘙痒，把庆丰娘搔得服服帖帖的。以桃花镇上人的智力，这问题未免深奥了点，除了用"一物降一物"来解释外，也只能尖酸刻薄地乱磨牙了。其实姻缘这事儿又有谁能渗得透呢，再过一万年恐怕还是一个谜。在隔壁邻舍的记忆中，庆丰娘仅有过一次大发雌威的记录，而且还虎头蛇尾，也成为镇上人茶余饭后的谈资。

王桂乐的儿子名号庆丰，大家都叫他庆丰。庆丰五岁，不但长相与王桂乐一模子印出来，脾气秉性也一样无二。小小年纪，不结伴不爱玩，整天猫在屋里，把王桂乐的书一本一本地拿出来乱翻一气，嘴里还念念有词，好像读出许多味道来。老先生说"庆丰有父风。"王桂乐听了且喜且忧，喜者，后继有人矣，不用担心死后藏书被论斤卖了，忧者，庆丰"看书"狠了点，过其手多有污损残缺。王桂乐见了割肉般心痛，庆丰为此不知挨过多少巴掌。

一天中午，庆丰将王桂乐的一册线装书拆了，一页一页地从后窗扔进桃花江。看着书页在清澈的江水中载沉载浮，乐得庆丰拍着小手笑得开怀。

恰好王桂乐采药回家吃饭，见状暴跳如雷。他上前一把抓住儿子的衣领，用力一摔，"咚"的一声，庆丰的脑袋撞在柜角上，一声不响，只会翻白眼。庆丰娘闻声从厨房里跑了出来，见儿子面如死色，满头鲜血，顿时大放悲声，哭喊声惊动了左邻右舍，大家忙着给庆丰止血，掐人中，庆丰终于哭出声来了。这时庆丰娘突然站起身来，抱起桌上一叠书，披头散发疯了般地跑到窗边，回头朝王桂乐尖叫道"你狠！你狠！看我把你的破书都丢进江里去……"

王桂乐怒叫一声，指甲污黑的手指抽风般抖动着"你敢！你敢！你丢我就跳江去死给你看。"庆丰娘愣住了，双手慢慢缩回来，那书就"哗哗啪啪"地散了一地。她回头抱住儿子哭得涕泪交流。隔壁的华锋嫂忍住笑，嘴巴伏在庆丰娘耳边说"王桂乐骗你的，很久没下雨了，江水还没脚跟深，王桂乐这么大个人躺着也淹不死呀。"庆丰娘傻傻地说"他不会游水。"华锋嫂和邻居们忍不住都笑开了。

　　从此，桃花镇上的女人就经常拿庆丰娘打趣"庆丰娘，你家桂乐会游水吗？"庆丰娘就粉脸泛红，羞也不是恼也不是的样子，像个娇憨的小女孩，男人看得心痒痒的。

　　王桂乐不会游水不要紧，王桂乐爱读书倒读出祸来了，最后还搭上一条小命。庆丰娘的下半生也就从此坎坷波折，令人唏嘘。

　　桃花镇有一所中学，是当年全县几所中学之一。桃花镇虽不大，但地处山区与平原交界处，又是个水运码头，历史上曾繁荣一时，如今虽大不如昔了，但仍是方圆数十里最大的镇了。"文革"时，桃花镇中学的学生也不落人后。他们先是把"桃花镇中学"改名为"五七中学"，接着便跑到湖山殿下的朝江府里，把大慈大悲的菩萨从莲座上揪下来，吊在庙前的大樟树上荡秋千。欢呼鼓噪了一阵后，就浩浩荡荡地杀奔王桂乐家来了。王桂乐的藏书在桃花镇无人不知，且是桃花镇难得的与文化有关联的少数事物之一，不革王桂乐的命还能革谁？

　　"五七中学"的革命小将呼啸着冲进王桂乐家，把王桂乐的宝贝书籍尽数搬到门口，浇上煤油点上火，大家围着火堆大跳忠字舞，高唱语录歌。火光熊熊，黑烟滚滚，舞颠歌狂，口号震天。许多年后提起这事，老先生说"就差没杀个人烤熟当饭吃了。"

　　当时围观者众多。平日爱耍嘴皮子的桃花镇人此刻却出奇地沉默。他们沉默地看着一本本一无所用的书籍被烈火无情地吞噬，他们沉默地看着他们的儿子孙子一夜之间变得如此的陌生狰狞。在一张张木然的面孔上，谁能读出他们灵魂深处究竟在闹什么"革命"。

　　庆丰娘脸色惨白，浑身发抖，紧紧搂着儿子龟缩在屋角。她吓坏了，尿了裤子也不知道。庆丰一边挣扎一边尖叫"放开我！放开我！妈，他们拿爸的书。狗弄……"带着哭音，小家伙竟骂起来了，吓得庆丰娘连忙腾出一只手紧紧捂住他的嘴。庆丰憋得难受，伸手在他妈的脸上狠狠抓了一把，庆丰娘的脸上立时挂上几道血口子，麻麻的，也不觉得痛。

　　忽然一声凄厉的嚎叫，王桂乐扑向火堆，抢出几本着火的书来，手脚并用疯了般地扑打着……人们还未转过神来，王桂乐又张开两条长臂扑进火里。这次他直挺挺地倒下了，"哄"地一声，火烟夹着黑色的灰烬冲天而起，四处乱进，吓得"五七中学"的小将们惊叫躲闪，阵脚大乱。

围观的隔壁邻舍见势不妙，一声大喊，冲上前将王桂乐从火中拖出。可怜王桂乐已脸黑似鬼浑身冒烟，不像人样了。众人七手八脚，操起晒在门口的衣服将他身上的火拍灭。烧熔了的衣服一簇簇紧粘在王桂乐身上，空气中弥散着一股焦肉的气味。王桂乐近乎赤裸瘦长的身躯上斑驳陆离，一弓一挺像条大青虫，在地上抽搐蠕动。红卫兵小将的口号声压不住王桂乐撕心裂肺的惨叫声，桃花镇人至今想起仍心有余悸。

庆丰娘没有看见这惨烈的一幕，她吓瘫了，哭也哭不出声。庆丰趁机挣脱她的怀抱跑出门外，他没有看见他爸，没有看见他爸的书，他眼里只有一堆张牙舞爪的旺火和一条在泥土里扭动狂叫的虫子。那年庆丰八岁。

那天傍晚，桃花镇上半个天空都被火烧云染红了。桃花镇上的女人们到桃花江里洗衣服，看着天空，看着江里的水，她们从来没见过这样腥红如血的江水。她们淋淋漓漓地洗着，莫名兴奋地说着，都感叹王桂乐太傻，不就是几本书嘛，值几个破铜钱？何苦呢。

隔天，王桂乐在医院里断了气，死前庆丰娘去见了他最后一面。王桂乐躺在病床上，赤裸的身子干枯焦黑，体无完肤，浑身上下涂着一层药膏，像具木乃伊。两只眼睛直直地瞪着天花板。庆丰娘看了一眼叫了一声，就晕倒了。

此后几天，她时醒时昏，时哭时笑，癫了。亏得华锋嫂好心地日夜守着，才没出事。桂乐的妹妹和妹夫也赶来，帮忙料理了桂乐的丧事。自始至终庆丰没掉一滴泪，没说一句话。叫他披麻戴孝他就披麻戴孝，叫他烧香磕头他就烧香磕头。庆丰守了一夜灵，谁劝也不肯去睡觉。他赤着脚穿着草鞋，把他爸送到三里外的金谷椅坟地，眉头都没皱一下。一个稚嫩小童竟比大人还硬朗，桃花镇上人都称奇，老先生说"孺子可畏，日后当不在人下。"

逝者入土为安，活着的就受罪了。庆丰娘百事不能，娇滴滴一个小寡妇，拖着个只会吃饭的小孩，日子一下子艰难起来。日子艰难也得过，好在孤儿寡母花费有限，王桂乐妹妹也不时接济一些米几株青菜的，马马虎虎日子还能过。

只是庆丰娘变样了，肌肤还是白嫩，眉目还是雅秀，但话少了，门也不串了，整日愁着个苦脸守着个破家。偶尔一笑也是怯怯的苦苦的，让人生怜。

桃花镇中学的学生哥送了她个雅号：冰冻西施。但桃花镇上人仍叫她庆丰娘。提起庆丰娘桃花镇人就十分痛惜，好好一家人就这样毁了，作孽呀作孽。

最难熬的是漫漫长夜。王桂乐的房子虽旧，风光却是极好，远山朦胧，江流有声，明月窥壁，满室清风。但没有了王桂乐，这一窗风月就冷清得怵人。庆丰娘把庆丰的铺盖搬过来，每天晚上搂着庆丰睡。睡又睡不着，一只老鼠都会搅得她胆战心惊。

王桂乐往日的千般好处一幕幕在脑海里掠过。庆丰娘悲伤难抑，泪湿枕巾。想了哭，哭了想，庆丰烦了，抱起被子独自到隔房睡。庆丰娘更伤心了，起了床，鬼魂般地在屋子里游荡。木地板在她脚下"咿呀"作响，凄凄切切到天明。

第二天出门眼眶就黑了，华锋嫂见了她低声说"又睡不着呀，哎，何苦呢，想开点。"庆丰娘垂下眉，没出声，眼泪差点又掉出来了。华锋嫂看不过去，一天晚上把庆丰娘拉到房里劝说道"桂乐过世也一年有余了，你这样下去也不是办法，年纪轻轻的，还是再找个人吧，一条被子两人盖也暖和点。"

庆丰娘低头不语。

华锋嫂知道她有心意，就开门见山地说"你看王海兵怎么样？"庆丰娘把头垂得更低了，还是不吭声。

"你倒是开口呀，这事别人可做不了主。"华锋嫂急了。庆丰娘哽咽道"我不知道，你看着办吧。"

华锋嫂哭笑不得，她知道庆丰娘没主见，这样说也算是同意了，便急煞煞地就跑去找王海兵。

王海兵是桃花镇上竹园里人，父母早亡，吃百家饭长大，十岁出头就跟人下江打鱼，晒出一身黑肉。王海兵有个远房叔叔在县政府做个小官，可怜侄儿孤苦，便找关系安排他进了桃花镇食品站。王海兵除了一身蛮力别无所能，食品站领导就分配他去屠宰场杀猪。杀了十几年猪至今还是单打一，算算也就四十几岁吧。华锋嫂这大媒好做，一听说的是庆丰娘，王海兵笑得嘴巴合不拢。桃花镇的花旦呀！虽说过气了，在他眼里还是花儿一朵。

王海兵原来住着公家的宿舍，结婚了自然搬进庆丰娘家。婚礼没铺张，就摆了两桌，王海兵请了几个同事和庆丰娘的几个邻居。王桂乐妹妹也送了红包，但没来。最叫庆丰娘揪心的是庆丰，他头天晚上跑去他姑姑家，死活不肯回来。王海兵乐呵呵地对庆丰娘说"小孩子使性子，不用担心，过几天我去接他回来。放心，我王海兵人虽粗心不坏，我会把庆丰当亲儿子待的。"庆丰娘听了才欢喜起来。

王海兵没食言，两天后提着两壶酒、割了一刀肉到王蒲潭王桂乐妹妹家去。王桂乐妹妹夫妇也客客气气地把他当成亲戚侍奉。怎奈庆丰死硬，好说歹说就是不肯跟他回去，弄得王海兵好没趣，最后还是王桂乐妹妹亲自把他送回家。

在家里，庆丰见到王海兵就像见到仇人，鼻子不是鼻子眼睛不是眼睛的，更不用说叫他一声"爸"了。王海兵也不计较，上了饭桌，有好吃的尽往庆丰碗里夹。庆丰也不领情，把它们都拨到娘碗里了。庆丰娘吃不下，又夹给王海兵，像玩击鼓传花。王海兵笑骂道"这小子脾气比王桂乐还臭。"庆丰一听，"叭"地一声丢下筷子摔门而去。王海兵火了，正待发作，见庆丰娘眼角噙泪，心又软了"算了算了，他不吃，我们吃。"忍不住又骂道"狗弄的东西！"

王海兵知道庆丰喜欢吃芙蓉糕，一次兴冲冲买回一包，一进门就叫"庆丰，快来吃芙蓉糕，新鲜的呢。"庆丰头也不抬，只管做他的作业。王海兵讨了个没趣，无奈地摇了摇头，转身出去了。他想小孩子家哪有不嘴馋的，我不在他自会吃的。不想晚上回来，桌子上芙蓉糕还原封不动，王海兵火一下子就冒起来了"狗弄的东西，就我贱。"一扬手把一包芙蓉糕丢出后窗喂鱼了。

王海兵看到庆丰的文具盒破了，立马买回一个新的。庆丰娘忙拉着他的手说"让我给庆丰吧。"王海兵愣了一下，苦笑道"好，好，你是他妈，我是什么？杀猪的王海兵。哼……"王海兵伤心透了。

家中多了个男人，庆丰娘那颗晃晃悠悠的心总算落了地。但夹在一大一小两个男人中间，庆丰娘又有点战战兢兢的。她觉得生活有了滋味，但有时又很怀念王桂乐在时的那份平静安逸。庆丰娘常愣愣望着窗外的桃花江出神，两眼迷迷蒙蒙的，魂儿不知飞哪去了。

王海兵人不坏，但喝了酒后性子也暴，有时还出手打人。他从不打庆丰，就打庆丰娘。庆丰娘挨了打不叫不喊，只是哭。第二日，隔壁邻舍惊呼"庆丰娘,你的眼睛怎么肿了?"庆丰娘红了脸,支支吾吾地说不清。"王海兵打的吧?"庆丰娘急忙摇头"没,没……别乱讲。""这王海兵身在福中不知福。庆丰娘命真苦,哎……"桃花镇上人都可怜庆丰娘。

一天,王海兵又撒酒疯,把庆丰娘当沙袋练。恰好庆丰放学回家,他不声不响地扑上去,抱住王海兵的手臂狠狠地咬了一口。王海兵痛的心凉,一甩手把庆丰扫倒在地。庆丰在地下滚了两滚,爬起身来一头朝王海兵裆下狠命顶去。王海兵顿觉天崩地裂,灵魂出窍,惨叫一声倒在地上。庆丰捡起书包一溜烟跑了。

庆丰娘吓坏了,她想去扶王海兵,哪里扶得起来。她想跑出去喊人,腿软软的,喉咙也发不出声来了。看王海兵面如死灰,手脚乱颤,淋漓大汗早把衣服湿透。王海兵在医院里住了三天,回家又养了十来日,总算活回来了。傍晚王海兵照旧喝酒,喝了酒就骂人"狗弄的东西!老子没动过你一指头,你好毒,拿老子的命根子,害我开不了夜工……下次让我抓住了,我不割掉你那东西才怪。"听者都掩着嘴巴笑。庆丰娘又羞又怕又难过,她想庆丰,又怕王海兵真的对庆丰动粗,心里别提有多苦。

庆丰跑到他姑姑家,姑姑说"别怕,以后你就住姑姑家。王海兵敢找事,姑姑叫人砍断他的脚后筋。"王桂乐妹妹是村里的妇女头,干练泼辣敢作敢为。她一连生了三个女儿,就缺个男孩,所以很疼这个侄儿。

少了庆丰,家里空落落的,庆丰娘的心里也空落落的。她跑去看庆丰,庆丰不理她。去一次哭一次,渐渐就少去了。想庆丰了就守在桃花镇中学门口,待庆丰放学出来看他一眼,往他书包里塞一把零食或一件新衣服。庆丰不要,庆丰娘不依,拉拉扯扯的惹同学们笑话。庆丰只好拿了,走到半路庆丰就把东西都丢进江里,从不带回姑姑家。庆丰娘不知情,有好东西照样屁颠屁颠地跑去塞进庆丰书包里。桃花镇人说起都为庆丰娘心酸。

庆丰娘跟了王海兵八年,有酸涩也有甜蜜,若非庆丰不近人情,小日子还过得去。然天意弄人,祸从天降,可怜庆丰娘又一次成了寡妇。

那天晚上天气闷热,王海兵喝完酒到桃花江里洗澡。谁也想不到连海龙王都畏惧三分的弄潮好汉,竟莫名其妙地淹死在深仅及腰的桃花江里。庆丰娘自然哭成个泪人儿,幸喜还能吃饭还能睡觉,不像王桂乐死时那样灵魂出窍欲死欲活。在桃花镇人眼里，庆丰娘这次真个掉价了，别看这娘儿长得肤若凝脂，命够硬的。两任丈夫，一个死在火里一个死在水里，都不得善终，今后谁还敢碰她。

王海兵一死，庆丰又回来了，母子俩的生活顿时成了问题。好在庆丰娘会做裁缝，手艺也不错，就收了些衣裤来做。

这时庆丰已读高中了，长成了高个大汉。庆丰娘若从此收了心认了命，苦守下去，晚年自然享不尽的富贵荣华。可叹一念之差，庆丰娘做出了一件轰动桃花镇的丑事，一下子成了千夫所指臭不可闻的贱女人，庆丰也从此和她断了母子之情。月圆月缺，年来年往，龟缩在老屋里的庆丰娘不知后悔不后悔。

桃花镇上大半人家的棉絮被，出自一对安徽佬父子之手，往年他们借住在桃花镇东头的丁氏祠堂。年初祠堂塌了，只好租房住。华锋嫂劝庆丰娘，房子空着也是空着，何不腾出一间租给他们，多少也有几个银子进账。庆丰娘想想也就答应了。北风起时，安徽佬的老爷子患了不知什么病，一直高烧不退，只好收拾行李回家养病。留下三十岁的龚英潮支撑生意，龚英潮分身乏术，就和庆丰娘商量想在她家搭伙。庆丰娘心肠软，看他老实辛苦就点了头。虽说寡妇门前是非多，但庆丰娘和龚英潮相差十几岁，所以也没人往坏里想。没料到庆丰娘无廉无耻，大白天的竟和龚英潮被捉奸在床，搅了他们好事的是她儿子庆丰。

那天下午庆丰肚子痛，就向老师请了假。大门虚掩着，房门也虚掩着。真是色胆包天了，庆丰红着眼，抄起墙角一根扁担朝惊慌失措的龚英潮扫去。龚英潮肉团团的屁股挨了狠狠的一下，痛叫一声很滑稽地做了个跳跃的动作。两脚刚落地扁担刀又到，龚英潮本能地拿手一挡，"嚓"地一声前臂断了。龚英潮夺门而逃。龚英潮赤身裸体在前狂奔，庆丰凶神恶煞在后疯追，一街的大姑娘小媳妇尖叫着掩面躲闪，场面实在精彩热辣。多年后，桃花镇人说起这事仍兴奋不已。

龚英潮被镇上人痛打一顿，扭进了派出所，说他强奸庆丰娘。龚英潮痛哭喊冤，被庆丰狠狠抽了几个耳光。派出所的民警拦住了，说桃花镇还没有出过强奸案，此事非同小可，要认真调查。先把龚英潮关起来。

派出所的民警长脚老丁到庆丰娘家取证，庆丰娘掩面向壁，哭得上下浑身抽动，就是不说话。派出所的长脚老丁无奈，只好说"既是你不否认就算认了。龚英潮犯了强奸罪是要送劳改的……"

"是我自愿，我自愿的。"庆丰娘突然厉声尖叫起来。派出所的长脚老丁吓了一跳，钢笔都掉地下了。窗外的围观者哄地一声又笑又叫又骂，乱成一锅粥。"我自愿"庆丰娘一叫成名。有段时间这三个字成了桃花镇的流行语。枸树脚村的队长问"谁愿去县里拉化肥？"好几张嘴同时喊"我自愿！"喊的听的就都笑成一团。龚英潮却因此免了牢狱之灾，被关了几天后，吊着伤臂惶惶然溜回老家，连行李都不敢要。

庆丰决绝地离开家跑到县城学木工，出师后先在城里给人打家具，后来做装修，再后来拉起一个建筑队，没几年就成了当地首屈一指的包工头，还办了几个工厂。现在洋楼有了车也有了，家财少说也有几千万，还当上了县里的政协委员。偶尔还会在报纸电视上露露脸，老先生的话应验了。十几年过去了，庆丰没回家看过一次娘，不得已到桃花镇上办事也是来去匆匆，一分钟也不多停留。桃花镇上人对此颇有微词，但庆丰置若罔闻。

那场风波过后，庆丰娘的大门便终日紧闭。偶或有女人叫门，门就开一条缝，女人进去后随即又悄没声儿地关上了。庆丰娘靠做衣度日，所以不能不见人。桃花镇的女人瞧不起庆丰娘，但庆丰娘裁缝手艺好，价钱又低，不找她也是傻子。只有华锋嫂是常来常往的，她帮庆丰娘买米买油买菜，抽空也陪她说几句闲话。华锋嫂常将庆丰的风光事添油加醋地讲给她听，看得出庆丰娘爱听，听了痴痴的不发一言。一次华锋嫂对庆丰娘说"我看你还是去找庆丰吧，好歹是自己的儿子。一个人过着不是长远之计，老了，有个病痛也有个依靠。"庆丰娘听了一愣，良久无言，最后缓缓地摇了摇头。华锋嫂也叹口气摇摇头。

庆丰娘老了，桃花镇的女人已很少去敲她的门，但她生活无忧，庆丰每月托人捎来钱，庆丰娘花不完。长日里，她坐在窗前看远山斑驳，云起云落，看对岸一丛杨树在风中款款摇曳，顾盼自怜。桃花江的水清浅时，参差卵石历历可见，浑急起来就是山里下雨了。庆丰娘在江边住了一辈子，可怜竟不会游水。王海兵好水性，谁又能料到他会死在水里……庆丰娘在瞌睡中醒来，迷糊了一阵子，才明白太阳已落山了。

冬夜长，夏夜短。风里雨里，星云月下，黑衣黑裤，一头白发，庆丰娘瘦棱棱的身影久久地在屋里晃悠，诡秘的夜色中于是多了几丝森然之气。桃花镇上人都说王桂乐屋里闹鬼，更有人说庆丰娘本来就是狐狸精。深夜里从巷子里走过，不由得就有点胆虚心寒。

傍晚的桃花江是美丽热闹的。"纸船，庆丰娘的纸船。"戏水的孩子七嘴八舌地叫着，洗衣的女人便抬起头来痴痴地望，一只，二只，三只……小小的纸船在暮色中载沉载浮。庆丰娘坐在窗前，看着一只只纸船在她迷离的视线中悠悠飘逝……

长脚丁

民警长脚丁走进直街的时候，已是下午一点多钟了。雨后初晴的桃花镇街面上几只鸡不慌不忙地踱着步，还有狗，悠闲地从街的这一头巡视到那一头，希望能找到骨头慰劳自己。街面上三五个乡人走动着，像没有目的似的，一切都那么和谐安详。

每天下午到街上走一走，和熟人说说天气，交换几支烟，或喝杯酒互相戏谑几句，是五十多岁民警长脚丁的例行公事。长脚丁是桃花镇上的民警，人们都熟悉他，人们也没有把他当警察看，他自己也不太把自己当作一个警察。

电视上一切警察的派头他都没有。长脚丁很少穿警服，从来没有带过枪，他也极少开摩托车过来，从派出所出来，不过几百米地，他喜欢走着来走着回去。不熟悉他的人只当作他是一个上街买东西的乡人。

长脚丁来到大妹小卖店，在店门口用力地踩了踩鞋上的泥水，又在门槛上使劲地刮了刮，才走进店里去。店老板老王敬了他一支雄狮牌香烟，长脚丁说，你就五块钱一包的烟孝敬人民警察。

老王说，别人不知道，难道我不知道，你左边口袋里装的是四块钱一包的红梅，右边口袋装的是十五块的利群。你的利群烟是领导抽的，四块头的烟才是你的，就凭你一个月千把块钱的工资，你还想抽什么烟。

长脚丁笑笑，不说话。

老王又说，怎么，又来抓坏人了？我怎么越看你越不像警察，电视上的警察一个个都神气威武得不得了，就凭你这样子，不会被坏人抓了你吧。

我坏人抓不到，就不兴我抓个好人玩玩，比如说你，敢在大庭广众之下揭人民警察的老底，我就抓不得？

长脚丁呀，你要是敢抓好人，你早就不在这里干了，早就到县里升官发财去了。

长脚丁又笑笑，不理老王，转身去看老王的老婆她们打麻将。

老王的老婆大妹刚抓了张七万，正好听糊，可老王老婆想都没想就把抓到的牌打了出去。长脚丁急了，说，大妹，真没见到过你这样打牌，有听不听，是不是昨天晚上和老王搞昏了头。

大妹可不是省油的灯，好啊，你个长脚丁，皇帝不急太监急，你是给人家通风报信吧，把我要糊的牌告诉别人？你是不是昨晚和桂香劈了一腿？

坐在大妹对面的桂香出口了，你才和长脚丁有一腿呢，看你们两个眉来眼去的样子，我估计不只一腿吧。店里人都笑了，包括牌场外的老王。

大妹不说话，专心打着牌，果然来了个自摸。我说长脚丁，杀猪杀屁股各有各的搞法，听说前几天你陪领导打牌输了一个月的工资，你老婆拿刀要砍你的手，是不是真的？

长脚丁说，我老婆砍我手？笑话，我是干什么吃的，我是警察，我有枪，说罢，长脚丁做出了一个掏枪的动作。

对呀，长脚丁，你的枪呢？怎么从来没有看你带过枪，桂香说。

我的枪放在枕头下面，专门对付在床上不老实的人。长脚丁说，你们以后想跟我上床得注意点，只许老老实实，不许乱说乱动。听了这话，店里人又都笑了起来。长脚丁在笑声中走出大妹小卖店。

长脚丁来到中街胖子酒店。枸树脚村的几个头面人物正在里面喝酒。酒桌上有支书、村长和企业头儿，枸树脚支书一见长脚丁，忙叫道，长脚丁，稀客稀客，坐下喝一杯。胖子，快加套餐具。其他几个人也附和着叫长脚丁喝酒。

长脚丁说，难怪中央老说要反腐败，我看呀，要从你们的馋嘴反起。

支书说，长脚丁，这些话我们开会的时候再研究讨论，现在的中心工作就是喝酒，喝完酒我们再讨论这个问题。

长脚丁坐了下来。我也只好跟你们腐败一回。咣一声，一杯就下去了，咣一声，又一杯下去，第三杯酒下去之后，长脚丁灰暗的脸上有了一些喜色。村长又喊，胖子，加两个菜。

长脚丁说，你们加菜可以，你们千万别在开支的账目上列支招待派出所民警长脚丁就行。这时村长发话了，长脚丁你这话就说远了，我枸树脚村再穷，也有十一个生产队，二千多人口，不缺这点钱，你长脚丁就是天天在这里吃，账记在我村上，我都没意见。只是我侄儿拿错别人东西那事，请你在所长面前美言几句，东西拿错了，还给人家就行了，你是管我们的片警，所长不会不听你的意见。

长脚丁无心在这事上跟村长多说，既然你村长大人发话了，我哪有不照办的理由，我回去跟所长说说就是，你回去也跟侄儿说一声，这东西不能老拿错，错多了就成了惯犯，那样所长也护不住。

村长连连点头，那是那是，我知道的。长脚丁，就凭你这句话，我得单独和你干一杯。说罢，咣的一声，长脚丁喝下了今天的第四杯酒。

加的菜上来了，酒也加了一瓶，支书像突然想起来一样说，长脚丁，听说上个星期在温州抢银行的那家伙有可能跑到我们县里来，你说这事是真是假？

这事我们早上通报过，不能确定。我看过王井余的传真照片，人高大，样子有些胖，马上就有通缉令下来，长脚丁说。

哪有这么巧，听说王井余比以前的东北二王还要狡猾厉害，怎么会跑到这个鬼都不生蛋的地方来，胖子老板说。

说不定啊，越是偏僻的地方越好躲藏，鬼知道他是怎么想的，村长把话接住。

现在的人真敢搞，光天白日下都敢对银行下手，还敢开枪杀人，也不知道那些银行保安干什么吃的？现在警察也没辙了，动不动就发通缉令，搞的人心惶惶。支书插上一句。

村长说，不过话说回来，我还是挺佩服王井余的，一锤子买卖，五十万到手，只要不抓到，一辈子就有了，吃香喝辣的比当个穷村长强多了。

你喝多了吧，大村长，这话好像不是你该说的，长脚丁说。

我没醉，我不是在这里说吗，你长脚丁还不是一边抓赌，一边自己赌。

从胖子酒店出来，挂在天上的太阳已经向西斜了许多，喝了酒，长脚丁的脚步也轻快了些。

有两只狗大概闻到了长脚丁身上的酒味，很耐心地跟在他的后面，希望长脚丁能够吐点什么东西出来，让它们分享分享，可是它们失望了。

按照通常的惯例，长脚丁要到下街的粮油店坐坐，那里的老板娘对他有一点点意思。粮油店的老板常年在外搞货，老板娘就寂寞的很。和一个风韵犹存的半老徐娘说说荤话，有时也是很解馋的。今天不知怎么回事，长脚丁走到半途就折了回来，卖生资的门市部和废品收购站他原本要走一走的，但他都没去。

这么早回派出所又没事做，长脚丁坚持在这个偏僻的小镇做警察，也就是留得这份清闲和随意。他想起来，今天他还要去理发。所长说，过几天县局的领导要下来考核警风警纪，他想自己有一个半月没理发了，虽说人老了，头发也长得慢，但还是长起来了，大盖帽下长出头发还是不太好。

长脚丁走进了丁雨理发店。理发的小姑娘丁雨正和坐在理发椅上的一个帅小伙子调笑。看见长脚丁进来就说，起来，站起来，让警察叔叔理发。小伙子说，就这样说好了，晚上去。丁雨小姑娘撒娇一样地说，鬼才跟你去。

长脚丁坐好，没话找话地问，那小伙子是你男朋友？

还不是呢，他想找我，我还得考虑考虑。

长脚丁说，考虑考虑好，一辈子的事，我看小伙子人长得还不错。

人长得不错有什么用，又不能当饭吃，关键是他家里有没有钱。

那他家有钱吗？

他说他家很有钱，鬼知道，他刚从广东回来。警察叔叔，你今天要理什么头呀？

老规矩，平头。谈恋爱还是要看感情，看缘分，他现在有钱，以后不一定有钱，他现在没钱，以后不一定没钱，钱这个东西来得快，去得也快，像海里的浪花。

是这样，警察叔叔你说的有道理。

理发理到一半的时候，长脚丁突然觉得肚子有些不舒服，也许是和刚才喝酒时吃了凉菜有关系。长脚丁想再忍几分钟，等理完头不迟。可是越想，肚子越是闹得厉害。刚才吃的东西一股脑儿向下面涌，不能再忍了，长脚丁对小姑娘丁雨说，你先等等，我先出去方便一下就回来。

长脚丁躬着腰，极力地遏止翻腾的肚子。他急忙忙地从理发店出来。可是一出理发店的门，长脚丁的肚子突然没有了动静，刚才那一股东西似乎烟消云散了。他想，既然来了厕所，还是蹲一蹲，不然一坐上理发椅又来了就麻烦了。

厕所很脏，气味十分难闻，很多虫很勤奋地忙着它们分内的工作。长脚丁想，这就是农村和城市最大的区别之一。如果农村建一座像城里有水冲设施的卫生间房子就好了，既可以得农村环境之利，又可以享受城市卫生之便。可是长脚丁工作快一辈子了，除了给两个孩子供上大学和抚养没有工作的老婆后，手里的钱还买不起像样点的摩托车。长脚丁也不知道这大半辈子是怎样混过来的。说是警察，他没有着手抓过一个有分量的坏人。长脚丁年轻的时候从工厂招进公安队伍，也想成为一个英雄。可是老天没有机会成全他。现在年纪大了，长脚丁的这份心也淡了。能像现在这样过一辈子也不错，长脚丁有些自嘲地想。

厕所刺鼻的气味让长脚丁直想吐。他用手作扇子想扇走鼻子周围的空气，一点效果也没有，刺鼻的气味反而更浓了。长脚丁不由自主地将手伸进右边的上衣口袋里，他先摸到是利群烟，又摸出一张纸。长脚丁仔细看了看，那是早上所长在通报王井余案件时发给他的。

已经蹲了五分多钟了，长脚丁还是一点也没拉出来，他刚想站起来走人，看见从厕所里面走出一个人，那个人边走边系皮带，王井余，长脚丁看见这个人的第一反应就是王井余。一米七八个头，还有那神态，那脸型，他轻轻地站了起来，大喊一声，王井余。那个人哎了一声就向后扭头张望。就在那个人向后扭头的瞬间，长脚丁像猎狗一样猛扑过去。

也许是那人皮带还没有系好的原因，也许是那人认为在这个穷乡僻壤地方竟然会有人认出他，让他感到突然心惊的原因，那人竟被长脚丁扑倒在厕所外面一条小沟里。那个人蛮劲很大，几次险些把长脚丁掀翻。

长脚丁知道自己一个人是制服不了他的。他拼命地大喊，快来人啊，来人呀，抓到逃犯王井余了！

小雨理发店小雨姑娘和她那个帅哥男朋友听到喊声连忙赶了过来，他们三个人费了好大劲终于把王井余搞的不能动了。他们用长脚丁的鞋带反捆了王井余的双指，随后从王井余身上搜出一支已上膛的六四手枪，一把明晃晃的三角刮刀。他们仨人才松了口气。

长脚丁叫丁雨姑娘去打电话给派出所，几分钟后，一辆边三轮就跑了过来，他们把王井余抬上了摩托车，费了好大劲才把王井余弄到了派出所。长脚丁这回走在街上像一个英雄了。尽管他的头发没有理完是一个阴阳头，尽管他的皮鞋敞开着口，尽管他努力地用双手提着裤子不让它往下掉，尽管他的内裤满是粪便，他把那泡本该拉在厕所里的屎不知什么时候拉到自己裤子里。

长脚丁在街上走的时候，镇居委会的工作人员正带人往墙上贴省公安厅关于抓王井余的通缉令。通缉令上说，能提供王井余有效线索的奖励三万元，抓到王井余本人的奖励十万元。

三天后，表彰大会就召开了。表彰大会上，省公安厅政治部主任说长脚丁是警察的楷模。县委书记说丁雨理发店的丁雨姑娘和她的男朋友是见义勇为的好公民。县长说我们要向他们学习。然后就给他们发奖金。

长脚丁得到了十万块钱，理发店丁雨姑娘和他的男朋友各得三万块。县公安局局长当场说要把长脚丁调到县城最好的地方当派出所所长。接着要长脚丁介绍他的英雄事迹。

长脚丁说，我是瞎猫逮了个死老鼠，如果不是与枸树脚村村长们喝酒，我就不会上厕所，如果不来丁雨理发店理发，我就不会碰上也上厕所的王井余。如果我像平时一样到粮油店和废品收购站去，我也不会抓住这么好的机会，总而言之，我是瞎猫抓了个死老鼠。

县公安局长听了这话心里有些不好受，因为长脚丁没有说这是领导平时教育和关怀的结果。虽然心里不舒服，他还是讲了一个三段论。就是英雄，英雄都是很谦虚的，长脚丁是英雄，所以长脚丁很谦虚。我在这里向大家宣布一个局党委的决定，长脚丁任城关派出所所长。

长脚丁没有到城关派出所当所长，而是向公安局领导打了张要求退休的报告。原因有三，一是自己已经快六十岁了，老婆的身体也不好，需要照顾。其二，自己从来没有当过领导，当不好所长。其三，自己在桃花镇工作二十多年了，对这里产生了感情，不想离开。局领导虽然再三再四地做长脚丁的思想工作，他都没有改口。后来经省公安厅批准后，长脚丁正式退休。

退休后的长脚丁用奖金在桃花镇买了一块宅基地，建了一栋三层楼房，在房子里装上了城里人用的抽水马桶。平常的时候，他很少待在家里，每天都要到街上走一走，有时到大妹小卖店和老板娘打上几圈麻将，有时也会到胖子酒店喝上一杯。理发他还是要到丁雨理发店，因为小雨姑娘已经许诺长脚丁这辈子的头由她免费承办了。

镇上人都说长脚丁是大器晚成，是一个有福的人，是一个乐天安命的人。

接生娘丁良妹

丁良妹七十多岁了，她是桃花镇上方圆几里的接生娘。

接生娘丁良妹总是把剪刀磨得雪亮，使六顺里村子里充满了铁的温度，异样的光芒在房前屋后，旮旯角落里窜，接生娘丁良妹神秘兮兮地眯眼笑着，从赤膊鸡家门口路过。

接生娘，到哪里去？菊花明知故问，显得非常虔敬。

我包里的剪刀想吃血了。接生娘丁良妹傲然地回答。

这些年，你那把剪刀确实吃不饱，饿得厉害。朱排骨附和着说。

菊花啊，我的剪刀在等吃你的血。

接生娘，我老公想得开，不想要小了。

菊花呀，看你那身段，那屁股，不再见血，可惜了，可惜了。丁良妹摇着头离开了。朱排骨扭过头看了看菊花的屁股，轻轻地笑了起来。

接生娘丁良妹的那把剪刀被她用到了极致，那剪刀是冰又是火。她使用的动作极其快捷，寒光那么一闪，动作就完成了，根本用不着酝酿热身，用不着喊开始，用不着双手抡起来，用不着挥舞到空中。她只需将青花土布袖子轻轻一抖，将两个小指轻轻一捏，将干瘪的嘴唇轻轻一抿，动作就完成了。

接生娘丁良妹将赤膊鸡接出来的时候，赤膊鸡脸色铁青，没有啼哭，一根脐带在他脖子上缠绕着。菊花那时什么都不懂，想艰难地从床上爬起来，想看看自己的宝贝是怎样和自己连体的，但是被接生娘摁住了。不要动。丁良妹厉声说着。她袖口一抖，手里的剪刀便不知不觉地移了出来，菊花的眼睛被晃得眨了一下，已然感到身体一松，剪刀叮当一声被接生娘甩到盆子里，丁良妹一只手抱住赤膊鸡，一只手转了几个圈，缠绕在赤膊鸡脖子上的脐带便被解开。

过了一阵子，赤膊鸡才缓过气来，哇哇大哭。接生娘丁良妹诡异地笑了，用毛边纸擦了擦剪刀上的血迹，收束着衣袖。那动作像是一个侠客，冷酷而精准。朱排骨在屋外听到孩子的哭声，高兴得手舞足蹈，菊花也幸福地流出了眼泪。一家人对接生娘丁良妹千恩万谢，敬如神明。丁良妹把菊花体内的胎盘取出后，收了红包，满足地走了。

这几年，桃花镇上的年轻人找接生娘的人越来越少了，她那把剪刀在箱子里寂寞难耐，嗜血的口子包裹上了一层铁锈，它沉默着，等待着时机。丁良妹这几天在桃花江边的市基上晒太阳，晒一会儿便挪一个地方，晚上便早早睡下，第二天起来接着前一天的动作，接着挪地方。几天后，她那把油滑滑的竹椅就挪到了朱排骨和菊花的家门口，直到天黑，丁良妹还在那磨闲着。

朱排骨和菊花俩口子在房里意乱情迷，丁良妹在窗口微微地笑着，仿佛回味起自己年轻时床笫情迷的事情来。过了一阵，听到菊花说，唉，我可不想生了，带孩子可把我累死了。朱排骨说，不生就不生吧。

接生娘丁良妹在窗外听得真切，叹了口气，摇摇头喃喃地说，不想生孩子，又是一对交花子。第二天，她那把竹椅又重新挪回自家的屋门口。

杀猪的老婆叶冬瓜惨白的脸渐渐红润起来，肚子也再一次和胸部持平。

杀猪真名叫春狗，因为是白刀子进红刀子出的角色，久而久之被人们叫为杀猪。村里的孩子要是不听话，大人们就会吓唬说杀猪来了，孩子们立马会停止哭闹。杀猪成为六顺里村上的名人也是有来历的。杀猪的父亲是文盲，因为家里穷，孩子多，便经常不去参加村里的各种会议。几年前，村里搞整风运动，杀猪的父亲被村里干部狠狠地批了一回，大队长说，要限期改正，你大儿子也大了，却连小学也没读完，我看他也不会有多大出息，就让他做村里的杀猪佬吧，过年过节你家也可以弄点钱混过日子。

杀猪的父亲欣然领命，过世的时候还不忘叮嘱杀猪，春狗呀，我好不容易给你找了一个好事做，你要好好做，有空，你要多磨磨刀，不要老是杀几刀才把猪杀死，要一刀结果。去年，你给支书家杀的那头猪，把刀捅到血管边上了，补了两刀才杀死，支书说那是晦气，是你带去的，这不，他家的牛好好的，竟莫名其妙地死了。支书气的老想打你耳光。你要记牢，握刀一定要稳，要准呀。

父亲喋喋不绝地死去，杀猪抹了眼泪不久就忘了父亲的遗言。他最迫切的意愿是讨个老婆。

过了两年，杀猪的老婆进了门，老婆叫叶冬瓜。名字很好听，模样却不好看，叶冬瓜像三年没吃过饭似的，一个身子除了骨头就是皮，胸部比老市基还平坦，脚筒骨怎么看都像蟋蟀的腿，让人看不到骨盆，狭长的脸上还有几颗醒目的麻子。六顺里村里的人说，叶冬瓜有病，除了杀猪没有男人敢要她。

杀猪像宝一样疼爱着自己的女人，用自己的肥胖身躯滋润着叶冬瓜。后来，叶冬瓜怀上了杀猪的种，杀猪担心孩子生不下来，就找到朱排骨，借了三百块钱到镇上的医院去生产，在医院里叶冬瓜痛了好几次，最后一次，羊水都要流干了，胎儿还没有出来，医生便给叶冬瓜动了手术，从叶冬瓜的腹部划了一刀，取出一个女孩来。

杀猪和叶冬瓜俩口子很高兴，终于有后了，但是杀猪的盲眼母亲似乎不太高兴，瞎子是青光瞎，眼睛看上去是正常的，要看到她那个摸摸索索的动作后，才知道她是瞎子。瞎子本来是桃花镇上的女孩，因为瞎眼才贱嫁给杀猪的父亲。一个文盲，一个瞎子，也还算般配。瞎子在家里喂猪烧饭，干得像一个正常人，但是，自从媳妇生下个女孩，瞎子便时常发通脾气。

有一天，接生娘丁良妹去瞎子家串门，对瞎子说，你家杀猪真是蛮卜种，白白给医院上百块钱。你家媳妇哪里有病呀？哪里用得着剖腹，被人家骗了都不知道？哎，现在的医院啊，真是敲死人无厌。几句话说得瞎子更加闹心。

近几天，瞎子神思恍惚，做事不像以前那样井井有条，有一回，她居然在烧饭的时候，把火点到灶膛旁边的稻草上去了。稻草呼啦啦地烧了起来，杀猪回来，看到火已经烧到了半空，连忙扑灭，差点酿成大祸。

晚上，杀猪叹着气辗转难眠，叶冬瓜心疼了，就说，春狗，要是你心里放不下，要不我们就再生一个，也不是很难。

杀猪笑了笑说，那我们就再生一个。

但是，当杀猪看到老婆叶冬瓜小肚子上的蜈蚣脚一样的疤痕就心软了，心一软，下面也软了，再加上小女儿在身旁哭闹，杀猪就有些心烦。之后不管杀猪他怎么弄，也找不到那熟悉的门路，这样折腾了几个晚上，一点效果没有。叶冬瓜说，春狗，怎么办？

一天晚上，杀完猪回家路过独天棍云汉的家时，杀猪听到他家里很热闹，便进去凑个热闹。推开门杀猪愣了一下，云汉的屋里什么人没有，只有家里电视上几对金发碧眼的男女正在集体作对厮杀。云汉的碟片没放完，杀猪就雄赳赳地走了。回到家，杀猪就粗暴地把老婆叶冬瓜摁到床上，剥了裤子，把种子播了下去。

叶冬瓜果然怀上了，气色一天天好起来。敏感的瞎子也高兴起来，此后的几个月，丁良妹每每无事，都去找瞎子和菊花搭讪，说镇上医院的不好。

剪刀在接生娘丁良妹衣袖里兴奋地颤抖起来，它离血腥味越来越近了。

瞎子从昨晚半夜就开始准备了油和鸡蛋，随时为媳妇烧定心汤。叶冬瓜忍不住痛，压着嗓子叫喊。瞎子说，冬瓜呀，忍着点，越是痛越有可能是男孩。

冬瓜说，我想叫。

杀猪说，你要叫就叫。叶冬瓜便大声惨叫起来，把整个六顺里村喊叫得有些凄惶。

眼看羊水就出来了，接生娘丁良妹说，杀猪，你出去。

还没出血呢。杀猪不耐烦地回敬了一句。

接生娘说，我叫你出去就是了。

杀猪说，我不出去。

接生娘丁良妹说，我的手要动作，你看了不好。

你要做什么？杀猪问。

丁良妹不耐烦了，沉声说，要抠你老婆的屄，你这个蛮卜种。瞎子在旁接过话说，春狗，你一个男人家待在这里干什么？去外头等着，把水烧起来。

杀猪默默地退了出来，抱着女儿逗了逗，里屋的呻吟扯痛着他的每一根神经。他悄悄地朝门内张望了一下，看到老婆的头发凌乱，衣襟散开，一对乳头有些熠眼。

叶冬瓜瘦骨嶙峋的身子开始用力挤压，干巴巴的屁股抖抖颤颤，像抽筋一样。

接生娘眯着眼睛，把叶冬瓜的裤子脱了下来。胎儿还是没有影子，叶冬瓜的惨叫已开始弱了下来，几近昏厥。

瞎子说，接生娘，要不要叫赤脚医生来打催生针？接生娘说，不要了，弄不好就打到小人的头上。

过了一阵，胎儿露出了头部，接生娘高声地叫起来，出来了，快准备定心汤。胎儿在接生娘细长的手指下一截截地出来，她的右手移动着，剪刀飞快地出来，嚓的一声脆响，脐带断了，她拨弄了一下孩子的鸡鸡，一声叫喊，杀猪，瞎子，冬瓜生的是个祖宗。

六顺里村明显慌乱起来。一拨一拨的人穿梭来往，有的是去杀猪家，有的是从杀猪家回来。赶去的人问回来的人，怎么样了？

回来的人惊恐不已，大出血，叶冬瓜没有保住。说完大家便是一阵叹息。

朱排骨和菊花赶过来去的时候，叶冬瓜已经归天，有人用烧纸盖住了叶冬瓜的脸，撒开的衣襟上还血迹斑斑。瞎子捶胸大哭，杀猪铁青着脸。接生娘丁良妹沉然着颧骨边的两条蚂蟥扭曲得更厉害了，剪刀在血盆里，透出阴森恐怖的光芒。

此后，丁良妹变得快快不乐，不再打听谁家女人要生孩子了。每当午饭后天晴，她就会取出那把剪刀，不停地擦看着，反复贴在自己的面颊上。煦暖的阳光下，剪刀成了弯月形，锋芒的口子熠熠，照得她的眼睛越发眯糊了。

半月后的接生娘躺在自己的竹椅上睡着了，她那两个在县城工作的儿子赶回来，把她隆重地送进了山里。

两个儿子把那把剪刀送到了桃花镇民俗博物馆，工作人员发现剪刀上有几个字，雍正乙卯王记铁铺。距今二百多年了，工作人员说。

朱大肠

朱大肠下岗了。

朱大肠是个老实人，在桃花镇绸厂当工人时，就是个默默无闻埋头苦干的人，从没有迟到早退过，没有做过违反劳动纪律的事，更不会做男盗女娼的事。朱大肠老实到什么程度？大概用三棍打不出一个屁来形容比较恰当。

朱大肠在绸厂是个很优秀的挡车师傅，每有新工人进厂，厂领导都会叫朱大肠带几个徒弟。把新工人交给这样的师傅，领导也放心，虽然不会有多大的出色，至少不会往邪路上带。有一年，领导安排了一个叫宋丽霞的姑娘给朱大肠当学徒。宋丽霞刚从技校毕业，实际上没有毕业，只是肄业。因为宋丽霞从来就没有好好读书，是个有点浪的女孩，初中就跟老师谈上了恋爱，还怀了孕。后来，那个老师受了处分。宋丽霞在那个地方待不下去了，就随父亲到桃花镇。宋丽霞的父亲通过关系，把她送到一所技校学习，结果只读了一年，又跟一个同学谈起恋爱，父亲没办法，只好把宋丽霞安排到桃花镇绸厂。

宋丽霞进厂在朱大肠手下当徒弟，宋丽霞没见过这么胆小的男人，都是结过婚的人了，还不敢正眼看宋丽霞，也不敢与宋丽霞讲话，一讲话就脸红。宋丽霞见朱大肠胆小如鼠，就有心挑逗朱大肠，以此取乐。

有一次车间大检修，朱大肠被安排检修烘房内，宋丽霞也跟了进去，烘房很小，只够两三个人活动。宋丽霞一进来，朱大肠就说，你进来干什么？这里又闷又脏。宋丽霞嘻嘻哈哈地说，这里面好玩，这是两个人世界呀。宋丽霞曾当着很多人的面说过，她是为爱情而生的，所以呢，她这辈子总是要在男人中间闹点事，也就是说，她总要去爱一个男人，至于会不会与这个男人结婚生子，那就不是现在考虑的事了。

宋丽霞进到烘房，看看外边没人，就有点放肆起来，她指着朱大肠头上的机器部件说，这个坏了，要修修，然后就整个身子往朱大肠身上倒，把她那丰硕的乳房往朱大肠脸上压过去。朱大肠吓得往后倒，后边又没有地方可退，只能半蹲地像虾一样弓在那里，脸上的神色惊恐万分。宋丽霞看朱大肠那个样子，就像见到鬼一样，不由得开心笑了。于是越发恶作剧起来，一只手在朱大肠脸上抚摸着，一边说，你真是太可爱了，我还没见过你这样的男人。别的男人见了女人就往前拱，你倒好，见到女人送上来，还往后退。宋丽霞抱着朱大肠的脸就啃了起来。朱大肠跌坐地上，手抱着头痛苦地说，不敢，不敢。宋丽霞见朱大肠这样，哈哈地笑了起来，笑够了，才坐到边上说，我从来没见过你这样的男人。

宋丽霞学徒期满后，就到其他机台去了，后来结婚了，不多久就调到别的单位去了。

朱大肠的单位倒闭了，厂里的地盘做房地产开发，朱大肠下岗了就要再就业，到哪里找工作呢？实在老实的朱大肠，几乎不知道要去哪里找工作，镇上服务行业需要的都是女人，还是少女和少妇，像他这种四十出头的男人，几乎没有什么单位需要。朱大肠在镇上东走西走，寻找就业机会，最后总是以失望而告终。

有一天，朱大肠在浮桥头看到一同厂的女工在那开了一家小商店，卖烟酒什么的。朱大肠想，看来自己只能开店了，别的活也找不到。于是，朱大肠在街上也租了家店面，做起了小吃生意。朱大肠做事老实，勤勤恳恳，每天一大早就开门，晚上要忙到半夜，几个月下来，扣除杂七杂八费用就所剩无几，倒是累的够呛。老婆唠叨他，你就知道苦干傻干，不会动动脑子。老婆挖苦他，你知道熊是怎么死的吗？是笨死的，你以后也会笨死。

朱大肠被老婆挖苦，也不敢顶嘴，只是嘿嘿地笑一笑。朱大肠想不通，开店不就是这样开吗，还能怎么开呢？朱大肠想了很久，想不出怎样才能赚到更多的钱。

有一次，同事到店里看朱大肠，问他收入怎样。朱大肠说只够填饱肚子，同事告诉朱大肠，开店是有窍门的，有的人开店财源滚滚，有的人开店只是吃个半饱，这是为什么？你要去取经。

这话有道理，在厂里上班时，经常看到领导为了学习兄弟企业的管理经验，三天两头出差学习。朱大肠就想着如何去学习一点经商经验。朱大肠有空就往外跑。想找找有没有熟悉的同事，跑了几天，总算在建设路找到一个。这个人姓丁，过去与朱大肠有过交往。老丁开了一家三间店面房的店，主要是做早餐快餐的，早上卖稀饭和油条，中午卖快餐。朱大肠站在远处观察了一阵，发现老丁的生意不错，进进出出的客人络绎不绝。这还是次要的，主要是老丁居然买了一部摩托车送快餐，看来生意不错。

朱大肠观察了一阵，就走进店内，老丁看见他就笑着问，有什么事？不做自己生意，到处乱跑。朱大肠说，我生意不好，向你取经学习来了。学习？老丁笑了起来说，这有什么好学的，瞎做，谁还有什么秘诀？朱大肠看着老丁，满面困惑。老丁不理朱大肠了，店里生意实在太忙。

朱大肠想了两天，突然就悟出点什么，便又去找老丁。老丁不在，一个做杂活的小伙子告诉朱大肠他的老板在那里。

这是桃花镇上级别最高的居住小区。朱大肠敲开了老丁的门，朱大肠惊讶的嘴成了0字形。老丁开小饭馆居然住上了楼中楼，上下两层，装修得金碧辉煌。老丁问朱大肠有什么事？朱大肠说要请老丁吃饭，老丁笑了笑说，我知道你找我干什么。实话告诉你，你朱大肠不适合做生意，你太老实了，心眼也实，什么是商人？知道吗？无商不奸！老丁就一五一十地把自己如何进货，添加什么的商业秘密全倒了出来。老丁还很男人地带朱大肠到店里看了他的原料，总之，老丁进的原料是最便宜的，卖出去都是市场价。

听完老丁的介绍，朱大肠脱口而出，这不是昧良心做生意吗？老丁说，这要看你从什么角度去理解了，从经济学的角度说，我这是拉动市场经济。因为我卖的东西相对便宜，来吃的人就很多，这些人吃久了总会落下点毛病，有了病，就要到医院看病，医院赚了钱，医生收入高了，医生就会四处游玩，这样就促进了旅游业的发展。

朱大肠根本听不懂老丁的这套歪理论，就坐在那发呆，老丁拍着朱大肠的肩膀说，你呀，不适合做生意，还是去打工吧。

朱大肠回到家想了好几天，最后心一横，进了十包老丁所用的面粉，添加了滑石粉，再用硫黄一熏，馒头就变得又白又大，好看好卖。在面粉里加点洗衣粉，煎出来的油条又粗又脆，实在好卖。朱大肠想，天那，生意原来是这样做成的。

朱大肠入了门，生意渐渐大了，朱大肠想扩大生意，就去问老婆，意思是让老婆辞职，一起做生意。老婆在供销部做会计，钱虽不多，但很清闲，有很多时间去搓她心爱的麻将，叫她辞职，她才不干。老婆说，现在下岗工人到处都是，你不会去招几个人呀。

朱大肠真的就雇了几个下岗女工，生意做大了，朱大肠就不是从前的朱大肠了，西装领带一打，手机挂在腰间，就是一副老板的派头。

这天店里来了一个女人，是来找活干的，男人从里面出来，一下就愣住了，居然是他从前带过的徒弟宋丽霞。宋丽霞还是那么丰满挺拔，只是脸上多了些沧桑。宋丽霞见了朱大肠就哈哈大笑起来，说，原来是你呀，你也当老板了？宋丽霞不等朱大肠说同意，就干起活来，好像是在自己家里一样。

宋丽霞挺勤快的，当然话也多，每天叽里呱啦的。宋丽霞的男人在福建打工，一年难得回来两次，宋丽霞也知道男人在外边有了另外的女人，但宋丽霞毫无办法，这是打工者目前的实况，谁也改变不了这个现实。

宋丽霞干活肯出力，还爱说一些荤段子，最喜欢拿朱大肠开玩笑寻开心，每次捉弄朱大肠看朱大肠脸红脖子粗的样子，就笑得前俯后仰。宋丽霞想起以前的事，就笑得更开心了。有一次，宋丽霞做态复萌，用丰满的胸部去碰朱大肠，朱大肠红着脸把脸避开，还装着不知道的样子，宋丽霞哈哈大笑，开心得要死。

朱大肠只会闷头做事。宋丽霞说，朱大肠，你胆子这么小。宋丽霞伸出小拇指说，你的胆这么大，知道吗？这么多年了，你怎么都没有长进呢？宋丽霞好像很生气的样子，用手指截了一下朱大肠的额头，宋丽霞停了一下说，你敢不敢向你老婆提出做爱呀，你老婆如果不高兴了不同意，你恐怕连屁都不敢放。

朱大肠不吭声，宋丽霞就追着问，被问急了，朱大肠说，你怎么老问这个问题？宋丽霞说，这不是个问题吗？这是家庭生活中的重要问题，你必须面对。朱大肠被宋丽霞问得哑口无言，只是无言地苦笑了一下。

有一次朱大肠的老婆到店里来找朱大肠拿钥匙，这个女人傲气十足地在店里走了一圈，这里踢一下，那里指一下，好像这店与她无关。有个服务员认识老板娘，就叫她老板娘，你今天怎么有空来店里呀，朱大肠老婆说，我算老板娘？全世界的女人都是老板娘了。也轮不到我当老板娘。服务员说，你不要小看老板，哪天他成了大老板，养了二奶，你都不知道，朱大肠老婆冷笑说，就他那样三棍子打不出个屁的男人，全世界的男人都有情人也轮不到他。

朱大肠老婆在店里发了通牢骚就走了。

宋丽霞问朱大肠，这是你老婆？天呀，她不是要天天骑在你身上拉屎。朱大肠还是那样无声地笑一笑。

这天晚上关了店门后，朱大肠准备休息，突然被人从后面抱住。朱大肠吓了一跳，以为被抢劫了，刚要张嘴喊叫，嘴却被另一张堵住了。朱大肠发现是宋丽霞后，先是呆了一下，然后就像干柴遇烈火一样，轰的一声烧了起来。

有了第一次，就有了第二次，于是就一发不可收拾。朱大肠也就是从这时开始了醉生梦死的生活。朱大肠对宋丽霞说，他现在才尝到了做男人的滋味，是宋丽霞让他重新做了回男人，值了，就是死也值了。

朱大肠很少回家，十天半月回去一次。老婆有一天突然觉得不对劲，就在半夜时分走进店里。她敲了半天门都不开，老婆有了一种不祥的预感，砸了一扇玻璃钻了进去开了门。她闻到了一股浓浓的煤气味，便急忙开窗开门，然后才开灯，结果令她目瞪口呆。床上躺着一对赤裸的男女，朱大肠还趴在宋丽霞的身上，只是早就没气了。

煤气炉上纯着一锅鳖，但锅与鳖都烧干了。据后来调查的结论，朱大肠和宋丽霞做完好事就睡死了，把锅里炖的东西忘得一干二净，才酿成了惨剧。

冯大吹

桃花镇上的闲人，其实也不完全是闲人。只是到了农闲的时候，才成为真正的闲人。冯大吹成为闲人的时候，总是在老市基樟树下下棋，要不就到桥头茶馆喝茶抽烟，云山雾罩地海吹海侃。

冯大吹早些年在部队当过两年汽车兵，学过修理，退伍回来没有用武之地，修车的手艺就闲着。手艺闲着，嘴可没闲着，一副见过大世面的模样，特别是有人说起汽车来，那是他的强项，冯大吹说："我们当时汽车团都是清一色的嘎斯，苏联老毛子的货，只要出门，一溜就是几十辆，一辆接一辆，得排个十里八里，那场面……，有一回车在拉练时在路上坏了，几个新兵蛋子怎么修都修不好，团长派小车接我去看一看，我用根铁丝听了听缸，原来是一只缸不工作了。那些新兵蛋子高兴地把我抬起来朝天上扔。"冯大吹吹得嘴两角吐白沫，连周爷都一愣一愣地两眼直瞪。

周爷说："可惜了。"

冯大吹说："什么可惜了？"

周爷说："一身本事可惜了，你得到农机站去干。"

冯大吹说："周爷，我去修拖拉机？"

周爷说："你去修拖拉机，还不是大腿底下摸麻雀，手拿把掐的事。"

茶馆里一屋子的人都笑了，冯大吹不笑，说："我修的是嘎斯，是汽车。"

说嘎斯，镇上还真来了一辆嘎斯，桃花镇不远有个机场，部队来镇上买菜，都是汽车拉，来的汽车就是嘎斯。

一天上午，来了一辆车到桃花镇上菜市场买菜，菜买好了装上车，汽车却怎么弄都发动不起来，把汽车兵急得一身汗。

菜市场有人就跑去找冯大吹。

冯大吹听说是部队的车坏了，二话没说站起身就直奔菜市场，身后还跟上了几个人。

冯大吹拿起扳手，找了根铁丝，听一会儿，拧一会儿，一会儿趴到车头上，一会儿钻到车底下，上下忙活了大半天，车子还是发动不起来，冯大吹也没了招，扔下扳手，搓着两手机油说："我去拉个便再回来修。"

冯大吹一走就没有回来，等冯大吹回来时，部队的车早就开走了，是镇农机站的陈师傅给修的。

后来，部队给镇农机站送来一面"军民团结如一人，试看天下谁能敌"的锦旗，挂在农机站办公室的墙上，一进门就能看见。

周爷说："你真是大吹。"

冯大吹说："我怎么吹，那天我在闹肚子，回来正好又遇上孩子的老师来家访，再去，车就走了。"

周爷说："别吹了，那可是正宗的嘎斯。"

冯大吹说："我修得差不多了，他们一捣鼓，就好了不是。"

这以后，冯大吹还是听风就是雨的海吹，冯大吹吃亏就吃在嘴上，是一场命案。

那年冬天，一冬无雪，年前却突然下了一场大雪，满眼都是铺天盖地的白。

海元和几个兄弟出去打野兔，野兔被海元一枪打瘸了腿，惊得兔子在前头跑，海元和几个兄弟在后面追，兔子"咕咚"一声掉进了路边的水塘。海元和几个兄弟在捞兔子的时候，竟捞出了一具尸体，惊动了全镇人。冯大吹到现场看完回来后，在茶馆里就吹开了。

冯大吹说："现在的人呐真狠，那个人的头被人砸了好几个洞，是永康过来买红糖过年的，路上被人谋死了。"

冯大吹吹的神灵活现，好像亲眼见到一般，一屋子人都毛骨悚然，脊梁骨上都冒凉气。

　　冯大吹被派出所找去谈话，是在大年初二。初二上午，冯大吹被派出所民警叫去，冯大吹问什么事，民警也不说。冯大吹就跟民警来到派出所，才知道是公安局的人找他。冯大吹把道听途说的添油加醋地又对公安局的人吹了一通，公安局依据冯大吹提供的线索，第二天就派人到永康调查……几个月后，案子破了，根本不是冯大吹说的那样。冯大吹被派出所关了一个星期，说是冯大吹提供假线索，扰乱侦破视线。

　　冯大吹出来后，被老婆治得天天下地干活，没有农活也要待在家里，街上的闲人堆里从此再也没见到他的身影了。

凤 兰

凤兰是冯大吹的老婆。

凤兰姓刘，名叫刘凤兰。没结婚前身材苗苗条条，是镇上人见人爱的漂亮女孩，婚后发福成了粗胳膊粗腿，大奶子圆屁股的胖女人。凤兰是镇上很要强的女人，看别人做生意发了财，不甘落后，也想做生意发财。

那年夏秋。凤兰的表哥麻痢叫冯大吹收大麦做外贸生意，冯大吹怕被外国人骗，不想做，凤兰一句定终身，这生意非做不行。还对冯大吹说，一回生，二回熟，不下水怎知水深浅？冯大吹在凤兰的怂恿下，在市基口贴了张收购大麦的广告，凤兰还怕收不到，到镇广播站做了几天收购启示，广播一播，不得了，四邻八乡来卖大麦的人络绎不绝，冯大吹不知好坏，来多少收多少，乡人一看有空子可钻，有的人用泥和沙掺到大麦里压秤，还有人把没晒干的麦子，也大袋小袋子送来了，冯大吹生怕完不成订单，好的坏的一律来者不拒。哪知，老天在他收完大麦后，一连下了三天大雨，这下麻烦大了，没晒干的大麦返潮抽了芽，天晴后，又晒了几天，装了两车往表哥麻痢家仓库送，一检验，质量不符合同之约，全运了回来，整整十万块钱打了水漂，连响都没响一下。

十万块钱是凤兰从娘家那边凑过来的，一分钱没赚到，还欠下一屁股债，把冯大吹气得要找根麻绳寻死上吊。

凤兰在一旁冷冷地说，去死吧，别叫我看着难受。

十万块钱，我们哪天才能还上？冯大吹拿起凤兰递过来的绳子真的去上吊，正当他想把绳子往梁上抛的时候，他想，这生意是她叫我做的，赔了是她的责任，我去死干什么？冯大吹拿着绳子又回来了。

凤兰说冯大吹，你就那点出息，丢掉裤裆里那点东西，还不如女人我。凤兰安慰冯大吹说，男人要大气点，别小肚鸡肠，十万块算什么？就算我们交学费好了。

冯大吹被老婆羞辱了一场，又被老婆开导了一番，想想自己还真的不如老婆，赔了十万块，她都没当回事，她的心真大。

凤兰心大，不久又在家开起了副食批发部，竟一下子火了。冯大吹天天去市场进货，凤兰在家守着店，镇上人都知道凤兰做生意不会坑人，四邻八村的人都来凤兰家进货，生意越做越好，越做越大。俩口子一里一外整天忙的汗珠子摔八瓣，娘家的债还清了，手头也宽裕多了，日子过得滋滋润润。

凤兰的心说大也大，说小也小。新市基有个叫彩英的女人，男人前年出车祸走了，一个人带着女儿和一个生长年病的公公过日子，日子过得不那么好，想在家做点加工活，找人借钱，没人肯借，想到信用社贷款，又没人敢担保。后来想到了小学同学冯大吹，来找冯大吹借钱。

彩英不是借个千儿八百的小钱，借的是上万的大钱，冯大吹知道凤兰把钱管得紧，就偷偷地借给彩英一万五。

彩英感激冯大吹，见了冯大吹亲热得不得了，总有说不完的话。这事被人传到了凤兰的耳中，凤兰指着冯大吹的脑袋说，冯大吹你听好了，你不要给我玩花头，她可是个寡妇哦。

冯大吹一看老婆想歪了，连忙说，不是的，不是这样。

都是你的不是，是不是！

冯大吹信口胡编说，她找我问点事。

冯大吹，告诉你，你们要是有那点事，别怪我凤兰翻脸不认人。

这天晚上，冯大吹送货路过彩英的家门口时，被彩英拖进家里。彩英在家炒了一桌子菜，请冯大吹喝酒，说要感谢他。彩英跟冯大吹说这说那，说的眼泪淌成了河，老同学，你帮了我大忙了，我一辈子都会记得你好。

冯大吹哪里受得了这个，喝了杯酒后说，彩英，你我都是隔壁邻舍，这个忙总是要帮的，更何况我们还是同学。

我借钱，嫂子不知道？

没事的，我到时会跟她讲的。

冯大吹喝多了，趁着酒劲说，彩英呀，你知道不知道，我们上学时，我还喜欢过你。

彩英一惊，两眼直直地看着冯大吹，她哪里想的到，冯大吹上学时就看中自己了。彩英不好意思地说，你怎么不早说呢。两手一捂脸，肩膀一抽一抽地哭了起来。

冯大吹那天晚上喝多了，在彩英家一直睡到第二天早上八点多。凤兰昨天晚上凑钱，发现少了一万五千块，找翻了天也没找到冯大吹，谁知冯大吹刚从彩英家出来，正好被凤兰看见，凤兰几步蹿了过去，拧着耳朵把冯大吹拽回了家。在凤兰的再三追问下，冯大吹只好把钱借给彩英的过程实话实说了。

凤兰嘴一撇，说，她一个寡妇是金是银，要那么贵？

冯大吹说，我没有睡过她，我这有她的借条。

凤兰看也不看说，这钱你拿不回来了。

时间不长，凤兰真的翻脸了，跟冯大吹离婚了。

镇上人说凤兰，哪家男人不是搂着自己老婆想着别的女人，你凤兰心眼要放开点，时间一长就见怪不怪了。

凤兰说，别人我不管，反正我眼里不能让人揉沙子。

吴彩英

吴彩英怎么也没想到，自己的老公王贤松是跟别的女人死在一起的。

吴彩英人长得瘦瘦的，从离镇不远的山脚下村嫁到镇上来。

吴彩英老公王贤松，长得膀大腰圆，差不多有吴彩英两个人的重量，俩口子一胖一瘦，镇上人没少开他们玩笑。上街头开裁缝店的张桂花就逗过王贤松，贤松，彩英那么瘦，你可别把她压坏了，做事你可悠着点。

王贤松大咧咧地说，我不会用两手撑着？

王贤松的话成了镇上经典名言，也笑翻了镇上一街人。

王贤松虽是镇上人，家里却不富余，吴彩英嫁过来以后，王贤松家向隔壁邻居借了些钱，吴彩英又从娘家筹了些，在街上租了间房子，开了一家小吃店。吴彩英和王贤松一心扑在小吃店上，起早忙到黑，攒了一点钱，后又从隔壁租了一间，扩大门店，把小吃店开成了饭店。正当俩口子准备大干一场时，吴彩英的娘却生了一场大病，动手术要花一大笔钱，王贤松二话没说，把饭店转给了别人，拿出钱来给吴彩英娘治病。吴彩英感动得不得了，激动地对王贤松说，贤松，我会对你好一辈子的。

王贤松说，彩英你这话怎么说，你的娘不就是我的娘吗？

吴彩英觉得这世上没有比王贤松对她再好的人了。

吴彩英娘的病没医好，人死了，钱也花完了。吴彩英整天唉声叹气的，总觉得对不起王贤松，王贤松对吴彩英说，叹什么气，我们重打锣鼓另开张，我就不信我们过不了这个坎。王贤松借钱，贷款，买了部东风五吨头大货车，给人拉货运货搞起了运输。

搞运输不是一件轻松话，王贤松自己开车，整天不在家，这边送货，那边拉货，此地到那地，外地再到外地，反正不能跑空车，拉货送货满中国跑，一出车就得几个月，身上的肉也掉不少，王贤松的艰辛让吴彩英心疼得不得了。每逢王贤松出车回家休息几天，吴彩英就餐餐做好吃的给王贤松吃，把王贤松侍候得跟老爷似的。

张桂芳是麻痢的老婆，娘家跟吴彩英是同村，两家还是隔壁邻居，两人相处的就像跟亲姐妹一样，吴彩英嫁给王贤松，嫁到镇上来，张桂芳还是媒人呢。张桂芳知道王贤松出车一趟要一两个月才回家一次，住上两三天又走了，无不担心地对吴彩英说，王贤松几个月才回家一次，他能熬得住吗？

吴彩英说，桂芳姐，贤松对我好，我知足。

贤松回来要不要你？

次次都跟饿狗似的。

那你也得多长个心眼。

张桂芳走了，吴彩英想想张桂芳说的也是，王贤松天天在外面跑，什么样的女人没有，你不要她，她还要朝你身上贴呢。这样一想，吴彩英就一有空就给王贤松打电话，问王贤松在哪里了，货好找吗？什么时候能回家。王贤松也总是如实说现在在哪里哪里，货运到后，马上找回家方向的货，装到货就能回家了。王贤松还说，出来一趟是一趟，反正不能跑空车。吴彩英听了，心疼得要死，要王贤松自己照顾好自己，该吃的吃，不要心疼钱，千万别亏了自己。吴彩英还悄悄地说，我在家等你。虽说是电话，吴彩英说完脸此刻也红了。

此后吴彩英见到张桂芳，就会把王贤松的行踪告诉张桂芳，桂芳姐，王贤松今天在福建。过几天又对张桂芳说，桂芳姐，贤松到广州了。

有一天，张桂芳急急忙忙去找吴彩英，说彩英，我听盐埠头宝香说，王蒲头兰英和你家贤松一起跟车走了。

吴彩英不信地说，不会的，贤松一个人走的，是我亲自送他的，我看到他车子开走后才回来。

那宝香怎么可以乱说呢，还说有人看见过贤松和兰英手拉手在杭州逛街呢。

不可能，他们不可能。

说是到杭州进衣服的人看见的。

镇上这几年在街上开了许多家服装店，他们基本上都是到杭州进货，王贤松有时也给他们带些货。

吴彩英打开手机，翻出几条短信对张桂芳说，桂芳姐，你看，这些都是贤松发给我的。

张桂芳接过手机一条一条地翻看，都是卿卿我我缠绵得要死要活的话，看得脸红心跳。桂芳把手机还给吴彩英说，彩英，你家贤松真骚。

半个月后，吴彩英突然接到安徽黄山交警支队的电话，说王贤松出车祸了，赶紧来人处理。

吴彩英第二天一大早就上了安徽黄山的长途汽车，看了交警拍的车祸现场照片，王贤松的车是撞倒公路护栏后冲下山的，王贤松和一个女人一起死在驾驶室里，女的只穿着短裤，王贤松的裤腰带还是解开的。

和王贤松死在一起的那个女人，果真就是王蒲头的兰英。

张桂芳对吴彩英说，彩英啊，我说的你还不相信。

吴彩英摇摇头说，桂芳姐，你别说了，我家贤松不是那种人。

张桂芳急了眼说，彩英，你的脑子不会生脑膜炎吧。

吴彩英的手机里保留着王贤松发给她的短信，想起来就看看，一直没有再嫁人，带着一个女儿自己过。

碧佛丹

桃花镇上有两家医馆，一家是寿春堂，一家是老太和。

寿春堂坐落在古镇盐埠头，大门朝西，门楼阔大，飞檐高桃，四角雕有玄武，朱雀，青龙，白虎，气度不凡。门楼上一方寿春堂匾额，系晚清翰林王和寿的手笔。朴拙刚劲，颇有汉魏遗风。太阳照在黑底烫金的匾额上，便有褶褶辉光晃人眼睛。

寿春堂前后两进，前院正房五间，中间堂屋用来坐诊行医，左边两间陈设药柜，右边摆放一张竹床，三五条板凳，供候诊人躺坐歇息。后院一家老小居住，也用来存放药材和制作丸散成药。

寿春堂坐堂的是丁宪丰。丁宪丰的父亲是晚清举人，在磐安当过一任县丞，虽是七品的官家身份，可老先生却无心仕途，痴迷于岐黄之术，苦心钻研《难经》《内经》。被上司参了一本，便弃官为民，卷铺盖回到桃花镇，开起了寿春堂。

丁宪丰四十来岁已是远近闻名的一方名医。没有病人时，丁宪丰靠在公子凳上闭目养神，或翻看医书。偶尔也和伙计徐丰盛说些家长里短的闲话。桃花镇上没人看见过丁宪丰的眼睛真正睁开过，微微眯着，只留一条精光四射的细缝。有人进了寿春堂，丁宪丰方才抬起眼皮，淡淡一声，看病？

丁宪丰诊病与常人不同，不看病人脸色变化，也不闻体味是否异常，更不问病情症状。望，闻，问三字他免，只用一个切字。病人坐下以后，胳膊在棉枕放好，他才缓缓伸出中指，搭上内侧关脉，然后食指按关前寸脉，无名指按关后尺脉，三指平齐，头微微扬起，大约一袋烟工夫，丁宪丰把三指拿开，用棉布揩了揩手，从青花笔筒里抽出狼毫，饱蘸墨汁，略一沉思，运笔如飞，一纸药方一挥而就，交与一旁静候的伙计徐丰盛。

不熟悉丁宪丰诊病习惯的病人，一进门喋喋不休，这里疼了，那里痒了，及以过往的诊治过程。丁宪丰抬头瞪他一眼说，如看病，你就留下来，不要再多说一句话，不想看病，尽可另请高明。

沿中街往南百把米是沈良余的老太和。老太和坐西朝东，三间青砖瓦房，外墙用石灰粉刷过，倒也显得干净清爽。门口一株青皮梧桐，碗口粗细，树干三丈有余，伞盖般遮出一方阴凉。家有梧桐树，引得凤凰来，这株梧桐树的确为老太和带来不少福运。沈良余世代医传，从曾祖开始，已整整四代，既是名医之后，沈良余的医术自然也很了得。

两家医馆一西一东，各把一方。镇子东南部的人多到老太和看病，西北面的人多到丁宪丰的寿春堂诊病，取个就近避远的意思。

常言说，一山不容二虎。又说，同行是冤家。两家医馆虽在同一街上，倒也井水河水两不犯，相安无事。逢年过节，丁宪丰带上孩子，拎些时鲜水果，再到南货店封两包点心，到沈良余家走动。沈良余也有来而往，这都是面子上的事。寿春堂碧佛丹出名气以后，病人大都挤到寿春堂来找丁宪丰，老太和的生意渐渐冷落下来。沈良余心里就有些不好受。你丁宪丰不就是靠碧佛丹闯出名气吗？你能制成碧佛丹，难道我沈良余就不能？

寿春堂与老太和的嫌隙虽然不深，却也不是没有，该来的还是要来。

民国六年春，草长莺飞，万木葱茏，桃花镇正逢初一集市，沈良余突然提出要和丁宪丰比试悬丝诊脉。

事情由东南绸庄掌柜马富贵而起，马掌柜患有偏头疼多年，起先在老太和沈良余那里诊治，吃过三五帖药，痛状已然减轻，与常人无异。可不到三两个月，偏头疼又重犯，一直不除根。马掌柜便到寿春堂去碰碰运气，丁宪丰为他把脉之后，一边开药方，一边告诉马掌柜，先生这是颈椎错位，加之里面积下湿寒，拔去毒湿，自然也就无事了，这样吧，你先按我的方吃上三帖看看，好了，是你马掌柜的福气，如不见好，只好请先生另就高明。

马掌柜按丁宪丰的方子服用三帖后，偏头疼果然根走病除，三五个月没见再犯。兴奋之余，马掌柜逢人便说，还是寿春堂的丁先生识得病因，多年沉疴竟然药到病除。话传到了沈良余那里就变了味儿，竟成了丁先生和沈先生相比，一个天上，一个地下，沈先生治不好的病，丁先生能手到病除。

沈良余哪里受得了这个，医家失手，没看透病理是常有的事，大家都是同行，你丁宪丰拿马掌柜的病来做文章，就显得太不仗义了，传扬出去，老太和的生意还做不做了？沈良余在自家医馆踱了几个来回，断然决定要和丁宪丰真刀真枪地比试一番。为了面子，也为了老太和的生存大计。于是，便在桌子旁坐下，拈笔给丁宪丰写了一副帖子，约定时间，地点，当众较量医术。

比什么？中医最难的悬丝诊脉。

悬丝诊脉一般用于达富显贵富有之家，千金小姐或不愿抛头露面的年少太太，避免和先生肌肤相接，病人躺在布帐里面，先生把一根丝线递进去，系于病者手腕。先生牵了丝线一头，把右手食指，中指和无名指搭在丝线上，脉搏的微弱搏动传导到丝线上震动大夫的手指，借此判断病因、病情与病灶。

主持悬丝诊脉的是桃花镇上德高望重的王爷，地点选在王家祠堂。丁宪丰本不想参加这样的比试，两虎相争必有一伤，伤到谁都不是什么好事。无奈，王爷三番五次派人来催，再坚持不去，就说不过去了。

丁宪丰到王家祠堂时，王爷一干人在那里候着，都是镇上有头有脸的人物，香云茶馆掌柜，东南绸庄掌柜，顺昌米行掌柜，私塾先生等等，满满当当坐了一屋，捧着茶杯喝茶聊天。见了丁宪丰，王爷率先起身，朝他点点头，算是打了招呼。

沈良余先到，王爷便让他率先上场，只见沈良余气定神闲，成竹在胸，把一条细如游线的丝线一端递进里屋，一端自己握着，在门口八仙桌前坐好，三指蜷起，搭上丝线，片刻工夫，沈良余睁开眼睛微微一笑，铺开方笺，开出剂药方。说，此病系心怀难解之结，一时气淤糜胸所致。按我的方子吃上三帖，自然药到病除。王爷把头点了一下，手抚长髯颔首一笑。沈良余知道已经过关，得意之色溢于言表，退于一旁喝茶。

丁宪丰用的是一根家纺棉线，粗细不匀，还有两三个显眼的小疙瘩。悬丝诊脉的讲究之处就在丝线上，既要粗细均匀，扯拉张弛得当，病人传达出来的信息才会准确无误。而丁宪丰竟用这种普通棉线，这就先声夺人，胜了一筹。

丁宪丰和平时诊脉一样，眼睑微微下垂，眼睛下方那条细缝，透出一丝凛凛寒光。他把棉丝一头交于王爷，让按男左女右缚于患者腕上。王爷从里屋出来，示意可以开始，丁宪丰把中指先搭上去，面上微现诧异之色，但他还是相继把食指和无名指也搭上棉线。片刻，丁宪丰扯断棉丝，霍然起身，愤怒拂袖而去。

人们还愣在那时，丁宪丰已经走出祠堂。王爷这才说出事情原委，沈良余所诊病人是商会街死去老婆的陈关银，准。而丁宪丰所诊是王爷将棉丝线系在凳子的腿上。王爷叹道，行家一出手便知有没有。丁宪丰搭上中指似乎已有察觉，再搭食指和无名指，已经知道怎么回事了，此人医术如此之高，真是难得呀。

王爷转向沈良余说，你做得到吗？沈良余早已汗流如注，揩抹着汗水老实承认，我做不到。

碧佛丹系寿春堂祖传秘方所制，后经丁宪丰多次修研配伍，成为寿春堂镇店之宝。

碧佛丹外观呈绿色，却又并非纯绿，绿中透黄，黄中泛绿。掰开以后，瓤里微红能抽出很长的丝状物，微苦中透着甘甜，甘甜中却又显涩滞粗粝。碧佛丹多用于发烧不退，瘟疫感染，肺炎等陈年疾疴，不到万不得已，丁宪丰极少使用。每次开出两丸，一丸与黄酒内服，一丸破碎调成糊状取柿叶两片贴于脚心和太阳穴。说来也怪，碧佛丹服下，贴好，先有一股热气从脚底升腾渐至小腹肚脐，经七经八脉，直贯脑顶。患者出过汗，病已好了六分。

其实，碧佛丹用料并无特别之处，用冬凌草，大黄等十几种通常用药，切碎碾磨，用蜂蜜熬炼，团成杏子大小，再用蜂蜡存封。

沈良余多方打听到配方以及制作方法，如法炮制，制成了碧佛丹。外部形态和味感与寿春堂碧佛丹并无丝毫差别，可药效只及寿春堂五成。业内同行问过丁宪丰，同为碧佛丹，采用同种原料，效果为何有这么大的差别？丁宪丰笑笑说，一娘生九子，九子各不同，有成龙成凤，为官为宦，也有富在河沟里当泥鳅的。再有橘生淮南为橘，生淮北为枳。对方又问，是老太和的方子不对？还是泡制方法不同？丁宪丰说，都对。我听人说起过老太和的炮制工序，下料比例以及火候掌控，与寿春堂无二。

那，为什么？

丁宪丰又是一笑，丢下同行忙自己的事去了。

直到民国十一年，桃花镇大水过后，大面积暴发瘟疫，丁宪丰才把碧佛丹核心秘密公开，一层窗户纸捅破，同行才明白，原来是这么回事。

原来，桃花镇过江北去的湖山，是座乱石山，土层薄，种不得庄稼，野草也十分罕见，却生一种叫荆腾的植物，漫山遍野，随处可见。逢春深五月，荆腾便开出蓝紫色花朵。米粒般大小倒也十分好看。可荆腾的花叶却有一种古怪气味，初闻时奇苦无比，以鼻吸入，深达五脏六腑，再去回味，却有幽香反蹿出来，荆腾花期长，从五月初吐蕊含苞，一直开到深秋十月。早开的谢了，新蕊又从枝条间源源不断喷吐出来，湖山便被微苦还香的气味笼罩。

每年到了深秋，丁宪丰都要上湖山一趟，回来时，雇人挑回两桶密封的东西，置于后堂隐蔽之处，待到炮制碧佛丹时，才开启木桶封口，桶里是百金难求的荆腾花蜜，也是碧佛丹的秘密所在。

湖山朝江府附近有个放蜂的老汉，姓刘，养了三十多箱蜜蜂，专采荆腾花蜜，因是世家出身，懂得医理，自然知道荆腾花蜜弥足珍贵。封箱时节，带上全部所得，送于省城胡庆余堂，价钱自然不菲。秘制碧佛丹之始丁宪丰便上一趟湖山，找到刘老汉，提出收购他的荆腾花蜜，刘老汉也不客气，说，可以，卖给你丁先生是卖，卖省城也是卖，可你知道荆腾花蜜的价钱吗？

丁宪丰说，当然知道，你卖给省城什么价，我也给你什么价，还省去你车马劳顿，脚力盘缠。

刘老汉点头答应之后，丁宪丰又说，我也有个不情之请，那就是你的荆腾花蜜我全收，再也不许卖与别的医家，这是其一。其二，老人家也不要对人提起荆腾花蜜卖于何人。

碧佛丹名气渐渐传至金华八县，病者蜂拥而至，求药者日益增多，刘老汉全年所采之蜜也只够半年之用。丁宪丰拿出积蓄，又找东南绸庄马掌柜借了二百大洋，购买了四十余箱蜂带上了湖山。

金和太是丁宪丰的远房表亲，按辈分叫丁宪丰为表叔。金和太家境贫寒，四十多岁尚未讨老婆，鳏寡孤独，凄苦无依。丁宪丰让他放蜂也是照顾他的意思。丁宪丰说得很清楚，每年按所采蜂蜜数量付酬，多则多付，少则少付。意思让他养个三五年蜂，攒下些积蓄讨个老婆，安安稳稳过日子。

丁宪丰和金和太先去拜见了刘老汉，为人得讲仁义，不能让刘老汉心里不好受，闹出其他事来。他先说了荆腾花蜜难以为继的情况，又请刘老汉照顾他这个表侄。刘老汉也是豁达之人，懂事明理，就一口答应下来，带着丁宪丰和金和太在湖山转了一圈，尔后朝西边一个山头一指说，蜂箱就放在那里吧，那里朝阳，荆腾花开得旺盛，我原要搬过去的，可腿脚不便就不去了。

有了刘老汉和金和太两处供应，荆花蜜已经够用，还略有剩余。丁宪丰把剩余部分封存在地窖，以备不时之需。

民国十一年那场洪水过后，突然有一天，丁宪丰放下生意，要到磐安探望父亲的故交好友，采购一些中草药。临行前，他对伙计徐丰盛说，此次出门至少要耽误两个来月，嘱咐他在家看好门店，帮助照顾家小，嘱托过后便带上两捆麻袋上路。经过东南绸庄，马掌柜叫住丁宪丰，问他这是要去哪里，丁宪丰说去磐安走亲访友看故旧。马掌柜又问他去多长时间。丁宪丰说大概两月样子。马掌柜嘿嘿地笑了笑说，丁先生此去不会这么简单吧，是否要让生意给老太和？丁宪丰连说，哪里，哪里！

自悬丝诊脉之后，接着是碧佛丹声名鹊起，镇上的病人大多不到老太和去了，头疼脑热小疾大病，一齐涌到寿春堂。老太和虽说不上门可罗雀，病人却已少得可怜。于是，丁宪丰在门上贴出告示，每天只接诊十二个病人，人们也怪，你不是每天只看十二个人吗？我早早排队候着，抢个先总可以吧，后来者看前面有了十二个人，回头便走，第二天再来。一来二去，候诊的人越来越早，竟有人半夜起身，四更到达，弄得丁宪丰心里很不是滋味。本来有意让生意给老太和，想不到却弄巧成拙，成了这种局面，丁宪丰只好以走亲访友为名停了生意，前往磐安。

丁宪丰离开桃花镇时，正值五江头洪水退去不久，灾后疫情开始出现，昨天人还好好的，到了第二天却躺着起不了床，开始像流感症状，随后咳嗽腹泻，接着浑身红肿，疑似天花，却又不是天花。发病快，传染也快，今天死去一个，丧事还没办完，接着又死人，可谓家家戴孝，坟堆遍野。人们携家带口逃离家园。

瘟疫也渐渐传至磐安，丁宪丰就地了解疫情，剖析病因，研究病理变化，接诊了百余人后，丁宪丰心里渐渐有了底，看疫情有继续蔓延之势，这才告别亲友，急如星火赶回桃花镇。

回到寿春堂，丁宪丰顾不上鞍马劳顿，针对这场疫情的发病症状，当夜修改碧佛丹配方，调整君臣配伍，增减成分剂量。熬了整整三天，碧佛丹新方才出炉。天刚亮，刘老汉和金和太的荆腾花蜜也恰好送到，他让徐丰盛叫了几个朋友，下乡收购草药。他告诉徐丰盛，此次收购草药不同以往，不计贵贱有多少收多少，只是要快。

徐丰盛十分纳罕，往日掌柜的可是按质收购，锱铢必较，半分银子也舍不得旷化，今天这是怎么了？徐丰盛要问，丁宪丰朝他挥挥手，去吧，去吧。

丁宪丰知道徐丰盛要问什么，问了也不会说，万一老天开眼，瘟疫不会再次重发，事先走漏了风声，弄得一方人心惶惶，自己的罪过就大了。

打发走徐丰盛他们，丁宪丰打开了金和太送来的荆腾花蜜，揭开密封的桶盖，用小指沾了一点放到鼻子下闻了闻，接着又放到嘴里去尝，不禁叫道，不对，味道不对呀，少了一些苦味，多了些甜头。他以为是自己熬得风寒嗅觉出了毛病，一时也没怎么在意。

大半个月时间，金和太送来的荆腾花蜜用完，丁宪丰伏在八仙桌上数着指头算了一番，问徐丰盛，咱们镇二千多口人吧？徐丰盛答是。他又问，方圆十里呢？徐丰盛估计一下说，不止三万人吧。丁宪丰摇摇头说，看来还差得远，他让徐丰盛继续赶制碧佛丹。

打开刘老汉的蜜捅，一股清苦味直扑鼻子，和金和太送来的蜂蜜两下相较，丁宪丰的脸色霎时一片空白，一屁股跌坐在公子凳上。良久，他叫徐丰盛取来一粒碧佛舟，掰开来看，却不见亮银般的丝线粘连，也不见透明晶体出现，便大呼一声，金和太误大事了，丁宪丰吐出了数口鲜血，昏倒在寿春堂的地上。

丁宪丰病了，腿脚酸软，心里鼓憋，一阵一阵地发疼。沈良余得知丁宪丰病倒的消息，当天便提了点心前来探望。

医人者不自医，哪怕医术再高，医生从来不为自己诊病开方子。沈良余为丁宪丰号了脉，开出方子交给丁宪丰过目，丁宪丰摆摆手说，沈先生开出的方子，我还信不过吗？吩咐徐丰盛照方撮药，拿后院去煎。

吃到两贴，丁宪丰病已见轻，起床后，他让徐丰盛在后院挖出一个三尺见方的大坑，把刚制成的碧佛丹悉数埋了。又督促徐丰盛雇请人手熬制碧佛丹。

刘老汉走进寿春堂时，正碰上丁宪丰掩埋碧佛丹，刘老汉接过铁锹替下了丁宪丰。

丁宪丰问刘老汉，金和太到底怎么回事？怎么能拿假荆腾花蜜坑我呢？刘老汉说，其实也不是假蜜，只是不纯罢了。碧佛丹药效自然要低了不少。

刘老汉告诉丁宪丰，最近金和太收留了一个女人，是镇上大户人家的丫头。这个丫头不守妇道，和主人私通，被女主人逮了个正着，便被赶出家门，流落到湖山和金和太住在一起。金和太想置房买地娶她。可手头没钱，于是就把砂糖化成糖浆喂蜜蜂，这荆腾花蜜还能纯正得了吗？刘老汉说，前天早上起床后，他到金和太放蜂的地方一看，金和太连人带蜂早已没了踪影，也不知去了哪里，大概是和女人一起拐了蜂，远走高飞了。

原来是这样，真是人心难测呀。丁宪丰叹了口气，不由沉声骂道，狼心狗肺的东西，不仁不义的东西，拐了我的蜂不说，让我倾家荡产也且不说，可他误了一方百姓呀。

刘老汉问怎么回事，丁宪丰把洪水过后必有大疫，且向东面扩散的来龙去脉告诉刘老汉，再有十天半月，至多一个月，我们镇上要哀鸿遍野不得太平了，我新制的碧佛丹正是这种瘟疫的克星，想不到金和太如此不作，为一己私欲，不知要害死多少人。好在我这里存有一些花蜜，可仍然不敷用度啊。

刘老汉说，丁大夫用不着过于发愁，你原来存有多少花蜜，丁宪丰说，不过三十来斤。刘老汉又说，我这给你送来二十来斤，是前些年积存下来，以备急时之用。丁宪丰双腿一屈就要给刘老汉跪下，刘老汉急忙扶住，留下花蜜走了。

丁宪丰默算了一下时间，赶制足量的碧佛丹显然来不及了。当晚丁宪丰扶杖出门，让徐丰盛提着刘老汉送来的荆腾花蜜，拿着碧佛丹的新方走进了老太和。

丁宪丰对沈良余说，老哥一向多有得罪，今天我给老弟赔罪来了。一为那次悬丝诊脉坏了老弟的名头。二为碧佛丹的方子上藏奸。沈良余说，老哥不必自责过甚，秘方向被医家视为生命，谁也不肯轻易传人。至于悬丝诊脉，原是我先发难，怪不到老哥身上。

丁宪丰说，过去的事放下不说了，我们说眼前。老弟有所不知，瘟疫暴发在即，我调整了碧佛丹的方剂，在磐安屡试有效，现在把方子和荆腾花蜜给你送来，你叫伙计赶紧泡制吧。

沈良余接过方子，一揖到地，眼含热泪谢了又谢。沈良余问起钱怎么算。丁宪丰摆摆手说，民难如此，我们还是不提钱的事吧，有钱的给几个，没钱的我们就施舍与他们吧。

桃花镇的瘟疫暴发的时间比丁宪丰预料的还早，寿春堂和老太和的碧佛丹刚刚赶制完工。镇上便有人被家人搀扶前来问诊，先是三三两两，后是三五成群，把寿春堂围得水泄不通。丁宪丰让他们到老太和去诊治，人们不去，他们只信寿春堂，信丁先生。丁宪丰给众人跪下说，此病半天也耽误不得，早一时可以治好，晚一时就有性命之忧。如果大家信得过我，就到老太和去，沈先生的碧佛丹和我同一方子，同样治病，如果无效，我愿赔钱给大家。人们这才散去一半，赶往老太和。

这场瘟疫波及桃花镇方圆二十余里，数万丁口。寿春堂，老太和两家碧佛丹数量有限，也只是救了二万余口，眼睁睁看着病人死在街上。丁宪丰和沈良余痛哭流涕，以额撞墙，却又无能为力。

瘟疫过后，丁宪丰的寿春堂关张，请来镇上名望之高的王爷，业内同行，各商号掌柜，在琦琥酒楼请了三桌，以表金盆洗手之意。丁宪丰说，丁某不才，到寿春堂难以为继，欠下债务两千余，在下愿把寿春堂一十八间房屋变卖偿债。

王爷大呼，丁先生不可，你这样做是陷桃花镇人于不义了，不错，寿春堂被人拐走蜜蜂四十余箱，又白白损失数千碧佛丹，折损自然惨重，可你家的施舍药就不是钱了吗？你丁先生大仁大义，救桃花镇人性命万余口，如今你到了难处，我们岂能袖手旁观？

沈良余也说，丁先生的仁义在下铭感五内，如若没有你老哥送来的秘方，桃花镇上不知还有多少生灵涂炭，老太和也闯不出这等名气，功德无人能比，这样吧，丁先生的债务我老太和担下一半，拿出一千大洋替先生还债。

有沈良余带头，各商号也都一百，二百地认下捐赠，粗略算了竟有二千余。东南绸庄掌柜马老板却始终一言不发，拿着一根牙签剔牙。他了解丁宪丰，施恩于人向来不图回报，哪里会接受大家捐赠。果然，丁宪丰说，大家美意在下心领了，只是丁某向有祖训，不敢领受，好在舍下尚有薄田数亩，足可以养家糊口。

马掌柜这才站起来说，丁先生且慢，我买下你的房产，价值应是三千挂零。如先生愿意，现在就立下契约如何？

众人侧目而视，但又无可奈何。王爷只得命人取来笔墨纸砚，由塾馆丁先生执笔立下买卖文书。双方画了押，王爷也在中人位置按下印章，对折撕开，一人留下一份。众人正要散去，马掌柜又说，大家别忙着走，在下有话说，众人又坐下。马掌柜说，大家知道，桃花镇离不开丁先生，房子虽然归了我，但寿春堂的牌子不能摘，丁先生你继续坐堂行医，我每年分你三成红利如何？

丁宪丰如道，马掌柜这是变着法接济寿春堂。可契约已立，白纸黑字，自然不允反悔，也就不好再说其他，对马掌柜躬身一揖说，就依马老板吧。

丁宪丰一直活到八十六岁，须发皆白，长髯垂胸，却仍耳聪目明，丁宪丰的儿子继承了父亲衣钵，四十挂零就成为名医，把寿春堂接了过去，丁宪丰一颗心放到肚子里，便退下来颐养天年。

沈良余也活到八十八岁身子骨不如丁宪丰扎实，常犯点气喘的毛病，却也无大碍。闲来无事，同丁丰宪，马掌柜哥仨坐在香云茶馆二楼，望一阵天上的彩云，看一阵桃花江南来北往的芸芸众生，感叹人生，岁月如逝。茶过三遍，马掌柜从怀里掏出一把纸牌，在桌上放齐，你一张，我一张分发，摸起了争上游。

一天，三人正品尝新到的铁观音，丁宪丰突然说，恐怕我的大限已到，要撇下二位先走一步了，沈良余和马掌柜一齐朝丁宪丰望去，只见他红光满面，神色旺健，也没在意。沈良余说，你这个老东西，都快九十岁的人了，怎么和孩子一样，说话口无遮拦，尽说这等晦气话来？

　　丁宪丰笑而不答。

　　马掌柜也说，要走，你也别一个人走，咱哥仨一块走，到了那边也好有个照应。

　　丁宪丰依然笑而不答。

　　沈良余说，你怎么不说话？我们已活过八十这个坎，就不能再活个十年，二十年的，给桃花镇留下个三百岁老人的佳话？

　　沈良余说着把手搭上丁宪丰的手背，却摸出一片冰凉，丁宪丰不知何时已经去了。但他宛如生时，坐姿丝纹未变，左手端茶于胸，右手抚着长髯，脸上笑眯眯的，望着窗外桃花江上的船帆，整个人像一尊精心雕琢的石像。

王文光

一

历数水陆码头桃花镇几百年历史，能被人们称为玩家的人不多，这个"玩"不同于玩耍嬉戏的意义，而是和本事手腕相连。

旗杆脚的王文光从兰溪回来，在桃花镇上就没人称他为玩家。反而把他贬得一无是处，说他在兰溪混了那么多年，不但没长什么出息，反倒一身糊涂。

难怪乡里八亲要说王文光，看他做的那些事，也的确让人看不下去。早年间，王家家业不济，王文光从小就托给亲戚带到兰溪城给人站柜台，一站就是多年。

到了清末，三十好几的王文光素面布衣地回到了桃花镇。王文光回来那天，居住在旗杆脚下的许多乡亲都去看了。风尘仆仆、瘦骨嶙峋的王文光从盐埠头拖儿带女一上岸，没有给乡亲们打声招呼就回到了旗杆脚下的老宅子。

到家后，王文光谁都不见，在家里整整待了好些天，才找来泥工木匠，乒乒乓乓一阵忙乎把临街的房墙打通，挤出个小门脸，开了间逼仄狭小的古玩店，起名叫留雨斋。名字没什么叫的，大凡做古董生意的都讲究名号响亮，汉风古韵，再不济也要带个荣呀宝呀什么的，图个清逸高雅。留雨斋是什么玩意？一股穷酸气。不管别人怎么看、怎么说，王文光的生意在一个黄道吉日开张。王文光不事铺张，只请了几个商贾同行，在琦虎饭馆摆了一桌了事。

没想到，王文光的第一笔生意就看走了眼，收了个赝品青花瓷碗，也就是眨眼工夫，赔进了五十大洋。王文光收的是一只青花小碗，卖家是镇上的陈大通。陈家祖上世代为官宦人家，自然留下一些好东西。当时，王文光正和一帮人闲谈前周后汉、三唐五代什么的，他从陈大通手里接过青花碗，没怎么看就报出了五十大洋的高价。

第二天一早，王文光店门前就闹了个地覆天翻，王文光和老婆在店门口拿着那只青花碗哭得像泪人一般，说是收了个一文不值的破碗，第一笔生意钱没赚上，反倒赔了五十大洋。

人们围着王文光夫妇，边听他们哭诉，边生出诸多鄙夷和不屑。没有金刚钻，揽什么瓷器活？古玩生意是那么好做的吗？你们以为是卖萝卜青菜呀？话虽这样说，毕竟一个镇上住着，自然要劝上几句。有人说：做生意谁不这样，第一次吗，总要交点学费的，做生意哪有光赚不赔的。今天赔了，买个教训，明天不也就赚回来了，用不着这样。

王文光说："乡亲说的在理，我只当拿钱学本事。"说着就要把青花碗往地下摔。他老婆说："你这又是何苦呢？好赖是一个物件，放在家里喂鸡饲鸭也总比摔了强。"

说王文光只做了这一件亏本事也就罢了，不至于伤筋伤骨。可他总不长记性，接二连三地看走了眼，把旧东西当新东西卖，开张没多久.就高价收个青花瓶，视为镇店之宝，谁知却是高仿的假货。

王文光的行景不禁让人对他的古玩鉴别能力和留雨斋的生存产生了怀疑。出乎人们意料的是，王文光的生意却日渐兴隆，四邻八乡都知道桃花镇上有家留雨斋，有个不识货的老板，买也好，卖也罢，都是奔着王文光好蒙来的。古玩这东西不是一碗水可以看到底，好多东西连卖家自己也很难分清孰真孰假。

王文光似乎学精了。有人来卖东西，他就杀个低价，让人摸不着头；有人来买东西，他就把价格要到令你额头冒汗为止。可是还有人来卖，还有人来买。

王文光的生意做得火火的，人来人往。他老婆却冷眼旁观，一天到晚见人就诉苦，说王文光掏钱买吆喝，图个热闹，说王文光打肿脸充胖子。她说家里都快没钱粮了，不信你看他的裤腰带都断了好几截。这话是和镇上女人说，女人当然不会去看王文光的裤腰带。

陈大通卖给他的那只青花碗，王文光并没有拿它做喂鸡的物件。他把它擦拭干净，放到店里最显眼的地方一摆就是好几年。王文光说，他要经常看它，为的是常给他提个醒，再别干出傻事来。

一天，王文光的店里来了位客人，他在王文光的店里转了一圈后对王文光说：老板，你把小店盘给我怎么样？王文光不动声色地问："你能出多少价？"客人伸了伸手说："五万大洋。"王文光摇了摇头。等客逐步加价到十万大洋时，王文光同意了，但他提出他要带走那只青花碗。客人一听他要带走那只青花碗，顿时脸就冷冷的，不再提盘店的事。

后来怎么谈的，没人知道，反正王文光从此就不做生意了，搬到了县城里住，日子过得顺遂畅意，顺风顺水。王文光到底有多少家产，没有人知道。乡亲们只晓得1922年那场水灾后，王文光连嚯都没打一下就捐出了两万大洋。人们这才知道，王文光真的发了，而且都是在桃花镇上那几年发的。

王文光在兰溪站柜台就是学做古董生意的，不到三十岁，王文光就成了兰溪城业内屈指可数的鉴赏家。买赝品，卖真品，不过是他生意上的钓饵而已。单是陈大通家的那只青花碗就值二十万大洋。那根本不是什么宋瓷，而是早期京城里过来的稀世绝品。镇上人这才明白，藏而不露、神龙见首不见尾的王文光真是一个大玩家。

二

这些天，王文光一直郁郁寡欢，王财主、周老板都请他品过几回好茶了，他却来而不往。不是他吝啬，是自己实在拿不出好茶。每次看到王财主和周老板洋洋得意的样子，他特别难受。心想，我一定要弄点好茶，杀杀你们得意。王文光无论早晚，只有空闲就往茶市钻，一连几天，连好茶的香味都没有闻着。

失望之余，王文光有了进山收茶的念头。在桃花镇，不是没有好茶，只是喜茶的人眼明手快，好茶入市就被他们弄走。于是王文光来到了华川，顺丹溪西行。

行至中午，前面没有了路，一座险峰山崖横在面前。山上树木葱郁，风一吹，那绿浪直向他奔涌而来。王文光心中陡然一亮，一路辛苦早已抛到脑后，毫不犹豫地往绿浪深处走去。羊肠小道像蛇一样盘绕在险恶的山上，王文光走一阵歇一阵，山道两旁都是密密麻麻的灌木丛，一些不知名的草木掺杂其中，始终没有看到一株茶树。他不由吐了一口冷气，仰头观望，发现自己爬了大半天，只爬到半山腰，这山高耸入云，照这样速度只怕到天黑也爬不到山顶。天色渐黑，这前不挨村后不着店的，若是遇到野兽怎么办？王文光越想心越慌。蓦然看见不远处的石缝中有一丛莹绿在微微摇曳，淡淡的香味随风袭来，他走近一看，是一丛正在绽开的九头兰。便想，既然没有寻到好茶，干脆把兰花带回，也不枉进一次山。于是小心翼翼地沿着石缝爬去，忽然，轰地一声，脚下的石头一松动，王文光猝然失去重心，迅速向崖下坠去，身子被崖上的树枝弹来射去，砰的一声闷响，便觉五脏欲裂，一下子昏了过去。

不知过了多久，王文光睁开了眼睛，发现自己躺在一山洞里，山洞十分宽大，且洞中有洞，不远处有烟霭，隐隐有微香传来。

你醒了。有人说道。

王文光扭头一看，是一个扎着两个小辫子的十五六岁小姑娘，目光清澈，一脸纯真。

王文光说，我死了吗？姑娘掩口一笑说，一只脚进鬼门了，是我爷爷救你回来的。

这是什么地方？王文光又问。

这是毛店五指山！

王文光想爬起身，不料全身筋骨疼痛，动弹不得。你伤得不轻，别乱动。小姑娘说完捧过一只瓦罐，小心地倒出一碗水，送到他的唇边，王文光喝了一口，差点吐了出来，说，这是什么药？味道这么怪。这不是药，是茶。王文光惊讶万分，想自己品了大半辈子茶，哪有不识茶的道理。于是说，这哪里是茶？

小姑娘刚要说话，却生生被人打断。燕子，他醒了？

嗯，爷爷。小姑娘回头应道。

王文光顺着话音看去，是一位身材瘦小精神矍铄的老者，便起身说，老人家，是您救了我？老者点点头，我在崖边看见你，就把你背回来了。

王文光欲道谢。老者说，小伙子，你少说话，先养起精神。

如此，王文光便在山洞里养伤，每日喝完药后便是一碗茶，不过三日，伤势竟然痊愈，行动自如，到了第五日，已精神气爽，五体通泰。王文光说，老人家，这是什么茶，竟有如此神奇功效？

老者说，我也不知道这是什么茶。

王文光说，这茶，真希望以后还能喝到。燕子忍不住插嘴说，想得美，你以为这茶想喝就能喝到吗？王文光又说，这样的好茶，必定十分珍贵，你们何不卖上一点，改善一下生活？

燕子从鼻子里哼了一声，说得轻巧！老者瞪了孙女一眼，显然是责备她无礼。这茶非同寻常，不到时候，是不能采摘的。

这是为何？王文光越发疑惑。老者停顿了一下缓缓地说，我祖上本是绿林中人，结怨甚多，为躲避仇家隐居五指山采药为生，无意中发现了这茶，此茶单长在悬崖的石缝中，每年只长几片芽，也只在谷雨这天云雾未散时采青，因此十分珍贵。现在世道好了，我们也想搬下山去，只因舍不下这牵挂，便留在这里。王文光听了老者的话，似懂非懂地点了点头。

吃过午饭，王文光向爷孙俩告别，老者也不挽留，临别之际往他手里塞了一截竹筒，王文光打开一看，里面赫然是半截茶叶。于是惊讶地说，老人家您的救命之恩我还未报，怎能接受你这样尊贵的礼物？

老者说，人性通茶性，真正懂茶的人，人品也坏不到哪里去。这里地势险恶，很少有人来，你既来了，也算与茶有缘，这点茶你就带上吧。王文光还想说什么，老者已转身进洞了。

回到镇上，王文光在家歇养了几天后，便邀上了王财主和周老板二位茶友到桃花江边最雅致的同春茶店品茶。茶友如约而至，王文光问掌柜，这里茶具如何？

王财主早已急不可耐，不等茶店掌柜回答，便说，同春茶店的茶具能差得了吗？快点沏茶。

王文光不免有些得意，拿过茶壶用手指一弹，当的一声脆响，余音回荡。

点头说，还行。泥兴茶具和紫砂茶具一样，料好坯薄，经过窑变，不着色上釉，只需细磨打光，便可呈现一种浑然天成的色彩。重要的是它性能特殊，透气不透水，冲出茶来，汤色清澈，味道醇正。王文光取出竹筒，故意把茶倒在茶碗，让大家细看，只见此茶颜色鲜活，像刚从树上采下来的嫩芽一般。

周老板疑惑地问，这是什么茶？

好茶！王文光神采飞扬。

王财主性急，拍着王文光的肩头说，别卖关子了，快说，这是什么茶？王文光叹了口气说，其实我也不知道叫什么茶，只知道它必须在谷雨这天云雾未散时采摘，是茶中极品。

王文光拿过一旁炭火烧煮的铜水壶，手微一倾，开水便像一道彩虹飞进茶壶，随即迅捷地合上茶盖，动作一气呵成，干净利落。王文光倒出茶水，随着氤氲水气，一缕淡淡的幽香在屋内飘散开来，这一缕茶香虽细，却久久不绝，引得邻桌茶客也悠然神往。王财主与周老板各自端了茶杯微微斜了斜，细细端详，只见水质清亮，像没有冲过茶一样，凑过嘴去，轻轻喝了一小口茶水溢润舌头，然后慢慢滑进喉咙。

品完，王财主周老板四目相对，异口同声地问，这真是茶吗？怎么会有酸味？王文光笑笑。接着沏了第二道茶，将茶倒进杯中，水色仍然明净，香味却浓了，瞬间弥漫了整个茶店，诱得旁人莫不屏气凝神，静静地享受，如痴如醉。

王文光兀自饮起茶来，舌头一触到茶水，辣的隐隐有些疼痛，茶水下腹，犹如吞下一股火苔，像三伏天行走在炎热的沙漠。周老板和王财主见王文光饮了，也端起茶杯，茶进了嘴，两人险些吐了出来。

王财主和周老板抹去头上的汗珠齐声说，辣的厉害。那些茶客听了也都皱起眉头，俨然他们也领略了茶的辛辣。

王文光旁若无人地沏了第三道茶，汤色依旧，茶香像悠悠荡荡的朵朵云彩，将茶楼熏透了。王文光再次举杯，看客的心弦被绷紧了，偌大茶店静寂无声。

三人饮完茶，久久没有说话，他们哪里还说得出来？心早被一股凌厉的苦味浸透，尘封往事被渐次唤醒，那艰苦、无助、绝望的记忆迎面而来。过了许久，三人方才回过神来。

王财主叹了口气说，苦呀！话音刚落便潸然泪下。众人闻言心绪也都沉重起来。王文光沏了第四道茶，汤色不变，香味浓得让人几欲窒息。品尝一口，嘴中犹如伴进了一条绵软的舌，王文光陶醉得闭上了眼睛。

王财主周老板端起茶杯，面面相觑，他们不知道接下来会是什么味，当举杯喝了，也双双闭了眼睛，像是沉沉入睡一样。之前他们品了辛酸，火辣，酷苦，此刻蓦然品到了一股难以言喻的微甜。忽觉得显身于一望无际的田野上沐浴春风，舒畅得身上每一毛孔都如花一般绽开。

良久，三人缓缓睁开了眼睛，像脱胎换骨了一样，容光焕发，神采飞扬，一起响亮地说道，真甜。

王财主赞道，妙不可言！

周老板也说，妙趣横生！

王文光沏了第五道茶，茶水清澈依旧，茶香依旧，但茶店内看客的心都提到了嗓子眼上，不知接下来又有什么味道？

王文光呷了一口，面无表情。王财主也饮了一口，大惊失色，叫道，怎么会这样？周老板喝完，手一抖，茶杯坠于地下，摔了个粉碎，颤声说道，这哪里是品茶，分明是在品味人生！

众人惊骇不已，忙问怎么了？王文光幽然道，自己品吧。

同春茶店掌柜倒了一杯喝下，讶然道，怎么没有味了？

看客本有些焦虑和愣然的心，听了掌柜的话，竟莫名其妙的失望，就像经过几番电闪雷鸣，仍是滴雨不见一样。

过了一阵，几人的心逐渐平静，王财主说，茶中极品！茶中极品！周老板抓住王文光的手说，能喝到这样的好茶，不枉此生了。

同春茶店掌柜问王文光，这茶是哪产的？王文光笑而不答。

王财主周老板也纷纷问道，是啊，你这茶是那里弄来的？王文光便说了这茶的来路，众人听了连声称奇。

陈一刀

陈一刀是陈风烟的绰号。

无论是绰号的性质，还是绰号的由来，陈风烟的这个绰号都与村里其他人的绰号有所区别。其他人的绰号都是一些好事者在田间地头突发灵感，或根据某些人的生活特征举止言行说出一个令人好笑的绰号来，从此在村人当中传开。他们的这些绰号大多带有戏谑和贬义的味道。

可以这么说，陈风烟的这个绰号是在临近年关时很意外，很偶然得到的，并且是对他一种近乎于英雄般的褒扬。

那天早晨下着雪，村里村外迷迷蒙蒙的一片。看不到三米远的路，目光就被挡回来了。陈风烟很想窝在家里，不出房门半步。妈妈却一遍又一遍推他，说，再不去，姑姑会等急的。

姑姑给陈风烟介绍了个姑娘，姑娘是后金山村的金雪梅，约他今天过去看人。对于他这样一个二十出头，血气方刚的小伙子来说，这无疑是一件美不可言的好事。不过，陈风烟有陈风烟磨磨蹭蹭的理由，后金山村的一个黄花闺女被年迈五十六岁的大队长弄大肚子，闹得满城风雨，即便事情已过几年，一提起后金山村的姑娘，陈风烟仍是心有余悸。

谁也不会想到，陈风烟走到村头时，竟被毛小弟家的突发事件所吸引。毛小弟家的突发事情说大可大，说小可小，也没什么，就是毛小弟杀鸭把鸭子杀跑了。

毛小弟家五个人，爸爸妈妈，两个哥哥和一个女儿。

毛小倩的爸爸妈妈原来都在供销社上班，不知犯了什么错，被下放到六顺里村。毛小倩的爸爸是个有文化教养的人，时时注意不让自己连累乡亲，凡事不求人。临近年关，他花钱在浮桥头铁店打了一把刀。刚才，老婆和女儿做他的下手，他操刀要结束全家人辛辛苦苦饲养了一年多的一只鸭子。他拿刀刚刚划破鸭脖子时，一阵嘎嘎的嚎叫和挣扎，使他手中的刀呼然落地，鸭子从桌子上一跃翻身，从屋内跑到了屋外。

明白了事情后，陈风烟站在门口暗想，妈妈动不动就拿人家老毛多么有知识的话堵他嘴，哼，看到没有？有文化，有知识也不是任何事情都做得来的。不知道他在供销社到底犯了什么，这回贸然拿刀杀鸭子算不算又犯了一次错误？在陈风烟看来应该是的。

逃命的鸭子围着门口的稻秆蓬绕圈子跑，毛小倩一家三口在后面追，一会儿便累得满头升腾出热气。跑的跑，追的追，就像陈风烟小时候和伙伴们在晒场上玩老鹰抓小鸡的游戏。

鸭子还在跑，毛小弟和他的老婆仍在追。在稻秆蓬后面的毛小倩却停了下来，失望地丢过来一个眼神。她穿过风雪的目光像一枚针，刺在陈风烟的心上，他觉得又冷又疼。血管里突然有了一股热乎乎的东西涌动起来，他站不住了，大步迎着飞雪朝鸭子跑过去，一个飞脚便将鸭子伏在雪地里。

陈风烟从稻秆蓬里抽出几根稻草，将鸭子捆绑结实递给毛小弟的时候，身后的毛小倩把刀递了过来。陈风烟侧过身，在她的脸上，看到了惊恐，羞涩难为情中涨红着的祈求和盼望的神色。

陈风烟感觉到毛小倩渐渐平息下来的呼吸正吹在自己的后背上，宛如和煦的春风，陈风烟的全身有种暖暖酥酥的舒展感。如果他身上有一片山地，说不准能长出树苗来，有一片果林说不准能开出花来。虽然陈风烟在家里杀一只鸡都是爸爸的事，然而，不管还能再找出多少个虽然来，陈风烟觉得都不足以让他拒绝接过刀，哪怕显示出一丝一毫的犹豫。

过了很久，陈风烟回想起来，仍然对自己的壮举感到惊叹。那天怎么就一刀结束了鸭子的生命呢？又是怎样从里到外把一只鸭子收拾得一干二净的？

　　忙完活，毛小弟自然要挽留陈风烟吃饭，用款待来表示感谢。毛小倩不说什么，她爸爸把她目光里正说着的话都说出来了。小伙子蛮不错，简直神了，一刀就杀死了。

　　毛小倩把那把擦干净的刀递给陈风烟说，这刀就送给你吧，放在我家也没有用。陈风烟看着毛小倩含情脉脉的目光，像接过定情物似的接过刀子。特别是当他发现刀柄上还刻着一个深深的毛字，他觉得这一切就更加意味深长了。

　　正当陈风烟坐在毛小倩家沉浸在英雄一般的热烈气氛中时，村上的街里，远远地飘过来妈妈仿佛要被冻僵的咒骂声，取债的东西，钻哪个洞里了？

　　就是从这天的下午开始，陈一刀的名字便在村里传开了。

　　陈一刀竟然能为帮人家杀鸭子而把看人的事给忘了，简直不可思议。他和妈妈脚前脚后进了家，见姑姑来了，爸爸是个万事不掺言的人，妈妈和姑姑的鼻子仿佛都要气歪了，两人一言不发。陈一刀呆呆地站在那里，宛如站在法庭被告席上，等待着法官的判决。

　　早上，姑姑在家里左等右等，左盼右盼也没有看到陈一刀的人影。金雪梅姑娘性子急，就提议说还不如来陈家呢，这样既看了人，又可以看看家中的条件。姑姑听了觉得主意不错，就顶着风雪走了五里路，把金雪梅姑娘带到了家里。姑姑提了陈一刀杀鸭子的事，金雪梅觉得这里面是不是有什么瞒着她，说了几句客气话，就婉言告辞了。

　　陈一刀连牙缝都不敢露，在妈妈和姑姑面前，即便他的脚胫骨里都是理，眼睫毛尖上都长着嘴巴也无济于事。何况他知道这件事自己做得确实有些过，并且还不小。这些都无足轻重了，重要的是他觉得要感谢这次意外之举，使自己赢得了毛小倩这个在镇上长大的姑娘的那种凝视。他十分清楚，倘若没有这事，他想走近毛小倩，或者说很快接近她似乎是不可能的，那确要经过一段长长的攻心路程。对走下这么一段路，陈一刀他没有足够的信心，可现在情况却不同了。

　　姑姑坐在那骂得都有些不愿意了，而陈一刀听来却像是她在说着和自己毫无相干的一件事。妈妈是不能只动动嘴的，她的耳光在儿子的嘴巴上打出了几声轰响。痛是真痛的，但今天陈一刀感觉的痛是被人按摩着的那一种。

巴掌大的小村子，谁家有什么风吹草动，无论是好事还是坏事，眨眼间就从村东讲到村西了。陈一刀这个美名刚走进家家户户，还没有站稳脚跟，他被后金山村的金雪梅姑娘给凉了的说法，马上又成了人们扎堆时的趣儿话。

陈一刀无所谓，他压根儿就看不上后金山村的姑娘。毛小倩倒是急得不行了，因为事情的起因终归是源于她家的鸭子。

深冬浓重的傍晚来得特别早，即便没有星月，大雪地也能把稠墨似的夜色映照得朦胧样的清亮。

这天是阴历小年。吃过晚饭后，毛小倩来到陈一刀家的门口，叫陈一刀出来，说有话和他说。陈一刀虽然不知道她要和他说什么，但还是显得很兴奋。他跟着毛小倩来到桃花江边，毛小倩的意思是在江边说，陈一刀没搭腔，径直去了柳树林。毛小倩当然明白了他的顾虑，远远地跟在后面。

陈一刀找了个背风的地方，面对毛小倩站着。她的脸被寒风吹得红红的，有一种女孩子身上散发出的特有清香，在寒冷中显得尤为浓烈，弥漫开来，渐渐地把陈一刀包围起来。陈一刀有了一种站在海棠树下的感觉。

后金山村的那个姑娘没什么了不起的。

陈一刀只是用眼睛看着她，并不说什么。

不如在本村找一个！毛小倩说着用眼神在他的面部表情里寻找着什么。

难呀。

唉，我给你介绍。

你？

怎么样？不信？毛小倩顿了一顿，接着说，其实什么媒婆呀，完全是多此一举，在一个村里抬头不见低头见的，两个人有意思了，向双方父母一说，不就完事了吗？

信！是谁？

远在天边。毛小倩见陈一刀发愣地站着，不禁咯咯地笑了起来，说，我是和你开玩笑的，百家姓里没有姓远的，更没有叫天边的。

事后，陈一刀才明白跟在远在天边后面的话应该是近在眼前。当时怎么就没有反应过来呢，等他想清楚，人家毛小倩对这事闭口不说了，把他急得在桃花江边直打转，终究由于男人的怯口没把话讲出来。陈一刀深感难为毛小倩了，她在寒冷的夜里说出这句热乎乎的话，何况是在后金山村的金雪梅愤然离去的时候。

晚上他躺在床上翻来覆去睡不着，陈一刀越想越觉得毛小倩的那句话，比正月里妈妈烧出的菜好吃百倍，可自己竟然蛮卜种一样没有把那句话接下来。陈一刀不免想起妈妈的唠叨，心中生出无限的感慨，是呀，有文化有知识的人，不是任何事情都能做得出来的，但是，有些事情没知识没文化的人却是连想都想不出来！

进了春分，人们闭在年里的那份心思才收回来，开始张罗春耕生产的事。

要说，最急的还是公社的干部们，大会说小会讲，到头来仍是心不落地，最后，纷纷把领导派到各村蹲点。来六顺里村的是公社里的一位副书记，姓刘，大家叫他时就不带那个副字，直接叫他刘书记。

这天下午，陈一刀正在自留地里干活，毛小倩在齐腰深的柳树林里挥动着手臂一声高着一声叫他。从毛小倩的声音里陈一刀能听得出来她有什么大事情了，并且一定比她爸爸杀鸭子跑了那件事还要大。陈一刀赶紧放下手中的活，连忙跑了过去。

他们先是在柳树林里面对面站着，后来又并肩坐在一块青石板上。因为毛小倩说的事有些复杂，说清楚需要一些时间，接下来还要琢磨出一套切实可行的解决办法。其实要挪到现在，这事简单得不能再简单了。就是公社刘副书记看上了毛小倩，那时可不行。再说，陈一刀和毛小倩两人在人生有限的过程中经历的最大事件就是杀鸭，哪遇到过公社领导扯上瓜葛的事呀。

刘副书记是上午趁毛小倩一个人在家的时候找她的。

他对你说什么了？

他不说话，只是那么嘻嘻地笑。

那他做什么了？

毛小倩咬起好看的下唇，沉默着。她的目光落在柳树的嫩叶上，湿润得有些发亮。

陈一刀叹了口气，鼓励她说，没事的，对我你就实说吧。

毛小倩把身子挪成背对着陈一刀，拽起他的双手，分别从自己两边的腋下拉到身前，放在乳房上，就这样。

陈一刀下意识地要将手抽出来，却被她给牢牢地摁住了。

后来呢？

我就躲开了，他还说，叫我晚上七点到桃花江的码头上等他。

最终陈一刀还是把手收了回来。如果没有刘书记的事，他的手也许就会那么一直放下去，说不准到后来嘴巴连同身子都会给她压上去。狗娘养的！骂完，他沉默下来，眼睛叮在一个地方想了好久。说，晚上你去，我自有办法。

怎么？你可别干什么傻事。

放心吧。

桃花江的柳树林里，月亮像一个害羞的孩子露出半个脸来，轻柔的月光洒在桃花江刚刚解冻的江面上，粼粼波光清幽幽的，显得恬淡而静谧，朦胧而神秘。附近的树林里不时有微风掠过，发出沙沙的响声，使等待中的宁静多了一份莫测的焦灼。陈一刀藏在柳树林里，觉得心里十分委屈，刘书记是来做偷偷摸摸见不得人的事，我怎么也像小偷一样鬼鬼祟祟的。不，我是战士，就像电影里趴在地上监视敌人的战士。陈一刀联想到这，全身的血液好像都要沸腾了。

是刘书记先到的，他踱着悠然的小步，嘴上吸着烟，一明一暗的烟火像夏天坟地里的鬼火，使他那张圆润的脸庞闪闪烁烁。毛小倩胆怯地走来，紧张地张望着。看样子，她是离刘书记越近，越想看到陈一刀在那里。刘书记看她走过来，把烟扔在地上用脚碾灭，迎了上去。陈一刀看到刘书记站在离毛小倩很近，他听不到他对她说什么，但他能看清他浑身上下的动作特别的暧昧和轻佻。

陈一刀从树丛的后面绕了出来，若无其事地走了过去。刘书记听到脚步声，回头看见陈一刀，不禁一愣，脸随之阴沉下来，低声问毛小倩，他怎么来了。

毛小倩摇摇头。

哟，刘书记呀，忙着呢？陈一刀站在刘书记的一侧，笑呵呵地对他说，对毛小倩就像陌路人或者压根儿就没看见似的。

没事，我出来散散步，你这是干什么去？刘书记静静而温和地问。

和你一样，我来溜达溜达。

接着是一场尴尬的沉默。

刘书记想让沉默抓紧把陈一刀赶走。陈一刀是想用沉默使刘书记慌张难堪。毛小倩在两人之间无所适从，不知该说什么。就在这时，只见一道亮光从陈一刀的怀中闪出，随着哗啦一声，刘书记的脚尖前落下一把寒光刺眼的刀。

刘书记突然脸色铁青，陈一刀，你想干什么？

刘书记，你以为我陈一刀就会杀鸡杀鸭吗，我还敢杀两条腿的畜生呢，你信不信。

刘书记铁青色的脸上迅速有了一丝抖动，像是在微笑，又像是抽搐。过了一会儿，刘书记静下心来说，怎么能不信？谁不知道六顺里村陈一刀是一位侠肝义胆的人。说着，刘书记意味深长地拍了拍陈一刀的肩膀，然后俯下身子拣起刀，凑近眼前看了看，又递到陈一刀的手里，随后竟若无其事地转身走了。

陈一刀接过刀愣在那，等他清醒过来时，发现毛小倩也已经不在了。

第二天清晨，睡梦中的陈一刀被几个人拉了起来，架上了一部吉普车，送进了公社办的不法人员学习班。罪名是蓄意破坏春耕生产，隔离学习六个月。

陈一刀第一次要这么久地离开六顺里，也是第一次彻夜难眠地想着妈妈之外的另一个女人。晚上躺在床上想，白天坐在教室里想，想他与毛小倩有限的交往过程中所有的细节。后来他用自己的想象把这些情节扩大化，生动化以至于最后编排出一个缠绵悱恻，忠贞不渝的男女相恋的故事。这故事像一部电影，在他的脑海里不断播放。陈一刀既是这出电影的编剧，导演，又是男主角，还是唯一的观众和放映员。他觉得分离是一种幸福的东西，有分离才有思念，有思念才有想象，而想象中的一切才是最完整最美满的。恍惚之间，他似乎觉得不但不该怨恨刘书记和这个学习班，在心里还有了一丝欲以致谢的意思。

在属于他的电影里有毛小倩来探望的情节。不出所料，几个月后，她果真来了，她远远地站在围墙外边向这里张望。他们的目光在那高高的墙头上相遇，他在心里叮嘱自己，对她不要流泪，要洒脱地笑，然而，他感觉到她的目光仿佛已经被泪水浸泡过，并潮湿的相当沉重。他咬紧牙关也没有止住一阵刀割似的酸楚从眼角扑簌簌地掉下来。他双手抱拳举过头顶对她示意，那姿势里包含着思念，爱恋，期待，珍重，坚定，好像把自己生命中所具有的一切都表达给她。

陈一刀觉得毛小倩也会有自己做出类似的举动，可是出乎预料，他等来的却是毛小倩调头跑了。

陈一刀度日如年地等到第二天午休，他趁着看守睡熟之机顺着厕所的后墙逃了出来。他似乎不记得什么事情了，急匆匆跑回村里，直奔毛小倩的家。毛小倩家的门紧锁着，一打听，才知道她家已经搬到镇上了。听到这一消息，陈一刀感觉到是有事发生了。他的心里宛如咽下了一块坚冰，全身渐渐发凉。

陈一刀费了一番周折在镇上找到毛小倩的家，那是一座不错的三间瓦房，就毛小倩一个人在家，她满脸的忧郁和憔悴。看到陈一刀进来，她的眼泪如断线的珠子。陈一刀靠近身前，她猛地转过身去，给他一个抽搐的后背说，你不要再来找我了！

为什么？陈一刀惊愕地问。

不要问为什么？世界上许多事情是无法说出为什么的。

不行！你必须对我说。

你逼我？毛小倩猛地转过身来，已是泪水纵横。她声嘶力竭地说，我和刘书记在一起了。

陈一刀突然被电击中一样，僵直地站了一会儿后，然后瘫坐在地上。

一阵沉默，时间难挨得好像是过了几个世纪。

你杀了我吧，但求你能等到十个月以后。

我不杀你，我杀那个王八蛋去，陈一刀腾地从地上跳了起来。

毛小倩跪在地上，紧紧地抱着他的双腿，用哀求的声调说，别这样，你不能让我肚子里的孩子没出生就失去爸爸吧。

陈一刀的脑海里成了一片空白，他一脚把毛小倩踹开，像在背脊上狠狠地刺了一刀的野狼，疯狂地跑回家，拿出刀又向山背跑去。

说不清陈一刀跑了多长时间，直到下午的时候，他才在朝江府古庙面前停了下来。他觉得有些疲惫不堪，宛如被人抽去筋骨一样。他依偎在一株树上重重地坐下，他整个身体和生命都需要一种稳定的依靠。他躲在稀疏的树荫里，不愿睁开眼睛，他要拒绝阳光下的一切。然而，他不清楚这种拒绝是谁也做不到的。

阳春的暖风习习吹来，在鹅黄的树枝间发出一阵喃喃细语，明媚的光线从枝叶的缝隙洒落，闪闪烁烁，像人们目光里投射出的余波。溪流在不远处叮叮咚咚地鸣唱，如林中精灵清亮的笑声。

陈一刀觉得这细语，余波，笑声都是毛小倩送给他的。一会儿又觉得这一切的一切都是村里人对他的讥讽和嘲笑，包括毛小倩。

陈一刀的脑海里朦胧起来，他想起给毛小倩家杀鸭子的那个瞬间，现在想起来他觉得那个瞬间一定是特别的痛快和轻松，若不为什么那鸭子抓的时候惨叫，而刀子下去的时候却是那么地安静。或许痛苦只是过程，而不是结果，快乐也一样。陈一刀还在想，他就想象出把刀子放在脖子上，一定如同把围巾围在脖子上一样。

正在陈一刀要幸福地对自己动手时，突然有一个女人大喊一声，你干什么？随后迅猛地冲过来，一把夺下他手中的刀。他宛如从甜梦中陡然醒来，睁开眼睛，是后金山村的金雪梅站在眼前，她是寻猪食正巧路过这里。那次失败的相亲后，陈一刀在姑姑家偶尔碰到过金雪梅，两人便相互认识了。金雪梅听说他正和村里一个叫毛小倩的姑娘谈恋爱，所以过去的话题就也没有再提起。

在金雪梅的追问下，陈一刀把自己的事从头至尾对她说了。金雪梅听完后没有半句安慰，反而气愤地数落他，你还是男人吗？你的生命就这么不值钱？你要这样死在刀下，那你就连猪狗都不如了。说完，金雪梅用尽全身的力气把陈一刀手中的刀扔出了好远。

金雪梅的话使陈一刀冷静下来，他打算回家躲起来。金雪梅说，你是逃出来的，公社肯定会来抓你，你回家不是自投罗网吗？

陈一刀一时没了主意，金雪梅说，先到我家躲躲吧。

趁着夜色，陈一刀和金雪梅回到了后金山村，金雪梅对爸爸妈妈说是桃花镇上的同学，他们便也没有再多问。不料，当天晚上听说公社要派人来后金山村搜查。陈一刀的姑姑家也在这里，后金山村怎么能不成为怀疑重点？

这样住在金雪梅家也不安全。金雪梅说，你跟我去江西吧，我正要去那里的姑姑家。即便再被抓进学习班，陈一刀也觉得没有什么可怕的，他想着这些日子发生的事情，感到村里所能给予他的除了钻心的痛就是伤痛的钻心。所以他决定和金雪梅远走高飞。他说，这不连累你了吗？金雪梅说，我愿意的。陈一刀的眼泪一下子就涌了出来。

两人连夜逃出了村子。在路上，陈一刀朝黑黑的夜幕里不知是睡下了还是醒着的家中望了一眼，算是向爸爸妈妈的道别。

二十年后的一个谷雨时节，一个老乡在耕田的时候在一座坟头的旁边拣到了一把锈迹斑斑的刀。刚开始，他以为是什么文物，留着，后来请专家看过才知道是一把极其普通的刀，便丢给孩子们当武器玩打敌人。再后来。不知是哪个把它玩腻了，于是有人把它卖给了收废品的老人，换来了一支棒冰。

收废品的老人便是当年的公社刘书记，他是如何沦落到如此的地步，这中间有着一段惊心动魄的故事，我们就先不说他了。

此时，陈一刀早从江西回来，变成了家乡后山背上的一坐坟茔。他是二十八岁那年回来的。谁也不会猜到，他在江西仍是死于那把刀。那夜，陈一刀和金雪梅从后金山村逃出来，路过他要寻死的地方，金雪梅坚持把那把刀找了回来，她说，带在身上万一用得着。到江西的第六个年头，他替人砍树，带了这把刀，不料被倒下的树压了正身，刀刺在了他的心口上，就再也没有站起来。妻子金雪梅含着一路泪水把他的骨灰带了回来，连同那把刀下葬到她当初救他的那片树林里。

收废品的老人是在偶然间看到了那把刀柄上刻着的毛字，便想起了毛小倩，当然也想到了陈一刀，他就给毛小倩打了电话。

毛小倩很快来了。收废品的老头把刀和自己一绺花白的头发递给毛小倩。他说，这头发是用这把刀割下来的，就当是我割过自己的一次人头吧。

毛小倩跪在陈一刀的墓碑前久久不起，她看到陈一刀的坟头上有一层金灿灿的新土，便爱不释手地抚摸起来。别人告诉她，金雪梅清明时带着他们的儿子从江西回来，昨天才回去。

毛小倩把刀重新埋在了陈一刀的坟边，事前曾有人建议她将这把刀拿去淬火，抛抛光，毛小倩没有同意。她说，就带着这层锈迹吧。那绺头发没有随刀同葬。她说，虽然刀能割人头发，但是在岁月里，头发要比铁器坚硬，铁器可以腐烂，头发却不能，还是用火烧了它吧。

不知道陈一刀是否能接受这把刀，反正他的坟土是收下了，连同那绺燃烧成灰的头发。

毛小倩仿佛是自言自语，又像是问在场的人，是叫他陈一刀呢，还是叫他陈风烟？

翠 花

接到妹妹春花告知父亲病亡的消息，翠花赶紧卸下身上那些村里人不敢穿的衣服，换上以前的穿着才乘车回家。仿佛自己在做地下工作一样，想到地下工作，翠花心里笑了，父亲去世还不到六十岁，不知得的是什么病，似乎和他们不知道自己在这里做什么一样，想到这，翠花心里有些伤痛。家对翠花来说似乎很久远了，模糊记得自己的皮肤很白嫩，现在仍然很白嫩，手指轻轻一压就能挤出水的那种白嫩，翠花的皮肤白嫩干净，陈姐在这点上还讲信用，自她干上这行，从没有给她介绍过那些乱七八糟的男人，这也是她从事这行业跟陈姐提的条件。父亲对她一人在外有些不放心，时常打电话问她在那做什么？翠花总开心地对父亲说：她在玩具厂做玩具。每天接的客都变成了玩具。上个月，妹妹春花还打电话，说她也要来玩具厂做玩具，说在家受够了罪。

家里进进出出的人很多，见到她回来，都把目光投向她，尽管她换下了城里才敢穿的那些服装，但还是有些出众，尤其女人们露出的那些惊羡。像所有死人一样，父亲的头朝门口躺在堂屋的中间，翠花也像所有子女一样，扑上前哭了起来。事前翠花好像犹疑了一下，不知自己能不能哭出来，可现在自己做的和别人在这种场合做的一样，说不好还比别人做得好一些。翠花在哭的间歇里在想，翠花知道自己不该这么想，可她忍不住，翠花母亲死得早，妹妹春花和她简直不是一个母亲所生，皮肤黑黑的。妹妹春花见姐姐哭得伤心，说姐，起来吧，反正哭也哭不活父亲，翠花不肯起来，她要再哭一阵，她弄不清自己的哭是不是包含了对父亲的歉疚。在亲友的劝扶下，翠花不情愿似地直起身子。

起身后翠花看了眼妹妹春花，想办完丧事后，妹妹如果一定要跟自己一起去的话，不知道该如何跟她讲，其实做那种事也是很辛苦的，有次她身体不适，有个叫猴子的男人看中了她，非要和她做，她说不舒服，猴子嬉笑着说，做做就舒服了，还对她眨了眨眼，猴子越发坚持，她勉强和猴子做，谁知道猴子力大精力旺，跟她做了一次又一次，到最后她几乎是求着猴子饶了她。那次后，她哭了一整天。

翠花问了一下旁边的春花，爸得的是什么病，春花说：人好好的看不出有什么病，只是偶尔有些咳嗽。翠花说，你为什么不早点告诉我，春花说：爸不让我告诉你，翠花不相信，难道父亲知道自己做这行被气死的。自己的小姐妹中就有一个叫笑笑的母亲是气死的。如果是那样，自己的罪就重了。她又伏在父亲的身旁哭了起来，爸，你怎么死得这么早啊，倒好像父亲不死，她就用她挣的钱养活似的，真的那样还不知父亲愿不愿意。和自己一起做的那个笑笑的母亲，不知怎样知道女儿在发廊做，一直寻到发廊又哭又闹，非要女儿跟她回去，笑笑不肯回去过那暗无天日的面朝黄土背朝天的苦日子，死活不肯回去，笑笑的母亲就跳江自杀了。这事一直像个阴影罩着她。

一个和父亲年纪相差不多的女人，进门看见地上的父亲就哭了起来，翠花知道她是父亲的相好，翠花原想她不会来，父亲和这个女人好了很多年，但终没有成，她不知道是什么原因，大人的事不好过问，这个女人的颧骨有些高，她小时候就听大人说，女人的颧骨高会克夫的，因而她不喜欢这个女人。现在这个女人在哭，无论出于何种原因，她都得陪着她掉几滴眼泪，再说现在她对女人也有点理解了。

给父亲换寿衣前，在亲友的帮助下，翠花和春花给父亲擦洗了身子，父亲的身子有些僵硬，擦洗起来很不方便，但她们还是很仔细地给父亲擦洗了一遍，翠花在心里说，女儿给你洗身了，擦洗完后又小心翼翼地给父亲穿好寿衣。母亲死时，翠花的年纪还小，不记得这一过程。

夜色渐浓起来，亲友和隔壁邻居也渐渐散去，就剩下翠花姐妹俩，不一会儿妹妹春花就趴在桌上睡了起来，她推了推妹妹：夜里凉，别感冒了，到床上去躺会儿吧，一天忙下来，也够累的。春花一惊，带着睡意说：我没睡，换了个姿势又睡了。翠花只好到里间取件外衣给春花披上。翠花在南方城里也换过好几个地方，对她的条件，有的看不惯，陈姐就撇着嘴说，我们干这种活，不要捡三挑四的，要干净，就别干这种活，世界上什么东西干净，钱最干净。后来，她就跟陈姐做了。

翠花打了个盹，有个小男孩缠着她，非要看她身上如何的白，她被纠缠不过，只好将衣服后摆掀起，让小男孩看她背上的肌肤，不想小男孩一把从后面搂住了她，伸手便欲拉扯她的裤子，她惊叫起来……

公鸡的叫鸣声，让她从梦中醒来，很久都没有听到公鸡叫鸣声，好像鸡叫声才把她从南方拉回来，昨天她的做法说的话，都不是自己的，是另一个翠花的，她知道这些都是疲劳的缘故，她用手按摩了几下鬓角，瞬间清醒了许多。今天是父亲下葬的时辰，墓穴就在村东面的山上，要过一条河，村里人都说看不出牛奶的福气在哪里，却养了个能挣钱的女儿，死的又是时候，再过十天半月，政府就要实行火化，真的现在能死尽快死，免得日后火化尸骨全无。

黑深的墓穴似乎向她张开大口，她不由得哭起来，她根本听不清道士和棺材头在念叨些什么，只觉得身上发虚得要飘起来。

照家乡的规矩，大女儿要烧五七的，她想烧就烧吧，父亲好不容易养大自己，烧经纸的烟雾很深地散发开来，烟也弯弯扭扭地升向天空，临来时妹妹说身子有些不舒服，就不陪她一起来。

燃烧了的纸烟慢慢地稀薄了，稀薄得看不见，翠花知道是融进了夜色，她慢慢地朝家走去。再过几天，烧完七七，她就要离开这个家了。走到小河边，她停了下来，刚才从这里路过时，有一朵黄花开得正艳，黄黄的使人欲醉，她把它摘下来，轻轻地放在河里的水上，潺潺的流水把小黄花飘了过去。她记得，自己第一次过这河，是父亲把自己抱过去的，那是个冬天，自己穿着很厚的棉袄，即使是夏天，以自己短短的小腿是走不过这小河的，那次哭没哭倒忘记了，她慢慢地直起身来，感觉有人从身后搂住了自己，好像和嫖客不太一样，有些力道，也有些蛮，并用手捂住了她的嘴，一下子就把她掀翻在地，另一只手惶惶地伸进了她的裤子，一点过程也没有，就直奔主题，她被一块石头碰了一下腰，疼得她惊叫起来，身子好像要软了下来，一股很难闻的气味缓慢地进入她的鼻孔，她忍不住要打喷嚏，但没有打出来，情势不容她打出来，她像一个贞洁女子一样反抗着，这突如其来的惶恐，她扭动着身子，她像在这里找到了乐趣，要反抗一个莽汉也不难，紧抱着她的男人用狠话对她说："你装什么贞，你以为你是谁，你不就是做这个的吗？"瞬间，她有些想笑，想笑什么她自己也不清楚，但身子却软了下来，那股难闻的烟焦味强烈的刺激她，让她的反抗动作更加激烈，渐渐地觉得自己身子像小黄花一样顺水飘了起来……

翠花的尸体数日后在河的下游一个拐弯处发现的，来看她的人很多，比看她父亲的人多的多。春花看了几眼躺在地上的翠花想说什么，张嘴却哭了起来……姐。

有福叔

　　旗杆脚村里很多年没有这样热闹过，远远就听见女子的哭泣声。今天是有福叔出丧的日子。在村晒谷场上，坐东朝西搭建着一座很气派的灵堂，灵堂里面孝子们应接不暇地答谢着吊丧的人流。

　　人群中，除了孝子们的丧亲之痛，另有两撮人也在默默地流眼泪。一是丧者的同年哥们，一是丧者远房的侄孙们。

　　有福叔三岁时母亲暴病而亡，撇下十岁的大姐、五岁的大哥和还不懂事的他。父亲常年漂泊在桃花江上给船东家撑船，照顾不了三个苦命的孩子，就把他们寄养在一个名叫桂海的远房叔叔家里。桂海少年丧母，是有福叔的母亲收留养大的，为了报恩，他和心地善良的桂海婶将姐弟三人领到自己家里。

　　领孩子的当天，家族里已把有福叔母亲的丧事料理已毕。桂海婶推开门，被眼前的一幕吓呆了：姐姐和哥哥身穿孝衣依偎在床头，泪眼婆娑地瞅着有福叔在床中间玩耍，有福叔手中攥着一把黏糊糊的东西正往嘴里塞。

　　"苦命的孩子呀！"桂海婶一边抹泪一边上前把有福叔抱起，用抹布将他手中的黏糊糊东西擦去。"哇……"桂海婶恶心地呕吐起来，有福叔手中抓的是他自己拉的粪便呀。

　　桂海生有一男二女。本来就不宽裕的日子多了三张嘴更显得有些窘迫。虽然父亲三五个月会捎些钱回来，日子过得还是紧巴巴的。桂海婶将他们姐弟看作亲生的一般。穷人的孩子早当家，懂事的他们帮着桂海婶干这干那，渐渐地长大。

桂海婶的娘家在何店。桂海婶去娘家的时候，姐弟三人就跟着一起去外婆家。日子长了，外婆、外公和舅舅、舅妈也把他们当作自己亲人看待。姐姐、哥哥长大以后就留在家里看家，有福叔年龄小桂海婶舍不得，就经常带在身边。桂海婶家的小凤比有福叔小两岁，懂事的有福叔就格外照顾她，什么事都让着她。

20世纪30年代兵荒马乱，旱灾、涝灾更是给人们带来无尽的灾难。外婆家虽有十几亩薄地，却也常常吃糠咽菜。有福叔和小凤虽招人宠，也难得有格外的待遇。有口好吃的，有福叔都让着小凤，自己饿肚子也从不吭声。一次在外婆家看戏，有人发现一个小孩昏倒在戏台前，桂海婶听见人们的叫喊声赶紧奔过去时，有福叔已经被大家救起，手中拿着不知谁塞给的半块烧饼，却舍不得吃下去。

有福叔十二岁那年，大姐嫁到了杨梅岗。旗杆脚村离杨梅岗村有二十余华里，那时没有公路，走的是小路，拐弯抹角少说也有三十里地。春夏之交正是青黄不接的时候，家里断了粮。只有十二岁的有福叔是家里年龄最大的男人，桂海婶虽有些舍不得，还是狠狠心打发有福叔一个人去杨梅岗村借粮。有福叔推着手拉车从下午三点一直走到夜里十点多。当时杨梅岗村一带成立了地下党支部，有福叔的姐夫虽不是党员，但已是积极分子。他白天在家种地，夜里参加组织活动。临近十点回到家正想睡觉，忽听墙外有响动，紧接着传来敲门声。夫妻俩不觉有些心慌，莫不是被人盯了梢？姐夫赶紧轻轻地躲在后院，大姐来到门前咳嗽一声问："谁？"没有人应。

大姐打开门，看见一个瘦小的身子倒向门里，手拉车斜靠在地上。"二弟，二弟！"大姐一面呼喊着一面抱起弟弟失声痛哭。姐夫闻声从后院赶过来，背起有福叔进屋放到床上。过了好大一会儿有福叔才睁开疲倦的眼睑，他轻轻地舒了一口气说："可算到你们家了！"

有福叔自十二岁起就再也没有长过个子。十三岁那年赶上生天花，一大帮孩子桂海婶无法照顾过来。有福叔病得最重，奇痒难忍，就满头满脸地用手瞎挠，脸上留下满脸的麻点，头皮抓破了变成黄水疮。没有什么药，桂海婶只好跑到湖山朝江府庙里抓了把香灰用麻油拌了一下敷在有福叔的头上，等到头上脱疤之后，一头乌发全部掉光，小小的年纪成了斑秃。每当小伙伴在一起玩耍时，有福叔时常躲在一边。慢慢地，这个伤痛在他的心里结下了疤。

桃花镇上选拔支前民兵时，有福叔自愿报了名。随着支前大军到了南方，一去就是两年。

转眼到了谈婚论嫁的时候。王家的日子由于添了几个劳力渐渐宽裕起来，兄弟姐妹陆陆续续娶妻的娶妻、出嫁的出嫁。有福叔因为矮小丑陋成了桂海婶的一块心病。有福自己心里也跟明镜似的，只是当着桂海婶的面没有流露出来，等到夜深人静的时候才偷偷地叹气。有福叔整日里埋头干活，担水、拾柴一切活计都揽在了自己身上。生活的磨炼使他的手特别巧，木工、铁匠，地里都称得上是一把好手。

为了有福叔的婚事，桂海婶媒人求了无数个，回音都说人品无可挑剔，但个头长相人家不满意。桂海婶愁得眼圈发黑，终于想出了一个主意：让小女儿小凤为有福叔换一门亲。

可想到怎样做通小凤的工作，桂海婶心里一时犯了难。但一想到有福叔，桂海婶还是硬起心鼓起勇气，"小凤，妈想给你二哥定门亲，顺便给你找个婆家。我看中了你表舅家的金香姐和小军哥，只要成了这门亲，你和你二哥都有了归宿，妈就了却了一桩心事。只是有点委屈小凤你了。看在你有福哥疼你的份上，你就答应了吧！"桂海婶一连做了几次工作，只差给小凤下跪了。

小凤不说同意也不说不同意，只是每次提起都会扑簌簌地掉眼泪。虽不是一奶同胞，但从小到大小凤跟有福哥最亲，有福哥疼小妹胜过疼自己，小妹看有福哥比自己的亲哥哥还亲。有福哥的幸福就是小妹最大的心愿，只是想到要就此葬送自己一生的幸福，她心犹不甘。小凤清秀苗条，心灵手巧，温柔孝顺。十里八村的小伙子都梦想着能娶上她，常常借着走亲串街或春节迎龙灯的机会接近她套近乎。一向矜持的姑娘也不免春心萌动，悄悄留意着意中人。

桂海婶搅乱了小凤的心绪。看看日渐消瘦的妈，想想有福哥，她心如刀绞。多少个夜晚，她跑到村东的柳树林里，头枕着细沙哭了一夜又一夜。终于在一天早晨，她红着眼圈来到妈的跟前："妈，我答应了。"然后就一头倒在妈的怀里，泪水沾湿了桂海婶的前襟。

　　表舅家在西乡官塘村，那里地广人稀，广种薄收尚能维持一家人的温饱。郑家生有一儿一女，儿子郑小军长得粗大威猛，小时候瞎了一只眼。官塘村交通不便，又常是土匪出没的地方，平常人家都不愿意把女儿嫁到那里，郑小军到了三十还没成亲。女儿金香长得有几分俊俏，又被爸爸妈妈宠着，因为哥哥的亲事也一直拖着没找婆家。论起缘分来，郑家是桂海婶的一门远房表亲。桂海婶步行了三十里亲自登门拜访，天黑的时候进了门，表哥表嫂的亲亲地叫着，将自个的心思话说给表亲听。想到能给儿子成个家，郑家老两口乐得合不拢嘴，既解决了儿子的心病，又能为老郑家传宗接代，这是打着灯笼也难找的好事呀。可一想到女儿含苞待放的一朵鲜花就这样败落了，老人们心里又都像被针尖刺得一样疼。老俩口张罗着把桂海婶先安顿下。夜里嘀咕着的头一件事是做通女儿的思想工作。

　　金香听说表姑来走亲了，起先很热情地叫了声"表姑"，端茶倒水侍应得殷勤服帖。后来看见表姑的两眼不住地围着自己的身上身下转，又和二老嘀嘀咕咕，就觉得事儿有些蹊跷。后来见大人们说话老背着她，心里长了毛，"莫不是来给我提亲的？"便羞答答地退到厢房里去了。

　　桂海婶在官塘村住了一天，郑家表亲好吃好喝地招待着，就是不提亲事。桂海婶觉得尴尬起来，忙提出辞别。郑家二老支支吾吾地将表妹送出门，打发郑小军用手拉车载着桂海婶送出村口。

　　这时有福叔已从南方支前回来，虽然枪林弹雨辛苦劳累身体日渐消瘦，但精神却格外开朗。当听到桂海婶要让小妹为自己换亲后，从来不发火的他激愤起来："妈，我虽是个没妈的孩，可有你们二老疼着我没觉得委屈。你们的恩情我一辈子报答不完。我的婚事是不足道的，小妹和表妹的终生幸福才是最重要的。我不同意，坚决不同意！"桂海婶含着泪说："有福呀，我知道你是个懂事的孩，你不同意我的安排我不怪你，可你不能辜负你小凤的一番心意呀！这件事我做主了，不许再说不。过了清明我就去提亲。"

　　有福叔便不再吭声。

　　转眼清明节到了，桂海婶放下手里活，到桃花镇上买了两副白糖和南枣第二次来到了官塘村。郑家二老见到表姑二次登门，忙热情地招待。可三位老人家却一点胃口都没有，大眼瞪着小眼。终于还是桂海婶说话了："我知道表哥表嫂的心思，就是怕难为了女儿。我家有福虽然样子难看点，但人性好会疼人，心灵手巧，绝不会委屈了你家金香。再说我家小凤也不差，我也没有觉得你家小军多孬。半斤八两，两家亲事不是很相配吗！跟模样跟一时，跟人性跟一辈子。我都不觉得委屈，你们倒觉得委屈了？成不成给个痛快话，家里都挺忙的，都耽误不起工夫。"

其实在桂海婶走了以后这些日子，郑家二老旁敲侧击地给女儿金香渗透了表姑来家的意思，也把二老的烦恼倒给了女儿听。金香虽受娇惯，但毕竟心疼爸爸妈妈，更可怜哥哥。可没见到本人，谁知道旗杆脚的表哥到底难看到什么地步呢？就模棱两可地扔下一句话："爸妈你们看着办吧。"

是呀，父母之命，媒妁之言，那年月哪容得一个女孩子家自己做主。就是再娇惯，郑家的家风也不允许的。可郑家二老心里总觉得对不起女儿，所以等到桂海婶第二次进门前主意还是没有拿准。让桂海婶拿话这么一激，郑老爷子面子下不来了，开口道："他表姑，我懂你的心思，这是两全其美的好事呀，我咋不知道。我们不就是怕难为了两边两个好女儿吗！既然他表姑把话说到这个份上，我就做主了。这事宜早不宜迟，你回去就托媒人来提亲，其他的咱都别讲究了，财礼嫁妆也都别来回折腾了。请个先生挑个好日子，把两边的女儿送过去就算成了。你看这样成吗他表姑？"桂海婶自然乐得合不拢嘴，一个劲地说："行，行！表哥就依你，就依你！"

了却了一块心病，桂海婶精神也就上来了。快步如飞地奔回家，三十里路只用了半天就到了家。回到家后赶紧跟族里的长辈们知会了一声，又紧着准备娶媳妇嫁女的事了。看着桂海婶欢天喜地的样子，有福叔和小凤兄妹俩却怎么也笑不起来。

日子定在农历三月二十六。两个村子的亲朋好友忙碌了一天，吃喝热闹了一通，便各自散去休息了。

金香屈着心嫁到王家，头顶着盖头，被人拉扯着拜天地、拜高堂、夫妻交拜，头昏脑涨地进了洞房。

先前没能和有福叔见上一面，拜堂时蒙着头也没看清楚。两人独处时，她心想看个明白，等着有福叔来掀盖头。可有福叔就是不靠前，尽往旮旯里灯影里钻。金香心里又气又急，一抬手自己揪下了盖头，就着眼前昏暗的灯光看去，她"啊"地一声昏死过去。

有福叔慌了神，忙喊："妈，妈！"桂海婶闻声跑进来，一边掐人中一边拂心口，又是喂水又是轻轻地呼唤。金香（从现在开始应该称呼有福婶了）缓过气儿来了，就是不肯睁开眼。她万万没有想到她的这位远房表哥、现如今的丈夫竟然是这么丑陋这么猥琐的一个人，她的心彻底凉了。

三天无话，更没有其他故事发生。有福婶躲在房间里低低地抽泣，有福叔除了细心照顾外，大气不敢出一声。三天里有福婶没有喝一口水，没有进一粒米。挨到三天回门，桂海婶打点好了回门礼，打发有福叔用手车推着有福婶回官塘回门拜亲。

一进郑家门，有福婶的眼泪就像断线的珠子一样淌下来，止也止不住。她一头扑到妈妈的怀里放声大哭起来。妈见女儿这般伤心，又抬头瞅见刚进门的女婿的样子，心里那个悔呀。可想想自己的儿子，就替女儿抹了抹眼泪劝道："金香，别这样，这么喜庆的日子，哭啥呀。"

说话间，忙着招待新女婿。慢慢地金香娘发现有福叔人虽长得难看点，可言谈举止很招人喜欢。没有新女婿的架子，里里外外抢着干活。早听说过女婿的为人，心想等熬过了这段日子，姑娘的心收一收，小俩口的日子或许会过得好的。

金香娘知道硬逼着姑娘回去不妥，怕再闹出什么事。吃过午饭后对女婿说："有福你回去给你爸爸妈妈替我多说好话，过几天我让小军把金香送回去。"有福叔也知道没有别的办法，或许丈母娘能劝媳妇回心转意，如若不然就干脆点，省得自己心里觉得内疚。他一边答应着丈母娘的话，一边推着手车走出郑家门。有福叔回到家见小凤和妹夫已经回去了，嘀咕着怎么路上没有遇见。他有一肚子的话要和小凤说，只好暂时咽回去。

看着新媳妇回门没有跟着回来，桂海婶心里长了毛。论风俗规矩，新媳妇回门住娘家的情况也不是没有，但像他们家这种状况会不会发生什么事？但愿不会出别扭事吧！

有福婶在娘家一住就是七天。妈妈好言相劝，好茶饭侍候着。小凤也时常走过来问候一下自己的小姑子。一来二去，有福婶眼里的泪干了，脸上出现了笑模样，可身体还很虚弱。

　　小凤除了忙家务、侍候公婆外，每天都要来看看有福婶。虽然小凤什么话也不说，有福婶心里非常明白。将心比心，人家能这样任劳任怨地对待爸妈、哥哥和自己，自己怎么就做不到呢？自己这样既伤了老人的心，也对不起嫂子的一番委屈。人不服命不行，人不怜惜人不行。路是人走出来的，日子是自己过出来的，挺过这道坎，未必生活得不比别人幸福。况且我在家里老少都敬着，比起那些被人打骂的不知强过多少倍。就这样一遍遍自己劝自己，心里一活络就下床梳头了，慢慢吃点饭食，屋里屋外走动走动，身体渐渐有劲了，脸上也开始红润起来。

　　金香娘忙张罗着女儿回家礼数，又割了一大把油冬菜，打发儿子小军用手车将姑奶奶送回旗杆脚村。

　　送走舅老爷，桂海婶将有福叔和有福婶叫到身边，拉着有福婶的手流着泪说："孩子呀，妈打心眼里谢谢你能体谅我们做老人的心。日子要靠你们自己过，什么是幸福，慢慢地过吧！"

　　第二年，有福婶生下了第一个女儿。

　　到了1960年，有福婶在生了三个女儿后产下一个男孩。因为得来不易，按照风俗起了个既贱又硬的乳名叫樟树囝，又顺应形势请老师起了个大名叫王进。

　　王家几房兄弟早已分家单过，只是有福叔舍不得与桂海婶分开，这样他就要照顾自己的养父养母两个老人。上有老下有小，日子自然紧巴，要紧着让老人孩子吃饱，又疼惜有福婶奶孩子，于是他的饭量慢慢地减了下来，日子长了出工回来面带菜色，精力也不如从前了，从此埋下了身体疾病的隐患。

　　王进满周岁的时候，桂海叔在桃花江里出了事。春夏之交正是江上多风的季节，航运站的船在兰溪返回的时候遇到了大风。船在波峰浪谷间颠簸摇摆，一只船突然偏离搁浅在浅滩上。风大浪急直拍得船板嘎巴作响，江水使劲地灌满船舱，船毁人亡的惨剧马上就要发生。桂海叔就在出事的船上，前后的船赶紧想方设法展开营救，扔救生圈的扔救生圈，丢木板的丢木板。桂海叔和队长组织遇险船员积极配合。船上六人属桂海叔年长，其他人都是小伙子，上有老下有小，还有一个刚入社的才十七岁。桂海叔多次把抛到自己身边的救生物让给了年轻人，等到其他人获救后桂海叔正想弃船逃生时，船体断裂，桂海叔与散乱的船板一起被急流卷走。半个月后当人们从淤泥中将桂海叔的尸体打捞上岸时，已是千疮百孔。

桂海婶受不了打击，一病不起。

这年深秋的一个傍晚，桃花江上的江水已透出丝丝凉意。阴霾的天空预示将有台风降临。有福叔收工回家还没有来得及吃晚饭，听到广播里的天气预报后便去桃花江上收早上放下的渔网。这时风已渐大，有福叔正在收网时，一个同在收网捕鱼的年轻人哎呀一声被脚下的东西绊倒。当有福叔扶起伙伴时，他已躺倒在网桩边失去知觉，浑身被江水浸泡得冰凉。

有福叔一看，原来是人称"懒得拿"的王小鱼。王小鱼与有福叔同龄，祖辈要饭来到旗杆脚村，先是打短工，后来给人家撑船，勤奋节俭，到了他父亲这代时自己有了一只四仓帆船，雇了几个伙计自己当东家。因为就生了王小鱼一根独苗，所以特别溺爱，油瓶倒了都不扶，更别说是家里和船上的活计了。于是人们就给他起了个外号叫"懒得拿"。有福叔从衣兜里掏出还未来得及吃的玉米面窝头，掰下一块塞进懒得拿的嘴里。"懒得拿"慢慢地醒过来，看到自己躺在有福叔的怀里，踏实了许多。这时风卷着浪呼啸过来了，有福叔招呼着王小鱼往岸上赶。眼看快要到岸，一个浪头打过来把有福叔和王小鱼连人带网被扣在水中。有福叔吆喝着搜索落水的王小鱼。

第二天早晨，人们在下市滩的溪滩上找到了有福叔和王小鱼，身体都几乎僵硬，脉搏微弱。大伙七手八脚地将二人抬到卫生院急救，几个小伙子轮换着为他们暖身子。"懒得拿"醒过来了，可有福叔仍然昏迷。医生建议送县医院，生产队长安排拖拉机一路往县城赶去。拖拉机赶到县医院已是中午时分，接诊的医生护士急忙将有福叔抬到抢救室。虽是深秋季节，但医生护士都忙得一头大汗。经过三个小时的抢救，有福叔终于苏醒过来。人们这才长长地舒了一口气。

在逐项检查后医生们发现：除了因江水引起的暂时性休克外，有福叔还患有肺结核兼胸膜积水。那时肺结核在乡下属于不治之症，家人都非常担心他逃过水难却逃不过病魔。而他非常平静，面对着亲人和病友谈笑风生。

有福叔出院后回家做的第一件事是到桂海婶的坟上。在有福叔住院期间桂海婶呼喊着有福叔的小名离开了人世，她无法忍受两次水难给她带来的沉重打击，带着对亲人的依依不舍撒手人寰。有福叔拖着病弱的身体跪倒在坟前号啕痛哭："妈，儿子让您担心了！儿子还没有来得及孝敬您您就走了，我心里难受呀。"

家人好说歹劝把有福叔拉回了家。王小鱼领着一家大小跪在院子里迎接着，有福叔上前抓住王小鱼的手："兄弟不要这样，你我已是生死兄弟了。哥就希望你打起精神让乡亲们看得起。这样就是对我最大的报答。"

王小鱼还真的改邪归正了，到了后来连外号都几乎被人忘记。他的孙子开了一家饭馆，名字就叫做"懒得拿"时鲜饭馆。

王进一出生就与别人家的孩子不一样，从娘胎里一出来他就不哭不闹，两只眼睛滴溜乱转，对新世界充满好奇。其他孩子会爬的时候他不会爬只会滚，其他孩子会站的时候他不会站，但却比其他孩子走得都早。大人们笑他一步到位。

有福婶在经历了生活的波折后把希望全都寄托在王进身上。有福叔出院回家正是王进入学的时候，他拉住儿子的手说："孩子，爸一辈子最大的愿望就是能读书识字，你们赶上了好时候，一定要珍惜呀！"

可由于不断的政治运动，王进的学习也动荡不宁。还好高中毕业时高考恢复了，但因为基础不扎实，落榜了。王进看着年迈的双亲不忍心再念书，便参加了生产队的劳动。先是在农机厂学翻砂铸铁件，后来王进被安排到公社做统计员。

有福叔秉性憨实谦让，在家族中辈分不算高，所以家族的事务挨不上他去主持打理。他在红白喜事中分配的任务就是灶头军。每逢有婚丧嫁娶他负责带着几个远房的侄子孙子烧茶水，或给厨子打打下手。小字辈的贪玩，娶媳妇时爱看个热闹。有福叔脾气好，所以大家常常把手里的任务扔下去戏要，有福叔只好将那些杂七杂八的事全部承揽下来。时间长了人们形成了一个习惯，屋灶头上的活少了谁都行，唯独不能少了有福叔，少了有福叔就跟塌了半边天一样。不是茶水供应不上就是耽误厨子上菜。

有福叔一不是村里的头脑二不是家族中德高望重的长者，他便甘心情愿地做一名灶头军，直到有一天王进当了领导干部成了有影响的人物时，他也没有觉得做这种伙计有什么丢份。尽管家族中有人提出给他奉上上席，他仍乐呵呵地谦恭地说道："没必要，这样好，我这样觉得更舒服。"

王进秉承着吃苦耐劳的性格认真负责地工作着。公社改成乡政府后他被任命为党委秘书，又被推荐上了地委党校。毕业后正赶上重用提拔有学历的年轻干部，便一步步提升为县农业局的一把手。期间成家分房，隔三岔五地带着媳妇孩子回家看望二老。虽然没有衣锦还乡的排场，可村里族里招待得非常殷勤，毕竟他是村里唯一在外当干部的人，又是管旗杆脚村的领导。这些年他也没少为乡亲们谋福利争权益，人人都非常敬重他。

王进为爸妈修缮了房屋添置了电视，可心里总觉得还没有尽到孝心。想想自己在外面工作学习这些年爸妈在家吃了多少苦，于是和媳妇商量要接二老进城住一阵子。二老挨不住媳妇再三的央求，答应冬天去过个冬，过完年开春还是要回来。王进派车将二老接到城里。王进住的是单位分配的楼房，虽然家居生活都非常方便，将二老照顾得也周到体贴。有福叔在家里住的是平房，进出方便，又紧靠着大片柳树林，空气新鲜，早晚伴着桃花江的流水声。七十岁以后在村里领一份养老金，闲暇时间到村老年活动室里与老伙计拉拉家常、下下棋打打牌，遇有村里族里的红白喜事再去献一分爱心，心情别提多快活了。

在城里住久了每天蜷缩在火柴盒一般的楼房里，看看电视，虽有弄孙之乐，但孙子上学功课又紧，早出晚归不敢多打扰。儿子公务繁忙应酬又多，要么三五天不朝面，要么深夜回来已醉眼蒙眬，根本说不上几句话。人上了年纪腿脚不方便，上下楼梯又陡，四邻八舍老死不相往来，想找个人说话都很困难。一来二去就觉得精神不振，浑身疼痛。送到医院做了全面检查后，确诊为肺癌晚期。医生对王进说："王局长，老爷子真是好样的。依他的身体能支撑到现在真是个奇迹。可现在由于精神状态导致病痛加剧。做手术恐怕效果不理想，况且身体不见得撑得住。我们建议保守治疗。"

王进擦了擦眼泪进到病房，看到爸爸微微抬起身像是有话要说，忙凑到跟前："爸，您有什么吩咐？"有福叔喘着气说："王进，爸知道自己的病。能撑到现在看到你有出息，能为乡亲们办事我就已经很满足了。爸苦也吃了福也享了，没有遗憾了。只是觉得对不起你妈，今后你要多孝顺她。医院我们不住了，回老家，我听不到桃花江的流水声心里不踏实，病也养不好。"

王进看拗不过老人，就用车将爸爸送回了老家。闻到旗杆脚的空气，有福叔的精神立马振奋起来，车到家门口不用别人扶就麻利地下了车。老伙计们凑上前来打招呼，他依然乐呵呵谦恭地应答着。有福叔握住有福婶的手："金香，我这辈子最对不住的就是你。你跟着我受委屈了。你要好好保重啊！"直说到有福婶鼻子酸酸的，眼睛里潮乎乎的。

王进知道爸爸心里还有一个结，那就是想念小姑。他打发人去接小凤姑。小凤姑听到二哥病危的消息掉下了眼泪，她哭二哥也哭自己。现在她老了，老伴去世多年，虽有儿孙陪伴却也难以解除孤独。上了年纪出门不方便，兄妹见面的机会越来越少，彼此的挂念却逐日增多。

小凤姑蹒跚地走下车来到有福叔的跟前，兄妹紧紧地拉住对方的手，眼泪直在眼眶里打转。

风从江边吹来，桃花江上的流水声由远及近地传过来。有福叔躺在床上是那样安详。他轻轻地说："我终于可以踏实地睡上一觉了……"

有福叔临终前叮嘱王进说："王进呀，我们是一个本分人家，我走后切忌大操大办，作为一个领导干部你要事事处处检点自己。"

王进按照父亲的遗愿，说服族人和亲朋一切从简。可村里老少爷们不干了，他们找到王进说："王进，你的心情我们理解。作为领导干部你也应该这样做，但我们老少爷们心有不甘，你爸爸是好人，他生前爱热闹，身后不能太冷清了。这事你就别争了，我们大伙为你爸爸操办，违反政策和纪律的事我们不会办。"

王进没法再驳乡亲的面子，只好由着大家。于是大家伙七手八脚忙活起来，灵堂是用老年协会的房子，吹鼓手是村民自发组织的，大家就一个心愿：让有福叔走得风风光光。

外面的场面这样热闹，可今天灶头上的几个年轻人却说什么也打不起精神。一开始他们还到处寻找有福叔，问有福叔有福爷怎么还没来，等清醒过来确定今天是为有福叔出丧时，小字辈们禁不住都哭出声来："有福叔您不能走，有福爷您回来吧！"

送有福叔时，旗杆脚村鞭炮鼓乐响彻云天，全村男女老少都出来为有福叔送行。一帮老伙计们站在向阳的屋檐下目送着有福叔，目光随着送葬的队伍远去。

胡菜花

清末时期，桃花镇有一码头叫盐埠头。这盐埠头在当时就相当于北京的八大胡同，是烟花之地。在盐埠头最有名气的青楼是桃花楼，它的有名，是因为桃花楼的胡菜花。

桃花楼在当时红遍金华八县。凡到桃花镇意欲买春者，莫不是一进桃花镇，就直奔桃花楼而来。这一是桃花楼铺陈豪华，二是经胡菜花调教出的姑娘个个貌似花柳，床笫功夫一流。

桃花楼的名气叫得响亮，姐妹们的生意非常的好。客官们打赏的胭脂水粉钱自然也多。因此，金华八县甚至省城的那些明妓暗娼，也都慕名远道而来，投靠桃花楼老板胡菜花，企望在桃花楼弄块名分牌子。

这一日，又来了一位。

胡菜花托着水烟袋，咕噜咕噜吸了一气后，才抬眼瞄了瞄面前这位姑娘。这姑娘自称姓周，今年十八，来自金华兰溪，家中父母双亡，无依无靠，已经在外飘零半年，迫于生计，今日慕名投奔桃花楼，乞求妈妈收留。

明眉皓齿，肤如凝脂，言谈举止，端庄贤淑。胡菜花冷笑道，你本是大户人家的闺楼小姐，不知出于什么心态，前来戏弄我桃花楼。

那姑娘一听此言，大惊，顿时花容失色。

我十八岁破身，卖春十几年，阅人无数。手下调教打理过的姑娘就像麻饼里的油麻，数也数不清。手爪看动静，眉目看精神，我看你浑身上下隐隐透着杀气，无处可藏。胡菜花挥挥手说道，姑娘你走吧，我桃花楼只求平平安安，不想惹是非。

妈妈真是火眼金睛。姑娘从贴身衣服里拿出一个小包裹，打开来是一粒鸡蛋大小的夜明珠子。这是我家传的无价宝物，是我舍命保下的。如妈妈若肯帮我，这宝物我就送与妈妈。

你真以为姐儿要人，鸨母爱银？胡菜花乜斜了一眼那珠子，冷笑道。

妈妈，愿意听我细说缘由吗？姑娘扑通一声跪在地上，泪如泉涌。

胡菜花起身关了房门和窗户，然后坐下。手拿着水烟筒，咕噜咕噜地吸着，一边听着姑娘的苦诉。

在金华兰溪门有一周姓绸缎商人，经营着三家店铺，富甲一方。一日深夜，周家小姐被喧嚣声惊醒，起床一看，只见外面灯火通明，人喊马嘶。周家小姐还没有弄明白是怎么回事，就被父亲拖拽下楼，把她塞进后花园的一口废弃井里。父亲交给她一颗珠子，告诉她，土匪何麻痢打劫来了，千万别出声。然后慌忙从墙角抱了一大捆油麻秆堆放在井口，匆匆离开。

周家小姐藏在枯井里，吓得大气不敢出。等到第二天下午，才颤颤抖抖从井里爬了出来。只见家中被洗劫一空，房里屋外尸横遍地，惨不忍睹，周家上下十一口除小姐外，无一幸免。

老板娘胡菜花拿手帕拭去眼角的泪水，上前扶起已经哭翻在地的周家小姐。

我打听明白，仇人何麻痢除了赌博最喜欢的就是花柳巷。他玩遍金华八县，并隔三岔五总要到桃花镇上桃花楼寻寻开心。我在家十一个亡灵坟前许愿，要亲手杀了何麻痢，报灭门之仇。周家小姐一口白牙咬得咯咯直响。

你一深闺小姐，手无缚鸡之力，怎么报仇？你还是去报官或者请江湖杀手吧。胡菜花叹息道。

报官，谁不晓得官匪一家亲。江湖杀手？不过骗人银子。周小姐冷笑道，难道妈妈连这也不明白？

胡菜花点点头，无语。

我只求妈妈容我在桃花楼挂个名分牌子，为了报这灭门之仇，我不要清白之躯，只等时机手刃仇人。周小姐再次将珠子递给胡菜花，说道，这宝物，是我家传家之宝，妈妈你就是再开十个桃花楼，经营十年，也恐抵不上这颗珠子的钱，请妈妈体恤我血海深仇。

就算我留下你，你也不见得报得了这仇啊。胡菜花将那颗珠子在手里端详了半天，然后依旧包好，递回周小姐的手里说，你太小看何麻痢了，知道他的外号么？人称何阎罗，这家伙彪悍凶猛，心狠手辣，奸诈无比，你就是近得了他的身，也取不了他的命。

未必上天真是无眼，偏留着杀人恶魔，继续祸害乡里？周家小姐哀叹道。

老天如若有眼，人间就无恨了，老板胡菜花苦笑着叹息了一声。

妈妈，告诉我，难道我真是雪恨无路，报仇无门了？周家小姐走上前去跪在胡菜花的脚旁，满脸泪水地望着她。妈妈见多识广，求妈妈给我指条明路，如若报不了这灭门血仇，我就算死了，也不会瞑目呀。

胡菜花闭上眼睛，不置可否，就在周家小姐暗叹悲泣，感到绝望无助的时候，胡菜花突然睁开眼说，为报家仇，你真的愿意自毁清白？

别说清白，搭上性命也不吝啬。

你有如此胆量和决心，难得。胡菜花将手中水烟袋往桌上重重一搁说，要我帮你也容易，我不要你的什么宝贝，我要你在杀何麻痢的时候再多杀一个人！

谁？土匪头王坞烟。

为什么？

桃花镇上人称他为魔王，是个杀人不眨眼的恶人，比起何麻痢来，不晓得还要凶残多少倍。胡菜花恨恨地说，杀何麻痢你是一死，杀王坞烟你也是一死，你一命赚两命，你也算不亏，再说了，你杀了王坞烟，你也是为金华八县的老百姓做件好事，为屈死在王坞烟刀下的魂魄报了血海深仇。

就依了妈妈。周家小姐在桃花楼老板胡菜花的脚下重重地叩了三个头。

起来吧，姑娘。胡菜花把周家小姐拉到跟前，把那娇小身子细细地捏摸了个遍说，你杀气太重，傲气太盛，一点媚骨都没有，我要把你和面人一样重新给你塑个形态，除了那颗杀人的心，从头到脚，连头发尖都飘着蜜糖香味，让那些贪春男人，醉死在你的面前。

不过个把月，桃花镇上的老百姓差不多都知道了桃花楼又挂牌了一个叫翠萍的姑娘。说翠萍这姑娘，是老板胡菜花从兰溪城里用十根金条买回来的。不仅国色天香，而且天生媚骨，那床第功夫堪称天下无双。

何麻痢听说后，以每日一两黄金的天价将翠萍包了三天，这三天时间里，他猴子似的粘在翠萍身上，要不是事前胡菜花专门告诫翠萍，万万不可轻举妄动，否则功亏一篑的话，翠萍早就拔刀相向了。看着何麻痢心满意足扬长而去，翠萍止不住泪雨滂沱。

知道我为什么给你取名翠萍吗？胡菜花问。

翠萍摇摇头。

翠萍是生长在道院山溪谷里的一种草，全身都有毒，谁要是吃了它，就只有死路一条，无药可救。胡菜花看了看院外的天空，幽幽地说，现在何麻痢已经吃了你，就等死吧。

一天早上，一个人溜风似的走进桃花楼，丢下一句话，安排好翠萍姑娘，王坞烟老爷今晚桃花楼过夜，然后就走了。

于是，这一天，胡菜花指挥着大家忙里忙外，张灯结彩，把桃花楼装点得像跟过年一样喜庆。这个晚上，桃花楼谢绝了所有客人。桃花楼十来个姑娘，个个打扮得花枝招展，专门等着王坞烟和他的喽啰们到来。

掌灯时分，王坞烟一队人马来到桃花楼喝酒听曲，笑骂打闹，快半夜时候，才安歇下来。

桃花楼一片死寂。

胡菜花端坐在房中，手托着水烟筒，咕噜咕噜地吸着烟。

半夜三更，一个人影晃进了胡菜花的房中。

是翠萍吧，胡菜花问。

是的，妈妈。

事儿办得怎么样了？

依照妈妈的教法，我先让他手足酥软，然后给他做了昏穴，现在睡着了。

那你就再照着我教你的法子做，不要害怕，想着你家十一口人惨死的光景，手脚就会有一股力量了。胡菜花从怀里摸出一把刀，递给翠萍，翠萍颤抖着手接过那刀，影子般飘忽了出去。

连着吸了两泡烟，胡菜花搁下水烟筒，起身走到了翠萍的房间。房间里红烛摇曳，翠萍握着鲜血淋漓的尖刀，站在床边哆嗦不已。

胡菜花走了过去，扑在床上那已经气绝身亡的王坞烟身上抽泣起来。

妈妈，你这是为何？翠萍惊讶地说，莫不是杀错了？

翠萍呀，你也是要去的人了，妈妈就告诉你个实情，让你走也走个明白。胡菜花站了起来，抹了把眼泪，娓娓说来。

十五年前，桃花镇来了三个卖艺的人，一个师傅，两个徒弟。师兄英俊潇洒，师妹貌美如花。师傅说，等到来年开春，就给两个自小相亲相爱的徒儿把喜事办了，然后用积攒多年的积蓄开个店铺，做点小买卖，一起快快乐乐地过正经日子。

却不料，师傅突然感染了风寒，一命归西。医治师傅，埋葬师傅，将所积攒的那点银子花了个精光。师兄妹两个人由此感到前途渺茫，心中自是忧闷不已。

这一日黄昏，两个人收拾了卖艺的摊子，师兄说心里闷得难受，就跑去酒店喝酒，却不料喝得稀里糊涂地进了一家赌场，这一赌下来，不仅身上的那点碎银没有了，还给人家写下了一张三百两银子的借据。说是三日归还，若是逾期，就拿他的师妹抵债。

走投无路的师兄决定带师妹逃走，却不料在半路上被追上了。结果师兄被打得半死，师妹也被五百两银子卖进了桃花楼。

在桃花楼的姐妹里，刚被卖进去的师妹恰好排在第九，因此人称九妹。九妹整日以泪洗面，度日如年，时时刻刻盼着她的师兄来赎她。这一盼就是十年，十年杳无音讯，九妹也就死心了。九妹开始挖空心思在待弄男人方面下功夫。不出一年，九妹就成了桃花楼的头牌。

那年的一个晚上，突然来了一帮人，点名要九妹。老板娘暗地里告诉九妹，要她千万小心，因为那人就是金华八县人人惧怕，被人称为魔王的土匪头王坞烟。这个王坞烟的名声九妹早就听说过，此人烧杀奸淫，无恶不作，再加上手段凶残毒辣，被人称为魔王。

第二天，王坞烟叫了桃花楼老板娘，告诉她从今以后九妹就不叫九妹了，叫胡菜花，她就是桃花楼的新老板娘了。

这杀人不眨眼的王坞烟，就是那位师兄。胡菜花惨淡一笑说，我就是那个师妹，从见到他那一刻起，我就许下愿，要杀了他。但是他毕竟是我曾经爱过的男人啊，我怕下手的时候心会乱，脚会软，手会抖。我就想找一个人杀他，让他死在一个貌美如花的女子怀里，死在温柔乡里。等了这么多年，直到你的出现，我想，他死期到了。

你这不是借刀杀人么？翠萍惊讶地瞪着胡菜花。

你可别忘了答应过我的，这可是我们的条件，你现在杀了王坞烟，我也得要何麻痢活不过明天晚上，胡菜花冷冷地说。

那我怎么办？

死！

不！

你现在是死也得死，不死也得死。我可以开门，放你一条生路，但是你逃得过王坞烟那些如狼似虎的手下追杀吗？到头来，肯定一死。不过你还可以选择一种死法，就是那何麻痢贪恋你的姿色，嫉恨王坞烟夺人所爱。再加上他们两人平日里抢夺地盘，早有积怨，所以藏在房中，暗杀了王坞烟。

至于你的死，不过是他杀人灭口。你死的时候，别忘了沾上血迹，在地上写下何麻痢杀人几个字，这样才能嫁祸何麻痢，有了翠萍你的遗言，再加上插在你身上的那把何麻痢的刀，何麻痢他就是有九条命也难逃一死。胡菜花淡漠地说着。翠萍，你是现在死，还是今后死，就你自己看着办吧。

胡菜花回到房中，点着了纸媒，一手端起水烟筒，继续咕噜咕噜地吸着，那烟火明明灭灭的，映照着她那毫无表情的脸。

等第三泡烟吸完，胡菜花站了起来，捶捶腰背，整整衣衫，拢了拢头发，然后走出房门。

东方的天空已经翻起了鱼肚白，鸡啼声开始远远近近地响了起来。胡菜花站在窗前深深地吸了口气后，张开喉咙便尖叫起来，杀人啦！杀人啦！

尖利的叫喊声，像刀子一样划破清晨的天空，牙痛似的在盐埠头码头的上空抽搐着。

绿豆子

一空下来，绿豆子就站在窗前向对面张望。对面住着一个叫翠翠的女人，她总是穿着一件粉红色低领睡衣，赤着脚在房间里走过来又走过去。于是，绿豆子的眼前不时有两只白胖的兔子在猛烈地跳跃，将他的心撞得怦怦直响。

绿豆子是桃花镇上一个室内装修工。在凤凰名城这个小区，有好几套房子都是他装潢的。他现在装潢的是一套位于十一楼的房子，窗口正好对着对面相隔十来米远的十一楼窗口。

就在绿豆子看得出神的时候，对面的翠翠将脑袋从窗口伸了出来，一头飘逸的长发随即便被窗外的风吹成一片黑色的波浪。翠翠冲着绿豆子喊叫，你干什么老是偷看我？绿豆子吓了一跳，想避开已经来不及了，只得尴尬地回应着，谁偷看你了？

翠翠不依不饶，你不是在偷看我，那你老站在窗口干什么？绿豆子支支吾吾地说，我，我是在看你房里的装修，房东说要将房子装修成你家的那种风格，看看不行吗？你要是不想让我看，你拉上窗帘不就好了。说完，绿豆子满脸通红地干活去了。

奇怪的是对面翠翠不但没有将窗帘拉上，反而将所有窗帘都拉开了。这样，绿豆子反而不敢站在窗前看了，有时候，偷偷地朝对面瞄一眼，只要看到翠翠的身影，他赶紧将目光移开，低头继续干活。

就在绿豆子埋头干活的时候，突然一个身影出现了他的面前。他以为是房东来了，抬头一看，竟然是对面的翠翠。翠翠这次穿的不是睡衣，而是一身牛仔装，长发也被扎成了一个大马尾，走路一甩一甩的。绿豆子结结巴巴地问，你，你怎么来了？翠翠嫣然一笑说，怎么，不欢迎呀？

绿豆子更加结巴了。翠翠说，你不是要看我房里的装潢吗？这几天怎么又不看了？

绿豆子说，我。

翠翠说，你要是不想看就不看吧，我来求你一件事，我不习惯抽水马桶，想换成普通的蹲式，你是装修师傅，看能不能利用空余时间给我搞一下？钱好商量。

原来她不是来找麻烦的，他还以为偷看了她一眼，犯了什么事。绿豆子说，就这点小活呀，白天我要赶工，估计一个晚上就能弄好，不知晚上行不行？翠翠说，我正是这个意思。

翠翠的家装修得比绿豆子在外面看到的还要华丽，就像一个美丽的女子，从电视上看是一种感视，跟她面对面地坐在一起又是一种感觉。尽管绿豆子天天给别人装修房子，但还是被翠翠房间里华丽的装饰怔住了。

绿豆子想，有钱人真是钱多了烧得慌，这么好的抽水马桶，怎么就不要了呢。又一想，如果要他天天坐在马桶上，他也受不了。在老家绿豆子蹲得是茅坑，绿豆子最不习惯的就是马桶，偏偏那些房主喜欢，害得他跟着坐马桶，现在他终于找到了一个不喜欢抽水马桶的人，而且还是一个长得漂亮的女人。跟一个漂亮的女人共有一个习惯，是一件多么美好的事情啊，绿豆子就像小时候偷吃了邻居家蜂箱里的一口蜜似的，甜滋滋的。

绿豆子拿起工具三下五除二便将那只马桶给放倒了，厕所里的地板砖也被敲成了碎片。翠翠做晚饭的香味一阵阵直往绿豆子的鼻孔里钻，将下水道里的味道全部赶走了。

绿豆子，过来吃饭吧。翠翠在叫。

绿豆子回头一看，看见翠翠又换上了睡衣，正是那件他曾经在窗口见过的。

绿豆子说，你怎么知道我叫绿豆子？

翠翠没说话，只是朝他后背努努嘴。绿豆子这才想起来，自己出来打工时，他妈妈在他衣服上绣了他的小名。妈妈说，就这么一件见得了人的好衣服，外面的人杂得很，可不能让别人给偷去。绿豆子都穿了两年了，整天与水泥沙石打交道，衣服早已不是当初的好衣服了，可绿豆子还是舍不得丢。两年没有回家的绿豆子，只要穿上了这件衣服就好像回到了家，回到了母亲的身边一样温暖而美好。

翠翠说，别干了，先吃饭。

绿豆子说，我吃过快餐了。

翠翠说，天天吃快餐没营养，不吃饭就吃点菜吧。

绿豆子一眼就看到了餐桌上那条红烧鱼了，他从小就爱吃这道菜，那可是妈妈在过年过节才给他做这道菜。那条红烧鱼躺在餐桌上一只精美的盘子里，两只烧焦了的鱼就像两只充满了诱惑的手，在向他不停地召唤，最终他还是坐到了桌子旁。

翠翠边给绿豆子挟鱼边说，我叫翠翠，你就叫我翠翠姐吧！

绿豆子说，为什么你不叫我哥，而要我叫你姐？

翠翠说，你应该没有我大吧，我今年二十六了。绿豆子说，我今年二十四，比你小两岁，那就叫你姐吧，翠翠姐！翠翠清脆地应答道，哎！快吃菜。

怎么只有你一个人在家呀？

翠翠说我老公去台湾看他老婆了。

这句话让绿豆子知道了她的身份，原来她是别人包养的一只金丝鸟。由于翠翠的领口太低，而翠翠又太好动，一会儿站起来拿这个，一会儿弯下腰去捡那个，弄得坐在翠翠对面的绿豆子不敢抬头看她，生怕被那两只兔子撞疼了眼球，可心里还是慌慌的乱乱的，再好吃的红烧鱼也吃不出什么味道来，吃了几口，绿豆子就丢下碗筷到卫生间干活去了。

接着翠翠又拿来水果，又端来了点心，都是绿豆子喜欢吃而舍不得花钱买来吃的。翠翠的热情烧得绿豆子晕头转向，平时只要两小时就能做完的活，今天竟然做到了十二点还没做完。绿豆子望着还没有完工的卫生间说，我该走了。

翠翠说，可是你还没有把活干完呢。

绿豆子说，今夜是做不好了。

翠翠说，可是你答应今夜要做好的，要不你继续做，明天白天休息？

绿豆子说，不行，明天我还有活要做。

翠翠说，那你走吧，但明天夜里必须将这里的活做完！

绿豆子说，好，我明天保证过来。

第二天晚上，绿豆子刚到翠翠家，天便下起雨。他再也没吃翠翠做的红烧鱼，也没吃她端来的水果和点心了。他一心一意地干活，他只想早点做好快点离开这里。他觉得这个地方太虚幻太不真实，有好住的，有好吃的，还有这么漂亮的女人伺候，这哪里是人间，说不定这就是聊斋里的故事。如果再这样下去，他就没法干活了。他临出门的时候，妈妈反复叮嘱过他，在外面一定要学好，好好干活好好赚钱，再回家讨一个好姑娘做老婆，不该去的地方千万别去。绿豆子听了连连点头，现在，他觉得翠翠的家里就是不该去的地方。

窗外的雨越下越大，可在绿豆子的眼里只有活，活很快就干完了，他拾好工具。绿豆子望着自己装修得漂漂亮亮的卫生间对翠翠说，你看，怎么样？

翠翠站在卫生间的门口看了看，点点头说，不错，还满意。说着翠翠走进了卫生间，准备往坑上蹲，绿豆子赶紧拦住，水泥还没有凝固呢，现在不能往坑里撒尿。

翠翠抬眼瞪了绿豆子一眼说，谁往里撒尿了？我只想蹲下来试试，看好不好用，你看见过有我这么撒尿的吗，我还穿着裤子呢，不信你看。翠翠生气地将睡衣撩了起来，里确实穿着裤衩，一条白色的裤衩。

绿豆子突然觉得自己说的话粗了些，看了一眼翠翠，脸一下子便红到了脖子根。

翠翠说，你知道吗，我就喜欢蹲这种，我不喜欢抽水马桶，太不习惯了，小时候，我们家蹲的是茅坑，只要一蹲上，我就想到了我的老家。

绿豆子说，我该走了。

翠翠说，你走吧。

你还没给工钱呢。

翠翠看了看窗外说，下这么大的雨你怎么走？

绿豆子说，我不怕，反正回去还要洗澡。

可是我怕呀，特别是下雨天，我晚上一个人不敢睡觉。

绿豆子说，那怎么办？你老公不回来吗？

翠翠咬着牙说，那个死鬼这阵子正守着那个黄脸婆，才不会管我的死活呢。翠翠又说，要不你今晚就睡在这里，我给你一百块，加一百工资，共两百块钱，好不好？

绿豆子说，不行，我不能跟你一起睡。

翠翠嗔道，谁要你跟我一起睡了，你就在睡客房，权当是给我做个伴。

有这么好房间睡，一个晚上还能得到一百块，绿豆子怎么觉得都不亏，比他干活还好赚得多呢，晚上躺在柔软舒适的床上，绿豆子怎么也舍不得睡着。

绿豆子想，自己以后的婚床就得买这样的，老婆呢？要是有一位像翠翠那样的老婆，妈妈肯定满意，只是她有老公了。正在胡思乱想的时候，他感到有一双柔软的小手在自己背上挠他的痒痒。他知道那是谁的手，他的心一下子到了嗓子眼，他又惊又喜又害怕，但他没有动，他假装睡着了。他听到了她的呼吸声，呼吸声里有一种甜滋滋的味道，那是她的味道，他终于忍不住转过身来向她迎了过去。

早上，绿豆子走的时候，翠翠塞给他两百块钱，他不要，她追上去硬塞到他的手里，翠翠轻声地问，晚上，你还来吗？绿豆子点了点头。翠翠附在绿豆子的耳边轻声地说，你知道吗，我终于尝到了做女人的滋味了。

一连几个月，绿豆子几乎每晚都要去翠翠那里，白天外出干活，凤凰名城的活干完了，他又去另一家，但晚上再也离不开翠翠了。一天晚上激情过后，翠翠说，绿豆子，你要了我吧。绿豆子说，好，我就等你这句话呢。

翠翠离开了那个富丽堂皇的地方，跟绿豆子住进了一间简易的出租房里。翠翠在附近的餐馆里找了份服务员的工作，白天上班，晚上则跟绿豆子躺在出租屋里，一张简单的铁架床上，两人幻想起今后的美好生活。

翠翠说，我们得买一套房。

绿豆子说，那得要多少钱呀？

翠翠说，要三房两厅的，最少也得120平方，还要铺上地砖，做两个大衣柜。

绿豆子说，那得多少钱？

翠翠说，还要买一辆车，最差也得桑塔纳。

绿豆子说，那又多少钱呀？

翠翠说，你就知道钱钱钱，没钱你就不会想点办法吗？

绿豆子不再吭声了。

一天，翠翠对绿豆子说，我怀孕了。绿豆子兴奋地说，是吗？那我们回去结婚吧。

翠翠说，你有钱吗？

绿豆子说，有。绿豆子从床底下一个脏兮兮的盒子里拿出了三万多块钱来。

翠翠说，这么点钱能干什么呀？

绿豆子说，结婚还花不了这么多呢。

那买房呢？买车呢？生孩子呢？

绿豆子说，以后我再慢慢想办法嘛。

慢慢想办法，慢到什么时候？你两年才攒了三万块钱，二十年能不能攒够买房子的钱？二十年后，我已经老成什么样子我都不知道。

那你说该怎么办？

翠翠说，我们还是分手好了。

绿豆子说，那我们的孩子呢？

翠翠说，我老公说了，他的老婆得癌症死了，他愿意讨我，他还说他没有孩子，他愿意好好照顾这个孩子。

绿豆子知道她指的老公是谁，绿豆子哽着喉咙问，你爱他吗？

翠翠说，我不知道，我只知道爱情不能当饭吃，我实在是受不了洗盘子擦桌子的苦，更受不了我们住在这房子里的苦。

翠翠将一张十万元的存单放在了出租屋里那张简陋的饭桌上。那张盛满曾经的欢声笑语的饭桌颤抖了一下，绿豆子的心也跟着颤抖了一下。

翠翠说，这是补偿给你的。翠翠走出了出租房，走向了停靠在宽阔马路边的一部小汽车上，一个头发花白的老头弯腰将翠翠迎进了小车里。

绿豆子望着远去的背影，愣愣地看着那张存单，直到眼前模糊到看不见任何东西。然后，绿豆子一个人喝起了酒。第二天一觉醒来，绿豆子觉得自己好像做了一个梦，一个只有聊斋里才有的梦。

王大嘴

王大嘴是旗杆脚村同辈人中唯一当过长的人。

据村里老人说，王大嘴不是正宗的旗杆脚村人，是20世纪50年代流落到旗杆脚村的一个吃百家饭的孤儿。旗杆脚村人不仅收留了他，还帮他成了家。

王大嘴成了旗杆脚村中的一员，虽然已有妻儿，老婆也是个爱干净的人，但王大嘴一件衣服穿不上一天，就弄得肮脏邋遢，他老婆为此也曾和他吵过几次，但王大嘴改不了，也就只好随他。

那年在全民皆兵热潮中，公社要旗杆脚村组织一个民兵排，条件是，加入的民兵不仅年轻身体健康，而且还要根红苗正。旗杆脚村本身年轻人就少，适合政治条件的集合起来也没有一个排。上面说不够一个排也要叫一个排。叫谁当排长呢，支书一想就向上面报了王大嘴的名，上头不仅同意，还给王大嘴发了一支老掉牙的三八步枪。

虽然是一名不起眼的民兵排长，旗杆脚村的人说那也是雄鸡头上的一块肉，大小也是个冠。

王大嘴当上民兵排长，但手下没有一个兵。村里人说他那是一竿子到底，排长是王大嘴，兵也是王大嘴。

王大嘴当上民兵排长后，整天什么也不干，就背着那支破枪这里走走，那里溜溜。老婆孩子也不管，谁家做什么，村里来了什么人都要和他说一声，成了不是大队长的大队长，村里人叫他二队长。

当上民兵排长后的王大嘴，还喜欢到支书、大队长家汇报村里的最新动向。村民一个个莫名其妙地被支书叫到家里训一顿，严重的还得反省。有一次村民牛皮家杀猪，没有叫他吃饭，加上牛皮一时没到镇上交三块钱的屠宰税，王大嘴就说牛皮偷税漏税，跑了三里路到镇上把税务所的人叫来，罚了牛皮十块钱。惹得村民们直躲他。但你越是躲他，王大嘴越像蚂蟥叮你的脚一样，要甩也甩不掉。

有一回，村民油麻杆从金华孝顺买回一对小猪，卖给村里的王老鼠，王老鼠正给油麻杆钱的时候被王大嘴看见，王大嘴硬说他们在搞投机倒把，叫镇市管会的人罚了油麻杆二十块钱。这二十块钱，放到现在那也算不上什么，可在当初那是农村人不少的一笔钱。

用王大嘴的话说，他得把自己弄的有威信。然而有的村民说当初村里就不该收留他。为此村民们背后都说他是猪狗不如的东西，谁见了都绕道走开。那不是村民怕他，而是村民们看不起王大嘴，为少寻事做，避开他罢了。王大嘴他却认为是大家做了什么见不得人的事而怕他揭发检举，因为他是民兵排长。

那年，也就是"文化大革命"开始那年，各级政府都实行军事管制，也就是军管。有一天，王大嘴告诉旗杆脚村的村民说，大家要好好地做好抓革命，促生产工作，种田地也要关心国家大事，他要到镇上帮助革命几个月。

王大嘴前脚一走，旗杆脚村人就高兴开心了，起码这段时间用不着防王大嘴这，防他那。

三个月过后，也不知是什么原因，王大嘴回来了。王大嘴不再穿着那肮脏邋遢的衣服，倒是穿着一身半新旧的黄军装回到旗杆脚村。回到旗杆脚后王大嘴像变了一个人似的，不再找碴了，也不摆他的民兵排长威风，而是老老实实参加集体生产，同大家一样挣工分吃饭。村里人私下议论，说这世道在变，你斗我，我斗你，斗得连民兵排长王大嘴也像似变了个人。

那时村外各种战斗队、兵团多如牛毛，不换镇不换村的旗杆脚村没有什么战斗队，兵团组织。旗杆脚村的人说，镇上人闹革命，那是国家包养着他们，我们是放养在竹林里的一群鸡，我们去闹革命，谁给我们吃饭？集体生产自然就比别的地方搞得好，粮食也就分得多。

突然有一天，镇上造反红色兵团的一位副司令带着几个手臂套着红袖章的人来到旗杆脚村。他说，别的地方革命搞得如火如荼，你们这里冷冷清清，是不是故意与革命大好形势对抗，还是有走资派从中搞破坏？过几天，把镇政府的那几个走资派押过来和你们村大队长这个小走资派一起批斗，掀起革命新高潮，推动你们这里的抓革命，促生产。

大家认为这事一定是民兵排长王大嘴的杰作，村里人一个个都鼓起眼睛瞪着王大嘴，有人怒气冲冲地说，王大嘴，这就是你做的好事，革命革到大伙头上来了，兔子还不吃窝边草呢。呸！

王大嘴也没说什么，他凶狠狠地瞪了那副司令一眼，便快步地朝自己家走去。

不知是哪里来的胆子，还是村民们见多了，几个村民围着那位副司令辩论起来。要他说出大队长是走资派，他走了什么？是不是粮食多了就是走资派。逼得那副司令满头大汗也讲不出个所以然，只是一口大声就是要开批判大会，就是要开批判大会地乱叫。

这时，只见民兵排长王大嘴不知从哪里出来，端着他那支三八枪对着副司令大声说，你来开批判会？告诉你，老子就是村里的民兵排长，就是解放军的弟弟，老子在镇上也支过左，我是支左不支右，不要命你就来！并对村民大声说，革命的社员乡亲们，他们来了我们就开他的批判会，也来个抓革命，促生产。

王大嘴几句没头没脑，无章无法，又十分革命的话把那帮人唬嘿得不知如何是好，加上又看见他手里有枪，知道如果真是惹怒了他那就没命了，那帮人见势对他们不利，便灰溜溜地跑了。

那帮人一走，村民们用一种特有的眼神看着民兵排长王大嘴。不知是谁说，造反司令他们今天是怕了我们的民兵排长，要不，我们还同他们扯谈不清呢。有人又说，王大嘴你今天可唬嘿得对。有的伸出大拇指称赞地说，王排长，你今天做了件大好事。

自从那次唬嘿副司令后，村民们发现王大嘴真的变了，每天一起和社员劳动，说话做事也很客气了，不管哪家有事，他都会主动帮忙。村里邻里和睦关系相处得好，大伙也敬重他了。

偶尔有人跟他谈起过去的事，王大嘴总面有羞色，不好意思地说，过去是我不懂事，得罪了大家，真是对不起，对不起。当然，大家也不把他当回事，反而对他有几分敬重，王大嘴成了旗杆脚村有脸面的人。

后来，有人问起王大嘴到镇上支了几天左回来咋就变了样，他说，那是他和被勒令来进行劳动改造的一位老干部生活了两个月，那老干部跟他讲了他从没有听过的话，让他明白了一些道理。再看看造反派那伙人的德行，他们做的不是人做的事，我还在镇上干什么？有一天跟红色造反兵团的人打了一架就回来了。

旗杆脚民兵排长王大嘴，一直活到了20个世纪90年代中期，八十八岁才无疾而终。

贾静雯

　　贾静雯又要离婚了。

　　贾静雯离过一次婚，那是五年前的事了，当时贾静雯才二十六岁。结婚不到一年的贾静雯，还沉浸在幸福之中，但是和她同年的丈夫却和一个四十岁的女人走了。

　　贾静雯当时跪在丈夫面前歇斯底里地问，你爱她什么？又矮又胖，一脸的麻子，难道你一点都不珍惜我们的爱？

　　爱？吃青菜萝卜的爱？丈夫冷笑了一声说，我受够了。

　　哭了闹了，最后还是离了。丈夫什么都没要，轻飘飘地走出了门。走了，连头都没回一下，他是那样急不可待。贾静雯知道，他是怕那钱跑了。

　　短暂的婚姻让贾静雯明白了一个道理，婚姻不是以爱为前提，丈夫所以坚决离婚，是那女人的钱在起作用。在钱面前，什么情和爱，一点都不重要。

　　以后，贾静雯便对爱死了心，对男人死了心。离婚几个月后，贾静雯从皮件厂辞了职。

　　辞职后的贾静雯在镇上开了家小酒店，生意还可以。经过几年辛苦滚打，钱虽没挣到多少，但自己一个人花花还是绰绰有余，还清了结婚所欠的债，买了一套房，贾静雯是个中资阶级的离婚女人。

　　女人毕竟是女人，丈夫无情地跟别的女人走，贾静雯恨死了男人。可是这几年的单身，贾静雯又是那样想要男人，不仅仅是生理需要，更多的是心理感情的需要。一个女人有多难，一个没有男人离过婚的女人，谁都想在你身上占个便宜。想到这，贾静雯就想哭。更多时候是寂寞，累了一天，关上店门之后，所有的辛酸委屈，只有对着空空的房子发呆。不要说生病了，自己病怏怏地躺在床上，想喝一口水都难。虽说店里的员工也关心自己的老板，可有谁知道贾静雯的心呢？要是有一个男人就好了。

可好男人又在哪呢？离婚后贾静雯就没有正眼看过男人，姐妹倒是给她介绍了几个，她也去见了，也只交往了几天，可最终一个都没成。不是她不同意，就是人家不满意。这几个男人，有的长得英俊漂亮，看的是她的房子和钱。有的虽说年纪大点，还是什么领导，可她就是没有感觉。不是嫌自己一过去就当后娘，而是男的根本就冲着她那一点姿色来的，还不让她再开酒店，她才不愿意靠男人，男人靠不住。还有一个男人，什么都好，可第一次见面，他就在她的身上乱摸乱啃，贾静雯气得把他骂跑了。

就在这时，陈小春出现了，他是来打工的。那时酒店生意好，想扩张门面，贾静雯就在店门口贴了招工启事，刚贴出去，陈小春就来了。

贾静雯见到他，心里便决定用他。小伙子还算不错，穿的衣服虽旧，但干净整洁，贾静雯问他的情况。他说，他叫陈小春，今年二十六岁，金华人。高中毕业一直在外地打工，刚到这个镇上来，原来在县城建筑工地干活，老板开不出工资，便不干了。

陈小春还没说完，贾静雯就说，好，你就在这里做，每月六百元。你有地方住吗？陈小春摇摇头。贾静雯说，那就这样吧，晚上你把酒店餐桌拼一拼，先将就一下吧。

陈小春的头点得跟捣蒜似的，感谢过后便干活去了。

事情就这样发生了。贾静雯也没想到会和陈小春发生些什么，又能发生什么呢？一个比自己小的男人，一个比自己穷的男人，即使贾静雯有什么想法，他陈小春敢想吗？更何况贾静雯被男人伤透了心。但感情又是奇怪的东西，在后来的时间里，贾静雯又从陈小春的身上看到了一个男人所有的优点，她被感情俘虏了，她终于知道这个世上还有陈小春这样细心的男人。

终于在一个晚上，店门关后，贾静雯对陈小春摊牌了。她把陈小春叫到了自己的家里，对他说，陈小春你也快三十的人了，有没有考虑过结婚？

想过，但我家里穷，讨不起老婆。

想过要我吗？贾静雯说。贾静雯说这话时，脸红得发烫，像一个害羞的少女。她在心里骂自己，贾静雯呀贾静雯，你怎么这样贱呀，你就这么想男人吗？

陈小春没有说话。贾静雯说，陈小春，你到店里一年多了，你也知道我是个怎么样的女人，我也了解你是怎样一个人。你看，我店里需要一个男人来帮忙打点，我也要找一个男人。

陈小春仍然不说话。贾静雯说，你是嫌弃我？

不，不是的。陈小春红着脸说，我是觉得配不上你。

小春，我们都是成年人，你再想想，你也回家跟爸爸妈妈说说，一年多了你也没回家，明天你就回家一趟。贾静雯看准了眼前这个男人，她感觉这个男人一定会娶她。

我家里早就没人了，我自己的事自己做主。陈小春猛地抬起头，很坚定地说。

你也总得回家开证明吧。

陈小春听话地点了点头，贾静雯笑了。

贾静雯没有看错人，陈小春果然是个好男人。结婚后，陈小春还是陈小春，除多了一个丈夫的身份，他并没有因为自己身份的改变而改变了自己的生活，也没有因为自己一下子从打工仔变成老板丈夫后而变得趾高气扬，好吃懒做，他还是那样稳重。有时连贾静雯都看不下去了，说，小春你现在是老板了，那些杂事你就让别人去做。陈小春却说，静雯，这里的老板永远是你，我虽然是你丈夫，但我还是你工人。酒店的经济陈小春碰都不碰，有时贾静雯不在，收银的小慧要把钱交给陈小春，陈小春总是找借口不接手，不得已接手了，贾静雯一回来便立马把现金交给她。吃的穿的，陈小春从没有过分的要求，而且很随意。贾静雯给他买了衣服，他也不穿，说，你别买了，我有穿的。

贾静雯说，你有穿？就你那些？得了吧，你现在是我丈夫了，要穿的稍为体面些。

不穿，穿整洁就行了，讲究什么，我穿不起。

　　贾静雯说，我们没有钱吗？

　　你是你的，我不要。陈小春倔强地说。贾静雯给他买的那些衣服，陈小春基本没穿。贾静雯生气了，他才在一些正规场合穿一穿。

　　该不会是放长线钓大鱼吧，贾静雯也常常自问，她怕自己不小心再一次看错了男人。贾静雯暗暗地观察了几次，有几次她故意把加了密码的存折放在陈小春看得到的地方，甚至有一次在床上做爱时，贾静雯故意对陈小春说，小春，我一个女人家的，做生意太累了，还是你来做吧，把酒店的法人换上你。正在兴头上的陈小春突然停止了动作，看了看身下贾静雯几眼说，不行。还有一次，贾静雯提出价值上百万的房子换个房产证，陈小春也拒绝了。这样的事，贾静雯做了很多次，都没有什么结果。

　　所有的这些贾静雯看在眼里，喜在心里。她觉得自己终于找到了幸福，找到了一个可以相爱的男人。

　　这样的幸福过了多长？贾静雯记不清了，她压根就没有去想，在她思想里，她贾静雯与这个男人的幸福不是能用时间来衡量的，不是几年几十年，而是永远，而是白头偕老。

　　幸福永远是短暂的。当贾静雯沉浸在婚姻的幸福之中，做着白头偕老的春秋大梦时，陈小春消失了。没有一点迹象，没有一点原因，陈小春说走就走，说不见了就不见了，像水被蒸发了一样。怎么会这样？贾静雯虑了虑这几天的事，没有发现什么异常。想到那天早晨，贾静雯的脸红了，头天晚上两人床上活动异常激烈，一连做了好几回，天亮时，陈小春还又要，她自己也想，两人又做了一回，印证了镇上的那句老话，日头红，回回笼。起床后，贾静雯有事去了银行，回来时已近中午，贾静雯没有见到陈小春，就问小慧，小慧说，他来了一下就走了。

　　他没说干什么去？

　　没有。

　　你没给他钱？贾静雯这话说出口，才发觉是多问，因为陈小春从不随便用钱，很多时候贾静雯往他口袋里塞钱，他都要拿出来扔在桌上。

　　静雯姐，小春哥他从不在这里拿钱。

　　贾静雯不说话了，她想，陈小春会有什么事呢？

到了中午，陈小春还没有回来，也没有一个电话，没手机，就打一个公共电话嘛。想到这，贾静雯有些后悔了，当时自己应坚决地把那只手机给他。贾静雯给陈小春买了一只手机，可陈小春死活不肯要，他说，我要手机干吗？又不出门，天天见得到你。

贾静雯说，男人用不用手机都在其次，别人都有，你没有，那多没面子，我们又不是没钱，况且我都买回来了。

买了退掉去，有钱也要省着，我们花钱的地方多着呢。见陈小春这样坚决，贾静雯就没有坚持。她把手机买好放在那儿，心想，这是一个好男人，让人放心的男人，想到这，贾静雯就彻底宽心了，自己终于等到了一个好男人，真幸福。也就在这时，她下定决心，一定要一心一意地对陈小春好，回头一定要让陈小春把手机带上，让他像个真正的男人。

陈小春不见了，一个下午都没有回来，贾静雯有点急了，心想晚上他一定会回来，但是到了晚上陈小春也没回来。贾静雯就希望寄托在第二天，第二天陈小春仍然没有回来，连个电话都没有。贾静雯急了，店里的人就对她说，小春哥是不是回老家了。

是啊，他是不是回老家去了呢，可他老家在哪里呢？贾静雯一点都不知道。结婚几年来，她从没去过他的家，一是忙，他也没回去过。也应该说回去过，就是他们结婚前，他为了开结婚证明回去过一次，但也是早上去，晚上就回来了。一想到结婚证明，贾静雯就隐隐地记起了陈小春家的地址了，有了这个记忆里的地址，贾静雯激动了，她决定第二天就到陈小春的老家去一趟，她不愿意失去这个好丈夫，况且自己作为妻子，丈夫万一有什么事，自己也要尽一份责任。

贾静雯的金华之行是失败的，她记忆里陈小春家的地址是隐隐约约，陈小春的身份证贾静雯也只是偶尔见过几眼，她从没想到过会去他家，因为自己的丈夫，自己有的是时间，但是，现在一切都为时已晚。所有的一切都随着陈小春的消失而消失了。

贾静雯去金华费了许多力气才找到陈小春的家，令贾静雯意外的是，陈小春的父母竟然都健在，为什么陈小春不承认呢？是怕她在乎吗？她是那样的人吗？更令贾静雯意外的是，陈小春的父母竟然也不承认陈小春，这是为什么呢？不承认他这个媳妇也就罢了，为什么不承认自己的儿子呢？当贾静雯好不容易找到陈小春家时，邻居背着两个老人对她说这是陈小春的父母时她连忙自我介绍，但两位老人并不领情，既不让进屋坐，也不问她有什么事，只是面无表情地说，你别叫我们爸爸妈妈，我们没有儿子，也没有媳妇。

贾静雯以为两位老人在生自己的气，也就没有多想，她还是心平气和地说，爸爸妈妈，你们别生气，你们不认我没关系，我只想问一下，小春回来没有。

他早死了，你走吧。

贾静雯被噎住了，半天说不出话来，她只好向邻居打听陈小春的事，邻居们好像都不大愿意提陈小春，只是对她说，陈小春好几年没有回家了。

贾静雯想留下来弄清楚情况，可酒店里少不了她的事，她不得不回到镇上。

金华行在贾静雯心里留下了阴影和谜团，这种阴影只有等到陈小春的出现才能解释清楚，可是陈小春又在哪里呢？

陈小春一个星期没出现了，贾静雯想来想去还是到派出所报了案。警察详细地询问了情况，还到家里查看了情况，贾静雯的东西丝毫没少，现金，存折，值钱的物品都在，陈小春的东西，除了洗漱用品，别的都还在。又没听说陈小春的情绪精神不正常，警察就对贾静雯说，可能是离家出走吧，你别急，他也许会自己回来的，我们派出所一有情况就告诉你，你呢，先去报社做个寻人启事。

贾静雯急了，他离家出走总得有一个原因吧，能是什么原因？

原因？可能有吧，只有等着他回来或者找到了他，我们就知道了，警察见怪不怪的样子，嘻嘻哈哈地说了这么几句话走了。

贾静雯心里明白，他们把他出走当成小俩口闹矛盾了，但她也没别的法子，就按警察说的去办，她希望陈小春看见启事，知道她在想念他早点回家。

终于有陈小春的消息了。不是陈小春回来了，也不是陈小春打电话回来，而是有关陈小春的消息源源不断地反馈回来了。

先是邻居见了贾静雯就问，你家小春不要紧吧，他出什么事了，什么时候回来？

贾静雯不好回答就支支吾吾的，邻居们就说，他不回来也没关系，我们找你要钱就行了，反正你们是一家子。

钱，什么钱？

你不知道？他说你们要急用钱，我们就借给他了，你是老板，他又是个好人。

贾静雯好像有些明白了，她想说谁借的债谁还，但话到嘴边又溜了回去，谁信她呀，她和陈小春是俩口子，她便一家家还陈小春的借款，算下来也不过万把块钱。钱是还了，贾静雯心里留下一个疑问，你陈小春用钱就说呀，我贾静雯能不给吗？陈小春要钱，有什么用呢？

过了几天，贾静雯的几个朋友过来，她们是来安慰贾静雯的，大家你一言我一语地说着，其中贾静雯最好的一个姐妹问贾静雯，陈小春把那些钱给你了吧？

钱，哪些钱？贾静雯愣愣地看着说话的人。

不是你让借的那些钱吗？说是扩店用钱，借了我两万，借了巧娟三万，春明的二万，说话的人还没说完，贾静雯的脸色就有些黑了，一下子就闭了嘴。

贾静雯过了好半天才说，哦，那些钱回头我还给你们。

姐妹们走了，贾静雯的心静不下来了。她不相信陈小春会离她而去，她不相信陈小春和她结婚是骗她的钱，若骗钱，陈小春直接取他存折上的钱不就完了？为什么这样，贾静雯也不敢相信陈小春是骗她的，两年多的恩爱就这样没有了？这几年的恩爱难道是假的？不敢想。况且，贾静雯的婚姻失败过一次，那个男人为了钱，离开了她，难道这个男人也为了钱离开她？那别人会这样笑话我贾静雯呀。贾静雯的心一阵阵发凉。

贾静雯照常经营着自己的酒店，每天按部就班地生活着，一笔一笔地还朋友们的钱，只是生活中少了一个叫陈小春的男人。别人问及陈小春时，爱面子的贾静雯就说，他有事，回家去了。久了，不好老说回老家，就说，他呀，到广州去了，昨天晚上还打电话回来。

日子就这样过着，骗别人的时候，贾静雯也在骗自己。甚至慢慢地连她自己都有点相信陈小春在外面挣钱了，但随着时间的推移，贾静雯知道陈小春不会回来了，永远不会回来了。

一年多了，贾静雯没见到陈小春的影子。陈小春在外面借的债，贾静雯倒是替她还清了，账是还清了，酒店却倒闭了，最后一笔钱，就是卖酒店还的。一切都完了，贾静雯也顾不上面子，她一个人去当初和陈小春一起领结婚证的居委会，居委会的人知道她的情况，还蛮同情地说，你呀，早该离婚了。可又说，男方不在，虽然有结婚证，可你还得到男方当初结婚时开证明的地方开一个离婚证明，不然我们就不好办。

想想也是个道理，贾静雯也就不难为居委会的人，心想开个离婚证明总不难吧。她第二天就去陈小春的老家金华。

这次是熟门熟路，贾静雯直接找到陈小春村的支书家，让给陈小春开一个离婚证明。支书说，离婚证明？我不能开。

为什么？

为什么？陈小春的结婚证明我们村里没开过，我们又不知道他结了婚没有？离什么婚。

不会吧，陈小春的结婚证明我看过，是村上开的呀，你查一下存根就知道了。

有什么好查的？我在村里当了十几年的支书了，我不会记错。

支书，麻烦你看下吧，你不给我开证明，我怎么办？陈小春把我害苦了。

经不住贾静雯的苦苦哀求，支书翻了这几年的证明存根，的确没有陈小春的结婚证明存根。贾静雯傻眼了，她只好去陈小春的父母家，一见面，他们就说，你别问陈小春，他早就不是我们的儿子，几年前我们就把他赶出家门了。

贾静雯没办法，只好回到镇上，到居委会说明情况，居委会的人倒是很开通，说结婚证明还有假？来，你复印一张拿到金华去，让他们看看。

贾静雯又拿着几年前的结婚证明复印件去了陈小春的村。村支书一见到这张证明就说假的。贾静雯不信，村支书就指给她看村委会的章子说，你这个证明的章子比我们村的章子大。贾静雯仔细一看，果然如此，连结婚证明都是假的，这个婚怎么离呀？

贾静雯经过这么一折腾，大家都知道她要离婚了，一见面，大家就问，静雯，离了吗？

没有，没离婚证明，居委会不办。

上法院呀。

一句话提醒了贾静雯，贾静雯就到了镇上法庭，心想，这下子总该清清楚楚地离了吧。等呀等，几个月不见动静，贾静雯就去问，没想到法庭上的人说，你以为这里是什么地方呀。菜市场？简直在胡闹，结婚证明是假的，婚姻无效，离什么婚？

婚姻无效？三年的婚姻无效，那怎么现在才对我说？哈哈哈，恩爱了三年的婚姻无效，贾静雯嘟嘟囔囔的。

贾静雯疯了。

老宽

老宽远远地看着公司门口传达室，有点发怵。为什么发怵他和大脚婆心里都清楚，他们搭在手上的衣服里面裹着一张山羊皮。

大脚婆的意思，老宽把这张山羊皮弄出去，交给她，再经过她的手把山羊皮变成皮夹克，事情也就成了。

大脚婆是中日合资皮件有限公司的老工人，就像中国人当年打鬼子，干了整整八年。区别在于她这样的劳动力，拼死拼活干了八年，不但没把日本佬弄出中国，相反，还让那些鬼子发得不明不白。

大脚婆并不是因为国仇家恨才偷山羊皮的。老实说，她的爱国情结并不是特别深。她只想偷几张皮，然后做成皮夹克，再把皮夹克卖了，厂里很多工人都这么做。大脚婆还算好，只不过偷几张皮，要是别人，干脆就穿件成品皮衣。那些出口的东西，听说动不动就是几千块钱。大脚婆从没偷过成品皮衣，这倒不是说她素质什么，而是她觉得偷成品皮衣太危险。她这八年抗战，对做皮衣的流程工序都非常熟练。她觉得还是偷皮料出来做成皮衣好，即使不做，也可以把皮料卖给满街的私人皮件厂，把山羊皮换成人民币。

俗话说，夜路肯走，肯定会撞上鬼。这样东偷一张，西偷一张，说不准哪天被门卫人赃并获。当然这也是大脚婆让老宽入伙的原因。大脚婆知道，老宽的老婆快要生小孩了，一进医院就要交医院上千块钱，老宽进厂才几个月，谅他也不敢对钱不礼貌。大脚婆准备和老宽平分那张很可能到手的皮料，她对老宽说，我就不相信你不需要钱。

老宽的确很需要钱，他老婆的肚子一天比一天大，大得就像万恶的三座大山，压得他抬不起头，喘不过气。听了大脚婆的建议他犹豫了一下，老宽说，要是被抓到了，怎么办？

大脚婆说，怎么会抓到呢？这几天门卫是女的，莫非她们好意思搜你的身？

老宽说，怎么不好意思，我看她们巴不得呢，上次你被抓住，不就是男门卫吗？要是你不主动把皮料拿出来，你敢说他们不搜你？

对老宽的疑虑，大脚婆觉得有必要解释一下，她说，你这就不懂了，男的和女的不同，男的一见女的就想搜身，女的不会，女人有羞耻感，男的没有。

老宽愣了一下说，你这话得不对，别人我不知道，但我不是你说的那样，我就有羞耻感，我从小到大，没拿过别人一根针，我现在就觉得很难为情。再说，我每天都要看到那么多女人，要是见一个搜一个，都以识那么久了，我怎么也没说过要搜你的身？

大脚婆没料到老宽会跟她来这手，老宽看起来是斯文纯情的那种男人，他一般是不说粗话的，他说话时的表情非常认真，但这种话听起来始终还是有点暧昧。于是大脚婆一撇嘴说，没说过并不等于没想过，对不对？你敢说你没想过？

老宽愣了，愣了好一会儿才坚决地摇头，我把你当做姐姐。

这让大脚婆有点意外，她瞪着老宽那张英俊的小白脸看了好久，她的神情有些恍惚，她突然把手伸向老宽，拿来，拿给我。

老宽说，什么？

大脚婆说，瞧你这点出息，你老婆的肚子真是你搞大的，把东西给我。

老宽回味过来满脸通红，他狠狠地瞪了大脚婆一眼，抬脚就朝大门走。他想弄大老婆的肚子算什么，要不是怕对不起老婆，老子连你的肚子也一样搞大。

老宽没想到大脚婆会手疾眼快地一把将他拉住。他甩了两下也没有甩掉，回过头来一脸愤怒，你想干什么？

大脚婆说，你这样不行，你得听我。

老宽听了，大脚婆如此这般耳语之后，心情复杂地去了一趟厕所，可是不一会儿他又出来了，他苦着脸，有些神不守舍。

大脚婆说，又怎么了？

老宽说，里边有人。

大脚婆想了想，拉了老宽一下，你跟我来。

老宽想问大脚婆要带他去哪里，话到嘴边又没问，这时候他真的不想再干了，可那张山羊皮就在他手上，就像狗咬热糍粑烫得痛，却又甩不掉。他只能跟着大脚婆往一个未知的地方走。

从厂东拐到厂西边，有一排紧挨着围墙的小平房，那是以前职工平时洗澡的地方。这些天，天气温度骤降，冷得没人敢脱了衣服洗澡，更没人穿着衣服洗澡。因此，这里基本上不会有人出没。大脚婆把老宽带到这里来，意思非常明白。她朝着洗澡房努努嘴，要不要我帮你，她说。

老宽说，帮什么？

大脚婆不知为什么脸就红了说，帮你脱衣服呀！

老宽看了一眼大脚婆说，为什么要你帮我？我又不是没脱过。

按大脚婆的计划，老宽把山羊皮裹在身上，皮料贴人皮，然后再套上毛衣外套，这样就比较保险。大门口的女门卫不可能真的动手搜一个男工的身，更不可能脱了人家的衣服。

大脚婆站在门口，被呼呼的冷风吹得头晕，等了很久仍不见老宽从里面出来，她又忍了一会儿，终于耐不住，朝里面的老宽压声说了句，喂，你在搞什么，好了没有。

老宽在里面好像进行得并不顺利，骂着说，搞什么？搞我自己。

大脚婆飞快地左右看了一下，便推门闪身而入。

老宽吓一跳，你想干什么？

我来帮你弄，大脚婆说。

大脚婆不由分说就将那张皮料裹在老宽的身上，裹完之后她才留意到老宽衣服里边的内容，她觉得心里轻轻地动了一下，你的皮肤好嫩呀。她说。大脚婆在老宽身上摸了一把。

老宽赶紧往身上套棉毛衫，这辈子除了自己的老婆，他还从没让第二个女人摸过，特别是在这样狭窄的空间里，他觉得这样让一个不是老婆的女人动手动脚很不好。他穿上外套后说，你的手别乱摸好不好。

大脚婆愣了一下，并随手打了他一下，我摸你？哈哈，你一个男的，有什么好摸的。

老宽顾不上和大脚婆纠缠，今天要是不听信她的鬼话，财迷心窍想偷张山羊皮，他早该回到出租屋给大肚子老婆倒洗澡水了。对这个生命中的第一个女人，他一直心怀感激，她给他带来的快乐是他从来就没想过的，女人原来竟是如此美妙，他没有理由对她不好。

可是今天，老宽为了将那张山羊皮偷出去，已经耽误了不少时间，他现在只想赶快混过关，回到大肚子老婆身边，看她那张雀斑越来越复杂的脸。

老宽从来没干过这种偷鸡摸狗的勾当，从来没有。本来他在学校读书时成绩一直很好。只是家里实在太穷，没有办法供他读书，他才到镇上皮件厂上班。像他这样文静腼腆，连鸡都杀不死的男人，要找工作真的太难了，结果在流落街头的某一天，一个长得漂亮神情有些冷漠又有些忧伤的女同乡收留了他，并在这以后的日子里不知怎么回事两人就睡在了一张床上。

睡在一张床上的结果，就是女同乡的肚子不可改变地大了起来，而他必须为那个大肚子负责。

其实女同乡没说一定要他负责，女同乡大他好几岁，比他成熟多了，加上在外打工多年，很多观念正在一天天现代化，肚子长在自己身上，它大不大好像跟别人没什么关系。她当初收留老宽，只是觉得他挺可怜，斯斯文文一个小男生，和陌生人说话都会脸红的小男人，要是饿死在异乡的街头，那该多让人伤心哪。她没想到小男人老宽纯洁得让人难以置信，这样的纯洁不是说他童男之身，而是他的心灵，他真的大纯了，纯洁到一定要为她的大肚子负责。

刚开始女同乡还不敢相信这是真的，老宽这种思路和很多男人都不同。现在很多男人最烦的就是女人的肚子动不动就大起来，更烦的是很多女人都会以此为武器，将只图快活的男人彻底摞倒。而老宽这个二十来岁的小男人非但没有抵赖，竟把胸口拍的咚咚响，要为她的大肚子负责。

　　原本女同乡想把孩子做掉，那天她甚至悄悄地去了医院，之所以没有做，并不是她想要这个孩子，而是那天医生忙不过来，等着做人流的女孩子差点没把妇产科挤爆，那种人满为患的场景让她呼吸困难，她在医院等了一会儿，终因受不了那种福尔马林的味道，从医院里跑了回来。

　　后来，老宽就知道女同乡怀孕了，并且独自计划了一次谋杀。老宽就非常生气说，你把孩子生下来，你不要我要。老宽这话说得有些斩钉截铁。

　　老宽这句话轻而易举地打消了女人人流的念头，那一刻，她发现老宽是一个顶天立地的男人。

　　然而老宽工资不高，几百块钱一个月能做些什么？随着女人肚子的一天比一天鼓胀，生孩子所需的那笔钱逼得他坐立不安。为此老宽听从了大脚婆的建议，帮她偷山羊皮皮料。

　　老宽已经走到公司大门口了，在这个过程中，有一两个突然碰面的工友和他打招呼，说老宽你今天走路怎么像僵尸？直挺挺的怪吓人。老宽什么也不敢说，他只惶恐地朝他们笑笑。

　　大脚婆跟在老宽身后，她的样子平常得没有一点破绽，虽然她非常担心老宽的临场表现，事实上她的担心很有道理。这个时候的老宽早已是脸红心跳背脊冒汗，他本想快步从门口跑过，可裹在身上那一张山羊皮实在让人心乱如麻，他只能直挺挺地一步一步地接近站在门口的女门卫。

　　老宽目不斜视，他之所以这样，是因为他不敢看女门卫的那双乌溜溜水汪汪的大眼睛。

　　老宽差不多就直挺挺地从女门卫眼皮底下走了过去，这时，他真恨不得撒腿就跑。可他的双腿就像被鬼抓住了一样，明显地不听使唤。他还是那样直挺挺的，并且不斜视。

　　突然谁叫了声，老宽。

　　老宽吓得浑身发抖，双腿就像中了邪变成了两块石头，定在那儿怎么也搬不动。

　　谁，谁叫我，老宽头上直冒汗。

　　女门卫几步追了上来，很生气，你刚才是从门口过来吗？

　　老宽说，是啊，怎么啦？

　　女门卫说，你从门口过来，怎么看都不看我一眼？有什么了不起的，不就长得顺眼点，好看又不能当饭吃。

　　老宽一时弄不清女门卫的真正用意，他慌里慌张，结结巴巴地说，你说的对，你说的对。

　　女门卫突然火了，一把拉住老宽的手说，你的挂号信，我又没咬你，你紧张什么？

　　老宽伸手抹了一把汗说，我的信？

　　老宽跟了过去。女门卫把信给他，让他在本子上签收，然后女门卫就发现他有点不对劲，老宽你是木头啊？硬邦邦地站着干吗，快签呀。

　　女门卫对美男老宽其实很好感，她娇嗔地打了下老宽，然后她就觉得手感有点问题，你，你怎么这么硬？

　　老宽吓了一跳，说，我哪里硬？

　　女门卫正要搭腔，眼看要露馅，大脚婆几步走了过来插嘴说，是啊，老宽，你哪儿硬了？怎么她知道我却不知道？

　　女门卫愣了一下，马上就回过味来了，她回头啐了大脚婆一口，不要脸，人家说他的腰背硬，你不要乱说，小心我撕破你的嘴。

　　大脚婆说，不单腰背硬，别的地方恐怕更硬。

　　女门卫红着脸挖苦说，一笔写不出一宽一大，你不是他姐吗？你怎么连这个都清楚？

　　大脚婆说，人家老婆肚子都大好几个月了，不硬，翘得起来吗？

　　女门卫还没结婚，挡不住大脚婆的那张嘴，刚想不再理会她，眼一晃，突然发现老宽身上不正常，你等等。她说，你衣服里面是什么？

　　老宽吓坏了。说，没，没什么。

　　老宽，把你的衣服掀起来！女门卫命令说。

　　老宽吓懵了，干，干什么？

　　女门卫说，快点，把衣服掀起来我看看。

　　老宽眼冒金星说，有，有什么好看的。

　　女门卫突然提高声音，老宽，把衣服脱下来，你听到没有，是不是要我帮你脱？

老宽眼看事情败露，歪着脖子说，我不脱，我干吗要脱衣服？

女门卫气坏了，把东西拿出来！

大脚婆眼看要坏事，赶紧想力挽狂澜。你想干什么，一会儿说人家硬，一会儿又要脱人家衣服，东西是人家的，硬不硬关你屁事，凭什么要拿出来给你！

女门卫一脸愤怒，回过头来，你给我滚开，再瞎搅我就连你一起搜。

结果可想而知，那张山羊皮被忠于职守的女门卫从老宽身上剥了下来。

看你斯斯文文的，你怎么干这种事？女门卫很吃惊。

老宽抹着汗说，你想怎么样？

公司里有规定，你又不是不知道。

老宽心里一声长叹，哀求说，你就放了我吧，我这是头一次，我老婆快要生孩子了，一进医院要上千块钱，你放我好吗？

女门卫说，不行，我放了你我怎么办？我放了你，我就会被开除，没了工作，谁给我饭吃，谁给我衣穿，你给我，你养我？

老宽几乎要哭出声来，求你了大姐，我真的没办法，我老婆我不能不管她，我真的第一次做这种事，你就饶了我这回吧。

女门卫不知为何突然重重地哼了一声，生气地说，不要和我说你老婆他老婆，那种女人有大把钱，我又不是不知道，也只有你还把她当成宝。女门卫一边说一边拿起电话，喂，厂办吗？我这儿……

话还没说完，老宽突然扑上来，一把将电话线扯断，随即就看见他手里不知何时拿了把剪刀。

老宽，老宽你想干什么？女门卫吓得脸色苍白。

其实，老宽也不清楚自己要干什么，女门卫这一问还真把他问糊涂了，正当他不知如何是好之际，外面有人惊叫起来，杀人啦，老宽杀人啦。

惊叫声惊醒了老宽，他不由分说一把把女门卫扯将过去抱住，与此同时那把锋利的剪刀顶在了女门卫的脖子上，只要他一用力，天哪，他怀中那个鲜艳明丽的生命就算完了。

惊叫声立即引起很多人的注意，工人围过来，公司干部围过来。很快，刺耳的警笛声由远而近，呜呜直响。

警方接到报警赶来之时，老宽正把女门卫劫持上了楼。公司领导远远跟着不敢轻举妄动。一个警察了解到此事因一张山羊皮而起，气坏了，一边骂骂咧咧，一边朝楼上跑。

警察与老宽面对面开始谈话，老宽抱着女门卫站在楼顶的边沿，老宽说，你别过来，你再过来我就和她一起跳下去。

警察说，我不过来，你也别跳，听我说小兄弟，不就是一张羊皮吗，我过来干什么？你把人放了，我给你十张山羊皮。

老宽说，我老婆要生孩子，我没有办法才这样的，我从小到大，从来就没有偷过人家的东西。

警察说，我相信你，不就是一张山羊皮吗？你先把人放了，我向你保证，公司不会开除你，你放了人，就等于立功，我可以借钱给你老婆生孩子。

警察在劝说老宽的空档里，回头叫人去找老宽的老婆，然后警察继续没话找话稳住老宽。

老宽的老婆很快就被人弄到了现场。老婆说，老宽你为什么要做这种事？老宽你别这样。

老宽说你生孩子要钱。

我生孩子要钱关你什么事，我又没向你拿钱，就算叫你拿，你也不能这样呀！

我没想到要这样，我只想要是卖了这张皮，就能买几包奶粉，我没想到会这样。老宽说。

老宽女人说，你先把人放了，我需要你，你不要做这种蛮卜事，老宽，你不要吓我。

老宽说，一进医院就要上千块，我也是没有办法。

老宽你听我说，我有钱，我有很多钱，生十个，生一百个孩子都够了，老宽，我不在乎钱，我只在乎你呀，你快过来。

老宽突然哇地哭出声来，我没想过要这样，我只是怕被开除，怕找不到工作，我成了小偷，我没脸见人了，你跟孩子，今后怎么办？我怎么还有脸做人，我……

老宽女人不知为何突然有些不自然起来，她低下头闷了好一阵子，然后她抬起头，像下定决心要对老宽说什么。她说，老宽，她话刚开了头，那边被劫持的女门卫逃命心切，趁老宽分神之时，突然用力挣扎，只听几声尖叫，女门卫跑脱了，而老宽像一块破布，从高高的楼上随风飘落。

当天晚上，老宽的女人跑去医院又哭又闹，强烈要求人流。

医生说孩子都六个月了，没法人流。

老宽女人就放声大哭，一边哭一边撞墙，撞得满脸是血。医生吓坏了，赶紧拉住她，表示万事都可以商量。

老宽女人把肚子的孩子引产了，就在老宽死的当晚就把肚子里的孩子引了产。这个消息传到大脚婆的耳朵里，大脚婆怒火万丈直奔医院。大脚婆在医院病房里揪住那个女人，劈头盖脑就是一顿耳光，直打得对方血流满面，泪流满面。

你这个狼心狗肺的烂货，你怎么这样歹毒？老宽是为谁死的，你连种都不给他留下。

女人没有还手，女人挂着一脸的泪和血，女人说，我对不起老宽，那不是他的孩子，不是他的。

老宽死了，为了一张山羊皮。

赖　头

陈运金与王桂香悄无声息地从糖梗田里探头探脑出来时，正好被在草籽田里割猪草的陈樟海看了个正着。他们俩倒吸了一口凉气，想退回去已经是不可能了。

陈运金和王桂香做梦都没有想到，天都快黑了，这个陈樟海还在割猪草？陈运金好一阵尴尬，愣了愣还是打了个招呼，樟海哥，天都黑了还在忙呀？

陈樟海阴阳怪气地回了句，你们俩不也一样吗？

陈樟海说这话的时候，用犀利狐疑的眼光上下打量了一下红着脸的王桂香。王桂香惶惶地垂下了头，晚风吹过，就有王桂香身上的汗香浸进了独天棍陈樟海的鼻孔。陈樟海贪婪地吸了吸鼻子，心想都这么冷的天气了，你们还弄得一身是汗，奇怪呀？陈樟海还看见，一小张糖叶长了腿似的爬在王桂香凌乱的发梢。

这两个人肯定有问题，陈樟海心里琢磨着。等陈运金和王桂香走远后，陈樟海走进了刚才他们出来的密密匝匝得糖梗田。

比人还高的糖梗好端端地被放倒了一行，陈樟海细细地数了一下，不多不少四十二根。糖梗田是王桂香家的，这个平常连一粒米掉在地上都嚷嚷着可惜，都要弯腰去捡的抠女人，她……

陈樟海瞬间明白了什么，他拍着光秃秃的脑门，脸上浮现出得意的笑容。

王桂香的男人陈樟贵，是桃花镇上出了名的一霸，谁见了他都惧怕三分，两年前犯了事，现仍在牢里蹲着。陈樟贵被公安警车带走时拜托陈运金照顾下王桂香。村里人背后都议论说，这个不长脑袋的陈樟贵，这不是引狼入室吗？早晚有一天会出事。

现在好了，陈运金帮到王桂香的床上去了？陈樟贵，你有绿帽子戴了！陈樟海有点幸灾乐祸地想。

陈樟海有很长一段时间没钱买酒喝了。想到酒，陈樟海的口水就不争气地流了下来。该痛快喝一回了，这样想着，陈樟海就往陈运金家的方向满怀信心地走去。

陈运金正蹲在厨房默默地添柴做饭。陈樟海走近身了，他都浑然不知。

运金，想什么心事呀？陈樟海故意高声地叫着。

噢！是樟海哥呀，你来得正好，饭差不多快熟了，你帮下忙去抓只鸡，今晚我们兄弟痛快喝几杯怎么样。陈运金讪笑着献殷勤。

若是在往常，陈樟海端着饭碗就算站在旁边看着流口水，陈运金眼皮都不会抬一下，打死都不会叫兄弟喝一杯，更别说弄只鸡了。糖梗田里一定有鬼，陈樟海心里肯定了自己的判断。

几杯糯米酒落肚，陈樟海佯装醉酒说，运金啊，你说稀奇不稀奇，昨天夜里没有起风没有下雨，桂香家的糖梗好端端地就倒了四十二根。

陈运金端酒杯的手颤抖不停，声音也变得异样，樟海哥你怎么都说酒话了，糖梗倒了不一定要起风下雨，肯定是小孩捉迷藏弄倒的，要不老鼠钻洞弄得也不一定，有什么稀奇。

陈樟海嬉皮笑脸地说，是啊，我在想，八成是哪家捣蛋鬼故意扳倒的。

仗着酒胆，陈樟海又径直趔趔趄趄得上了王桂香的家门。

王桂香家的门仍敞开着，王桂香正在屋里切草籽，陈樟海开门见山地说，桂香，近段时间我手头有点紧，你能不能借二百我用用？

哼，凭什么借你？王桂香一口回绝。

陈樟海倒是不怯，瞟了一眼灯下风姿绰约的王桂香，喉结滚动了几下说，不借也行，陪我睡一晚，你选哪样？

你，呸！王桂香举起手中的菜刀，你陈樟海想睡是吗，我家猪栏里你随便选一只，狗流氓。

陈樟海也不躲闪，我是流氓，那么那些弄倒那么多糖梗的人就是狗男女喽。

王桂香扬菜刀的手就蔫了下来，声音低低的，那就借你二百，你手里宽裕了就还我。

没几天，陈樟海又死皮赖脸地来到王桂香家，二百块花完了，再借五百，最后一次，以后两不相欠。否则，樟贵哥回来，我可管不了我这张破嘴。王桂香无奈，又拿了五百块钱给陈樟海。

突然一夜之间，王桂香家养的七八只鸡全部趴下了，王桂香一把眼泪一把鼻涕地骂开了。天杀的呀，有种就明来，躲在暗处对畜生下手有什么本事，自己穷就罢了，人家过上好点日子就眼红，又没有捆你的手脚，你也可以养啊！天杀的，你不得好死。

这下村里人总算听出来了，王桂香家的鸡是被人毒死的，于是都很同情地问，是哪个天火烧，没心没肺的人干的？

村里还会有第二个吗？昨夜我听见鸡叫，起来看见一个光头翻墙跑了。说完，她又伤心地捶胸顿足。

全村人都骂陈樟海这个挨千刀的，因为村里就陈樟海一个光头，欺负人家男人不在家，尽干这种缺德事。大家都纷纷猜测，这下陈樟海惨了，陈樟贵回来，不把他剁成肉酱才怪呢。

当晚，陈樟海就蔫头耷脑地来给王桂香赔不是，还拿出了一千块钱说，桂香，我不是人，我是猪狗不如的畜生，我不该毒死你家的鸡，给，还你七百，剩下三百赔你损失。至于你家田里倒了的那些糖梗，我想起来了，糖梗根有老鼠吃过的痕迹，应该是老鼠搞的鬼。

事后，陈运金替桂香鸣不平，像陈樟海这种人，你不该这样轻易放过他，你应该报警让他尝尝厉害。

报警，报警让公安来抓我？王桂香扑哧一声笑了，这事是我自己做的。

什么？你是不是开玩笑？陈运金惊得好一阵子都说不出话来。

不这样做，我有什么办法，陈樟海整天糖梗田长糖梗田短的，说得我心惊的慌，到时候真要是让樟贵知道了，那我们还好活。不过，这下好了，我谅他樟海这狗弄的以后也不敢乱说乱咬了。

王小芳

王小芳出嫁的日子至今她还清楚地记得，那是民国三十年的正月十八。

她不知道爸爸为什么给她选这样一个日子，大正月的，弄得她这个年也没过好，光和妈妈准备出嫁的东西了。那年她十八岁。过去常听娘说，女人出嫁是女人第二次投胎，那时女人出嫁前是不能见、也见不到男人的，只能等入了洞房，揭下蒙头的红盖头，才知道自己的男人是驼背还是凸胸，是瘸脚还是白痴。投得好了是女人一辈子的造化，投不好，瘸的瞎的，你都得跟他过一辈子。好在自己的老公不是这样的，每年他都会来村里帮他姐姐家割谷种田，见过面，看上去憨厚诚实的一个人。

那年的二月初六，王小芳在娘家过完了二月二，她的男人就来接她回婆家。王小芳虽说嫁的男人不是驼背凸胸，但她绝对没想到婆家会那样穷，穷得全家七八口人只有三个碗吃饭，一个碗给公公婆婆用，一个碗给她和丈夫，小叔小姑们吃饭时轮着用一个碗。吃的就更不用说了，以番薯代干粮，玉米粥烧得像门口桃花江水能照见人影。王小芳的娘家在江东岸的山脚下，也是村里比较富裕的人家，有几亩地呢，哪过过这种日子？婆家在江那头湖山殿下的坑里，地少土薄又是红泥土，混吃都难。

爸爸怎么会给自己找了个这样穷的婆家？王小芳便有些不愿回婆家。爸爸不高兴了，这兵荒马乱的年月，还不是看人家忠厚老实不惹事？再说在那坑里偏僻，离桃花镇上也只有那几步路，偏僻了才让人放心。爸爸是读过书识些字的，给她起了个这样有些书香味的名字，不像村里的其他女伴们连个名字都没有，"麻痘花娘"、"内人家"地叫到老。王小芳便觉得爸爸的主意是没错的，给自己挑的人家也是没错的。再说，爸爸从小就开导她：女人无需知书，但要达理。婆家终归还是要回去的，王小芳收拾东西打上包袱，便和丈夫上了路。

虽说婆家穷，但毕竟是新婚的日子，路上，王小芳便想和男人多说几句话，但男人是个只知干活的闷葫芦，整日里难得见他说几句话，这路上自然就只有王小芳问一句才回一句，话题也是公婆好吗地里都干了啥活之类的话题，王小芳有点急了：你就没别的话和我说？男人似乎想了一下，说：家里来了两个人，在家里住了一段时间了，是一对公婆俩。

一对公婆俩？王小芳有些诧异。

是金华兰溪那边来的俩口子，是庆荣叔陪过来的。

爸爸愿意？王小芳过门虽没几天，但知公公是个家法很严的人。

庆荣叔在桃花镇上有点名气，爸爸也不好说别的，只是叫家里人不要和那俩口子多说话来往，就当没这两人一样。

住在一个家里，怎么能不说话来往？

他们住在猪栏屋边的茅草蓬里，吃饭都是自己烧。王小芳婆家顺山坡盖有好几个茅草蓬。

他们是做什么得？年纪大吗？

不知道是做什么的，有三十多岁吧，只知道那男的叫老杨。

回到婆家，王小芳看见猪栏屋边的茅草蓬门口有一个女人坐在板凳上纳鞋底。仔细看去，那女人穿着虽不花哨，但很整洁，是解放脚，小时缠脚不多时又放开了的，不像自家是缠的小脚。穿针引线时那女人抬起头，王小芳看她脸上白白净净透着秀气，像个读过书的人。一会儿，那叫老杨的男人也从屋里走了出来，看上去也是穿着干干净净，像旗杆脚教书的先生。这两人不像地里干活出力的，到这里做什么呢。正想着，男人发话了：别看了，叫爸妈看见了少不了要一顿骂呢。王小芳知道男人这是为自己好，便不敢再去看，忙去见了公婆，帮小姑干家务活。

　　几天下来，王小芳发现那老杨几乎是整日不出屋，小姑说她饲猪时偷偷看了，老杨趴在屋里的那张破桌上写字，写的纸一摞一摞的。那女人白天在院里做鞋补衣，实际是在望风呢，是在看山下进村的路，一有生人来就进屋告诉老杨，两人就藏在屋后的竹林里或村东的猪栏屋里。小姑说：他们不到我们屋里来，也不和我们家里人说话，爸爸也不让我们和他们说话。那天我看那女的穿件碎花褂子很好看，多看了几眼爸爸就骂我，还不让我吃饭呢。

　　又过了几天，王小芳发现老杨俩口子虽不出门，但每隔几天的晚上就会有人来找他们，一待就半夜。神神秘秘的。

　　山里的日子艰难，镇上更是不安稳，鬼子和汉奸不时来扫荡，说是找共产党打游击队，有时还会从其他地方飞来飞机扔炸弹，隔江老市基集镇上就炸死了一百多个人。

　　这天早上，太阳刚露点亮光，三步外还看不清人脸。王小芳到猪栏屋去拿柴火准备做早饭。过去都是小姑去拿柴火，王小芳负责打水，自王小芳从娘家回来，这拿柴火就让她来干了，公公不再让小姑到猪栏屋里去。王小芳抱着一捆玉米秸起身正要往回走，一转身吓了一跳，老杨的女人站在她跟前。

　　同年妹，你不要怕。老杨的女人压低嗓门说。这是王小芳第一次听她说话，她有很浓的金华那边口音。

　　来，同年妹，我和你说句话。老杨的女人拉着王小芳的衣襟转到柴垛后。

　　说啥？王小芳这时才定了定心。

　　是这样，刚才有人来告诉我们，县里出事了，我们得赶紧离开这里。我看你是个明理诚实人，想托你给我们保管一样东西。说完老杨的女人将东西交到王小芳的手里。王小芳摸去，是布做的，像个不大的枕头。

　　记住，这东西谁也不能知道，包括你家里的人，你的男人。一定要藏好。过些天我会来拿。记住，如果不是我和老杨，谁来拿也不能交给他。老杨的女人低声叮嘱完，便急忙转身回到了屋里。

　　王小芳手捧那东西，像捧着块火炭，一下子不知往哪放好。她想起自己是来拿柴火的，便先把东西塞进柴堆的最里边，定了定心，抱起那捆玉米秸回到自己屋里。

　　太阳爬上门口山坡时，镇上的汉奸来到了村里，个个端着枪，挨家地问村里来过游击队和共产党没有。村里人说：游击队和共产党脸上又没刻字画记号，来了我们也不认识的。汉奸们又挨家地翻，自然是啥也没翻到，折腾一阵后走了。晚上吃饭时，王小芳的婆婆悄声说：老杨俩口子啥时走的？昨天夜里还在呢，汉奸来搜人时，可把我吓坏了。王小芳听了一声不吭。

那天晚上回到屋里，王小芳等男人睡下，悄悄起来到猪栏屋里的柴垛中把那东西取回屋。在油灯下细看，她这才看清是一个粗布缝做的布袋子，袋子比大人的枕头小，比小孩子的枕头大，袋子口已用针线密密缝好，用手摸，里边像是盛放着几摞厚厚的纸。王小芳看着袋子上蓝底白色的印花，摸着有些划手的老粗布，猜不透里面是什么东西。她怕男人醒来看见，便赶紧偷偷地放到了娘家陪嫁来的柜子底。

从这一天起，王小芳的心里有了这件让她牵挂的事。十天过去了，二十天过去了，两个月过去了，仍不见老杨和他的女人来取这布袋。又是两个月过去了。老杨俩口子是春天的那个黎明走的，现在眼看夏天要过去了，王小芳怕夏天潮湿坏了布袋里面的东西，就用从娘家偷偷带来的一块遮雨的油毡布将那布袋包好再放到柜子底。布袋在王小芳心中的分量也一天天加重。

秋天到了。一天，王小芳的男人到江对岸的桃花镇上去赶集，不想这一去就没回来，同村去的人回来说他被日本佬抓到塔山挖绿石头了。这一下把王小芳一家人的心扯到了半空中。大半个月过去后，那天同被抓去的人偷偷跑了回来，说王小芳的男人在偷跑时被日本佬打死了。王小芳和小叔子们忙赶去抬回了一具尸体。王小芳结婚半年就遭到了这样的大难，怀了几个月的孩子也小产了，她躺在床上大半个月才下地走动。

一年、两年过去了，仍不见老杨俩口子来拿东西。王小芳在婆家的日子也开始不好过了，小叔子们有意见了，说哥没了，咱们还给他养着媳妇，让她白吃饭。后来婆婆也背地里放风，说她的媳妇克男人，克死了她的儿子……王小芳和小姑交情好，小姑在半夜家人都睡下后劝她：嫂子，你是不是心里放不下我哥？人死了，你后头还有大半辈子呢，就叫自个受那看不见底的苦？王小芳想说她也不愿在这受只有女人才体会到的苦，她是在等老杨俩口子来取东西，可这事对自己死去的男人都没说，小姑子也就不能告诉了，只好低头落泪不说话。

　　王小芳的爸爸来看她，知道女儿不能在这家待了，便给说好了一家，定好了日子。

　　那天新男人一帮人过来接王小芳再出嫁，王小芳收拾好东西，来的人想把娘家陪送的东西也抬上，婆婆和小叔子们硬是不让抬：嫁人嫁人，嫁到谁家东西就是谁家的了，没见泼出去的水还能再收回去的！王小芳也没计较，便打开柜子收拾里面的衣物和那布袋。一直站在跟前的婆婆和小叔子见那油毡包，不知是啥东西，便要王小芳打开看看里面是啥，看是不是拿自家的东西。王小芳啐了小叔子一口：这是女人家用的东西，你看了不怕你们倒霉撞倒运！小叔子这才作罢。临出门，王小芳将哭着的小姑拉到一边：妹妹，若是老杨俩口子回来了，你一定要告诉他们我嫁到哪去了。

　　王小芳改嫁的这家人家是江东隔她娘家不远的一个山村，也是一个忠厚老实的人家，日子自然过得也是紧紧巴巴的。但这还不要紧，让王小芳担心的是这里三天两日有鬼子汉奸来扫荡，还有一些叫不上名的队伍也时常来村里抢东西抓人，闹得家家不敢在家睡觉，夜晚都到山里过夜。王小芳只好每晚将那油毡包和几件作遮掩的衣物用个包袱包着抱在怀里不离身，她夜里睡不着，就想那老杨俩口子怎么一去就不见人影了呢？好歹来个信也行啊。想着想着又恨起这俩口子来，扔给她这个累赘，扔不得藏不得，怎么办呀？

　　想起来虽然恨，但王小芳知道这都不顶事，答应了人家就得保管好东西，他们来取，要完好无损地交给人家才是正理。虽说自己改嫁了，但江对岸坑里的第一个丈夫家又不能断了联系，怕老杨俩口子去那找她时扑空。好在前夫家的小姑就嫁在附近，王小芳和她交情好，隔十天半月就去小姑子家一趟。姐妹俩说着话，说着说着，王小芳总装着不经意地问老杨的女人来过没有。问的次数多了，小姑就起了疑心：嫂子，你和老杨的女人有什么事吧？

　　没什么事，我只是觉得那女人清清秀秀的有些讨人喜爱，长时间不见了，还有些怪想的呢。她要来了，你叫她去看我。

　　小姑点点头。

　　日子就这样在穷苦和动乱中过着。那年传来消息，说是日本佬投降了，仗打完了。王小芳想这下可好了，老杨俩口子该来了。可老杨他们没来，中国人和中国人又打起来了。这里又开始过队伍，不分白天黑夜，一拨一拨的。

只要一听到是共产党的队伍，王小芳就忙跑去问：你们那里有个老杨吗？

哪个老杨？我们这里有好几个姓杨的呢。人家告诉她。

就是那个打日本鬼子时在我们家藏着的那个老杨，还带着他的老婆。

大婶，你找错了，我们是从南边来的呢，打鬼子时也在南方。

要不另一拨就会告诉她，他们是从北方来的，也从没在这待过。

小姑那里也没有消息，小姑对她说：嫂子你死了这条心吧，这兵荒马乱的，又好几年了，老杨俩口子早就不知死在哪里了，打起仗来，死人是常事。

王小芳也觉得这希望是越来越渺茫了。

解放了，不打仗了，日子终于平安了，共产党占了天下，这让王小芳心中的希望又一下子变大了。村里来了土改工作队，王小芳就跑去问人家：你们这里有姓杨的吗？你们知道打鬼子时在我家藏着的老杨俩口子吗？人家说：没有，没听说过。王小芳不相信怎么会没有呢？人家说：你到镇公所去问问吧。

王小芳和男人去赶集，打听着到了镇公所。一个梳着分头、上衣口袋里插着两支钢笔的年轻人接待了她，听她说了，告诉她这镇上的公家人里没有像她说的老杨这样俩口子。年轻人又问她找他们干什么，王小芳想，见不到老杨俩口子或他们中的任何一位，那东西是不能交出来的，便说没什么事，只说是打仗时他们两个曾在她家住过，想来看看他们。便失望地回家了。

再后来变化就开始时大起来，土改分田地，组织互助组，土地入社，成立人民公社，每变化一次，镇上的领导也换一批。一听村支书说镇上又换人了，王小芳便趁赶集去那由镇公所变成的公社里问一次，人家都告诉她没有她要找的人。有的领导告诉她，像她说的老杨俩口子早就该到大城市做大官了。王小芳想，做不做大官不要紧，只要他们活着，就该来取那东西的，也肯定会来取那东西的。

转眼就到了"文化大革命"，那天王小芳的二儿子哭着回到家，王小芳和第二个丈夫生有三个儿子一个女儿。王小芳一问哭着的二儿子才知道，他要去参军，可公社"革命委员会"不让他去，说他外婆家是富农。那时村里青年人唯一的出路就是去参军，王小芳见儿子哭得伤心，就想起了那油毡包，我还为共产党打仗的年代收藏过东西呢，这不是功劳？靠这功劳，说不定公社领导会让二儿子去参军的。于是，王小芳便用包袱包好那布袋到了公社。

可她还没到公社门口，便见街道上挤满了人，口号震天响，她问人家这是干什么，人家告诉她说这是走资派游街批斗。她又问什么是走资派，人家又说就是过去打仗解放后当官的那些人，现在都成坏人了。王小芳听了，想那老杨俩口子不就是这样的人吗？替坏人保存东西岂不是更坏事了？儿子参不成军不说，说不定还会给全家惹来更大的祸呢。她赶紧夹着包回了家，把那布袋重新用油毡布包好放到了箱子底。

但王小芳想，当年老杨的女人交给自己这东西时，那神情，那话语，那叮嘱，说明这东西是珍贵得了不得。这样珍贵的东西，老杨俩口子说啥也不会忘记的，这社会变化太快，几天一个样，老杨俩口子一定有什么不便，所以一时无法来拿，但他们终会来拿的，这东西还得保存好，自己还得等。每年的夏天，王小芳总是背着家人偷偷拿出布袋在太阳下晒，布袋一直被保管得好好的。

时间到了二十一世纪，王小芳已是年过八十岁的老太太，有了重孙子了，村里人已很少记着她叫王小芳了，年轻人见她都叫她奶奶或老奶奶。

人老了，眼前的事记不住，但年岁久远的事却记得越清楚。当年老杨的女人托付给她的情景一次次在王小芳的脑中回现。那布袋在她的心中又显出了分量，成了她的一份心事。

年老了，睡觉少了，王小芳做梦却多了，梦见的也多是村里死去的人。近来几次梦见了老杨的女人，远远地向她招手，王小芳想这下可好了，我终于见到你了，终于可把那东西交给你了，就大声喊，喊着喊着就把自个喊醒了。王小芳有些迷信，她相信有鬼神。自从做了这梦后，她就想自己在世的日子不会多了，那些过世的人在叫她呢，老杨的女人在叫她呢，叫她也到另一个世界去。光听人说那边的世界和这现世是一样的，这边有啥那边有啥。她就想老杨和他的女人可能已经到那边去了，他们在那边等着她过去把这东西交给他们。王小芳的心中有了新主意，她想这件让她牵挂了一辈子的事终于到了最后有个交代的时候，终于有了着落。

不久，王小芳就病倒了。一天，王小芳把儿子们叫到跟前，叫大儿子从箱底拿出了那个油毡布包，打开，取出那包东西。儿子们从没见过这个油毡布包，没见过油毡布包里面的布袋，他们不知道老太太还保留着这样一件东西，不知道里面藏的是什么宝贝。老太太把布袋的故事讲了，叮嘱儿子们：这东西你们不能动，更不能拆开。我死了，你们一定要把这个布袋放到我的棺材里，我过去好交给人家，你们一定要照我说的去办啊！

娘，我们一定照你说的办！大儿子代表兄弟们表态，并接过了这东西。

没过几日，王小芳闭上了她的眼睛。

王小芳没有想到的是，她的儿子们并没有按照她叮嘱的去做，老人死后的第一天晚上，大儿子就把两个弟弟叫到一起，说要打开这包东西，看看到底是什么东西。大家都同意，就拿剪刀剪开了布袋，取出一看，原来是一些花花绿绿的像钱一样的东西，厚厚的有五六摞。最小的弟弟读书多，抽出一张仔细看看，说：这是抗战时期的军票，是部队里用的钱，现在应该是文物了。

这些军票是按照老太太叮嘱陪葬？还是到文物市场上卖掉？兄弟几个起了争执。意见更不统一，兄弟们便要怎样分吵了起来，老大不同意平分，他说他赡养娘多，该多要。这样，老二、老三又不干，说同样是儿子，就该一样多。王小芳那已经出嫁多年的女儿听说了这件事也赶来争，现在法律规定了，男女平等，出嫁的闺女也有继承权，这东西也有我一份。

丧事过了断七，兄弟们的争执一直没有结果。最近，为了这包东西，王小芳的儿女们已经把官司打到法院里去了……

房　事

分房条件公布那天，永红记不起是怎样离开单位的，老天跟他的心情一样晦涩无光，不久便下起了雨。他没带雨具，急忙赶回家，不到半路就淋了个透，永红水渍渍地走进门，妻子在厨房做饭，他一边脱着衣裳，一边和妻子说了句："这雨真大。"尔后便钻进卫生间，等他一丝不挂出来，妻子已将饭菜摆在桌上。

永红毫无食欲，草草吃过饭就上了床，妻子收拾好碗筷，也早早地上了床，刚躺下，小手便伸到他下边活动，妻子以为他想要。

永红一向如此，只要想要，总是提前上床，今天她稍感意外，那里毫无反应，便停手喃喃地问，怎么回事？永红把她的手挪开，叹口气道，没兴趣，免了吧。她很沮丧，在黑暗中带着楚楚动人的可怜，他心里一动，想说声对不起，可话到嘴边又咽了回去，他今天实在不想说话。

躺了半天，一丝睡意也没有，永红起身来到窗前，即使是夜晚，不远处隐隐能见单位新建的宿舍楼黑影，那楼并不高档豪华，面积也不大，属普通安居工程，可他想要一套，这是单位最后一次福利分房，工作几十年了，还没住过福利房，永红心里有点不甘。

撩着窗帘往外看，肚皮底下那东西突然有了灵动，他连忙回到床前，却发现妻子早已睡熟，朦胧的夜光下，她的睡态很难看，表情呆板，歪头愣脑，呼噜连声，他感到惊讶，女人也打呼噜。

永红平时比妻子睡的早，从未听到她的呼噜声。

永红有一套三室一厅居室，那是拆迁时，母亲用几间旧平房换来的，母亲临终前告诉他："我没本事，给你留下只有这套房，你有儿子，有本事就给他多挣点家私。"那时，儿子只有几岁，眼下，儿子个头眼看就与他肩膀一样高了，他要给儿子弄套房子，可是，单位的鬼方案，把一切都搞砸了。

第二天，他把事情说给妻子，让永红惊讶的是，妻子的看法却与他不同。

我们不是有房子吗，何必自寻烦恼。

怎么是自寻，以后儿子结婚住哪。

儿子才几岁，早着呢。

说大就大，你不是说，春天买的鞋，现在都小了。你这人真是。

这么说，我的福利就不要了？

妻子起身去卫生间，听着哗哗的水声，永红觉得很寂寞，于是敲响了对门邻居王君的门。

永红想找人聊聊。

王君比他小几岁，相貌俊朗，离异后一直过着快乐的单身生活，永红与王君还算说得来，平常没事，偶尔也去坐坐，说些不痛不痒的话题，要么下盘棋，说说荤段子。每次时间都不长，永红知道，王君那常有女孩来访，他必须恰到好处，免得人家背后议论他不懂事。

王君在上网聊天。见永红进来，王君连忙起身招呼他，永红独自坐在沙发上，漫无目的地扫了眼单身汉凌乱暧昧的房间，视线在房间门口发现了女式拖鞋。永红忽然意识到，王君有闲心，忙的是桃花运，而自己却憋气上火。

这么一想，他待不下去了，起身想走，王君忙问，大哥有事吗？

永红摇摇头。

王君认真地看着他脸，笑了一说，还说没事，脸都快出水了。和蔼的话，使永红顿生倾诉的欲望，他就把事情来龙去脉说了一遍。王君歪头想了一会儿说，既然这样，那还不快快想办法。

想什么？

送礼！

晚了，要是方案公布前，也许有可能，现方案都出来了还能改？

那就闹，现在谁敢闹谁就占便宜。

也不行，这些天，天天有人闹，结果还不都一样。

这不行，那不行，我就不信，活人能让尿憋死。

王君有些不快了，端起茶杯，咕噜噜地喝了口茶……

又下雨了，这是个多雨的季节，雨点打在脸上有冷冰冰的感觉。马路上骑车的人们大多披着雨衣，远远望去，灰蒙蒙一片，时而传来欢快的笑语，永红缩在雨披里，用力蹬着车，心里没有一丝惬意。那天去过王君家，他耳边总响着王君的那句话："活人能让尿憋死。"

那究竟怎么办，活人才不至于让尿憋死。

永红绞尽脑汁，昼思夜想，一个念头连着一个，每个念头都让他摩拳擦掌，跃跃欲试。然而，冷静下来，又觉得哪个也不合适，他只好回到王君最初的提议上，从领导处下手。

头一个找的是分房办公室主任，这是个粗壮的矮个子，热情爽朗，见永红进来，连忙起身敬烟倒茶，甚至围坐在一起谈笑，可一涉及实质又公事公办地说："单位反正就几十套房子，总是有人分不上，你的心情我理解，可也不能因为你找了我，我就不秉公办事，你说对不对。"

永红哑口无言，只好再去找副主任。

副主任是位神经质的老处女，歪着身子请他进门，脸上先露出莫名表情，等他坐定后，又想起什么，走过去将房门拉开一条缝，仿佛在避什么嫌，永红感到好笑，论她的年纪，几乎可以做他的妈妈，实在搞不懂，她的内心深处，究竟是怎样的一种处女情结。说不上几句话，他就开溜了。他怕粘上骚扰未婚处女的坏名声。

找领导没结果，只好走后门，老同学的弟弟，是单位老大的表兄弟，是个小混混，终日拿只手机，到处闲晃。平时见面，总是拍胸脯吹牛，有事找我……

小混混好说话，不等他详细说明情况，就满口答应帮忙，永红深受感动，当即请他进馆子撮了顿，两人喝得昏天黑地，称兄道弟。谁知，事后再找，连面都见不着。

永红非常气愤，蹲在他家门口堵他，一天小混混一摇三晃地走过来，老远看见他，躲闪不及，只好笑着走过来说，大哥，要不我请你撮一顿？

永红哼了声，起身跺跺脚，愤愤地走开了。能想的都想了，结果都很糟，他只好横下一条心，找领导闹。

永红分别闯进主任、副主任办公室，吵吵闹闹，说不给房子就白刀子进，红刀子出，大有不给房就不罢休之势。矮个子主任还是那么有涵养，冷静地看着他闹，等他闹累了，扔过一支利群香烟说，你觉得你这样做合适吗？不要忘记你是知识分子，总得讲点水平吧！老处女则不容忍，气势汹汹地威胁他，说再闹就打110了，让他进黑屋蹲几天，省得没事找事，扰乱正常办公秩序。

永红感到身心疲惫，回家就倒在床上长吁短叹，还犯了牙痛病，妻子见状，即心痛又气恼，火哧哧地埋怨，何必呢，放着好日子不过，找什么罪？他不爱听妻子话，背过身不理她。

妻子只好去请对门王君来劝，这些天，王君对分房情况有新的了解，一改先前态度说，事已至此，随遇而安吧，永红不好当面驳斥王君，手捂嘴巴频频点头。王君一走，永红朝王君吐了口涎沫，妈的，一切都变了！

恼人的事接踵而来，永红开始失眠，一闭眼，脑子里全是房子。他想这倒怪了，自己不是度量小的人，怎么就放不下这点事？又想，这也正常，都说房子、票子、位子是人生三大追求，后两项暂且不提，单说头一项，为这掉几斤肉不算不值。

睡不着觉，永红在床上频频翻身，妻子常被弄醒，醒了就揉揉眼数落他，熬吧，看你熬成什么样。

一晚，永红又在床上颠来倒去，妻子实在忍不住了，骂了他一句神经病，便怒气冲冲地抱起枕头去儿子房间睡，听着妻子的脚步声，他想这倒不错，自己可以在床上随意打滚，而不至于影响谁，只是要干那事有点些麻烦，得由这屋去那屋，他被自己这个想法逗乐了，忽然记想半个月没有和妻子干那事了。养养精神，得痛痛快快干一场，他挠挠头皮想。

时间过得真快，一晃半个月就过去了。

这些日子，永红每天上班都蔫蔫的缺乏生气，像霜打的茄子，更糟的是，本来很平常轻松的工作，做的却十分吃力，常常做这忘那的，三天两头被领导骂个狗血喷头。

房子的事，让他失眠症更重了，某个深夜，他照例在床上折腾，木木的脑袋里，突然跳出个怪念头，这个念头把他吓坏了，又让他精神振奋，他颠来倒去思考良久，随后走进儿子房间。妻子早已进入梦乡，呼噜声排山倒海，嘴角淌着口水，他顾不得厌恶，急急摇醒她，说，快起来快起来。

妻子一骨碌爬起来，睡眼惺忪地问："闹地震了？"那时，邻省地震频繁，妻子的弦绷得特紧。

永红咳了一声，不满地也她一眼说："好好的，闹什么地震。"

妻子终于清醒过来，见他裸着身子站在眼前，又无那方面意思，愤愤地说："半夜三更的你，折腾什么？"

他笑笑，搬了把椅子坐在妻子边上，双眼亮亮地逼视着她，过了很久，才压低声音说，我们离婚吧。

永红的话在静静的夜里十分渗人，妻子吓了一跳，好一会儿，才哆嗦恐惧地问："你说什么？"他把刚才的话重复了一遍。

妻子睁大眼看着他，仿佛在看外星人，许久，她才捂着脸哭出声来。妻子哭声使他泄气，永红只好上前搂住妻子的肩哄着说："别哭，别哭，听我说！"

妻子一下甩开他的手，咬牙切齿地骂，没良心的东西，不要碰我，然而拢拢乱发，双眼逼视着他："你是不是嫌弃我？"

他连连摇手。

那为什么要离婚，妻子追问着。

为了要房。

要房就不要老婆了？

不是，不是，你刚才不是这样说的。

我是说，咱们办个假离婚，就能把房子弄到手，分房方案上说，中级以上技术人员，只有离婚才能享受这待遇。

够了够了，一天到晚就房子房子，你真无药可救了……

直到东方发白，妻子才勉强同意他意见，但她要求永红必须立下字据，以免上当受骗，待房子到手后，马上复婚。永红无奈地苦笑了一下，当即写下字据。转天，他离婚的事不胫而走，随之而来的是同事们指指戳戳和刀子般的舌头。

同事们有的说："这几年，永红根本就没有什么性功能，对妻子，他不过是件摆设"，有的说："他跟歌厅的一个小姐好上了，就把妻子甩了"。有的替他解围："说妻子有了外遇，早想蹬他……"这些说法引人阵阵哄笑，有人甚至笑得直不起腰，自然，更多人怀疑他是假离婚，企图用这种方式骗房子。这些议论非常可怕，但永红始终保持沉默，他必须沉默。

永红把离婚协议递到矮胖子主任面前，矮胖子主任虽然缺乏思想准备，还是处事不惊的说，你真有福气，本来房子早该分下去了，可副主任出了意外住院，得等她出院，再研究分房的事，小子，耐心等吧，希望你能圆上梦。

一个阴郁的下午，王君来了，一见面就质问他，你说说，你为什么把嫂子甩了。

王君的话，使他油然升起一种敬佩，永红佩服王君仗义，感叹这样的朋友没有白交。但又不能讲明真相，只好轻描淡写地说："老弟，照顾好你嫂子，有什么重活，帮她干干。"

王君不停地刨根问底，弄得他满脸尴尬，语无伦次，最后，王君扔过来一句，你不要她，她有人要，就器宇轩昂地走了。

离婚后，他搬进了单位单身宿舍，这是没办法的事，两个毫无关系的男女，没道理在一个屋檐下同住。为避麻烦，事前他和妻子约定，近段时间不回家了。然而，过惯了家庭生活的人，三五天不回家尚可，时间一长，心就慌了，在一漆黑的夜晚，永红溜了回家。

妻子见他，先是扑进他怀里嘤嘤地哭，接下来打火弄饭，抱怨他这些天瘦了很多，几天不见，妻子也憔悴了不少，眼角的鱼尾纹明显加深，永红心里涌起一阵愧疚，一把将妻子揽进怀中，深深地吻着她的嘴，妻子被煽动了，热情回应他，滚烫的身子、抖做一团。

激情澎湃的他，温柔地将她放倒在大床上……

激情后，永红发现自己失去了往日的锐气，刚刚蜻蜓点水，就颓然不支了。

永红尴尬地从妻子身上下来，妻子刚进入情况，双眼迷离，呼吸短促，像只患病的羔羊，可怜巴巴唤他再来一次，永红再次燃起激情，企图有所作为，可小兄弟蔫了，就是不配合。妻子仍未尽兴，当他离去后悲伤地哭了。

此后，永红虽经常回家，但仍是战绩不佳。妻子不止一次问，怎么搞的，原来不是这样呵？原来的确不是这样，他花样迭出，气力博大，妻子常常夸他，你真棒。

永红思来想去，搞不明白，自己怎么一下子成了废物。

这种情况持续了一段日子，妻子渐渐有了想法，甚至怀疑他在外面乱搞，等他回来，就小心地观察他的体味，激情也随之消退。永红没注意妻子的变化，每次亲热后，都匆匆离去，一路想的就是如何叫开门。

看大门的老头，前两次叫开门还可以，以后就不耐烦了。总投来猜疑的目光，追随他进入远处黑影里，老头对永红的来龙去脉搞不清，但认定他经常这么晚回来，准不是干好事。有一天，在永红敲开大门后，老头板着脸说，小子，再这样，我可不开了！他在暗处苦笑，想老头还真负责任。

以后，老头果然不再为他开门，任凭他怎么叫喊，永红只好翻墙进入，却不小心扭了脚，休了二天病假。

永红不敢贸然回家，打电话将事情告诉妻子，那头半天没动静。他喂喂好久，她才冷冷地扔过来一句，那就别回了。

妻子冷淡了。他认为妻子心眼小，并不把这事放在心上，住单身宿舍困难诸多，他不愿意再给自己添乱。

婚前，永红住过单身宿舍，那时和同住人关系比较融洽，不仅吃在一起，就连洗澡，上厕所也在一起。现在不同了，永红的宿舍住着两人，那个比他年轻的，很少在宿舍露面，偶尔回来，也是一言不发，闷头摆弄那台破电脑，这还不算，还时而领回女人，当着他的面，就敢放肆亲热，害得他只好仓皇躲避。

永红感到痛苦，心想再这样下去，还真没准哪天会疯。这时，性欲反而活跃了。尤其是年轻人不在的晚上，孤身躺在床上，就想着那事，折磨得他叫苦不迭，他只好横卧在床上，干他这种年龄不该干的勾当。但没感觉，也没意思，于是在看门老头的白眼下，永红再次溜回家。

妻子的态度越发冷淡，任凭永红挑逗，反映仍然迟钝，永红一遍遍责骂自己，好好夫妻，竟让他搞生疏了，妻子也说："以后，你就少回来，省得有人瞎说"，永红嗯嗯答应妻子，有一段时间不再回去。

过了好久，当永红再次偷偷回去，拧开家门，见王君坐在沙发上与妻子交谈，王君光着膀子，下身只穿条短裤，两条毛茸茸的大腿，就那么放在地上，看得出来他们谈得很投机，脸上都漾着笑，王君一见，马上责问，"你，你来干吗？"永红只好怯怯回答，我来找你。

妻子在一旁，面无表情，如同没有他人一样，王君见他这么说就连忙站起来，说，那好，去我家吧，永红不得不上王君屋里坐上一会儿，就是这么一会儿，王君还是反复的追问，你真的是来找我的吗？

回到宿舍，永红心里闪出万千念头，但他不愿往坏处想，一味安慰自己，与妻子表演很到位，把王君都蒙住了，同时心酸地想，我何时能拿到房子。

房子的事一波三折，眼看新房钥匙到手了，有人发现，房子楼顶防水做得不好，楼层漏水，还要赶日子返工回修。

正当他灰心丧气时，领导让他去省里参加一个行业技术报告会，这无疑是件好事，他知道，凡是这样的会，都是听了报告，就旅游观光喝酒，他庆幸自己暂时摆脱单身的苦日子，差点当着领导的面乐起来。

实际情况和他想象的分毫不差。

一天夜里，永红和参会的几个人喝得酩酊大醉，大家正在耍闹，一个邻县来的小伙子，硬着舌头说，去歌厅潇洒一回如何？这提议，当即赢得一片拥护声，他们一窝蜂挤出宾馆，进入一家霓虹闪烁的歌舞厅。

厚重的大门尚未关闭，他们就被蜂拥而上的小姐瓜分了。陪他的小姐，浓妆艳抹，服饰怪异，嘴巴甜甜地叫着，没等他说什么，就小鸟依人般偎进他的怀里，嗅着小姐身上散发的香水味，永红不由打了个冷战，他忙说别这样，回头寻找同去的伙伴，可那几个哥们早已不知去向。

小姐在他怀里撒娇说："别找了。"永红明白怎么回事，还是问，去哪了？小姐递来一个媚眼说，还用问吗？然后不由分说，将他拖进一间更小的黑屋里，几乎没有任何铺垫，就熟练的替他宽衣解带，此时，永红真的懵了，任凭小姐摆布，直到小姐将他胯下那东西牢牢抓在手里，他才像疯子一样大喊，不！

永红在家里，从没有来过这种地方。

小姐缩回手，气冲冲地站在一边，伸出纤纤细手说，给钱吧，永红胡乱地从兜里摸出两张大钞甩给小姐，随后狼狈样地跑出黑屋。事后他分析，如果不是那刻想到妻子，没准就把握不住自己了。回到家已是半月后，一下火车便叫了辆出租车，直奔家里。

楼道依旧是老样子，他觉得很亲切。急切的他打开门，眼前的一切，几乎使永红昏倒。

妻子与王君正在沙发上互相缠绕着，喘息着，如两株拧在一起的树木。听见开门声，王君抬头一看，发现永红呆立在门口，王君从容地吻了一下他妻子，起了身。

王君用手指梳理着汗淋淋的头发，平静地说，永红你终于来了，妻子满面绯红，信手扯过一条浴巾，遮住王君下部，随后闷声穿衣。永红一屁股坐在地上，气急败坏地说："你们这是干什么。"王君冷冷的笑了笑说："没看见吗？"

"混蛋，你混蛋。"他骂。

妻子缓缓地抬起头说："别骂了，我们就要结婚了。"

新房分下来那天，是个阳光明媚的好日子，这样的天气，已经很久不见了，宿舍楼里到处响着震耳的装修声。永红心里却是一潭死水。徘徊在空荡荡的新房里，他如同做了一场噩梦。事情的发展出乎他的意料，他无论如何想不到房子到手，家却没有了，早知如此，还要房子干什么？

永红在屋里毫无目的走走停停，时而用手摸摸墙壁，门框，然后径直朝阳台走去，在阳台上他鼻子一酸，泪水不时夺眶而出……

永红突然爬上阳台栏杆，回头朝新屋顾盼了一眼，闭上双眼，从楼上跳了下去……

王宝芳

那是一个特殊的年代，那年王宝芳刚满二十岁，嫁到了旗杆脚村。

王宝芳人长得非常的漂亮，随便一笑都能勾人魂魄，惹得旗杆脚村的老少爷们直咂嘴。王宝芳的男人陈小春那段日子，简直爽的美上了天，每天出工都是最迟一个，使得队长很气恼，工分就扣了不少。

不久，旗杆脚村进驻了上山下乡知识青年，他们是响应伟大领袖毛主席教导，到农村去，接受贫下中农再教育。

在旗杆脚村的知青共有六个，可是不到两三年工夫，各人都凭自己各种渠道走了一半。其中一个叫丁文金的小伙子是从金华市里来的，长得白白净净，很是腼腆。在一次生产队掰玉米时和王宝芳分到一块。王宝芳斜着眼看丁文金，这小子长得细皮嫩肉的，和我们农村人就是有差距。丁文金也被王宝芳那令山魅都着迷的相貌所吸引，并不时地瞄视一眼。王宝芳看着丁文金那双直勾勾的眼神就挑逗他，怎么，魂掉了，队里有头母牛好像正在走栏，去感觉感觉。说着就是一阵放肆地开怀大笑。

丁文金红着脸，不言语。

王宝芳大胆地伸手在丁文金的脸上捏了捏，丁文金，你还嫩着呢，有机会嫂子我给你找一个好姑娘，免得你夜里睡不着觉，老做春梦，空欢喜一场，还弄得黏黏糊糊一片。说着又是一阵前仰后合地笑。

丁文金也陪着干笑了几声。

虽说王宝芳经常开丁文金的玩笑，可丁文金一点都不生气，反而觉得他有些依恋她，每次干活都想和王宝芳在一起。

这年初冬，生产队里的活也少了，几个知青跑到桃花镇上看电影去了。丁文金回到屋里，随便吃了点东西，看了会儿书天就黑了下来，村里村外冷冷清清，一切显得冷落，知青们住的是大队的仓库，面积有点大，荒凉的像鬼宅。丁文金坐了一会儿，觉得实在孤独难受，便出门走了走，不由自主就走到了王宝芳的家。王宝芳的丈夫陈小春被大队派去搞副业，一般十天半月才回家一次，家里只有王宝芳带着一个三岁小男孩。丁文金推开王宝芳家虚掩的门，丁文金发现王宝芳只穿件红线裤，坐在暖烘烘的火盆边搓稻草绳。虽说王宝芳生过儿子，可她的美貌似乎一点也没受影响。王宝芳见是丁文金先是一愣，尔后又连忙拉个小凳让丁文金坐下，给他倒了杯茶，笑着说，是不是心里慌，到嫂子这里解馋来了。

丁文金端着茶杯，暧昧地笑笑，看着王宝芳搓绳，并机械地应答着王宝芳的话。

开始，王宝芳只是把稻草绳放在膝盖以下搓，后来，就干脆高高撩起裤脚，在那白皙丰腴的大腿上搓，丁文金看着王宝芳那雪白诱人的大腿，心里不由地荡漾，便大着胆说，嫂子，你搓的绳粗细不匀，我帮帮你。

王宝芳没有反对，丁文金接过绳子，在王宝芳那丰硕的大腿上轻轻地搓，眼睛火辣辣地盯着王宝芳那摄人魂魄的脸。王宝芳似笑非笑，拉过丁文金的手就咬了一口，鬼东西，你好大的胆。说着还用那美丽的凤眼逗了一下丁文金。

王宝芳这一眼把丁文金身上的欲火一下子烧起来，丁文金大着胆子便把王宝芳紧紧抱住。王宝芳也趁势拉开自己的棉袄，拉着丁文金的手捂在怀里。丁文金战栗着抚摸着王宝芳那热乎乎，软绵绵的大奶子。王宝芳被丁文金抚摸的全身酥软，就索性掀开衣服揽过丁文金的头。整个地裹进怀里。丁文金神魂颠倒，用嘴吮吸着王宝芳的奶头，肌肤，丁文金全身神经都在剧烈的膨胀，便不顾一切把王宝芳抱起来放在里屋的床上，一个身子全压在王宝芳的身上，王宝芳闭上眼睛，任由丁文金折腾。

两人正在享受那美妙的时刻，就听见咚咚有节奏的敲门声。惊得丁文金不知所措，呆呆地看着王宝芳，王宝芳倒是非常镇静，用手指了指窗户，丁文金拎起鞋子便从窗户跳了出去，跌跌撞撞地跑了。

回到大队仓库房里，丁文金彻底失眠了，脑子老是想着王宝芳那令人陶醉的奶，让人浑身发热的胴体，他下意识地站起身，又来到了王宝芳的屋前。正当丁文金盘算如何进王宝芳的家时，就听到里面有窸窣的声响，并夹杂着男人呼呼的喘气和女人的呻吟声，丁文金急忙躲到王宝芳的窗户底下。

大约过了半个多小时，丁文金听到里面有穿鞋子的声音，跟着有开门声，丁文金慌忙地躲到墙后面。

接着，从王宝芳屋里走出一个人，借着暗淡的月光，丁文金看的确切，那人就是旗杆脚大队书记，社员背后叫猪公的陈贤弟。

丁文金看着陈贤弟远去的背影，心里怅然，原先的激情已消失得一干二净。丁文金只感到全身发凉，便拖着疲惫的身子软塌塌地回到大队荒凉的仓库里。躺在床上，丁文金脑中反复着刚才的一幕，脑中一片空白，为什么王宝芳年纪轻轻要和一个五十多岁的老家伙做那种事，丁文金迷茫着。

就在丁文金百般无奈的时候，他听见有人在敲门，丁文金起床打开门，王宝芳披着棉袄就进了屋。丁文金看着王宝芳，双手抱着膝盖，低着头。王宝芳坐在丁文金的身边，看着丁文金嘤嘤地哭了起来。

丁文金劝解着，嫂子，你这是怎么了？

文金，我知道你刚才就在我家的窗户底下。王宝芳抽泣着，你以为我愿意这样做那些丢人现眼伤风败俗的事吗？陈贤弟那个猪公掌握着权力，你不知道，陈小春在山背石堂开石头，不小心被石头砸伤腿，那看病的钱得陈贤弟批，我王宝芳也是没法子呀，还有，也是为了多挣点工分，来填补这个家。

丁文金看着王宝芳，他明白了王宝芳的苦衷和无奈。到了年底，生产队公布了工分，王宝芳家的工分比同等家庭真的高出很多。

再后来，丁文金被推荐上了工农兵大学，离开了旗杆脚村，据说是王宝芳找陈贤弟帮他说了不少好话。

黄田鸡

黄田鸡是旗杆脚黄田起的绰号，时间久了，人们自然把真名给遗忘了。

黄田鸡讨了美菊这样的女人做老婆，黄田鸡心里很知足了。他觉得美菊是天底下最好的女人。

美菊待他很温柔贤惠，每天都做好饭菜等他，只要黄田鸡不上桌动筷子，美菊绝不会先端饭碗。有时孩子饿了，想先吃，美菊总是说，再等等，说不定你爸马上回家了。

有时黄田鸡实在回来迟了，美菊就会把饭菜重新热一下。两个人结婚以来没吵过嘴，没红过脸。

这样的日子就像门口桃花江里平常的江水，没有喧嚣，没有波澜，没有大起大落，就那么静静地流着。

黄田鸡过惯了这样平静的生活，以至于当另一个女人走进他的视野里时，他还没有做好精神准备。

这个女人就是章开凤。

章开凤和黄田鸡走在一起，纯粹是为了报恩。章开凤走进黄田鸡的视野，是悄悄的，渐渐的，有如春雨润禾苗的过程。一个女人，特别是一个年轻的女人，而且是一个颇有姿色的女人和一个男人，一个年龄相差无几的男人，在一起的时间长了，要是没有故事那才是怪事呢。

美菊对老公黄田鸡非常自信。她认为，就黄田鸡这样的男人，是世上最保险的男人。一不会说话，二不会吹牛，三没有钱，四相貌也不出众，没有什么理由让别的女人喜欢。自己喜欢是因为命运和他扯在一起，嫁鸡随鸡，嫁狗随狗，嫁条板凳跟着走。即使开始没有喜欢他，结婚以后的日子就得喜欢，这种喜欢是无奈的，但一个农村里的女孩子，除了找个称心的男人了却一生，还又会有什么更好的结局呢？

美菊恰恰忽略了一个现在小学生都明白的道理，日久生情。

刚开始，章开凤和黄田鸡在一起干活，谁也没有想法。

黄田鸡呢，听从老婆美菊的嘱咐，顺手帮章开凤家干点力所能及的田里活，没有什么，也就是多出点力气的事。这力气是无穷的，今天用完了，睡一夜，第二天又来了，来了用了，就这样反反复复。所以说，黄田鸡帮章开凤家的忙，是真心而且是无私的，坦坦荡荡，他乐意这么做，而尽量往好的做。

章开凤呢，总觉得欠了美菊和黄田鸡的情。为了不让黄田鸡干更多的活，以免欠他们家更多的人情，章开凤自己就拿出更多的时间去忙田地里的活，这样和黄田鸡接触的机会也就逐渐多起来。

章开凤的男人黄大根差不多半年回来一次，回家也就住个三五天的。黄大根回来，几乎不出家门，和章开凤白天睡夜里睡，好像永远睡不够似的。男女那点事谁也瞒不了谁，章开凤也疼爱黄大根，回家从不让他去田畈干活。章开凤说，田地里那点活，你就不要去了，我会做的，我的活你干好就行了。

黄大根就拼命地给章开凤干活，黄大根说，好家伙，这比我在外面挑砖头还累。

躺在黄大根怀里的章开凤笑笑说，我们像赶上当兵的啦，要不旱死，要不就淹死。

但不管黄大根怎么累，章开凤却要和黄大根一起到美菊家串串门，说说感激人家的话，黄大根去了也不空手去，不是拿几瓶酒就是夹条烟什么的。黄大根会说话，把他和章开凤的心里话都说出来了，说得美菊和黄田鸡都有些不好意思。为了表达一下自己的心意，美菊和黄田鸡就请黄大根和章开凤到家里吃饭，哥俩在桌上喝酒聊天，姐妹俩在厨房里炒菜弄饭，其乐融融。

两家人差不多就像一家人一样了。

美菊和黄田鸡比黄大根和章开凤都大，黄大根和章开凤就把黄田鸡和美菊叫大哥大嫂。

黄田鸡对章开凤的好感是什么时候开始的，黄田鸡仔细想，就有些模糊的记忆了。

那天是给章开凤家种田，章开凤牵着黄田鸡家的牛走在前面，这个女人的身影就在黄田鸡的眼里越来越清晰，越来越迷人了。

章开凤刚满三十岁，虽生过一个孩子，身材却保养得非常好，不高不矮，不胖不瘦，穿什么衣服都好看，梳的头发也整齐显眼，那个浑圆的屁股，一跷一跷的，黄田鸡看得裤裆里一阵阵尿急。就这样看了几天章开凤的屁股，黄田鸡心里就开始痒痒起来，他已经不满足只看章开凤丰腴饱满的屁股了，他还想看章开凤的脸。

黄田鸡虽然不是个爱说话的男人，但他心里的话可多了。他想说，开凤，你长得真漂亮。

他还想说，开凤，你的屁股那个美呀，我敢说你的屁股是全旗杆脚村女人里面最好看，最让人想入非非的一个。

黄田鸡更想说，开凤，你的胸脯为什么那么挺？美菊的也挺，可比你差远啦。听人说，女人的那东西，男人越摸越大，你的是不是让大根给摸的呀？什么时候也给我摸摸，一定会舒服无比。

想说归想说，但黄田鸡是绝对不会说出口的。

后来黄田鸡就开始注意章开凤的前身了，趁章开凤不注意，他就先从她的脸往下看，胸脯细腰，再往下他就不敢看了。

回到家，他就拿老婆美菊的屁股，大腿，胸脯，腰身和章开凤比。当然还没有想拿章开凤的光身子和美菊比，美菊光光的身子就挺迷人的，估计章开凤的光身子也许更迷人。等哪天能看到章开凤的光身子，也算开了眼。

黄田鸡有了这样的想法，他的眼光再看章开凤就不那么清纯了，甚至有一点儿下流。

村里人常说，不怕贼偷，就怕贼惦记。黄田鸡开始惦记章开凤了，黄田鸡惦记章开凤惦记了一个春天，又惦记了一个夏天，终于在秋天里，他有了收获。

黄田鸡是什么时候对章开凤下手的呢？黄田鸡记忆犹新。

那天黄田鸡和章开凤两家收完山背地里的番薯，等着村里运红砖的拖拉机顺便带下来。天渐渐黑了下来，黄田鸡和章开凤坐在田头静静地看着。

天越来越黑，拖拉机还没有来，黄田鸡看章开凤好像有点冷，就问，你冷了吧，快把我的衣服披上。黄田鸡说着就把衣服扔了过去，章开凤披上黄田鸡的衣服仍然觉得冷。

黄田鸡看了看周围没有人，即使有人也看不见，就悄悄地跟章开凤说，要不，我抱你暖暖吧。

章开凤没有说什么。

黑幕中黄田鸡看不出章开凤的神色，是愿意？还是不愿意？踌躇之间，也许是黑暗让黄田鸡有了胆量，他就走过去使劲地把章开凤抱住了。

让黄田鸡想不到的是章开凤并没有反抗，身上的哆嗦也停止了，这无疑给了黄田鸡很大鼓励，黄田鸡两手紧紧抱着章开凤，那张略有胡茬的嘴就贴在章开凤的薄嘴唇上。黄田鸡得到了积极的回应，那只什么活都能干的手，就趁机把章开凤的身子摸查了一遍。

摸查的结果表明，章开凤是他的人了。

就是这次具有实际意义的试探，章开凤什么时候躺在黄田鸡的身下，变得毫无悬念，只是个早晚的问题了。

一个正派女人和一个正派男人，一旦越过了正派这道底线，那他们就没有什么东西是正派的了。

黄田鸡睡了章开凤是在山背番薯地里搂抱的第三个晚上。

那天黄田鸡在章开凤家吃过晚饭，黄田鸡盯着眼看章开凤利索地收拾着碗筷。黄田鸡说，今晚我好像喝多了。

章开凤说，喝多了你就去床上躺一会儿。

黄田鸡就装喝多了酒到里屋章开凤的床上躺了下来，等章开凤收拾完到里屋给他盖被子时，黄田鸡一把就把章开凤搂在怀里，急切切地说，开凤，我想要你，我想要你。

章开凤微微一笑说，想要你就要吧。

黄田鸡三下五除二就把章开凤的衣裤剥了尽光，看着光光的章开凤，黄田鸡来不及把她的光身子和自己美菊的身子相比较，便把她给压在了下面。

章开凤给了黄田鸡不少的惊喜，也给了他不少的经验，还给了黄田鸡不少的希望。

黄田鸡和章开凤好了。

章开凤成了黄田鸡的相好，美菊一直蒙在鼓里。章开凤的男人黄大根也一直蒙在鼓里。

黄田鸡有时就偷偷地笑，想，女人真是没法说。可惜黄田鸡的爱只滋润了没几天。

第二年一开春，章开凤就跟老公黄大根一同离家出门去打工，临走时，跟黄田鸡连个招呼也没打。

黄田鸡知道后叹了口气，在心里说，这女人真是没法说了。

老黑头

　　儿时的一个傍晚，我从街上走过。傍晚的桃花镇街上弥漫着炊烟和小孩子的哭叫声，透过洞开的院门，可以看到街路两边人家空旷的院子里，饥饿的小孩坐在桌边用筷子敲打着碗。走到老黑头家门前，我看到老黑头拿着扫帚在漫不经心地扫地。

　　伯伯，我回来了，我放假了，我对着老黑头大声地说。老黑头好像没听见，依旧有一下没一下扫着地，像梦游一样。我放假了，伯伯。他还是不理我，直到我走过去很远回过头来，他仍然低着头扫着地。

　　老黑头伯伯怎么啦？回到家，我问老妈，我叫了他几声都不理我。老妈炒菜的手停住了，瞪大了眼睛，什么？你老黑头伯伯？他不是早死了吗？不信，你问奶奶。奶奶正在搓着稻草绳，听了老妈的话，叹了口气说，死了好长时间了，是喝酒醉死的。

　　桃花镇人都知道，镇上有两个酒鬼，一个是大肚皮，另一个就是老黑头，两个人的酒量都在两斤糟烧左右。

　　不过在桃花镇人的心里，酒鬼也是分等级的。大肚皮是那种嗜酒如命，滥喝脏喝的角色。我曾经看见过他以一只酱辣椒作菜，喝下整整一瓶杜康酒。大肚皮喝醉了就不像一个人，酒把他推上了英雄宝座后，天底下没有什么人他不敢骂的，没有什么事他不敢做的。有一个冬天，大肚皮喝醉了酒，竟然脱光了衣服在桃花镇街上裸奔，吓得街面上的女人赶紧关门。后来大肚皮死在了冬天的夜里，他把自己屋后桃花江里的冰当作床睡了一夜。第二天早上人们发现时，他已经没法再醒来了。

桃花镇上的居民对酒鬼大肚皮嗤之以鼻，但对老黑头却充满敬仰之情。街上没有人看见过老黑头醉过，即使醉了，你也看不出，他很平和地喝酒，喝醉了依然在笑，然后找个没人的地方安静地睡上一觉，醒了酒就像什么都没发生过。

但是老黑头的确是醉死的，这一点镇上的人可以作证。我却始终不敢相信，只要你和我一样，曾经看到过老黑头喝过酒，你也不会相信。儿时，我有一半时间是在老黑头家度过的，我常常在吃饭前跑到他家，对他说，伯伯，我来帮你买酒去。我喜欢看他喝酒，他照例会递一个浸满橘子皮的酒瓶，让我去合作商店买一斤粮食烧。

酒买回来后，我便有了个座位，他把自己的小板凳递给我。说，等菜来了陪伯伯喝酒，伯伯高兴。老黑头的这个习惯镇上人都知道，一不高兴了他就不坐凳子，一高兴了他也不坐凳子。一张桌上只有我和老黑头面前有一把花生，他用来下酒，我用来下饭。我吃饭时总看他喝酒，咻的一声，小酒杯就空了，他抹抹嘴，丢进两粒花生米到嘴里。好喝，他说荣儿买的酒就是香，然后给我夹菜，问我，你怎么不吃饭老看着伯伯吃？我笑嘻嘻地说，伯伯喝酒好看。

真的，直到今天，我从没见过哪个人喝酒比老黑头好看，只有对酒感情无比深厚的人才能喝出那么自然的酒来。咻的一声，抹抹嘴，吃两粒花生米。我喜欢看老黑头喝酒，我不喜欢别人叫他酒鬼。自从他死后，我常常想起那些看他喝酒的日子，越发反感别人称他为酒鬼，我觉得称他为酒神更为合适，因为酒鬼喝不出那么好看的酒。可是，酒神也会醉死吗？既然他死了，我为什么又见到了他？老妈在收拾碗筷时转身对我说，你老黑头伯伯不放心，他要回家看看。

熟悉桃花镇街路的人，都知道老黑头的三个女儿是桃花镇上最漂亮的三姐妹，伊莲、爱莲、姗莲，按高矮依次排开，如同三朵次第开放的荷花。她们遗传了老黑头的酒窝，笑起来两腮像注了两泉清纯的水。她们像荷花一样，俊俏地站立。

自从伊莲到了婚嫁的年龄，老黑头家就成了镇上最热闹的一户，提亲的人来自四乡八村，镇上的几户条件好的人家也三番五次托人送礼上门。但是伊莲对所有提亲者都无动于衷，把一张好看的脸摆成生气的样子，让提亲人和喜欢她的小伙子欲近不敢，又欲罢不能。没有人能够猜透伊莲的心思，伊莲的标准似乎高不可攀。

我奶奶是桃花镇上有名的热心人，她对谁家待嫁的姑娘都担着一份心。她踮着小脚来到老黑头家，对老黑头说，伊莲也不小了，该找个人家啦，整天这么耗着，人都老了。

老黑头说，老婶，这不比买青菜萝卜，我和她妈妈也急，可伊莲就是不说话，现在的孩子什么心思，猜不透呀。奶奶知道她的话说了也没用，但她出门时，还是忍不住又说了一句，婶的话也说到了，可别误了孩子。

伊莲二十三岁的那年秋天，桃花镇上的人都为伊莲惋惜，惋惜的同时感到气愤和不解，大家想不通伊莲怎么突然堕落到这种地步，她竟然看上了街头老混混张小飞。张小飞已经三十出头，按桃花镇的习惯，三十出头没讨老婆生子，不仅是大龄青年，简直就没戏可做了，他的后辈子除了打光棍，别无其他选择。更要命的是，这个张小飞黑得像非洲过来的移民。还有一些更为偏激的人说，张小飞活了三十多年没做过一件好事，伊莲看上他真是瞎了眼，一朵鲜花插在了牛粪上。

说实话，我对张小飞也没有一丁点好感，他曾让我心惊胆战地度过了童年时代。张小飞是个混混，从小到大没干过一件好事。

那年我和几个伙伴在老市基樟树上玩。我听见张小飞站在树下的土堆上命令我们下来，快下来，不下来，我就爬上树把你们一个个都拎下来。胆小的被吓得匆匆从樟树上爬下来，到了地上就撒开腿跑了回家。

我喜欢爬树，我不怕张小飞，他曾经因为偷我家菜园里的黄瓜被我奶奶狠狠地骂过，所以我没理他。

张小飞爬到树上笑嘻嘻地对我说，还是荣儿胆子大，来，我奖赏胆大的人，教你吸烟。他把一支经济牌香烟递给我，我那时还小，为了充当勇士，我毫不犹豫地接过香烟，依照张小飞说的把烟雾咽到肚子里去，结果可想而知，咽下去的烟雾呛得我连声咳嗽，满脸是泪，差点从樟树上摔下来，张小飞哈哈大笑说，你成不了勇士，然后爬下树得意地扬长而去。

我的恐惧当然还不止这些，我跑回家把这事告诉了老妈，老妈说，不会吸烟会被呛成烟黄的，个头就长不大，到时连老婆都找不到。我被吓坏了，我不知道老婆到底是个什么东西，但我曾恨长不高后真的找不到老婆。这种恐惧保持了好几年，直到有一天我明白这是老妈防止我抽烟而骗我的谎话时，才长长地松了一口气。可是，我的童年已经过去了，张小飞就是这么一个人，没有人喜欢他。

伊莲二十三岁的那年秋天，人们看见伊莲和张小飞成双成对地从上街走到下街，伊莲高傲地把目光斜上三十度，张小飞更是谁也不理。人们看见他们两人像王子和公主一样从自己面前走过。

老黑头是街上最后知道这件事的人。很多人向他提起，说你家伊莲怎么和张小飞那个混蛋在一起。老黑头不信，他说我家伊莲怎么可能，张小飞那个混蛋，伊莲看都不会看一眼。老黑头知道伊莲一定会找个好婆家，伊莲的相貌和人品摆在那里，他不急，酒香还怕巷子深。老黑头第一次看见伊莲和张小飞在一起是在一个阴雨天，他从田里回来，觉得关节有点麻，想喝杯酒去去寒解解乏，拿起酒瓶就到合作商店买酒，刚到商店门口，正好伊莲和张小飞从店里出来，伊莲一边咯咯地笑，一边拿着一条当时在镇上很流行的红纱巾。伊莲高兴得没有看到老黑头，与张小飞小声说着话从爸爸身边走过。

伊莲你干什么？老黑头感到问题严重了，他待在原地声音提高到平时的两倍。合作商店里的一帮闲人都觉得十分惊奇，因为老黑头很多年来从没有这么大声地说过话。

伊莲也吓了一跳，回过神来对爸爸说，没干什么呀。

我来店里看看，顺便买纱巾，就这条。

老黑头突然发怒了，在合作商店门前当着众人的面骂了起来，伊莲你想死呀，你说头疼从田里回家，你跟我说你干什么来了！

没干什么呀。伊莲镇定了，我又没干什么？不就买条纱巾嘛。

这时，张小飞凑了上来说，伊莲爸爸，你买酒呀，我帮你买。

老黑头盯了张小飞一会儿说，滚。又对伊莲说，你等着，回家看我怎么收拾你。

那天晚上，桃花镇街上的好多人都在雨停的间歇里听到了老黑头的怒吼和伊莲的哭声。目睹了整个事态发展经过的人都说，那天晚上老黑头家传出的声音，预言了结局。他们说，老黑头的声音开始极其高亢，仿佛包含了全世界的阶级仇恨，但随着伊莲嘤嘤哭声和爱莲、珊莲及她们妈妈的劝慰声，老黑头的声音无可奈何地衰落下去，最后只能在侧目静听时才能捕获到他的悠长叹息。而伊莲的声音则预示了另一种走向，她由哭泣转为沉默，继而慷慨陈词，细雨的沙沙声掩盖不住她清脆的画眉一样的声音，但是常识告诉我们，穿行在雨中的声音听起来总是显得空茫而理不清头绪，像梦呓那样找不出来路，也寻不着归宿。

老黑头折腾到后半夜才渐渐睡去，早上他被一阵阵耀眼的光亮和浓郁的酒香惊醒。他从床上翻了个身，看见六瓶竹叶青酒整齐地码在桌上。透明的酒瓶子闪着清澈的亮光，酒香在瓶子里挣扎涌动，在他的鼻子底下辗转奔跑。他下了床拎起其中的一瓶，回想了大半天才记起已经很久没喝上这么好的酒了。他把酒瓶放在眼前对着门外的天空看，看见酒瓶里飘飘然然地走出一个人，越来越大，充满了整个酒瓶。

伊莲爸爸，你起床了。老黑头听到了张小飞让人讨厌的声音。

他把酒瓶放到桌上，对刚进门的张小飞说，滚，你给我滚出去，马上滚出去。

别生气，伊莲爸爸，我是给你送酒来了。张小飞拿起桌上的酒说，伊莲爸爸，这可是好酒。

老黑头说，酒好不好我要你说吗？就是茅台酒我也不稀罕。

张小飞喏嚅半天突然跪了下来，张小飞说，我和伊莲让你费心了。

这招出乎老黑头的意料，事实上除了张小飞谁也做不出这样的事来。老黑头转过身给张小飞一个后背。屁话，伊莲是我的女孩，你算什么东西，跟我说这种话？你知道什么叫癞蛤蟆爬脚上不咬人也瘆人吗？你给我出去，张小飞，我告诉你，你别在伊莲身上打主意。

更让人想不到是张小飞的回答，张小飞说，那我也告诉你，我张小飞就要打伊莲的主意！

老黑头当时就呆了，他看到张小飞黝黑的脸上露出两排东倒西歪的黄牙。张小飞你说什么？老黑头右手一拂，张小飞手里的酒瓶子摔破在地上，酒香迅速弥漫整个房间。

张小飞歪着嘴笑，捡起破碎的半个酒瓶子站了起来，我张小飞有什么不敢？我张小飞死活就一个人，伊莲爸爸你牵挂的可就多了，伊莲、爱莲、珊莲呢。说完，从从容容地走出了老黑头的家门。

老黑头哆嗦着右手指着走出房间的张小飞说，狗弄的东西你敢！

秋后的天开始冷了下来，桃花镇街上的人已经很少看见伊莲的身影。人们都知道老黑头把她关在家里，偶尔伊莲从街上走过，身后必定有爱莲或珊莲跟着。被关闭的伊莲变得苍白瘦弱，过早地穿上了棉衣，显得有些臃肿，但遮掩不住无法言说的韵致。

尽管伊莲几乎不出门，但伊莲的事还是被街坊邻居从上街传到下街。她在这个冬天成为桃花镇上经久不衰的话题。有人传说伊莲有了，不信你看她的身子，哪有大姑娘初冬就穿棉袄的。听说那小飞天黑就从窗户上爬进老黑头的家。传说得有鼻子有眼，好像他们都伏在老黑头家的窗下看得明白。

此时的人们已不再惋惜和感叹，尽管他们至今也没弄清楚伊莲是如何喜欢上张小飞的，男人们开始在心里神往张小飞的艳遇，女人们则偷偷地发泄着对美人伊莲的幸灾乐祸之情。

冬天和死神一块儿来到了街上。闲暇下来的桃花镇街上人们，攒足了精神接受一批死人，然后把他们一一送走。这是我家乡的奇怪现象，多年以来简直堂而皇之上升到传统。没有一个死人是独自上路的，在他死后总有三五人紧随其后，几个人相伴着走上阴间路。

率先死去的是杂货店的毛井贵，毛井贵的肚子在秋后就慢慢鼓起来，行走的时候甚至能听到澎湃的水声。医生每天下午为他抽水，用一根粗大的针筒插进他发亮的肚皮。但是毛井贵肚子里的水像桃花江水一样源远流长，总也抽不完，所以他只好去死了。毛井贵人缘很好，他的葬礼街上的人都去了，每个人拿出几块钱的礼钱，然后留下来喝一餐撒场酒。

那天，老黑头临到坐桌的时候突然想起什么，便起身回趟家。老黑头到了家门口时觉得奇怪，伊莲、爱莲都在家，怎么门却锁上了，他开了门刚要进去，看见爱莲说，爸，爸。老黑头问她什么事？伊莲呢？爱莲手捏着裤子还是说，爸，爸。老黑头一定想到了什么，他快步跑进屋里，一脚踢开伊莲的房门。如他所想，他看到了伊莲和张小飞在床上抱成一团，他还看到张小飞的耳朵贴在伊莲的肚子上，内衣里面伊莲的肚子已经隆起。

老黑头好像听到谁在他的耳边敲响了小锣，尖锐明亮的嗡嗡声直往头脑里钻，他无法忍受如此丑陋的场面。站在那里，他感到脊梁骨和两条腿在一寸寸变软。时间过得可真慢，他像面条一样缓缓地瘫倒在伊莲的房门前。然后陆续听到了很多人的惊叫声，伊莲的，张小飞的，老婆的，爱莲珊珊的。他躺在地上四肢无力，如同在赌博中再次输掉，把整整五十四个年月都赔了进去。他对身边的四个女人和张小飞推开。像做梦一样，他说。

老黑头还是去了毛井贵家吃撒场。伊莲的母亲劝他不要去了，在家喝也一样，老黑头跌跌撞撞朝门外走，出了门又回头说，有酒为什么不喝？四块钱都出去了。

事后，很多人都回忆了那场酒席，他们发现只有回忆才能告诉人们事情的真相，是那么回事。老黑头那天的确有点问题。比如他们回忆老黑头说了很多不着边际的话，喝酒时从没见他这么滔滔不绝。又比如，老黑头喝到后来，不再用杯了，而用白瓷碗了，这是从未有过的事。但这些只能在事后想想而已，哪怕回忆告诉你的全是真相也于事无补。

老黑头他们那一桌大半是好几口酒的。他们对老黑头说，酒鬼来了，我们要陪你喝好，喝，只管喝，死鬼毛井贵店里的酒全拿上了。老黑头把屁股底下的凳子拿开，蹲在地上说，喝，喝光它。他拿起酒杯滋的一声，把酒杯底朝天给众人验收。喝酒时老黑头的话多了起来，他主动提出与几个老头来几码拳，他的拳虽然许多年没喊过，叫起来依然很顺畅。有人说，老黑头，我们什么时候喝你家女儿的喜酒呀？再不喝可就迟了。其他人红着脸附和着，是啊，这事可得抓紧。

老黑头愣了一下，终于明白做父亲的就是那个最后了解自己女儿的人，他心里某根弦突然松弛下来，悲哀得以至觉得什么都无所谓了，不就养了个女儿吗？人嘛就那么回事，他揍起一碗酒，堆出笑容对一桌酒友说，喝，过两天就喝，你们大的小的都去，一块去喝，一块儿去喝。

老黑头虽然是慢慢伏到桌子上的，伏倒时一声不吭，酒友是在碰倒了一杯酒时才发现，当时酒流了一桌子，他们收拾桌子时发现了老黑头整张脸都淹没在酒里。

珊莲和她妈妈来到毛井贵家时，已经是晚上十点多了，老黑头躺在死鬼毛井贵的床上已经三四个小时了。毛家人把他扶到床上就去忙别的事了，把他给忘了，连被子都忘了给老黑头盖上，他们想酒鬼老黑头一会儿就会醒酒的，醒了酒后他自己能找到回家的路。珊莲后来说，她摸爸爸的手就像触到了一支棒冰，爸爸的身子直挺挺地横在床上，硬邦邦连一点气都找不到。送医院时，老黑头从床上抱出来，连衣服都没来得及穿整齐，只在外面裹了件大衣。

老黑头的葬礼十分简单，任何人都没能喝到一口酒。这是伊莲妈妈的意思，料理丧事的堂兄弟说。在送葬的队伍中，如果你是个有心人，你就会发现走在最前面的那个挺着肚子的女孩哭得最响，她就是老黑头的大女孩伊莲。她咿咿呀呀地哭些什么，谁都听不清楚。老黑头的坟在镇东南的青龙头。常常有几个怀旧的酒友拿着钩刀来到坟前，从坟前的水塘捧一手水放进坟前的碗里，然后坐在坟前说，你老黑头怎么喝那么一点就醉了呢？

我问老妈，我为什么能看到已经死去的老黑头伯伯。老妈说，你老黑头伯伯常回来，割谷的时候他还到晒谷场上转悠，他变成一股旋风在他家晒的谷上盘桓不去，你嫂嫂过来对那股旋风说，老头子你回去吧，家里都好，伊莲也好，你喝口水就回去吧。旋风在你嫂嫂脚边停了一下，又旋转到晒场边的水塘里，水面发起了几圈波纹后，他就飞走了。

我没有看见过那股旋风，但我的确看到了扫地的老黑头伯伯，千真万确。

就在昨天，我在自留地里遇见了伊莲，他领着女儿小梅在浇菜，张小飞背着手站在地头上观望，没有伸手帮一下的意思。我走了过去对舞着小手的小梅说，来，让舅舅抱抱，看小梅长得像爸爸还是像妈妈。当然像她爸爸，伊莲说，看她又瘦又黑的样子就知道。

胡说，张小飞说，小梅哪像我，她像你，只有你才那样又瘦又黑。我看了看他们俩，张小飞白胖了许多，而那个桃花镇上的美人伊莲不见了，站在我面前的是又瘦又黑的张小飞老婆。

白头毛

白头毛在桃花镇上是个能人。白头毛很早就做买卖了，先是倒烟，然后就弄副食品，然后就越做越大，在义和村成了少数几个有钱人之一。

白头毛的思想很前卫，早些年，市场上的东西价格还没透明，他就把各色各样的副食品从各地拉回来，没几年就发了。这几年买卖不好做了，什么东西都透明了。白头毛的家底也实了，白头毛就整天守着他的批发部。

批发兼零售，悠哉游哉，虽然辛苦点，但乐个逍遥自在。

白头毛是个好人，那一年清明，还上小学的我和两个伙伴去离家三十里外的县城，玩着玩着就随着人流到了县城北面的那个烈士陵园。

清明的天，还冷得厉害，我却看到白头毛在叫卖棒冰，生意很好。看他忙的那个样子，恨不得把自己一双手借给他。那时一块棒冰的价格不贵，我们是偷跑出来的，哪里敢想呀。谁知看到我们的白头毛却叫住我们，问我们和谁一块来的？并嘱咐我们要注意安全什么的，走时还送我们一人一块棒冰。

舔着冰凉的棒冰，嘴里还湿湿拉拉的，怕冰都想吃，大概和书上形容的烫手山芋差不多。那感觉没说的，就这样我记住了那块冰凉的棒冰，记住了好人白头毛。

其实，不单单我和伙伴说白头毛好，村里人都说白头毛好。

白头毛很早就没了爸爸，他就把自己鳏居的叔叔接到家里当亲爸爸孝敬着。只这一点，义和村人就说白头毛的好。其实白头毛这个叔叔就是白头毛的亲爸爸。义和村上了年纪的人都知道，只是没有人点破这层窗户纸。白头毛也知道，白头毛知道了还把他接过来供养着，就知道白头毛这个人本性不坏，没有怨恨老人。人活一世不容易，白头毛有时就这么劝自己。

可是，就是这个能人白头毛，好人白头毛，最近却跑了。我之所以用跑这个字，是因为白头毛走的不光明。不但不光明，简直就把自己在村里人，当然包括我在心目中的伟大形象给毁了。白头毛是带着义和村幼儿园那个二十出头的女老师跑的。

据说，白头毛这次行动早就有预谋了，他先把自己那辆本田王摩托车卖了，把他多年苦心经营的批发部里值钱的东西卖了，手里大约有十来万块钱。就和那个我们都叫大肉婆的女老师商量着要跑了，只是大肉婆老师家里看得紧，他们没有机会，所以才拖到现在。

那天，大肉婆老师打发她妈妈，一个老实巴交的女人，大概她与白头毛的年龄相称才对，去帮她买卫生巾。起先大肉婆妈妈怕她跑了，不愿意去买。她经不住女儿的一而再再而三地磨叽，最终还是去了。临走把门口锁了，可是回来时，大肉婆老师还是不见了，是跳窗跑的。一看人不见了，大肉婆的妈妈像疯了似的哭天喊地，杀猪般一样地叫，最后全家人都出动了，找了一个夜晚，最后却连个人影都没找到。

后来，白头毛老婆油菜花说，那天夜里，白头毛还回来过一次，没有回家，是去了批发部。想是外面天冷，去批发部拿什么衣服，谁知，批发部里放的衣服让油菜花晒后拿回了家，只剩下一件军大衣。白头毛就把军大衣拿走了，临走他还带上批发部里一些吃的东西。这是白头毛老婆油菜花第二天发现军大衣不见了，才想到可能是让白头毛带走了。

白头毛老婆油菜花说这些时，心里已经很平静，不像刚发现自己男人有外遇时那副整天以泪洗面的样子。后来，油菜花还说了一句，外面可比不上家里，他要是有个伤风冷热的，可怎么办？

村里人听了油菜花这话，心里都酸酸的，有种说不出的难受。难受之余，大家都骂白头毛，骂大肉婆那狐狸精，说你一个女孩子家，又是个人民教师，不好好教书，犯的哪门子邪啊。

　　不管怎样，白头毛毕竟跑了，他带着大肉婆老师跑了，从大家每日熟视无睹的视线里消失了。

　　村头的那个批发部里，人们再也看不到白头毛熟悉的报价声了，只剩下油菜花一个人孤零零地坐着。有时油菜花的目光呆呆地盯着一个地方，叫她几声都听不到，有人凑近她耳朵再大叫，她像被吓着，浑身打一个哆嗦，才忙不迭地一个劲对人家说对不起。弄得买东西的客人倒觉得是自己对不住油菜花了，就叹气说，买两块肥皂。油菜花收了钱，结果又把钱找错了，买东西的人点了一下，把多余的钱扔在柜台上，叹着气走了。

　　白头毛带着大肉婆走后，白头毛的叔叔，白头毛的那个真正的爸爸就病了，是气病的。好心的油菜花就请村医给这个七老八十的老人挂了几天葡萄糖，才保住了老头子的那半条命。老头子病情稍好一些，就一个劲地流泪，不停地说作孽，用含混不清的话语磨叽着，上梁不正下梁歪。也许是老人想起了自己年轻时的风流事。

　　看着油菜花日渐消瘦下去，村里人就说，这么好的老婆哪里去找，这个白头毛，不识好歹，不知羞涩。

　　村里人这么说白头毛时，白头毛已经听不到了。白头毛和大肉婆坐在开往外地的一辆汽车上。大肉婆老师睡着了，香甜的美梦和幸福漾在她那张年轻漂亮的脸上。她正做着美梦，梦见自己被白马王子抱着，骑着马在一望无际的草原上驰骋。她咯咯地笑着，感觉像飞起来。大肉婆喜欢草原，做梦都梦到草原，这次，她就是叫白头毛带她去天边的草原的。

　　那天，大肉婆老师在家里听到白头毛在窗外的咳嗽声，心里就忍不住了，她一个劲地叫妈妈给她买卫生巾。结果每天对她寸步不离的妈妈还是去了，看着老实巴交的妈妈出门，她的泪就流下来了。这是娘俩的永别啊，大肉婆妈妈走了不一会儿，白头毛那颗尖尖的脑袋就出现在窗口上了。大肉婆就把事先准备好的东西装了个包，在白头毛的协助下，从窗口上跑离了家。

　　起先，白头毛和大肉婆并没有跑远，而是躲在屋后的那堆稻秆堆里。白头毛说，这时候不能走，一走就会被发现。这个白头毛还懂得战略战术什么的，大肉婆老师她就喜欢他这一点，脑筋灵活，又知道疼人。这样的男人哪个女人不想，还是自己下手快，这活生生的白头毛现在不是就用坚实的胸膛拥着自己吗？大肉婆这么想着的时候，她就听到她妈妈在门口杀猪般的哭喊了。然后整个村子就开了锅，乱哄哄的。

有好几回，大肉婆和白头毛都听到身边的脚步声了。伸进稻秆堆里试探找人的棍子都戳到了白头毛的脚上，吓得她大气不敢出一声。好歹那人用棍子戳了戳就走开了，听到脚步声远了，她的泪就一个劲地往下流。

好不容易熬到夜里，白头毛扶着大肉婆小心翼翼地从稻秆堆里钻出来。东张西望的，像做贼一样。她这才觉得腿早就麻木了，肚子也饿了。白头毛说，这里不能久留，我们得快走。

白头毛和大肉婆一路摸黑出了义和村，到了桃花江对面的抽水机埠里，白头毛把大肉婆安顿好，说，你等着，我去弄点吃的。大肉婆老师有点怕了，死活拖着白头毛不让他走。她倒不怕白头毛扔下她一个人不管，她是怕这不着村不着店的不见人影的黑夜。

当月亮出来当头照着。远处的黑黝黝的投影卧在桃花江上，像是平日里自己给孩子们讲的那个狼外婆，暗伏在那里，随时都要来抓她走的意思。

白头毛好劝歹劝，大肉婆才让她走。白头毛走后，大肉婆怕得要命，周围像是有东西随时都准备向她偷袭一样。时间过得好慢，像是过了一个世纪，又像是死了又活了，唉。

该死的白头毛总算回来了，白头毛带来了饼干、火腿肠，还有好多好吃的，更让她高兴的是白头毛带来的那件军大衣。在这初春的夜里，简直要冻死人。那一夜，担惊受怕了一天，她在白头毛的怀里，像一个七八岁的孩子，很快就睡着了。

白头毛开的那间批发部在桃花镇的樟树下，村里人都说那是块风水宝地，这几年把白头毛喂肥了，白头毛就乐了。白头毛知道村里人都羡慕他，像那个驼背公婆俩开的那副食店，就是不景气，驼背不是整天看着他生气吗？像是这个世上就他驼背能开一样，他白头毛就不能做这个似的。同行是冤家，白头毛心里明白。为了招惹人，白头毛特意从县城弄回一台大彩电，弄上一个铁锅，能收好多台，想看什么看什么，村里人都稀奇，以前净看中央台和浙江台节目，这下好了，白头毛就是能。村里人都这么说，大家都到白头毛店里看稀奇，大肉婆老师就是其中之一。

　　起先，大肉婆老师是和爸爸妈妈还有弟弟一块来看的，和别人没有什么两样，都是看客，顺便也是顾客，买东西随手就带上了，方便。说归说，农村人总归要下田地干活，大肉婆老师的爸爸妈妈也不例外，村里其他人也不例外，有时就剩大肉婆老师一个人，陪着白头毛有一搭没一搭地看着电视，课前课后，一早一晚的。再说，村幼儿园就在白头毛批发部不远的地方，这样两个人单独接触的机会就有了。

　　村里人都在猜白头毛是怎么把大肉婆老师给弄上手的，或者说大肉婆老师怎样把白头毛这个眼看奔四的堡垒给攻下的。在大家看来，大肉婆老师有貌，白头毛有财，只是年龄差了十几岁，这不成问题。只要两厢情愿，别人还不是看着干着急的事。

　　后来，据大肉婆老师的弟弟回忆，姐姐的房间里什么好吃的东西都有。大家猜测那准是白头毛用来拉拢大肉婆老师的行贿物，或者说是大肉婆老师攻下白头毛后，白头毛对大肉婆老师的犒赏。总之，大肉婆老师拿白头毛批发部的东西是不要钱的，当然这需要白头毛一个人单独看店时才行。白头毛老婆油菜花在时，这种事是不可能发生的。

　　说到白头毛老婆油菜花，就让人有点恨铁不成钢了。这是一个怎样的女人呢？太绵了。

　　白头毛和大肉婆东窗事发，还是油菜花第一个发现的，那天，油菜花在批发部待了一个上午，实在被尿给憋得不行了，才叫来白头毛叔叔，那个七老八十的老头给她来看店。她连忙跑到家里方便，在猪栏屋里方便完，油菜花就想进屋，一推门，里面反锁了。

　　油菜花就纳闷了，这大白天的锁门做什么，乡里乡亲的，还怕贼不成？油菜花就一个劲地叫，好长一会儿，白头毛才从里面开门出来。油菜花就问你做什么呢，大白天的？就径直进屋去了，结果就看到大肉婆老师正躲在内屋的门后，慌慌张张地在拉裙子上的拉链。

　　这也太明目张胆了，根本没有把油菜花放在眼里，你说你躲到床底下不让自己看到也是个说法，这不是明摆的欺负人吗？油菜花又不是那种泼辣的女人，只对大肉婆老师说了句，你要是不怕人看见，就慢慢走。相信油菜花的内心是无比愤怒的，可是就是她这句没有分量，没有水平的话，纵容了白头毛和大肉婆老师的奸情。

油菜花第一个回合就输了。人就这样，你越软了人家就越不把你当人看，就越欺负你。后来白头毛干脆和大肉婆老师的关系公开化，说是要和油菜花离婚，娶大肉婆老师为妻。油菜花不愿意，大肉婆老师的爸爸妈妈更不愿意。

大肉婆老师的爸爸妈妈，是那种一辈子只知道从地里刨食的老实人，老实的过了头。可是这件事上，他们还是明白道理的，这种伤风败俗的事，说什么也不能答应。

再说那个白头毛和自己是同辈，这当叔叔的睡了侄女，还要凑到一块过日子，好说不好听呀。婊子生的东西，算你有能耐。这是大肉婆的爸爸对女儿外强中干的话。死不着的白头毛，你怎么能这样呢？这是大肉婆的爸爸对白头毛无可奈何的话。

离婚不成，白头毛就和大肉婆密谋着要弄死油菜花。那天白头毛在菜里下了毒，吃饭时，白头毛一个劲地劝油菜花多吃菜，快吃菜，对于白头毛这种过分的热情，是自从发现了白头毛有外遇之后，少有的。油菜花再老实，也起了疑心，吃了一口，感觉菜的味道不对，就倒给鸡吃，结果鸡吃死了。

油菜花就哭了个肝肠寸断，可是哭归哭，哭过之后，该怎样还是怎么样。有知心姐妹就劝油菜花离了算了，要不早晚被他俩弄死。油菜花还是摇头，轻声说，死了好，死了一了百了。

后来，白头毛和大肉婆就合计着，弄死油菜花这是不现实的事，村民的法律意识还是有的，干脆私奔得了。

大肉婆老师的爸爸妈妈联想这几天女儿的反常，就商量着要把女儿看牢，别叫白头毛那婊子儿拐跑了。结果白头毛和大肉婆还是跑了。他们一起私奔了。一起寻找他们的幸福生活去了。留下大肉婆老师的爸爸妈妈在家里干号。

油菜花没有哭，她已经没有了眼泪，她只怪自己命不好，摊上这样的男人。白头毛他那个叔叔，就是白头毛的亲爸爸，大病之后，就劝油菜花改嫁，油菜花还是那句宁死不嫁二夫的话，老头子只是叹息着直摇头。

大家说，让白头毛和大肉婆老师下定决心要私奔的还在大肉婆的爸爸，大肉婆的爸爸是个老实人，可是老实也有个犟脾气，看到自己的女儿和自己年龄差不多的白头毛相好，心里这个憋屈呀。

那天他到驼背那里买酒。驼背说，说你呀，你真是太窝囊了，要换了别人，早就把白头毛的店砸了，这不是明摆不把你当人看吗？不给白头毛那小子弄点颜色看看，往后你在义和村里还怎么活。

驼背煽风点火的话还没说完，大肉婆爸爸手中的那瓶酒就下去半瓶了，然后他就晃晃荡荡地直奔白头毛的批发部去了，驼背还在后面一个劲地叫，老弟，我也就说说，你可别当真啊。

大肉婆的爸爸到了白头毛批发部，借着酒劲，顺手把门闩抄在手里，白头毛还没有反应过来是怎么回事，一阵噼里啪啦，批发部变了样，白头毛也被大肉婆爸爸在屁股上敲了两棍。

那时，大肉婆老师早被学校劝退了。其实她这个初中毕业的幼儿教师，幼儿园的园长就有生杀大权，再说，出了这样的事，幼儿园也觉得脸上无光。

有人早把大肉婆爸爸到白头毛店里寻事敲店的消息告诉了大肉婆。等她来的时候，她爸爸正拿着那门闩打在白头毛的屁股上，大肉婆就扑了上去，护住了白头毛，她爸爸的第三棍就打在了大肉婆那个性感的屁股上了。

酒醒后的大肉婆她爸爸就怕了，他怕白头毛会来找他算账。整天想着要去给白头毛赔不是。驼背就劝他，说，你打都打了，店也敲了，你老弟要拿点男人的样子来，怕什么？他白头毛不是照样把你家大肉婆给睡了吗？两下址平，白头毛他要懂事，他敢动你一根毫毛！这后一句话就有驼背的恨意在里面了。

白头毛还真没有找大肉婆爸爸的麻烦。不是白头毛不敢，再怎么说大肉婆她爸爸再也是大肉婆的爸爸呀，自己和大肉婆好，就得对人家爸爸客气点不是，这件事后，白头毛和大肉婆老师就觉得在村里待不下去了。

虽然以前大家都明白白头毛和大肉婆的关系，可还是心知肚明，你知我知，谁都不当面开口说的事。这下大肉婆爸爸一下子捅破了那层窗户纸，这事性质就不同了，再说怎么着白头毛在义和村里也是有头有脸的人。不行，必须得走。白头毛就和大肉婆趁着村里放电影的机会，商量好对策，私奔了。

白头毛和大肉婆跑出来的第二天，白头毛发现自己的身份证没带出来，白头毛是个见过世面的人，他知道这往后的日子，那张小卡片对他们的用处有多大。他就琢磨着在县城躲几天，到派出所补办个身份证再走。

村里是不能回去了，好马不吃回头草，再说那天他回到店里拿那件大衣，差一点给大肉婆的爸爸和驼背看见。既然出来了，就做了打算，何必非在一株树上吊死呢。白头毛把大肉婆老师安顿在朱店街的一个旅馆里，自己一个人到派出所，总算顺利，派出所那个小民警叫他三天后来取。

能不能快点，我等着用。白头毛说。

那你再交十块钱加快。白头毛给了民警一张五拾块人民币。

从派出所出来，白头毛看到大肉婆的爸爸和村里的一个亲房在街上四处寻找。白头毛就急忙拐进一个弄堂，抄近路回到旅馆。白头毛没有说在街上看到大肉婆爸爸，主要怕她担心。大肉婆也没问，只问我们什么时候可以走，白头毛说，再等一天，后天早上拿到身份证，我们就走，走得远远的，走到你一直想去的大草原。

整整一天，白头毛和大肉婆就窝在那个小旅馆里，除了吃饭便是睡觉。

早春的天气还有点冷，天也黑的快，到了傍晚时分，大肉婆老师睡醒了，她看着这个简陋的旅馆，身边卧着熟睡的白头毛。白头毛那白皙的脸上略见皱纹，好在他不做农活，保养得好，眼看奔四的人了，怎么看都像三十郎当的样子，现在好了，这个长着一张白皙俊俏面孔的白头毛终于属于她了，她可以一个人慢慢享用了。那个油菜花真不知珍惜，这么好的男人都笼不住，也够可怜的。想着这些日子来和白头毛间的风风雨雨，大肉婆越发感到现在属于她和白头毛两人之间的这种宝贵，时间是多么可贵啊。想着想着，大肉婆忍不住又俯下身去，吻了白头毛那白皙的脸。

白头毛惊醒了，顺势把大肉婆搂在怀里，那个吻有点长。通过这些日子的接触，白头毛是了解大肉婆的，大肉婆老师的欲望那可真是个海，一望无际。向前看茫茫中不知何处是彼岸，向下看深不可测，一眼看不到底。

白头毛解开了大肉婆衣服上的扣子，两个人就滚在了一起。旅馆里那张简陋的床，吱吱呀呀地响了起来。白头毛一次次进入了大肉婆身体的最深处，大肉婆老师就痛快淋漓地哼哼起来。白头毛知道大肉婆是喜欢叫的，不像自己老婆，整个一点声音都没有，任自己怎么弄，没有声音就是没声音。起先，白头毛以为是自己的功夫不老到，后来，遇到了大肉婆老师，才发现老婆就是那类人，冥冥中认为这是羞臊的，所以你本事再大，她感觉再快活，也不会叫一声的，明白了这个道理，白头毛不再强求老婆怎么样了。

白头毛与大肉婆在一起的时候，白头毛都能从大肉婆老师那接连不断，高高低低，跌宕起伏的叫喊声中得到不同的满足。认识到自己作为一个男人的无穷魅力和高贵的价值。此刻，白头毛已经在大肉婆身上，前前后后，上上下下，进进出出了半个多小时，两个人一次次奔向高峰，又一次次共同跌进低谷。大肉婆老师在白头毛怀里都要化成水了。相信这一刻就是世界末日到来了，也不能把这两个私奔的人分开来，幸福正在白头毛和大肉婆的两人世界里，像花一样开放，开放，再开放。

第三天，派出所户籍室门一开，白头毛就第一个走了进去，从小民警手里接过他期盼了有一个世纪长的身份证，说了声谢谢，然后风一样刮向那家旅馆。结了账，拉着大肉婆坐上了旅馆老板找来的面包车，出了县城。

县城的汽车站，白头毛和大肉婆他们是不敢去的，他们生怕村里人在车站守候。出了县城到了诸暨，白头毛带着大肉婆上了辆去省城的长途车，就这样悄无声息地离白头毛批发部越来越远了，离义和村越来越远了。

油菜花是一大早听到有人叫门的。

白头毛和大肉婆私奔之后，她就一直住在家里，这样照顾老人和孩子都方便。批发部生意越来越没人气了，没有几天工夫，许多买卖都被驼背抢去了。油菜花的心里早已不在批发部的生意上了，她的心已经跟着白头毛的出走，随他而去了。

叫门的是村支书，和许多普普通通的故事也没有什么两样，一进门，支书就说，油菜花你要冷静，千万别激动。

油菜花说，我现在都这样了，还有什么事能让我不冷静。

支书听了油菜花这话，点了点头说，你家白头毛在去杭州的车上，被劫匪捅了几刀，现在正在省医院抢救。

听到白头毛消息的油菜花原本干涸了的泪腺又有了反应，泪一滴一滴顺着她消瘦的脸颊淌了个肆意汪洋，之后，她就哇的一声哭了出来。

油菜花和村支书是坐着县里专门派来的车，去省医院去看白头毛的，白头毛这会儿成了名人。

那天他和大肉婆在诸暨去省城的车上昏昏地睡着了，突然间客车来了个急刹车，他睁开惺忪的睡眼，就觉得脖子上冰凉冰凉的，有一把刀正在他的脖子上，前面司机的脖子上同样抵着刀，三四个满脸横肉的人正在对车上乘客逐个抢劫，倒霉的白头毛和大肉婆正好赶上了他们的这趟活。

起先，白头毛和其他乘客一样，把身上所有值钱的东西都给了劫匪，白头毛看见自己和大肉婆老师千辛万苦换来的幸福生活就要断送在这几个劫匪身上，就在最后一个劫匪要离开车门的刹那间，白头毛猛地扑了上去，死死抱住了那落在最后的一个劫匪。

看着同伙都下了车，自己被留在了车上，劫匪就急了，手里握着的刀照着白头毛没头没脑地捅了下去，一刀，两刀，三刀，司机看见这情况，就赶紧关了车门，拉着这满车惊慌失措的乘客和这最后一个劫匪一溜烟去了离那最近的一家派出所。

后来，白头毛被送往省医院抢救。白头毛很快成了见义勇为的名人，有许多人到医院看望英雄白头毛，县里也派专人去省城医院慰问了白头毛。那几天，报纸，电视，广播整天喊着叫着的都是英雄白头毛的名字。

油菜花出现在身上缠满绷带的白头毛病房时，几天没合眼的大肉婆老师正在不厌其烦地喂白头毛吃东西。

大肉婆

大肉婆把门前屋后的旮旯里都寻了一遍，依然没有找到另一只鞋。自己今天早上明明洗了放在门口晒得，才这么一会儿工夫，就没了。真是活见鬼了。

大肉婆心里很恼火。要是别的女人早就满村拍手跺脚叉腰地骂街。哪个天火烧的，倒灶的偷了我的鞋。大肉婆看到过村里几个骂街时的凶神恶煞样。

大肉婆再怎么也不会骂人，好歹读过几年书，教过幼儿园，又是丁家刚过门的媳妇，脸皮薄。没有亲眼所见是不好冤枉人的，也许是隔壁邻舍那家顽皮的孩子拿去玩呢？

大肉婆把找鞋的事放在了一边，拿刀劈了一捆柴就去烧饭。大肉婆的男人油麻籽过了年就跟随大伙去了广东，村里只留下一些老的少的，整个村子都冷冷清清的。男人是家里的主心骨，家里一时间少了男人还真缺少一些生机。

大肉婆在家里养了两头猪，还有田畈的农活要做。大肉婆有时想，做女人也挺难的，先不说每月那几天麻烦事，也不说生孩子，这些来自生理和肉体的痛楚。光是结婚后忙里忙外操持一个家就不容易了。明年干脆把田地租给别人，也跟老公油麻籽一起去广东算了。

其实，大肉婆老公油麻籽也有这样想法，把大肉婆这么水嫩的女人放在家里有点不放心。大肉婆没结婚时是义和村里的一大美人。若不是大肉婆和白头毛有过那点事。若不是两家沾点关系，两个人自幼走动时，就玩过了过家家的游戏。若不是隔壁白豆籽极力纵容和面授机宜。像油麻籽这样老实人，怕是打着百子灯笼也讨不到大肉婆这样的女人。

油麻籽打心眼里把白豆籽当成是哥儿们，是兄弟。没有白豆籽当初不嫌其烦地充当电灯泡，说那些花言巧语好听的话，油麻籽就没有今天的幸福。

油麻籽和白豆籽是同年同月生的，两个人从穿开裆裤玩泥巴那会儿就玩在了一起，一向以同年相称。油麻籽讨了大肉婆进门后，两人更是像患难兄弟，好得跟一家人一样。

白豆籽书读的多，脑瓜子灵活，高中毕业没考上大学。本来想复读一年来年再考，可家里条件不允许，只好回家修理地球。回家第二年，白豆籽就承包了村里的那口大水塘。白豆籽年轻好学，加上运气又好，三年后他养的鱼大而肥，产量又高，卖了个好价钱，不久就成了有名气的养鱼专业户。商报的记者，电视台的美女主持人也慕名前来采访，镇上还作为典型事例进行了宣传。

白豆籽发达了，腰包也鼓了起来，惹得四乡八村的姑娘都想攀上这株摇钱树。白豆籽也如愿以偿，拿下了他高中时的班花。那时班花高傲得像一个公主，如今温顺得像只小花猫的芙蓉糕。

白豆籽把芙蓉糕娶进门，才发现芙蓉糕原来是个中看不中用的绣花枕头。芙蓉糕她每天除了吃饭就是约上一帮无所事事的女人到盐埠头搓麻将，往往是天不黑不回家门。白豆籽和芙蓉糕吵过不知多少次，于事无补后白豆籽也就懒得理她了。

最让白豆籽头疼和窝心的是他和芙蓉糕结婚快三年了，芙蓉糕的肚皮却依然平坦得像飞机场。让想儿子想得发疯的白豆籽恨不得使劲地往她肚子上踢上几脚，以解心头之火。为了这个家看上去有点生机，白豆籽养了一只狗，没事时，白豆籽就逗狗，时不时会汪汪地叫上几声。

油麻籽经常打电话来要白豆籽忙里照应一下大肉婆，家里有什么重活抽空帮衬一下。白豆籽自然满口应承，那还要说吗？同年的事就是我白豆籽的事。

白豆籽说到做到，大肉婆家里的半亩田基本上是白豆籽在管理，小到施肥，大到收割，白豆籽都责无旁贷，义不容辞。大肉婆对白豆籽有说不出的感激和歉疚，同年就是同年，患难之时见真情啊。大肉婆每次都是备好了酒和菜招待白豆籽。

时间一久，村里难免闲言碎语，什么难听的话都有。

白豆籽老婆芙蓉糕的脸上就挂不住了，回到家就指着白豆籽破开嗓子大骂，白豆籽，你有没有做对不起我的事？

白豆籽很不耐烦地顶了一句，做了又怎么样，没做又怎么样？两个人话说不到一块就大动干戈，丢筷子摔碗。

大肉婆听到白豆籽公婆俩的争吵也没当一回事，她和白豆籽是清白的，身正不怕影斜，更何况大场面都经历过了，她才不怕别人在背后乱嚼舌头。

大肉婆吃了午饭，差不多已忘了找鞋子的事，她刚想洗碗，却听白豆籽在门口叫自己。大肉婆应了声过去，蓦地发现自己的鞋好好地在白豆籽手上。白豆籽说，这是不是你的鞋？可能是我家的狗叼过来的。

小花狗似乎叼上了瘾，而且专门叼大肉婆的，一叼准往白豆籽家叼。大肉婆每次晒在门口的鞋如果不见了，准能在白豆籽的房门口找到，有时一叼就一双。

一个大清早，搓通宵麻将回家的芙蓉糕，呵欠连天地走进屋，看到门口放着一双女式皮鞋，走近一看，竟是大肉婆的。这还了得，看来流言不假，这对狗男女还真睡在了一起。芙蓉糕心想，抓贼要抓赃，捉奸要捉双。今天就逮个人赃俱获，看你们还有什么话说。这么一想，芙蓉糕便破开喉咙大叫，来人呀，来人呀，偷人偷到家里来了，你们可要替我做主啊。

有挽着裤腿背着锄头正要下田的，有挑着屎桶正要去地里的，有正要去菜园割菜的，听到了芙蓉糕的大叫声，都围了过来，想看看有什么好戏。

看到隔壁邻舍围了过来，芙蓉糕这才趾高气扬地从口袋里拿出钥匙，打开，围拢过来的几个人立刻情绪高涨起来，他们伸长脖子想看个究竟。结果只有白豆籽一个人在床上打鼾打得呼噜直响，哪里有什么人们想象中的奸情。

大家有种被愚弄的感觉，白豆籽显然也被吵醒了。他睁开睡意惺忪的眼睛，猛然间看到这么多双好奇的眼睛盯着自己，一时也没有反应过来。待人们的交谈中隐隐约约听明白是怎么回事时，不由火冒三丈。白豆籽腾地一声穿着裤衩从被窝里一跃而起，啪啪啪响的耳光扇在还蒙在那里的芙蓉糕脸上。

从未被白豆籽如此当众羞辱的芙蓉糕，一时羞愤交加，随手拿了两件衣服塞进包里，就哭着跑回了娘家。看热闹的人群才哄的一声散了。

从梦中惊醒的大肉婆看到白豆籽家里闹哄哄，便也披了件衣服过来看热闹，一眼看见自己的鞋在白豆籽的房门前，再看铁青着脸的白豆籽和掩面哭泣的芙蓉糕，似乎什么都明白了。当时便哭着跑回了自己的家，把门口呼的一声关上，伏倒在床上掩面大哭。

傍晚时分，白豆籽见大肉婆家门紧闭了一天，也没有什么动静。心里想，不好，是不是大肉婆想不开。随急过来叫门，白豆籽看到大肉婆只是红着眼睛趴在床上哭着，他才长长他松了一口气。白豆籽便支支吾吾地说，大肉婆，事情不是你想象的那样，只要我们没做亏心事，别人再怎么说也没用，一切都是我家那个贱货疑心太重，还有那惹事的狗，我这就回去一刀结果了那畜生。

白豆籽说着就往外走，走到门口的白豆籽又磨蹭着回来了，一把抓住床上的大肉婆手说，大肉婆，我是真的喜欢你，从看到你第一眼起，我就喜欢上了你。反正现在假的越描越黑，我们白白搭上这冤枉名声，我们还不如来真的，反正都这样了。

大肉婆触电似的缩回自己的手，惊惶地用被子裹着自己。白豆籽，别这样，我一直把你当作油麻籽的同年，像兄弟一样敬重你。

白豆籽紧紧地搂住大肉婆说，我不管那些，我想的只是想得到自己的幸福。我要你，我要你。

自那以后，再也没有看见白豆籽家的那只狗，有人说，他亲眼看见白豆籽手起刀落，一刀宰了。有人说，小花狗知道自己闯了大祸，主人一定饶不了它，便逃之夭夭了。

年底，油麻籽从广东回来。大肉婆问，油麻籽，你听到村里的风言风语了吧。

油麻籽搂着大肉婆说，嗯，我听到了，一个是我最爱的女人，一个是我最信赖的同年，我不相信你们，难道还去相信别人。

大肉婆猛地挣开油麻籽的怀抱，扑通一声跪在油麻籽面前，哇的一声哭起来。嗯嗯地哭着说，油麻籽，我对不起你，空空的房子我实在熬不住，事到如今，你想怎样就怎样好了。

油麻籽一语不发地把自己关在屋里，一支烟接着一支烟地抽着。满屋烟雾缭绕，油麻籽被呛得直咳嗽，油麻籽他平时是不抽烟的，一天一夜后，一脸颓废的油麻籽走出那间屋子，递给大肉婆一纸签了名的离婚协议书。

一夜之间，油麻籽仿佛老了十岁。

那边，白豆籽和芙蓉糕的离婚手续也在办理之中。

第二年的春天，有人看见白豆籽和大肉婆有说有笑地从鱼塘回来。不久就到镇上领了大红本本，还摆了像模像样的酒席，村里人似乎忘记了以前的那档事。

独自一人时，白豆籽不由得会想那只小花狗。

白豆籽的心里隐藏了一个很深的秘密，那是白豆籽的绝对隐私。他打算不对任何人说，包括大肉婆，直到把它带进坟墓。

六 指

　　说真的，我不喜欢爷爷。这个老头坐过两年牢，他还给我爸爸的脸上烫了个疤，这个忘了痛的疤迫使我爸爸给我找了个不漂亮，甚至可以说丑的妈妈，让儿子在三年级学会了美丽这个词的含义后感到心疼。而滑稽的是妈妈没有自知之明，却给我找了个温柔漂亮的妻子。但子承母相，模子不同，坯子怎样也不正。其实妈妈说的也有道理，她说，这辈子她丑怕了，你讨了漂亮的老婆，我就买一面镜子。因为我妈从来不照镜子。

　　说远了，爷爷还是我爷爷，他就算是妖怪，也是我祖上新陈代谢来的，再说了他喜欢给我讲村里的那些陈年烂事。故事对一个下三烂的作家来说是祖宗还祖宗，所以我还能接近一下我爷爷。但为了表达我本质上的不喜欢，我在他讲故事时，一句话都不插，累死他。

　　桃花江从东阳那边流下来。桃花镇上的人都说那江水是来我们镇上讨饭的，在我家门前经过时已经不那么粗犷，饥肠辘辘的可怜样。

　　那年月，人们都饿着，光镇上就饿死了不少人。九岁的六指在不到半月功夫就饿死了爹饿死了娘。六指爹在一个早晨该睁眼的时候没睁眼，张了半下嘴，头一偏就简单地死了。六指娘气若游丝交代了六指两句，那只能自己寻虫吃的老母鸡不能杀了吃，留着下蛋。饿得实在不行，把狗杀了救自己的命。

　　六指和狗玩得像同一个妈生的一样。那狗多半时间跟着六指的屁股后头，六指手指的方向就是狗撒开四蹄跑的地方。六指饿了，或被人挨打了，就搂着狗的脖子，那狗就把头低下悲伤地舔几下舌头，舔得呱嗒呱嗒响。一句话，六指割自己两刀也不会去杀狗。那天天没亮，六指支着下巴趴在床沿上听鸡叫，猜想第几声过后就会有一个鸡蛋滚在乱草堆里，可是没有。六指昨晚看鸡幽幽鼓动的屁股时，看出的是失望的鸡屎。但六指听娘的，六指对吃鸡蛋还抱有强烈的希望，六指就学着镇上的大人，吃树叶，吃葛根等一切可以吃的东西。六指的小肚皮胀得像皮球时，六指没有了希望，六指那条找不到屎吃的狗把老母鸡吃了，吃得很干净。六指来到时，那狗正用舌尖把最后一根带着腥味的鸡毛舔到牙边，幸福地慢慢嚼着。

六指这才流着泪找来一根绳子去杀狗，那狗跟平常那样没做什么挣扎，绳扣被六指咬牙系紧，狗与六指一样潮湿的眼睛里还是咀嚼鸡毛时的幸福模样。六指抱着咽了气的死狗傻傻地呆了大半天。

六指还是一刀一刀地把狗跺了下锅。六指吃完狗肉啃骨头，六指啃狗骨头时看到了正咂着小手指的我，就从锅里拿了一块给我，我伸伸手又缩缩手地拿了。我与六指对着头把狗骨头咯嘣咯嘣啃得响时，我妈看到了。我妈就摸着六指的头说，今后就来我家过吧，可怜的孩子。

六指真的就来了，我很高兴，我和六指的关系就跟他家的狗关系差不多。有时我是狗，六指是六指，有时六指是狗，我是六指。我与六指一起做了不少丧失良心的事，偷鸡摸狗偷红薯，拔蒜苗，月光下看女人在桃花江里洗澡，看那雪白的身子在浅水里闪着光。最后，我们看饿了，就回家吃从人家地里偷来的冬瓜。

那时，我们开始羡慕人，我们当时全世界只羡慕过两个人，一个是大队长，大队长的乌纱帽倒扣过来就是碗，盛满一天三餐都不愁的饭和菜。另一个是我妈妈，可是时间很短暂，我妈妈给我生下一个又小又短的弟弟，肚子就瘪得像见了底的溪滩，我们就不羡慕了。原来我们一直羡慕妈妈的大肚子，我们偷偷在说妈妈在背地里一定吃了很多东西。妈妈有时听到了也不说什么，把脸上的笑挤得很苦很苦。后来弟弟的小嘴从妈妈干瘪的奶头上脱落，不声不响地死了。妈妈张了几下嘴，没有声响，我爸在一旁把烟吸的团团烟雾。

六指恰到好处地依偎在我妈身边说，婶婶，你别哭了，就当小弟弟不见了，成了我，不用吃饭就长这么大了，今后我就叫你妈。一句妈，六指叫得亲情十足，充满奶香和生命力。我妈干瘪的嘴又张了几下，依旧没有声音。爸爸却把一锅烟磕在门槛上，对六指说，六指呀，你都长这么大了，该自己去活命了，要不，洪良也得饿死。

六指知道我爸要赶他走，回头望了望我妈和我，我妈又干张了几下嘴。我当时闭着嘴，我想我一漏声，我爸的烟杆头肯定会落在我的头上。我爸的性子又急又犟，孤立无援的六指扑通跪下朝我妈和爸磕了我当时没数的响头，转身就走了。

我本能地伸出手去拉六指时，哧溜一声，破衣服被我撕下了一块，六指没有回头，从我家门前的桃花江上趟过，一步步走远，走得我好久好久也没有再见到他。

我把六指的破布条放进我的破枕头里，夜夜想念六指，有时好几夜想着想着就拿六指的破布条抹起眼泪。那时我十三岁，六指可能是十四岁。

我显然为我爷爷的这个故事感动，我破天荒地给他泡了杯茶。好听的故事让我听出了巨大的怜悯心，这直接是我爷爷受益。爷爷他完全自恋上了他的故事，他口生白沫，表情丰富，手势不断，并且还用了富有文才的语言叙述。

我爸的性格愈加急犟起来，有时急犟得不成样子，他常常拉开一个远距离的手臂，啪的一耳光把我妈打得一头栽倒在地上。那时，我拿着一把泥做的小手枪，我在门缝里瞄准了，我使劲地扣了扣扳机，要是小手枪显灵，我爸肯定完蛋。爸爸的脑袋就会多出一个洞，我当时就是这样想的，我爸的脑袋里不会有血，只有冒火药的白烟。但枪不显灵，我爸也完蛋了。

那天，我爸吸着金瓜叶，吸得团团烟雾，我爸就在烟雾中倾斜下去，没有吸完的金瓜叶寂寞地在我爸的肚子上烧着白烟，就像我想象在中枪后脑袋上冒白烟一样。

我妈说，爸爸是饿死的。我妈说他把袋里的那半个馒头吃了就能活，可馒头还放在衣袋里。妈妈从爸的口袋里拿出的半个馒头给我吃了，我妈不知道我爸到底从哪里弄到这半个馒头，我妈死时也不知道，我爸是从大队长家狗的嘴里夺来的半个馒头。

我妈哭完我爸后眼睛就睁不开了，妈妈的眼睛瞎了。门前桃花江哗哗地流着,这时大家都能吃个半饱,脸上也有了带红的微笑了。我妈看不到,妈问我,门前的江水怎么比以前响了呢?是不是六指过江回来了。我当时一门心思想老婆已经鼓得很圆的大肚子,没在意妈妈的话是什么意思,谁知我瞎眼的妈却卧床不起了。我老婆鼓励我妈再活些日子,就把妈的手拿到自己的肚子上说,妈,你就要听见小孙子的哭声了。我妈没有表情,只说了一句话,我想吃狗肉。

老婆转过身对我说,妈想吃狗肉。听说镇上开了家狗肉铺,卖狗肉老板也是旗杆脚的,我心里一格腾,不会是六指吧,那个十一岁就能独立把一只活狗变成熟狗的六指吧。

我妈说,她闻到了狗肉味了,很香。

我就往枕头底下摸钱到镇上买狗肉,就是那个枕头底下摸钱的动作,让我回忆起曾经在枕头底下摸六指的那块破布擦眼泪的情景。六指的那块破布哪里去了呢?我真想不起来,我那个破枕头不知扔到哪里去了,就没有继续想六指的破布条,我赶紧买狗肉。

狗肉铺的情景,很激动人,就是六指,六指的袖子撸得老高。看到我,看了一眼,便扔掉手中的刀,用没沾油水的那只胳膊挟住我,说我又回来了。我当时又激动又内疚就没说话,也没问六指从我家走后去了哪里干了什么怎么样,我妈等着吃狗肉。我说,我妈快不行了,想吃狗肉,你给我称点吧。六指就称了,秤杆抬得很高,我把枕头底下摸出的钱递给六指,六指伸伸手又缩缩手,像我当年接他递给我的狗骨头时的样子。六指说,我们俩是亲兄弟明算账,他就用两根熟香肠般的手指把钱夹了过去。

就是六指这个夹钱的动作,让我怀疑他卖给我的狗肉是欠秤的,我怀着小人之心在街头借了一杆秤一称,整整少了二两。我生气的步子走得比疯狗四蹄跑得还快,我生怕我妈没有力气吃狗肉了,这可是她这辈子能吃到的最好东西了。

我推开门时,老婆的哭声把我一下子晕了头,我妈死了,我手中的狗肉掉在地上。我扑在妈的身上摇着她的手,我听到自己号啕的哭声雷一样从我胸膛里一排又一排地滚出来,老婆把长发盖到我的脸上,额头低着我的后脑勺哭,但我听不到。

我的哭声变得若有若无,老婆的哭声像蚊子声一样清晰起来时,我发现妈妈的手是僵硬地放在一个位置。我抹了一下泪，轻轻地把妈妈那冰一样冷的手拿开，看到妈妈衣上的旧补丁，比巴掌大一点，我一惊，那不是六指从我家走时我从他身上扯下的那块布吗？

妈妈的丧事办得很隆重，为了安葬我妈，我把家里的房子都卖了，我要给妈在地下安个像样的家。她把我养大吃的苦，我肯定不能等额回报，但我有一点很气愤，她为什么还把六指挂在心里。六指这个狗娘养的，良心都短斤缺两，是人吗？是狗，是从我家吃了三年屎又跑走的没人要的野狗。我妈死了，他的狗肉铺还是照样香气缭绕，吆喝声比平时精神好多倍。

六指，不是狗娘养的，爷爷的头仰上天空，两滴泪像泉水一样叮咚，一声打在我给爷爷泡的茶里。我说，六指，你就是狗娘养的。爷爷的胡子很精神地抖了一下说，不，别，先别这样说。

后来，我与老婆还有一个两岁的儿子去城里收废品，我们捡到了一个大提包，里面都是钱，听说能买好几层楼，我们没敢要，我们只从里面抽出几张，藏在鞋里，把钱交给了派出所，交钱时，老觉得脚底咯脚，就又红着脸拿了出来。

爷爷你真伟大，要在今天，你不上电视也要上报纸，我羡慕爷爷，这个曾因贪污乡里两千块钱蹲过两年牢的爷爷，还有如此一段光荣史。我说，爷爷，你虽然没有报纸表扬，还是被乡里安排了工作对吧。爷爷拽拽胡子说，你比你爸那个不开窍的脑袋好用多了，你说对了。我说，爷爷你别说这个，你说说六指为什么不是狗娘养的。

你知道了，我们已经是地道的城里人了，我们清明冬至回家去拜祭祖坟，我们每年到你爸妈的坟边时，都很肃静，但每次都会有谁先于我们在爸妈的坟前烧纸香，那一堆随风乱舞的纸灰，就像蝴蝶一般。很奇怪，乡下我们没有一个沾亲带故的，等第四年，我们没到冬至就提前到爸妈的坟边等着，你猜猜，我们看到谁了？我们看到六指，那肥胖的身子跪对着爸爸的坟头一个接一个地磕头，身边的纸香烧得很旺。

说到这，爷爷又拽了拽胡子说，其实骂六指是狗娘养的也没错，你说他怎么光给我爸烧纸香磕头，把我妈丢在一边呢？

我说，对呀。

王亚修

　　桃花镇文工团有个王亚修，长着一双蛤蟆眼，猪嘴獠牙的，眼珠一瞪，活像一只四不像野兽。王亚修在镇文工团专演反面角色，座山雕，鸠山，地富反坏右什么的。坏蛋演多了，人长得又像，文工团不管到那个地方，小孩子都把王亚修当成坏蛋，飞快地跑开，远远地张望。这时，王亚修就会冲孩子们一瞪蛤蟆眼，面目狰狞，做一个拔指挥刀形状，叫道，你的，死了死了的！右手拇指朝上，食指前伸，其三手指握着，造型成一把手枪，嘴里啪的一声，把小孩子吓得乱跑。

　　演李铁梅演阿庆嫂的周丽珍，人长得端庄俊秀，一有空闲，文工团的男人们，无论是演英雄人物的，还是演反面角色的，包括吹喇叭拉二胡的，敲锣打鼓的，都喜欢围着周丽珍说笑。周丽珍在哪，哪里就人多，哪里就热闹。若是周丽珍没在场，这些男人们就总觉得缺点什么似的，排出小戏也没有精神，也认真不起来。

　　一日，王亚修鼓足勇气写了张小纸条塞给周丽珍，告诉她晚上演完节目，在桃花江边的柳树林里等她。

　　王亚修本来心里一点底都没有，只想试探试探虚实，只想表白表白自己内心火热的情感，觉得再不表白表白自己都快要憋死了，深恐自己再不下手的话，连这一点机会都没有了，周丽珍说不准就被谁搞到手。

没想到周丽珍一看王亚修，王亚修脸红得像刚下过蛋的母鸡，嘴唇哆嗦，眼睛躲躲闪闪的。周丽珍明白了，不动声色地将小纸条拿在手心里，脸微微一红，眼睛不再看王亚修，娇羞可人。

王亚修的心立刻打鼓一样嘣嘣狂跳，一股幸福的暖流顿时涌遍全身，激动得简直热泪盈眶了。心中高呼，毛主席呀毛主席，您是我心中最红最红的红太阳！之后，王亚修就一直盯着周丽珍，看周丽珍如何处理那张小纸条。看不看，什么时候看。直到天都快黑了，王亚修才发现周丽珍趁没有人注意，一个人躲到后台，拿出小纸条，一双美丽的眼睛在纸条上来回扫了一遍。那一刻，王亚修刚刚平静下来的心又狂跳起来，心中发誓，周丽珍，为了你，上刀山，下火海，粉身碎骨也心甘。

周丽珍看过小纸条，卷成一个小纸球，从舞台的缝里塞了进去。到周丽珍上场的时候，她唱得比往日更动听，样子也更好看。

王亚修躲在幕后，摇着脑袋跟着哼唱，之后，使劲地鼓掌，为周丽珍捧场。台下的观众也一片叫好。不少观众，眼睛直直的，目光被周丽珍牵着，心潮起伏，浮想联翩。

王亚修心里甜滋滋的，心里话，看也白看。如同小时候来了电影就盼望天黑一样，此时的王亚修恨不得一下子就到半夜。一想到半夜自己就能跟周丽珍在桃花江边约会，王亚修的心禁不住又幸福地跳起来。

周丽珍时不时地偷偷扫王亚修一眼，王亚修就更是神魂颠倒。轮到王亚修他上台，刁德一那句阴阳怪气的著名唱段，这个女人不寻常，本来应该是阴沉着脸，一双狡黠的眼神。可王亚修竟然抑制不住内心的兴奋激动，满面喜色，双目含情，跟结婚讨老婆一样高兴。周丽珍接茬唱，刁德一耍的什么鬼心肠一句，周丽珍用手指指了一下王亚修，可能是想提醒王亚修注意进入角色。结果手指差点戳到王亚修的鼻子上，王亚修慌忙往后一闪，周丽珍忍不住脸背观众笑了起来。台下也笑，纷纷议论说今天这是怎么了？

本来很严肃紧张的一场戏，被王亚修和周丽珍演的嘻嘻哈哈。文工团副团长陈二槐在后台低声喝道，严肃一点好不好，这是宣传革命样板戏，不是小孩过家家！无奈王亚修那晚不管怎么克制自己就是严肃不起来。一双眼睛不离周丽珍，眼中一点都看不出刁德一的狡黠猜疑和敌意。

正是盛夏季节，夜里闷热，王亚修在桃花江边的柳树林里等得着急，浑身被蚊子咬出了不少泡泡。他在肚子里准备好了要说的话，连动作都设计好了。一想到周丽珍那张光彩照人的脸，那丰满成熟的身段，王亚修连口水都咽了一口又一口。

树枝发出轻微的沙沙声，是树林里夜憩的麻雀被惊动了，叫的声音在这沉寂的夜里显得有几分凄凉。王亚修又等了一会儿，周丽珍来了，王亚修一下子紧张了，腿竟然控制不住地颤抖起来，他连气也喘不均匀了，大口大口地喘着气，仿佛成了缺氧的鱼。

周丽珍穿过柳树林，柳树枝哗啦啦的一路响过来，响声很大，引得不知谁家的狗站在柳树林边冲着树林汪汪狂叫。王亚修心里说，我的姑奶奶，轻声点好不好，这么大声，想把人家招来捉奸不成？

周丽珍在柳树林里走走停停，四下张望，王亚修捏着嗓子朝周丽珍发出了我在这里的信号。周丽珍方才发现王亚修隐在一株树背后，就过来了，柳树林边的那只狗又听到了声音，又冲着树林汪汪叫了几声。

王亚修天天跟周丽珍在一起做戏，天天看着周丽珍，看在眼里爱在心里，越看越喜爱，看得越久爱得越深，做梦都想有那么一天把周丽珍抱在怀里狠狠地亲上一回。但王亚修清楚那是绝对不可能的事情，是癞蛤蟆想吃天鹅肉。

周丽珍怎么可能跟他好呢，喜欢周丽珍的人那么多，哪一个不比王亚修强百倍。论家庭，人家比他的家富裕多了，论长相，随便拉出一个小伙子都比他好看。

可是如今周丽珍真的来了，梦想就要变成现实了。王亚修却一点都不敢相信这是真的，怀疑自己是不是又在做梦，他已经记不清自己究竟做过多少回这样的梦了。王亚修心跳的发慌，身体僵硬。就在王亚修恍恍惚惚的时候，周丽珍已经动作迅速地到了他的跟前，并一下子将王亚修抱得紧紧，湿漉漉地在王亚修的脸上左右狂吻，如一条饥饿的狗啃着骨头，嘴里因为塞满了王亚修脸上的肉，声音在口腔里发不出声来，只听得含混不清地叫着珍珍的什么，看样子比王亚修还激情似火。

王亚修感觉有点不对了，周丽珍怎么也不会放荡到如此地步。再说周丽珍的身上怎么还有一股烟味呢？还有一股酸哄哄的汗味？王亚修挣扎着，感觉到对方粗手大脚蛮壮有力，王亚修一把将对方推开，连说你干什么，干什么？

黑暗中的那人也被王亚修的使劲一推惊讶了，口中骂了一句，说狗弄的你是谁呀？两个人同时凑到一起，方才看清来人是文工团演刁小三的猴子。王亚修心里一阵恶心，你干什么你？王亚修把猴子推开，拿出手帕在脸上擦了又擦，嘴里呸呸地吐着唾沫。猴子冲上前给王亚修当面一拳，黑灯瞎火的，你在这里干什么？王亚修愤愤地不作声。

猴子猛然醒悟，野兽，你是不是约了情人呀？

王亚修黑暗中狠狠翻了猴子一眼，你管得着吗？

猴子惊讶地说，想不到你野曾也会有人看上你啊？不会是我们文工团的沙奶奶吧？这沙奶奶真是瞎了眼啦！

就你那罗圈腿，比我能强到那里去。只怕连沙奶奶都看了上你。王亚修骂道。

猴子一双小眼睛在夜色里闪着蓝幽幽的光，用鼻子哼了一声，你野兽别小看我的罗圈腿，在我们文工团里，满打满算，我猴子能看上的人还只有一个阿庆嫂。

什么？这回轮到王亚修用鼻子哼了，王亚修的意思是，你猴子能看得上人家，人家阿庆嫂会不会看上你还是另外一码事。王亚修的言外之意是，阿庆嫂已经看上他王亚修了。

猴子说你不相信？我刁小三不但抢包袱，我还要抢人呢！猴子套用了台词来表达自己的意思。意思是软的不行来硬的。

王亚修心里酸溜溜的，难道这周丽珍真的也约了猴子不成？这时候，柳树林外有个黑影过来，走路声音很轻，猴子用手拍了拍王亚修的肩说，来啦来啦！两人立刻紧张起来，王亚修蹲下住外看，说哪儿呀？

猴子拿手指着，说野兽，那不是，树林边上，正猫腰往里看呢。两人正嘀咕着，树林外的黑影突然冲着他们汪汪吠叫起来。猴子骂了一句，一推王亚修，野兽，快去，你的相好来了。

王亚修一下泄了气，靠着树坐在地上。两个人隔着丈把远，黑暗中谁也不理谁，就这样干等着，这时猴子干脆唱上了，这小刁一点面子也不讲，王亚修那面捏着嗓子装阿庆嫂，这草包倒是一堵挡风的墙。

两个男人一直等到快天亮，也没有看见周丽珍的身影，这才死心塌地溜回家里。一路上，那只狗站在他们后面，朦胧中朝他们两个影子又是一阵汪汪汪狂吠。

文工团里扮演李玉和郭建光这样英雄人物的陈二槐，人长得浓眉大眼，高大英武，一扮上妆，黑眉毛红脸膛，腰扎武装带，斜挎盒子枪，跟真的英雄人物差不了多少。只不过陈二槐已经是有家室的人了，谁也没想到周丽珍会和一个有家有口的男人劈上一腿。人们弄不明白周丽珍是为了什么。普遍认为陈二槐作为镇文工团副团长，不应该打人家一个黄花闺女的主意。

王亚修和猴子被周丽珍戏弄了一回，王亚修伤透了心，连排戏做戏都打不起精神，猴子倒是憋了一肚子火，却又贼心不死，不过两个人倒是清醒过来，人家周丽珍心里真正有的人是陈二槐，说不定戏耍他们两个人的主意就是陈二槐出的。

猴子和王亚修两人虽然看着陈二槐不顺眼，可也不敢明里跟人家对抗。人家陈二槐是文工团的副团长，说不准什么时候给你扣上个破坏毛泽东文艺思想的大帽子，你想摘都摘不掉。

猴子私下说，不行，这口气不出，我真是枉为一回男人，我一个地地道道的童男，再怎么也比他已经是有孩子的爹强。猴子气得在心里直骂周丽珍是个贱货。一次演出猴子在幕后偷偷伸出一根扁担，绊得正在台上演出的周丽珍一个仰天八灶，台上台下一片哄笑。陈二槐急了，跑到后台问怎么回事？后台的人都摇头说不知道。

陈二槐手里拿着那根扁担朝台下人说，你们谁弄的？台下没有人承认，谁都说没看见。陈二槐说这是破坏革命样板戏？看起来，阶级敌人就在你们当中。

桃花江对面是一片沙滩，雨季一到，这里便成了一片浅水溪滩。白天干了一天活的人，晚上吃完饭，不少男女都到这里洗澡，又解乏又凉快。女人们轻易不敢，实在想洗个澡，就事先约上一群女人，人多势众，岸上叫人站岗放哨，有男人过来，老远就叫他绕道走开。

这一天晚上，样板戏演完已经快半夜了，观众们都抓紧回家睡觉，接着第二天抓革命，促生产。

夜深人静，月色朦胧。陈二槐和周丽珍悄悄溜到了桃花江的柳树林，然后在柳树林里打了迂回，最后来到了对面的溪滩上。溪滩里的青草露水打湿了裤脚，凉凉的，一股鲜嫩清爽的气息扑面而来。

周丽珍有些害怕，拉着陈二槐的手，两个人来到了溪滩边。惊动了在江边成双成对的青蛙，扑通扑通跳进江里，江面上就有了一圈一圈的波纹向岸边荡漾过来。

陈二槐先蹲下伸手到水里试了试水，平缓的桃花江水晒了一天，此时还不凉，便脱下衣裤试探着下了水，水中的月亮便被他踏碎了。周丽珍蹲在那里看着陈二槐洗澡，迟迟不好意思下水，陈二槐就伸手去拉周丽珍，说待在那干什么，赶紧下来，好舒服。

周丽珍说我怕水凉。

陈二槐说，水晒了一天的太阳，现在还有点热，你摸摸。

周丽珍闻了闻自己身上，确实有一股酸哄哄的汗味，陈二槐说你下来洗一洗，我抱你。

周丽珍说你敢？四周张望了一下。

这半夜三更的，哪有人看你呀。陈二槐说着就上去帮周丽珍脱衣服，周丽珍拉着陈二槐试探着下了水。周丽珍两天没洗澡了，身上腻得难受，这一下水，顿觉浑身舒畅。陈二槐往她身上撩水，周丽珍说，别弄湿我的头发，也往陈二槐身上撩水。

王亚修和猴子此刻正潜伏在离周丽珍与陈二槐洗澡的草地上，匍匐着一点一点向前移动，像电影里侦察兵抓舌头那样，不敢弄出半点声音。

听着江水里哗啦啦的撩水声，看着朦胧月色里影影绰绰的两个白影，猴子被撩拨得火急火燎，以军人的速度匍匐前进，想一睹风光。

王亚修本不想参与这种龌龊勾当。王亚修跟猴子来，主要是想证明一下周丽珍到底是不是真的跟陈二槐好上。王亚修始终在心中疑惑，直到猴子发现了苏修特务似的向他报告说有重大情况，然后神神秘秘地拉他出来跟踪陈二槐的那一刻，王亚修还不相信跟陈二槐一道出来的是周丽珍。现在王亚修已经亲眼看见了周丽珍和陈二槐成双成对半夜三更出来洗澡，心里那个难受就不用说了。

王亚修没心思看这种风景，更不愿让猴子看到这样的风景，王亚修觉得这对周丽珍是一种伤害。不管周丽珍对自己如何，可自己心里毕竟是真的喜欢她。他不愿看周丽珍出丑，周丽珍出丑，王亚修怎么说心里也不是个滋味。况且，这种风景，如果自己一个人看到了还可以，就好比自己老婆的身子只能自己看，自己享受，怎么能让猴子这样的人分享呢？

王亚修不禁在后边拉住了猴子的裤脚，说，不要再靠近了，他们会发现我们的。

猴子回头小声说，野兽你干什么来了？捉奸哪！他们干这种勾当，你不当场抓住，谁会承认？你再磨蹭，黄花菜都凉了！说着又继续匍匐前进。爬着爬着，猴子突然停了下来，趴在王亚修耳朵上说，我看不如把陈二槐那小子弄晕，我们也好舒舒服服地享受周丽珍，如何？猴子眼里喷射着熊熊的欲火。

王亚修当即表示强烈反对，狠狠地骂了一句猴子，流氓。

王亚修其实心里对陈二槐也十分妒恨，也恨不得像猴子说的那样一棍子打晕，甚至打死。可一码归一码，对陈二槐怎么都可以，对周丽珍，无论如何他没有那个狠心。此时王亚修的心情可以这样形容，好比一个古董商人看上了一件瓷器，不能因为你没有把它弄到手，就舍得轻易地将其打碎。

王亚修吓唬猴子说，你是不是想坐牢呀，你那样的话就是强奸，是流氓。你知道吗？公安会让你坐二十年的牢，也可能是无期徒刑！猴子真的被王亚修的话吓住了，他使劲地扯断一把青草，仿佛那就是陈二槐的脑袋一样。

要不我们把他们两个捆起来押到镇上，就说他跟周丽珍搞男女关系。猴子突然觉得自己的这个想法十分正确，陈二槐和周丽珍真的是乱搞男女关系，一个有家，一个未嫁，属严重的生活作风问题。

猴子再一次要采取行动，王亚修死死拽住不放，说不行，那不等于连周丽珍也一块弄进去了吗？

王亚修极力阻止猴子，于是两个一道来捉奸的人，此时发生了严重的分歧。凭猴子自己一个人的力量，无论如何也不是陈二槐的对手。猴子只好作罢，勉强将自己的欲火压下去，黑暗中听得见牛似的喘气声。

王亚修见状便急忙拉着猴子掉头往回爬，却被猴子拉住，猴子从衣服口袋里变戏法似的拿出几个火炮，说我们不能就这样便宜了这对狗男女。要是能把陈二槐那玩意吓得没用，可能还有机可乘。

王亚修一时还没有弄明白猴子要干什么。说，你要做什么？你把火炮一放，我们不就暴露了吗？猴子说，暴露怕什么？就是让他们知道知道，别以为自己做的巧妙，就神不知鬼不觉了。我要他们胆战心惊，让他们做那事也不得安宁！猴子拿出火柴，背对着桃花江点上了烟，然后深深地吸了一口，用烟头的红火点燃了火炮。猴子的火炮不是朝天放，而是顺着水中的两个人影，梆的一声发射出去，像发射火箭一样，只见一溜火光，接着就听到霹雳般的爆炸声。很快桃花江里传来一声惊叫，猴子一连放了三个火炮，都在水面上爆炸。

夜晚万籁俱寂，爆炸的声音显得非常的大，传得特别远，在很远的柳树林和庄稼地里回荡。惊恐万状的尖叫声，身体扑打水面的声音，夹杂着此起彼伏的蛙鸣，桃花江溪滩上一时混乱。

没想到这火炮的威力那么大，猴子的手法又是那么准，第一个正好在弹在陈二槐的身上爆炸，把精神高度集中忘我投入战斗的陈二槐一下击倒在水里。

陈二槐的第一个反应是阶级敌人或者苏修特务搞破坏，自己挨了黑枪，所以惊恐异常，喝了几口江水。陈二槐被水一呛，脑袋更晕了，手脚忙乱地在江水里乱扑腾了一阵子，结果喝了很多水。眼看就要出事，周丽珍更吓得腿肚子抽筋，想上岸穿衣服，回头又见陈二槐在水里扑腾着，又回来拖陈二槐。

陈二槐抓住周丽珍，不想力气太大，周丽珍在水里本身就站不稳，一下被陈二槐拽倒了。周丽珍根本不会游水，也呛了几口，拼命仰着脑袋，顾不上许多，大喊救命。

这边的王亚修和猴子刚刚跑出几步，听见了周丽珍在喊救命，便停住了脚。王亚修说出事了，就要过去。猴子幸灾乐祸地说你别管，淹死他们才好呢。

王亚修说，弄出人命就麻烦了。

猴子拉着王亚修不让过去，嘴里说着狠话，活该！淹死这对狗男女，叫你们半夜三更出来搞，还跑到水里搞。比时，江里的周丽珍还在喊救命，声音恐惧而凄厉。王亚修从没听过女人发出这样的叫声，心猛地一揪。猛然把猴子推开，飞跑过去，连鞋和衣裤也顾不上脱，直接跳进桃花江。王亚修先救了周丽珍，几乎是抱着上岸，说快穿上衣服。可周丽珍似乎已经淹昏了头，昏头昏脑地找不着北，王亚修过去把这衣服递给她，就返回江里救陈二槐。

猴子跑过来一眼看见一丝不挂的周丽珍，先是愣了愣，突然就醒悟过来，哇地扑了上去，饿虎扑食一样。

周丽珍拼命挣扎，本来就吓得魂不附体，任凭怎么挣扎，怎奈猴子发疯了的一个小伙子，把周丽珍死死压在草滩上。

王亚修把陈二槐像死猪一样拖上岸，一眼看见猴子正饿狼逮住绵羊一样撕扯着周丽珍。王亚修的脑袋嗡的一声，事后他也想不明白自己当时为什么会那么愤怒，那么冲动，什么也没有想，照猴子的脑袋就是一拳，猴子顿时停止了疯狂，哼都没哼就从周丽珍身上滚了下来。

周丽珍艰难地从草滩上爬起来，王亚修直直地看着白色的周丽珍往身上穿着衣服。周丽珍把裤子当成了衣服，衣服当成了裤子，越是慌乱越是穿不上，就那么白花花地晾在月光下。

王亚修做过无数次的梦，在梦里与周丽珍缠缠绵绵，在梦里清晰地看见周丽珍洁白美丽的胴体。没想到今天看到真的了，他贪婪地看着周丽珍身体的每一个迷人部位，看着那些平时令他神往的地方。王亚修一下子泪流满面，已经控制不了激动的情绪，大脑一片空白。心头乱跳，浑身发抖，双脚软绵绵的，他想上去紧紧抱一下周丽珍那洁白美丽的身体，亲身体验一下梦中的美妙感觉，却一下瘫在湿漉漉的草滩上，瘫成了一堆泥。

文工团好些天都没有演出，猴子落了个轻微脑震荡，什么台词都记不起来，周丽珍一上台脚就发软。陈二槐那玩意吓出了毛病，整天往赤脚医生朱蘑菇卫生所里跑。根本没有心思抓文工团的工作。王亚修呢，整天痴痴呆呆恍恍惚惚，动不动半夜起来到桃花江去洗澡。都立秋了，江水都凉了，王亚修还在洗。突然有一天，据说是腿在水里抽了筋，淹死了。发现他时，王亚修的手里竟然死死拿着一条女人的裤衩，是那天晚上周丽珍情急之下忘了穿的。

后来，陈二槐离了婚，不多久又和周丽珍结了婚。

周丽珍

　　周丽珍虽说被桃花镇上人称为家，但周丽珍不是科班出身，跟王樟泽不一样，王樟泽多多少少还跟旧戏班学过几天，不管怎么说，唱上几句还是有点味的。周丽珍就不同了，一天戏也没学过，全靠自己跟广播，收音机学，第一次登台就赢得了满堂彩。

　　周丽珍那时候才二十出头，瓜子脸，柳叶眉，一双大眼扑闪扑闪的，像两个盈着绿波的深潭，长长的身子，一条乌黑的大辫子拖到屁股上。周丽珍穿上戏服，踩着锣鼓点上台，一亮相，台下一片叫好声。都说这是谁家的囡，一打听，才知道是镇上周老歪的二女儿周丽珍。打开嗓门一唱，没有麦克风，戏院最后一排的人都听得清清楚楚，桃花镇上人都说周丽珍嗓子里有响器，再高的声音也难不倒她。

　　周丽珍演红灯记里的李铁梅，饰智取威虎山的小常宝，饰沙家浜的阿庆嫂。那时候，几部样板戏，广播里唱，电影里放，桃花镇上戏院里的台上也在演。周丽珍演一场，镇上人跟着看一回，演二场看两场，就是下乡到村里演出，也有人跟着看。可说是百看不厌，百听不厌。其实，很多人不是去看戏，是看人，看周丽珍好看。

　　看也白看，周丽珍是军婚。

　　周丽珍的对象是竹园大队支部书记的二儿子，是现役军人，在部队当干部。那时军人的婚姻是受法律保护的，能攀上大队支书家这门亲事，周丽珍的爸爸，周老歪喜欢得嘴都合不拢。周丽珍做戏，让周老歪的身价也跟着长高。

竹园大队支书见周丽珍成了桃花镇上的红人，虽说是军婚，但一天没结婚，也不是板上钉钉的事，要是被镇里哪位领导或是公子看上了，事情还就真的不好说了。一次，他见到周老歪，就说，孩子今年要回家过年，我看就把孩子们的婚事办了算了，这样呢，就别叫周丽珍到文工团做戏了。

周老歪不解地说，结婚也不耽误做戏呀，你看有那么多人看。

支书吞吞吐吐地说，老话不是说，要想欢，上戏班吗。

周老歪头一歪说，这说的是人话吗？再说，丽珍做戏是镇"革委会"叫她们做的，是配合形势，不是我叫她不做就不做了？

支书看着周老歪，没话说。心里想，这周丽珍快成公家人了。

支书的担心不久就成了事实，周丽珍跟文工团里一个叫陈二槐的人做到了一起。

陈二槐三十来岁，长得人高马大，相貌堂堂，就是早结过婚了，生有两个小人。这陈二槐做戏也是无师自通，跟周丽珍一起演戏，周丽珍演李铁梅，他饰李玉和，周丽珍饰小常宝，他就演杨子荣，一来二去两个人便做到一块去了。

周丽珍做戏是自学的，唱音难免有不准的地方，其实外行人根本听不出来，但王樟泽能听出来，王樟泽教了几遍，可周丽珍还是唱不准，一唱就回到原先的音上去。王樟泽也不说了，周丽珍也不学了。王樟泽拉他自己的琴，周丽珍唱她周丽珍自己的。虽说唱腔和伴奏不太合调，一般人也听不出来，只有王樟泽知道。

桃花镇"革委会"通知说，县里领导要来镇上看戏，文工团赶着排练，晚上排完戏已经深夜了，人都走了。周丽珍跟陈二槐没有走，陈二槐一句一句地教周丽珍唱，周丽珍一边唱一边做动作，陈二槐一会儿拉拉周丽珍的手，一会儿正正周丽珍的身子，这样那样地指着点。练完两段戏，两个人半夜多了才走。那天正好是个没有月亮的天，周丽珍家住桃花江边，陈二槐家就在镇上。陈二槐怕周丽珍一个人走夜路害怕，就送了周丽珍。哪里知道，两个人走到镇北的桃花江边，在柳树下坐了下来，看桃花江里的星星，说着话。

说着说着，周丽珍就歪在陈二槐的怀里了，陈二槐也就趁势把周丽珍搂在了身下。这时叫一个夜里打鱼的人看见了，一讲一传，一时间在镇上闹得不可开交。

周丽珍是军婚，陈二槐是破坏军婚，派出所把陈二槐抓去了。竹园大队支书的二儿子接到家里的电报，也急急忙忙从部队赶了回来。只要周丽珍说是陈二槐强奸她，法律就要办陈二槐的事。哪知道，周丽珍对派出所的人说是自己愿意的。派出所要以通奸罪处理陈二槐，周丽珍说跟陈二槐是自由恋爱。支书儿子一气之下，跟周丽珍解除了婚约。

陈二槐跟老婆离了婚，随后就跟周丽珍结婚了。

周丽珍结婚后，陈二槐再也不让周丽珍到文工团去演戏了。陈二槐私下跟自己的朋友说，我做戏把周丽珍做过来了，不能让别人再把老婆做走了。

周丽珍跟陈二槐闹了好几次，陈二槐就是一直不松口，周丽珍只好自己一个人在家里唱，要不就等陈二槐从文工团回来，两个人在家里咿咿呀呀地唱。天不亮，陈二槐起来吊嗓子，周丽珍也陪着吊，啊啊啊，咿咿咿，鬼哭狼嚎的。从那时起，桃花镇上的人都叫周丽珍为戏剧家了。

前几年，陈二槐生病死了，周丽珍才彻底解放出来，这时的周丽珍已成了老奶奶。桃花镇上的道院山修成了公园，白天晚上，不少老人到道院山公园玩，有唱的，有拉琴的，还有锣鼓班，天天很开心。

王樟泽身体还硬朗，就是耳朵有点背，说话得趴在耳朵边大声说，才能听到。周丽珍的嗓子还是那样响亮，不过音唱得还是不准，陈二槐帮助她纠正了几十年，也没有纠正过来。王樟泽一来，其他人都不唱，叫周丽珍唱，王樟泽伴奏。

这天下午，一伙老头老太在一起又说又唱，周丽珍觉得王樟泽的调子比往日高了不少，试试自己还能唱上去，就放开嗓门唱，唱到最后一个高音部，周丽珍唱了半句，便戛然而止，再也唱不上去了，咳了一声，竟咳出了血。

周丽珍的嗓子被王樟泽拉破了，再也不能唱戏了。

吴兰英

旗杆脚村吴狗奶老婆死得早，没有儿子，只有一个独生女叫吴兰英。

吴兰英在桃花镇十里八村出了名的美人，身材苗条，皮肤白的惊人，身上该凸的凸，该凹的凹，一张俏脸恰似盛开的兰花。

因为吴兰英出奇的漂亮，上门提亲的就踏破了吴狗奶的门槛。不知道为什么，尽管上门的媒人像走马灯似的来回不断，吴兰英就是不松口。

王蒲头村的头号大财主王泽富托媒人说合，想让吴兰英做他的儿媳妇。媒人说，只要吴兰英同意，王家就会给吴狗奶二十亩好地，外带二百块现大洋。媒人说破了嘴皮子，吴兰英就是不同意。吴狗奶生气了，说：你这个丫头片子怎么不知道好歹，我们一个穷人家有啥了不起，你要是跟了人家，穿金戴银，吃香的喝辣的，这一辈子享不完的福！

吴兰英说：不同意就是不同意，你再逼我我就去跳井！知女莫若父，自己的女儿什么脾气自己最清楚，吴狗奶深知吴兰英说到做到。尽管二十亩好地和二百块现大洋十分诱人，吴狗奶还是不敢再说什么。

小麦快黄的时候，日本佬来了。日本佬抓了一些村民，让村民给他们修岗楼。没多久，在旗杆脚的村头就赫然出现了一座岗楼。

岗楼里住着二十多个日本佬，日本佬头目嘴上长着两撇胡子，旗杆脚的村民背地里给他起了一个绰号：两撇胡须。

两撇胡须带着鬼子到处抓民工，说是将民工送往日本做工。一时间，旗杆脚村人心惶惶。旗杆脚村的人知道，等到邻村的民工抓完了，就轮到旗杆脚了。

这天，村维持会会长王桂潮敲锣，将旗杆脚村的全体男女老少集合到了村前的晒谷场上。

两撇胡须嘴里呜里哇啦地一通，到底说了啥，谁也不知道。旁边的一个高鼻子翻译说：太君说了，凡是三十岁以下的，统统的站出来，否则死啦死啦的有！

等了五分钟，人群中不见动静。两撇胡须又是一通呜里哇啦，然后用生硬的中国话说：我数……数到三，快快地站出来，要不……死啦死啦的有！

一、二、三……

两撇胡须数完了，人群还是没有动静。两撇胡须的眼睛瞪圆了，嘴上的两撇小胡子突突地跳个不停。

两撇胡须朝旁边的一个胖墩墩的鬼子努了努嘴。胖墩墩的鬼子点点头，随后抽出了腰刀，走到四十多岁的老光棍王小狗跟前。一道弧光闪过，胖墩墩的鬼子手起刀落。只见血光飞溅，王小狗的一只胳膊掉在地上。王小狗惨叫一声昏倒在地。

人群中发出一阵惊叫。

都说日本佬像野兽，旗杆脚村的人只是听说，至于怎样像野兽，人们今天还是第一次看到。站在日本佬旁边的王桂潮双腿开始打哆嗦，声音颤抖着说：快站出来吧，我求求你们了，快站出来吧，我求求你们了！

于是王二站出来了，王小猪站出来了……

很快，旗杆脚村的人们分成了两部分。两撇胡须笑了，继续冲着人们呜里哇啦。高鼻子翻译说：太君说了，明天来卡车，将你们这些年轻人先送往义乌县城，然后送往日本做工，听明白了吗？

村人沉默不语。

死也不能去日本做工！忽然，村里的王桂禄跳了出来。

王桂禄挥舞着拳头说：旗杆脚村的兄弟爷们，我听别人说了，去日本做工，说到底是卖苦力，不是什么好事情，最后连死都回不了，叫我说，宁可死在家门口也比死在他乡好，死在日本可就是孤魂野鬼了！

村人开始骚动。

高鼻子翻译狠狠地看了王桂禄一眼，然后凑近两撇胡须，呜里哇啦地说了一通。

八嘎！两撇胡须咬牙切齿，冲上前双手左右开弓，狠狠地打了王桂禄两个响亮的耳光。鲜血从王桂禄的嘴角淌下来。

我操你亲娘！王桂禄横眉怒目，一点也不示弱。

两撇胡须歪歪脑袋，好像听不懂王桂禄说的是啥，但他好像来了兴趣，还腾出一只手和王桂禄比比画画，并示意旁边的高鼻子翻译，好像就是要得到这句话的真义。高鼻子翻译稍做犹豫，还是和两撇胡须呜里哇啦地一通。

你……你的良心……大大的坏啦，死啦死啦的有！两撇胡须气得暴跳如雷，抽出了腰刀。

两撇胡须双手握刀，狞笑着向横眉怒目的王桂禄逼来。

住手！一个女人的声音突然响起，随后一个女人不顾一切地冲了出来。众人惊愕，却见是村里出了名的漂亮姑娘吴兰英。

吴兰英走到两撇胡须面前，露出洁白的牙齿，柔柔地冲两撇胡须一笑。然后，吴兰英用纤纤玉手指了一下王桂禄，又指了一下两撇胡须，对高鼻子翻译说：你和他说，只要放过王桂禄，放过旗杆脚村的人，不伤害旗杆脚村村民，我吴兰英可以长期伺候他！

吴兰英的声音很美，像灌了蜜。

高鼻子翻译愣住了，好大一会儿才回过神来。两撇胡须也愣了，看得吴兰英眼睛都直了。两撇胡须看着看着，手里的腰刀不由自主地"当啷"一声掉在了地上。

高鼻子翻译连续翻译了三遍，两撇胡须好像才听明白。两撇胡须眨巴眨巴眼睛，摸摸两撇胡子，咧开嘴笑了。只见两撇胡须伸出了毛茸茸的右手，就要拧吴兰英嫩白的脸蛋。吴兰英！王桂禄声嘶力竭地大吼一声，一个箭步冲上前，挡在了两撇胡须的面前。

桂禄哥，我的事情你不用管！吴兰英凄然地冲王桂禄笑笑，猛地从怀中拽出一把剪刀，对准了自己的咽喉。

　　两撇胡须惊呆了。吴兰英两只漂亮的眼睛瞪得圆圆的，用手指着两撇胡须说：你别强迫我，只要答应我的条件，我就会好好地伺候你，不要忘了，桃花镇有句古话，强扭的瓜不甜，否则，我今天就死在这！高鼻子翻译连忙将吴兰英的话翻译过去。

　　两撇胡须怔怔地地想了好一会儿，和高鼻子翻译呜里哇啦地一通。高鼻子翻译听了笑眯眯地和吴兰英说：太君说了，他是菩萨心肠，慈悲为怀，你的这种行为他很佩服，你的要求他可以答应。不过，等一会儿你必须和太君回岗楼去。

　　吴兰英说：我答应他，不过他也得说话算数，不能反悔！

　　高鼻子翻译将吴兰英的话翻译了过去。两撇胡须乐了，嘴里又是呜里哇啦地一通。翻译说：太君说了，只要你好好地伺候他，他说话绝对是算数的。

　　就这样，吴兰英跟着鬼子回了炮楼。

　　从此，旗杆脚村出现了难得的平静。

　　人们再看见吴兰英时，发现吴兰英憔悴了，目光有时候痴痴的。

　　吴兰英大部分时间在岗楼里待着不出来，隔十天半月才出岗楼回家看望吴狗奶。一看见吴兰英，吴狗奶就抱着脑袋叹气，一声接一声。

　　一日，吴兰英进了王桂禄的家。第二天，王桂禄在旗杆脚村消失了。

　　渐渐地，村人发现吴兰英的肚子大起来了。接下来，吴兰英怀里多出了一个吃奶的男婴。

　　两撇胡须显然很喜欢吴兰英怀中的男婴，时常抱着婴儿和表情麻木的吴兰英在旗杆脚村边散步。两撇胡须一边抱着婴儿一边亲婴儿的脸蛋，一边亲一边乐，乐得两撇胡须直打滚。村人看到这情景，都在心里一个劲儿地叹气。

　　几年的时间过去了。

　　一日，岗楼里的日本佬突然撤走了。吴兰英领着已经四五岁的小男孩回到了村里。等了好几天，村人才听说，原来是日本佬投降了。

　　村人彻底放了心。

　　村人看吴兰英，眼睛里全是鄙夷。有的在村里看见吴狗奶，就说：行啊，吴狗奶，你福分不浅呀，这下行了，有管你叫外公的了，还是个日本外甥！于是吴狗奶无言以对，面红耳赤，本来驼背的腰就变得更驼。

吴兰英走在街上，吴兰英就有村人冲她吐唾沫，有的指着吴兰英骂：骚货，还活着干啥！这时，吴兰英总是羞耻满面，低下头一声不吭。跟在吴兰英身后的小男孩就吓得哇哇大哭。

时间一长，吴兰英面对村人的唾沫和嘲讽，吴兰英无所谓了。于是村人骂她是天生的婊子破烂货，无耻。

一天黄昏，吴兰英和吴狗奶在院子里吵起来了。

吴狗奶暴跳如雷，跺着脚说：我就要掐死他，一个日本杂种，掐死他不犯法！吴兰英不言语，只是哭。吴狗奶说：你这个不要脸的，我的老脸都让你丢尽了，你快滚吧，快去死吧！吴兰英不哭了，梗着脖子说：你让我滚我就滚吗，你让我死我就死吗？我就是不滚，我就是不死！吴狗奶气的一屁股坐在地上，一个劲儿地喘粗气。

再后来，一个军官模样的人骑着马进了村子。有眼尖的村人认出，骑马的人是王桂禄。穿军装的王桂禄在吴兰英家门口下了马，将马拴在木头桩上，走进了吴兰英家的院子。

一会儿，王桂禄和吴兰英在院子里吵起来了。

吴兰英用手指着王桂禄的鼻子大骂王桂禄：王桂禄，你还是人吗？你发的誓让狗吃了！王桂禄火了：你这个破货，我就是不娶你了，你以为你还是当初的吴兰英吗？吴兰英于是顺手抄起一把扫帚扑打王桂禄，王桂禄连忙躲闪，吴兰英扑了个空。躲过扫帚的王桂禄狠狠地瞥了吴兰英一眼，然后扭头大步出了院子。吴兰英追出了家门。看着王桂禄的背影，吴兰英泪流满面。

第二天一大早，旗杆脚村的村口出现了一个赤身裸体、披头散发的疯女人。疯女人一边用手拍着私处一边大喊大叫。

疯女人的身后是一个哇哇大哭的小男孩。

泽通蛮卜

泽通，吃饭了。泽通妈妈在厨房叫。

泽通听到妈妈在叫，便过来端起碗吃饭。今天泽通却不想吃饭，他心里有事。

泽通，怎么还不吃饭，谁欺负你了？

我要老婆！泽通盯着妈的脸，妈妈的脸像猪脸，就是没毛。

要老婆干什么，泽通妈妈感到好奇怪，这小子都懂这个了。

他们说，有了老婆就天天有奶吃。泽通看着妈妈的胸部，妈妈的两只奶像瘪了的猪屎泡，挂在胸前，一点都不好看。花花的奶好看，像白白的馒头，没人的时候，花花就让泽通吃奶，还咯咯地笑。但花花的爸爸不让泽通吃，说下回看见他跟花花在一起就打断他的腿。别人告诉泽通，你是大人了，只能吃老婆的奶，所以泽通想要老婆。

妈妈说，泽通你想要老婆，你跟爸爸说去。

听到妈妈说到爸爸，泽通就不说话了，泽通爸爸喜欢打人，泽通怕爸爸，不敢说，泽通想让妈妈说。但妈妈也怕爸爸，村里人都怕泽通爸爸。但村里的男人都喜欢和泽通爸爸说话，泽通爸爸一回村里，他们就围着他笑嘻嘻地说话，泽通爸爸把烟给他们抽，大家接了烟像来富啃骨头一样蹲在地上抽。

花花的爸爸也怕泽通的爸爸，所以他要打泽通时，泽通就说，我告诉我爸爸去。花花的爸爸就不打了，泽通得意地看他一眼，然后才屁颠屁颠地跑开。

泽通的爸爸不住在家里。别人说他喜欢住桃花镇上的窑子里。泽通不信，因为桃花镇上没有窑，只有楼房和瓦房，泽通也知道，妈妈也说爸爸住窑子，还骂他是猪公。但爸爸不是猪，猪肥肥的，爸爸一点都不肥，爸爸瘦的像耍把戏的猴子。妈妈才是猪，妈妈长得跟猪一样，就是没有毛。

妈妈说，泽通，你想要老婆，就去把爸爸叫回来。

泽通跑去叫爸爸，来富摇着尾巴跟在后面。泽通本来可以搭村里人的拖拉机去的，村里很多人在泽通爸爸的砖厂做事，但泽通不敢搭车，拖拉机太震，泽通怕跌下来，他宁愿走路去。

泽通爸爸的砖厂离村很远，泽通带着来富一路走过去，数了几十辆车才到了那里。

泽通找到爸爸时，他爸爸一人在砖厂一间平房里写什么东西。泽通说，爸爸，妈妈叫你回去。

有什么事，泽通爸爸盯着泽通沾满红泥的衣服，眉头拧成了两个疱。

泽通不敢说自己想要老婆，便说不知道，妈妈就说叫你回家。

你先回去，晚上我再回来。

泽通带着来富往回走，但走了一段路后又折了回来。

爸爸，你晚上住那里？

就住这。泽通爸爸不知道泽通为什么问这些，心里有点烦他。

你不住窑子吗？

你说什么？泽通爸爸站了起来，眼睛像两把刀子，刺得泽通直往后退。

泽通转身往外跑，爸爸的样子像是要打人。泽通一边跑还一边说，是他们说的，又不是我说的，凶什么？

泽通爸爸没有追出来，泽通就停下来看爸爸住的房子，爸爸住的房子又低又黑，像家里的猪栏屋，泽通想爸爸真蛮卜，住这种破房子，家里多好。

泽通回家时，妈妈在炒菜。泽通一看到桌子上有鸡腿，口水就流出来了，他伸手想去拿，却挨了妈妈一勺子。

等你爸爸回来再吃！

但是泽通爸爸却不回来，很晚了还不回，妈妈叫他去问，别人说他爸爸在厂里跟人吃饭。

泽通跑回来向妈妈报告，爸爸在厂里吃了。

妈妈的脸就变了，坐在那里不说话，妈妈经常这样，每回爸爸说回来又不回来，她就变这个样子。

泽通用手抓了只鸡腿，他太饿了，妈妈不说话，他就放心地吃了起来。

泽通爸爸很晚才回来，泽通都快睡着了。爸爸回来，妈妈就高兴，像过年一样又热菜，又倒酒。但爸爸却不怎么吃菜尽喝酒。泽通想，爸爸真蛮卜，菜才好吃呢，酒有什么好喝，酒一点都不好喝，泽通知道，去年他背着妈妈偷喝了半瓶，辣的喉咙里像着了火，走起路来到处打转转，头也磕出了血，疼了好几天。

有什么事？爸爸问妈妈。

妈妈对着爸爸笑。泽通想你笑个屁，吃饭的时候你还要哭呢。

你儿子长大了，想要老婆了。妈妈似乎很高兴。泽通想，我要老婆你高兴什么？

爸爸更高兴，酒也不喝了，站起来大声说，我儿子不蛮卜，懂得要女人。

泽通从来没看到过爸爸这样高兴过。

但是爸爸说他蛮卜，泽通却不高兴，泽通在心里说，你才蛮卜呢，这么好的菜不吃，这么好的房子不住。

妈妈说，泽通这个样子，除了牛郎家花花，哪个愿意嫁他？

呸！牛郎家的他不配，我的儿子就算再蛮卜也得讨个明白人。

妈妈说，你上哪去找？谁愿意？

爸爸的话泽通没听见，他睡着了，抱着来富口水直淌到来富的背脊上。

泽通做了个奇怪的梦，他梦见爸爸把他老婆带回来了，像电视里一样，穿大红衣衫，对着泽通笑，老婆就撩起衣襟对他说，泽通过来吃奶，泽通就钻进老婆的衣襟里，老婆的奶真好看，比花花的还好看。老婆的奶跟花花一样，吸不出奶水，吸不出泽通就咬，一咬就变成了妈妈的猪屎泡了，他吃了一惊，身子一抖就醒了。

爸爸走了，妈妈坐在那里跟吃晚饭时的样子差不多，像是死了爸爸一样。不过泽通想，自己就是死了爸爸也不像妈妈那样子，爸爸死了才开心，没人打他了。

爸爸呢？

到窑子里去了，妈妈看上去火气很大，说话的声音很大。

但是泽通不相信妈妈的话，爸爸肯定是到砖厂的破房子里了，爸爸说过，他就住那。

泽通天天问妈妈，爸爸呢？

妈妈说，给你寻老婆去了。

泽通听了就去浮桥头等，见人就问，你看见我爸爸了吗？

别人不理泽通，还骂泽通蛮卜。

泽通讨厌别人骂他，除了娘。别人骂他，他就对着那个人的背影骂。

别人回头来打他，他就带着来富往村里跑，跑一阵停下来又冲来人骂。

爸爸终于回来了，还带着个好看的女人，女人没有穿红衣服，泽通感到有点失望，他想跟她说话，但妈妈却不让泽通他待在屋里，叫他带来富到外面去玩。

妈妈很高兴，像花花吃了棒棒糖一样高兴。

泽通想，你高兴什么，她又没有棒棒糖给你吃。

爸爸坐在一边不说话，只有妈妈在张罗，拿这拿那的，都是好吃的，泽通看着直流口水。

但是泽通站在门口不敢进去，妈妈叫他在外面玩。

女人跟着爸爸走了，妈妈送了她好多东西。泽通想，妈妈你真蛮卜，东西自己不吃，给别人吃，还送东西给人家。

泽通问，她是我老婆吗？妈妈很高兴，花花吃了棒棒糖也没她高兴。过几天，她就是你老婆了。

泽通很高兴，带着来富跑到村里，见人就说，我有老婆了。

不一会儿，村里的小孩就在泽通的身后成了串，孩子们一边走还一边唱，泽通泽通讨老婆，讨了老婆做什么，吃奶。

有了老婆的泽通却高兴不起来，老婆不肯给他吃奶，连碰一下都不行。

泽通不敢跟人家说，老婆不让他说，老婆手里有刀，很亮，亮的泽通眼睛都不敢开。老婆说了，什么都不能跟人家说，说了就割他脖子。

泽通最怕割脖子，妈妈杀鸡时就割脖子，妈妈用刀一割，鸡就死了，血接了一大碗，吓死人。所以老婆说不准说，对谁都不准说。

晚上睡觉的时候老婆说，泽通，你爸爸是个畜生！

什么是畜生，泽通不知道。

畜生就是猪狗，不，你爸爸连猪狗都不如。

爸爸不是猪，爸爸是猴子！泽通反驳，但老婆拿刀放在他的脖子上，泽通就乖乖地不说了。

不准我说，泽通就在心里说，爸爸不是猪，猪吃饱了就睡觉，爸爸会做很多事，爸爸是狗，来富才是狗，来富会在地上爬，还会抓老鼠，爸爸不会，爸爸只会骂人打人，爸爸比来富本事多了。

爸爸给泽通讨了老婆，妈妈说你爸爸真好。但泽通不喜欢爸爸，因为老婆只给爸爸吃奶，不给他吃。妈妈不在家里爸爸就回来，爸爸叫泽通拿着东西到门口吃，妈妈回来就大声叫。

泽通坐到门口吃东西，爸爸和自己老婆就进去了。泽通想看看爸爸在做什么，却看见爸爸脱光了自己老婆的衣服在吃她的奶。泽通就恨爸爸了，老婆不给自己吃奶，原来是留给爸爸吃。但泽通又盼爸爸回来，因为爸爸回来就有好东西吃了。可爸爸很少回来，他睡在破屋里，只有妈妈不在家时他才回来。

泽通爸爸很久没回来，泽通就去问妈妈，妈妈你怎么不出去了？你出去了，爸爸就回来了，爸爸回来，我就有好东西吃了。

你爸爸回来做什么？泽通妈妈的眼睛灰蒙蒙的，像猪眼睛。

回来吃我老婆的奶。

什么？妈妈的猪头脸一下子就变红了，很好看，但是泽通妈妈的声音很大，像是骂人。

泽通妈妈骂人，她还打人。她跑到院子里，抓住了自己老婆的头发。老婆在洗泽通的衣服，老婆的头发被妈妈一抓，衣服就掉在地上了。但泽通不生气，他喜欢看打架，电视里的人也打架，还用刀。妈妈跟自己老婆打架不用刀，但打的很好看，衣服撕破了，头上的毛也拔下来，但是妈妈打不过自己老婆，没几下就躺在地上了。

妈妈打不过自己老婆，就躺在地上骂人。

丁雨，你这个狐狸精，你勾哪个不行，为什么要在家里勾，他是你公公，你们这两个不要脸的畜生。

泽通听不懂妈妈骂些什么，但他知道妈妈骂自己的老婆和爸爸是畜生。畜生就是猪和狗，老婆说的，妈妈以前骂爸爸是猪，现在又骂自己老婆是猪，老婆和爸爸都不是猪，一点都不像。

老婆不骂人不回应，她站在那里，头上有血。

你以为我愿意，是他先把我糟蹋了，我家里穷，我家里需要钱，但我丁雨不卖，是你老公把我害了，我丁雨进这个家，就是要把你们弄个家破人亡。

妈妈不凶了，也不骂了，老婆真有办法，几句话就将妈妈治了。

丁雨，你拿了那么多钱也够了，你还想怎么样？

老婆不理她，自己回屋里去了。

泽通扶起地上的妈妈，妈妈就回到屋里躺在床上，躺下后她叫泽通把爸爸叫回来。

泽通爸爸回来了，妈妈就跟泽通爸爸吵，泽通妈妈还打爸爸。泽通爸爸也火了，一巴掌就把妈妈打倒在地。

泽通妈妈在地上哭着骂，你这个畜生，你在外面怎么搞我都忍了，你在家里还这样，她是你媳妇呀，你这个天打雷劈的畜生。

泽通爸爸不骂人，他打了妈妈后就走了。

泽通妈妈指着爸爸说，你这个畜生，你今天不讲清楚，我就死给你们看。

泽通爸爸还是要走，连头都没回一下。

泽通妈妈等爸爸走了，就把自己挂在树上，像过年杀猪一样，但杀猪是挂脚上的，妈妈却挂在脖子上，还在上面动来动去，一点都不好看。

泽通进屋对老婆说，妈妈把自己挂在树上，还在上面动。

老婆跑出来看，妈妈就不动了，老婆就叫泽通去叫爸爸。

泽通问，叫爸爸做什么，叫他回来打妈妈？

你妈妈死了，快去叫爸爸。

泽通就带着来富去叫爸爸。

妈妈死了，舅舅就来了，来了就打爸爸，爸爸不跟他打，爸爸打妈妈的时候很凶，舅舅来了就不凶了，几下就被舅舅打倒在地，还吐了血，牙也掉了，爸爸的牙齿一点都不好看，黑黑的，像用火烤焦的玉米棒子。

妈妈像爷爷一样装进黑棺材里，抬到山上埋了。

埋了妈妈，泽通爸爸就回来住，老婆却不给他吃奶，老婆给泽通吃，还给他做好吃的。

泽通问老婆，你怎么不给爸爸吃奶了？

老婆说，你爸爸是畜生，畜生不配吃我的奶，你以后只要听话，我就天天给你吃奶，天天给你做好吃的。

我听话。泽通答应得很爽快，他觉得老婆比妈妈好多了。

爸爸睡觉的时候，老婆就叫泽通拿刀去割爸爸的脖子，泽通不割，妈妈说过，割了脖子就死了。而且，泽通怕爸爸，就连爸爸睡觉的时候泽通也怕。

老婆说，你去割了爸爸之后就给泽通吃奶，还有好多好多好吃的东西。

泽通就去割爸爸的脖子，爸爸动了几下就不动了。

老婆说，泽通你出去玩一下，我给你做好吃的。

泽通出去后，老婆把门关了，还在里面烧火，烧着烧着就把整个屋给烧了。

村里人都跑来救火，泽通站在那里看热闹，人们跑来跑去就像电影里打仗，泽通觉得好看极了。

海　海

　　桃花镇上有人说，上辈人过于精明下辈人就不伶俐。这话是否带有普遍性，我不敢说，但在海海身上却得到了一些验证。

　　海海的祖上是耕读世家，到了他父亲这一辈算是祖坟上冒了青烟。他父亲宋佛德文武双全，清光绪年间中了秀才，伯父宋佛头在桃花镇上开了间布行，日进斗金。

　　兄弟俩在桃花镇广置田产，成为远近闻名的富户。大门挂着千顷的匾额，门外竖着旗杆。海海他伯父无嗣，他又是独子，海海便处于一子两不绝的地位，成了家里的宝贝。那真是含在嘴里怕化了，搁在头上怕吓着。

　　养尊处优生活造就了海海手不提，肩不挑，学业无成。到了十八岁还看不出有什么特长来。当官吧不是那料，做生意又没有经济头脑。父辈们指望他光前裕后的计划算是落空了。海海父亲和伯父死后，海海就坐吃山空，无所事事。

　　几年间，偌大家产便被海海挥霍罄尽。没钱用就卖田地，到土改时，老婆孩子一家四口只剩下不到一亩半田地。按当时划分阶级的标准，人均不到半亩田地为贫农。也是海海运气好，落了个好成分，成了村里的基本群众。

　　土改斗争地主富农，海海异常积极。为了多分一点战利品，海海经常喊出了一些过激的口号，地主一律扫地出门！

几天不开批斗会，海海就会坐立不安。他说，不开批斗会，哪里受得了。有个富农本家宋德金，给他送了二斤菜油，并答应过年送他三十斤米。海海就说，宋德金成分高没有问题，应该从宽处理，虽然海海的话并没有发挥多大效果。

40年代，共产党在桃花镇上发展组织，海海入了党，成了镇上早期的党员之一。这一年日本佬在镇上设了据点，抗日政府为了瓦解敌人，派海海和几个党员，夜间到浮桥头岗楼附近向敌伪喊话。刚喊了几句，岗楼上嗒嗒响起了机关枪，子弹像雨一样向这边扫过来。海海吓得拉了一裤稀屎。大家都笑他是个胆小鬼，他说，这屎又不是吓出来的，是我放屁时带出来的。嘴巴尽管硬，撤退时海海的两条腿软得走不动，是大家把他连拖带架回来的。

镇反时，桃花镇上有一反革命，无恶不作，民愤极大，被定为首捕对象。反革命听到风声畏罪潜逃，后来得到情报，说反革命藏匿在张宅亲戚家里。镇里便派了几个基干民兵带着枪，拿着绳子连夜去抓捕，海海也在其中。

海海在腰里插了个手榴弹，咬着牙说，今晚非抓住这个狗弄的东西不可，都说他腿长跑得快，再快也快不过这个手榴弹。

海海和基干民兵们急行军半个多小时，便迅速包围了反革命匿藏的住宅。有的上了房，有的上了墙，海海把守大门口。反革命在屋内听到了外面声音异常，料知情况不妙，马上闪到院内，几步又跑到大门口。海海慌了手脚，反革命乘机跑到门外十几步开外了，有人喊，海海，手榴弹。

海海这才如梦初醒，拔出腰间手榴弹就丢了出去，结果手榴弹在反革命脚上弹了一下就骨碌到一边去了。反革命逃脱，参加抓捕的基干民兵们气得真想把海海狠狠揍一顿。海海说，你们说得轻巧，在那紧要关头，哪里还顾得上拉弦？过后有人怀疑海海是有意放跑了反革命，其实是冤枉了他。

解放初期，农村经济迅速复苏，集市贸易日趋活跃，旗杆脚的萝卜豆腐饼是传统食品。海海伙同几个手艺人在桃花江边的浮桥头搭了个稻秆棚，做起了烤萝卜饼生意。人们赶集的同时，也是为了尝一尝久违了的地方小吃，生意不错。

海海在摊前照应顾客，他看到日近中午，吃萝卜饼的人逐渐增多，就小声地和里面人说，个头做小点。过后烧出的萝卜饼果然小了许多。海海又叫，再小点，眼看萝卜饼小得不能再小了，海海还在喊叫，做得太大了。海海卖萝卜饼做得太大了的话语，一时传为笑谈。

大跃进兴修水利，海海参加水库工地劳动，他出工不出力，口号喊得震天响，宁掉十斤肉，不让水库落了后，拼拼拼，干干干。村民们都讥讽他是，雄鸡好身毛。

工地上的中午饭是面条汤面，看着白花花的面条在锅里翻滚，海海的眼睛珠子直住锅里掉。排队时，海海排在了后面，他就朝前面的叫喊，别专门捞面条，匀和着留点后面，匀和点，你们说是吗？等到海海盛面时，他把勺子插到锅底，慢慢地一搅，一勺面条就落在了他手中的碗里。村民们都笑着说，海海匀和了没有？海海只是嘿嘿地笑者，埋头扑哧扑哧地吃着面条。

海海吃面匀和着的话柄一直流传到现在。

三年困难时期，人均口粮只有几两。这时海海却不知怎么地做起了买卖。海海挑上担子在街上卖馄饨，馄饨倒是卖了，钱却买了酒喝。害得一家子跟着他挨饿。为此，老婆气得上吊自杀。

海海不再做买卖了，可是酒瘾不减，他就用番薯丝自己做酒，用水锅瓦罐发酵，蒸馏。烧出的酒干烈，不是个味，只有他自己慢慢品味着自个的成果，也品味着中年丧妻的痛楚。

海海当了多年的党员，有一种自豪感，每次开党员会他从不缺席。尽管海海在党内的地位无关轻重，也不管他的发言有无人听。大多数是别人发言他管听，有时还附和着重复别人的话，这一点在四清运动中派上了用场。

别的党员干部多少有些经济问题，或多或少，手脚都不太干净，被靠了边。靠边的干部每天都得过关，群众批判，上纲上线。

海海不是干部，没有犯经济错误的机会，又是个好脾气，就被选为贫协主席。海海掌握了村里的行政大权，整天吆五喝六，神气活现。四清工作队也倚重海海，积累了多年的权利欲望顿时膨胀起来。

从前耍笑他的人，对他也另眼相看了。这是海海一生最辉煌的时期，同时，也是海海他最倒霉的时候。

俗话说，饱暖思淫欲。海海的权利欲得到满足之后，生理上的要求也旺盛起来。

村里有个大杂院，院里住着姐妹四个，其丈夫都在机关企业上班。一天深夜，万籁俱寂，突然一个黑影撬开了大院的门，闪进其中。四姐妹被门外的声音惊醒，相互呼喊着。谁？没人应声，她们拿着手电披着衣服出来，这不是海海吗？深更半夜的你来干什么？海海拍着胸部，吞吞吐吐地说，你看，我有钱，一边说着一边把她们往屋里推。姐妹们一边惊喊一边往外推他，一直把海海推到门外，海海还一直不停地说，我有钱，我有钱。

第二天，四清工作队召开会议，认为这是阶级斗争的新动向。再一查海海的三代，问题更严重了，把他的职务一免到底，追回了放在他身上的二百块副业款，开除党籍，交群众批斗，他的成分也上升为漏划地主。

海海一下子从峰巅跌到了谷底，往日的威风也没了。

"文化大革命"开始，破旧立新，一切牛鬼蛇神被横扫，一切封建迷信被禁止。但到春节，群众仍有供神祭祖的习惯，不过是悄悄地进行。也就有人偷偷地用木板刻印灶君神像，卖的人不敢公开出售，而是一户挨着一户去送。

海海也想弄两个钱花花，就把灶君神像藏在腰里，里面用腰带裹住，外面用衣服盖着。到了户里，海海也不说话，只是嘿嘿地笑着，他解开衣服，就解腰带。人家问这是干什么，海海说，我拿出来让你们看看，蓦地，一个尺把长短的东西露出来，吓得女人们惊叫起来，再仔细睁眼一看，是一卷灶君神像，她们就指着海海骂。死不着的东西，你也真活够了，把灶君神都放在裤兜里？

海海依然嘿嘿地笑着说，这不是没办法的事嘛，谁让我们赶上这年月，委屈一下吧。

实行联产责任制后，要靠自己的勤劳和智慧发家致富，不再像从前那样靠国家救济了，这一下把海海给吓住了。几十年来形成的生活模式很不适应现在的节怕，吃饭没时间了，干活起早摸黑了。海海慢慢腾腾，腻腻歪歪的耕种往往误了农时，地里收成可想而知，生活过得是全村最差的一户，后来省吃俭用，凑凑合合盖起了三间房，好赖也为两个儿子讨上了老婆。

海海的晚年与儿子媳妇们相处得还不错，两个媳妇轮流抚养，都体谅他这辈子活得不容易，所以从不让海海生气。后来三榜定案，海海的成分仍为贫农，同时也恢复了他的党籍。八十一岁得脑中风而死，党支部给他送了一个花圈。

　　海海这辈子虽然做了一些昧良心的事，群众对他的评论也不错。说他起码不是一个坏人，有时耍点小聪明也不为过。原因是海海为人脾气随和，说话不伤人。别人怎样耍弄他，海海他从不计较，只是嘿嘿地傻笑。尽管有四清中那一件不光彩的记录，可群众谅解他。说如果不让他当贫协主席就不会出那样的事。

张天机

　　一股突如其来的倒春寒流袭来，天气骤然变得干冷干冷，北风夹裹着零星的雪花像猛兽一样在义和里肆虐着。张家的院门直贴着二道白纸，在寒风中沙啦啦地嘶鸣着，犹如一曲哀戚的乐曲在义和里的上空没完没了地回旋。堂屋里，张天机僵硬的身板像张弓一样仰躺在地上一扇门板上。一张黄色的烧纸在老人的面部无情地张扬着。老人的双手紧紧地握着，手心里像是攥着一样什么宝贝生怕被人夺去似的。

　　张天机是刚刚辞世的。一切似乎都来得很突然。几日前张天机去兰溪的亲戚家吃喜酒，今晨刚刚返回镇上，张天机刚一下车就得到了一个意外的消息：青龙头山上的二亩地被来桃花镇投资的一位台商看中，建起了其亡父的阴宅！义和里人都清楚，那块地对于张天机来说无异于是命根子。

　　张天机祖籍安徽凤阳，一家六口是挨饿的年代逃荒到桃花镇的，凭着一把铁镐夫妻俩没日没夜地干，愣是在生满荆棘的灌木丛中开垦出了这二亩良田，这才躲过饥荒，把四个饿得哇哇乱叫的孩子养育成人。如今日子好过了，再也不用为吃发愁了，但常常挂在张天机老人嘴边的仍是那句话：谁是爹娘？土地才是爹娘！然而在毫无征兆的情况下，这块被视若命根子的田地竟然成了他人的坟地，这无异于当头一闷棍，击得张天机一时间竟愣怔怔地似一截枯木桩立在寒风里。

许久张天机才苏缓过来，艰难地迈动脚步。张天机没有回家，而是径直向村外走去。张天机走得很慢，步履似有千斤重，风掀起了张天机的衣襟，张天机跟跄了几次，险些栽倒。张天机瘦高的身躯蹒跚着，终于出现在了青龙头的那块地里。面对着田里的一座新坟，张天机呆愣愣地直立了许久，最后终于再也无法抵御寒风的袭击，倒下了……

在不远处的山坡上，两个过路人目睹了老人猝然倒地的一幕。

张天机的三个儿子都不在身边。多年来，和老人一起生活的是他的外孙女春仙。女儿早逝，女婿再婚，从五岁起开始拉扯，如今春仙已上了中学，出落成花一样灵秀的少女了。春仙是最先赶回来的，她早已哭成泪人，扑在外公的身上，一时间竟昏厥过去。

临近午时，一辆黑色的轿车和一辆白色的敞篷卡车停在了张家门口。从轿车里出来的红脸男人是张天机的大儿子张金明。在义和里村里，张金明不但是第一个抛开土地走出农村的人，而且也是第一个在陌生的都市里打拼出一番事业成为义和里人瞩目的大老板，不过他也是第一个把二奶偷偷领回义和里而又被愤怒的父亲赶出家门的人。

张金明的红脸上的一块铮亮的刀疤格外引人注目，据说那是在夜总会里与某企业老板的公子争夺当地一名走红女歌星的优先点歌权，双方互不相让动起手来，结果就留下了这永久的标记。不过这倒也好，刀疤脸无形中起到了广告效应，凭此不但生意越做越红火，而且名气也愈来愈大。张金明常挂在嘴边的一句话是：谁走不出桃花镇，谁就永远也别想出人头地！但明眼人都知道，这位显赫的人物在他父亲张天机的眼里却一文不值：那个龟孙，死都别来见我！爸不去，儿不来，父子俩的关系为什么搞得如此僵，外人也不得而知。

然而儿子毕竟是儿子，父亲去世了儿子不能不回来。随来的另一辆卡车上装载的是张金明为父亲的葬礼所购置的一应物品，除了鸡鸭鱼肉和蔬菜之外，也不乏花花绿绿炫人眼目的纸活，有五彩缤纷金光闪耀的花圈，有牛马驴车等原始工具，更有电脑彩电等现代物品，其中令人尤为惊奇的是，祭物中竟还亭亭玉立着两位飘飘欲仙的绝色佳人。当然那也同样是纸制的，只是另有一位随车而来的长须老头，听说此人是张金明为给父亲采选阴宅而亲自请出的一位风水先生。

张金明跳下汽车走进堂屋，迎头跪在父亲的遗体前：爸，儿子不孝来晚了！爸，尽管儿子有千个不是万个不是，可儿的孝心却丝毫未掺假。如果您能好好活着，我一定去把那龟孙子的坟给他扒了！可您……张金明恸哭失声，砰砰连磕数个响头。抹了把泪后，声音放得和缓了：爸爸，我知道您老一辈子老老实实厚厚道道地做人，从不奢求荣华富贵，更不图出人头地，为了儿女辛劳了一生。在生时儿未能尽孝，现在就让儿尽一尽最后的孝道吧！

主持丧事的棺材头丁晋友把张金明扶起，劝其节哀。张金明给丁晋友敬上一支烟，说：老人家一辈子苦挣苦守的是这地，最后也是被这地夺去了性命！丁晋友长叹一声，说：这也是老哥的福气！张金明没有接茬，沉思片刻后对丁晋友说：老头子活着时没享什么福，死后就让他风光一回吧。把丧事办得隆重些，不要怕花钱，需要什么尽管跟我说。丁晋友连连点头。

安排妥当家中的事后，张金明便和那位长须的风水先生去山里为父亲选坟地。

张金明刚走不久，张天机的二儿子张金贵就赶回来了。张金贵是桃花镇小学的校长，也是当地小有名气的作家。那些赞美泥土、乡情的诗文不但在市报上发表过，而且也经常刊载在全国知名的刊物上，那张配着眼镜的面孔让人品出一股斯文与才气。在张氏三兄弟中，张天机最器重的就是老二，虽然张天机一辈子目不识丁，但他却最崇尚文化人。用张天机的话说是：祖上积德，文曲星才庇护！张天机勉励二儿子只一句话：别给张氏门庭抹黑！在义和里，张金贵的孝心是有口皆碑的，他曾数次要接父亲过去一起生活，但老人过不惯闲居日子，离不开耕田的犁耙。两日前他还和父亲通了电话，之后就去市里参加一个作品研讨会，会还未结束就传来了父亲亡故的噩耗。

跪在父亲的遗体前，张金贵的泪水模糊了眼镜片，张金贵声音哽咽着：爸，我知道您老人家担心我的工作，怕给我添麻烦，有什么难事都自己挺着，不愿跟儿说！由于过度悲恸，张金贵说不下去了，稍稍平稳了一下情绪，张金贵又说道：爸，如果您先和我打个招呼，我还是能够把事给您办妥帖的……

一直守在外公身旁的春仙这时也恸哭不止，她说：二舅，您看外公的手。张金贵看了一眼父亲紧紧握着的双拳，抚摸着春仙的头说：别怕，老人临终都这样。不是的！春仙扭过身去，双手紧紧地握住了外公一只冰冷的手。

拜祭过父亲之后，张金贵便向丁晋友详细询问父亲的死因。丁晋友把众人耳闻目睹的事一综合，说：和尚头顶的虱子，明摆着就是村里的责任。张金贵于是便拿出手机接通了村主任王三的电话：我家发生的事情我想你也早已知道了，作为村主任，你负有不可推卸的责任……张金贵环视一眼围上前来的乡亲们，又提高声音说：我希望你能做出解释，给他老人家一个交代！挂了电话后，张金贵又向丁晋友询问丧事的安排情况，丁晋友便把张金明的交代逐一说了。张金贵边听边望着庭院里一卡车花花绿绿的纸活，皱起了眉头。

大约一小时后，一辆红色的夏利轿车驶进张家的门口，出来的正是村主任王三。因为他那副肥头大耳的长相，加上那高挺的将军肚，所以村人都称他胖主任。王主任的到来自然引起众人的关注，于是纷纷撂下手中的活围拢过来。王主任神情肃穆地走进堂屋，在张天机的遗体前他显然是想三鞠躬，可由于肚子过于高挺而未能做到，三鞠躬也就成了三点头。王主任说：大叔，都是我一时的疏忽才造成这样的悲剧。我向您老赔罪来了！王主任又环视一眼周围的人，像是对死者又像是对众人说：可是话又说回来，为了镇政府招商引资，为了缩小我们义和里与外面世界的差距，我也是不得已才给台商开此绿灯啊。大叔，您老地下有知，您会理解我的苦衷的！

稍停，王主任握住张金贵的双手，又沉声说：张校长，请原谅我的过失！王三主任沉默片刻接着说：我真不知下面的是否算个消息，怎么说呢……刚才我和台商就此事洽谈之后，台商也为此震惊，为了给老人家一个安抚，台商最终表示愿意再给咱义和里投资三十万元……说最后一句时，王主任有意抬头面向众人，并提高了声音。人群中发出了一片议论声。

张金贵跪在父亲的供桌前，叩告父亲亡灵：爸，您都听到了吧，能为村人做出贡献，能让我们义和里人过上幸福日子，不正是您一生最大的心愿吗？您就在九泉之下安息吧！

春仙目睹着这一切，双眼瞪得溜圆，一脸茫然。

夜幕降临，义和里逐渐亮起灯火。风也逐渐平息，像一个疯跑了一天的淘气鬼，终因乏累而沉沉睡去。天气却愈发寒冷，张家屋里的人逐渐离散，最后只剩下东屋两桌打牌的人。张金明、张金贵守孝，兄弟二人平素就很少有共同语言，此刻更是彼此默然对坐，张金明吸烟，张金贵闭目沉思。春仙不停地为外公化着纸钱，橘红色的火焰映红了她稚嫩单纯的脸庞。

午夜时分，张家的屋里又响起了一片哭泣声，张天机的小儿子张金宝回来了。张金宝魁梧的身材跟父亲几乎一模一样，用张天机的话说：天生一副庄稼汉的身板。儿时，张金宝不爱书本单爱犁耙，十三四岁就精熟于驾车扶犁，是张天机最寄厚望的土地继承人。然而外面的世界太精彩，多彩的都市生活诱惑着一颗年轻的心，张金宝不再安于田园生活，张金宝说：沿着鸡屁股永远也找不到鸡尿泡——根本没开那条道儿！于是张金宝也走出了村庄，走进了都市的打工族中，他要去寻找另一条道，说白了就是挣钱的道。他不愿靠大哥张金明，他说他要用实际行动证明他比哥哥强。可精彩的生活有时也令人很无奈，几年下来张金宝依然还是先前的张金宝，不同的只是多了几分市井的油滑。在经历了颇多的挫折后，想起父亲那"土地是爹娘"的家训时，张金宝发出感慨：其实，金钱才是真正的爹娘啊！

瞻仰父亲遗容时，张金宝情不自禁地说道：爸，他们占用了您的承包田，您可以多索取一些补偿金嘛！他回转身问两位兄长：事情怎么处理的啊？张金贵目视张金明，张金明说：丧事我都已经安排好了，办得隆重些。爸一辈子不容易。张金宝说：我不是问这个！张金贵说：已经有说法了。于是便把王三主任到来的经过说了。张金宝未待听完，立刻吼道：一个讲排场，一个图虚名，那人不就白死啦？两兄长哑然无语。

其实在返回的途中，张金宝就相关的法律问题已经向一位做律师的昔日同学咨询过了，张金宝已有了自己的处理想法。刚才他只是想试探一下两兄长的意思。显然他们两个人的意见和自己的难以一致，于是张金宝决定独自去做。张金宝悄然离开堂屋，躲在一间装杂物的厢房里，摸出手机拨通了110……

天又亮了，风也养足了精神，接着便淘气起来了。停枢二日，需要办的事情很是繁杂，丁晋友一大清早就过来开始一一安排。吃过早饭，张金明就带人去选好的墓地做坟。因为房子太小，做寿材的场所就安排在房子的附近，张金贵一直在那里张罗着。张金宝自愿守灵，他坦然平静，同时协助丁晋友处理一些应急事务。

就在各项事宜有条不紊地进行时，一辆白色的警车突然停在了张家的门前，四五个警察下车径直走向院中。张金宝似早有准备，沉着地迎了出来，说了几句话后就把警察们引进堂屋。这时所有帮忙的人都停下了各自的活计，拥堵在屋门前，神色惊奇地向堂屋里张望。很快，人群中便悄然地传开了一个令人惊奇的消息：张金宝要为他父亲的死打官司了，这是他申请验尸的法医……消息像电流一样迅速传遍义和里，数分钟后，张家的屋里便挤满了看新奇的人们。这也难怪，义和里有史以来还是第一次发生这样的事件。

张金贵是先于兄长得到这个消息的，当他神色惶然地赶回，未待挤进堂屋就已经晕倒在地，面白如纸。当张金明像一头发疯的公牛赶回来制止时，验尸已经开始了。张金明大叫：验尸对后世不利啊！可张金宝紧闭屋门，双手叉腰而立，根本不容张金明进入，张金明破口大骂张金宝忤逆不孝，持棍砸烂了所有门窗的玻璃。一时间张家屋里乱作一团。春仙也被这突如其来的局面惊得不知所措，全身战栗。

验尸的整个过程是令人恐怖的。验尸结束，法医离去。面对剖验后的张天机的尸体，人们许久仍呆然而立，似仍未从惊愕中解脱出来，就连一向经验丰富的棺材头丁晋友也不知所措了。

这时张金宝突然迎着父亲的尸体跪倒在地，惨然叫道：爸啊，儿不孝，儿是畜生啊，可儿也是一心只想为您老人家争口气啊……

傍晚时分，寿材都已涂好了油漆，正做装棺入殓前的准备。按义和里的习俗，入殓前要先把除花圈以外所有的纸活都运到村外烧化。当所有的纸物被堆积在一起就要点火时，突然一阵巨大的旋风席卷而来，将所有的纸活都刮得七零八落、破碎无形了。

太阳落山前的一刻，张天机老汉的尸体装棺入殓了。随葬装棺的物品除了老人的一身寿衣和铺盖外，还有一件崭新的黑色毛衣，那是外孙女春仙用节省下来的伙食费购买毛线亲手为老人编织的生日礼物。这件毛衣老人还没来得及穿一次，因为再过一周才是张天机的六十六岁大寿。

第三日，张天机出殡了。义和里沿袭着传统的丧葬习俗，众乡亲簇拥着由四人抬着的灵柩徐徐地向墓地而去。直至墓地，许多人才惊奇地发现，原来张金明为其父所采选的阴宅竟也在张天机的那二亩地里，而且与台商老父的坟仅十余米之隔。此前，张金贵张金宝都未曾过问此事，此刻惊得张金贵面色苍白，他战栗着手指着大哥竟一句话也说不出来。张金宝怒斥大哥并拒绝下葬，要另选新址，张金明手抄担柱将其击倒在地。张金明说：他台商的爹能葬在这风水宅地，我们的爸为啥不能？

葬礼继续进行。

烧头七之日，张天机的三个儿子都未到场。张金明去外地一新联营的公司参加剪彩仪式；张金贵去教育局开会，同时带了一篇连夜赶写的缅怀父亲的文章准备顺便送往市报社发表，题目叫《真情化为土》；张金宝处事依然不失干练之风，已于前一日就将一份民事诉状递交给了法庭，要求被告做出20万元的经济赔偿。台商意图息事宁人，欲以10万元的补偿私了，双方为此正在讨价还价中。

春仙独自一人大清早就来到了外公的坟地，她双手捧着土添在外公的坟上，泪水潸然地洒在外公的坟头。春仙说：外公，我知道您的心事，我看到了您手中的东西了！是的，许多人都忽略了，张天机临终前像宝贝一样紧紧攥在手心里的是两把初春里刚刚复苏的田土……

春仙没再为外公化纸钱，却出人意料地将一袋五谷种子撒播在了老人的坟头上。

刮了数日的寒风平息了，温暖的阳光重又开始抚摸世界上的万物。这场倒春寒流终于过去了，它虽然给人们带来了寒意，但也让人感知到春天已经到来。

王菊花

王菊花，这是个土得掉渣又富有乡土气息的名字。

王菊花是个地地道道农村女人，如果不是农村女人，就算用两把菜刀架着她的脖子，也不会屈尊嫁给豆芽菜这样的小男人。豆芽菜身高不到一米六。体重一直徘徊在四十公斤左右，尖嘴猴腮三角眼，一口糙牙又黄又黑，两颗大门牙还有些露天，丑得惊心动魄。名副其实的豆芽菜一般。连名字都不会写，领工资时一律盖萝卜戳。

豆芽菜二十八岁那年讨了二十一岁的农村女孩王菊花。王菊花家在离桃花镇四十余里一个叫画坞坑的小山村。画坞坑村处地偏僻，不通电不通路，唯一能看到的机器是大晴天万米高空飞过的麻雀般大小的飞机。

嫁给豆芽菜之前，王菊花不知道电影和报纸是什么东西。从来没有坐过汽车。她第一次到镇上坐汽车和豆芽菜相亲时，觉得汽油比菜油还好闻。王菊花姐妹四个，王菊花是老三，她上面两个姐姐嫁得有些随便。村里人一致认为王菊花嫁给豆芽菜很合算。那年头，工人阶级容貌再丑身材再短，在农民兄弟，尤其农民姐妹眼里也是英俊高大的。工人老大哥嘛，是神采奕奕的领导阶级。

王菊花虽然没有闭月羞花之容，沉鱼落雁之貌，但浓眉大眼丰乳肥臀，辫子又粗又长，别有一番韵味。工友们都嫉妒豆芽菜癞蛤蟆吃到了天鹅肉，结过婚的后悔得直跺脚，没结婚的则把色迷迷的目光投向广阔而偏僻的农村。

新婚之夜，早有预谋的工友把豆芽菜灌得烂醉如泥。闹洞房的时候，乘机向王菊花实施骚扰，她的一对大奶被捏得痛了好几天。

闹得最凶的是蛤蟆。

都说咱们工人有力量，豆芽菜在床上的力量都非常弱小，几乎没有力量进入王菊花土地般厚实的身体。后来吃了些偏方，才勉强撑过去，停留时间非常短暂，短暂的像水中游鱼，倏然而逝。

无知加上无能，豆芽菜和王菊花一致认为男女之事就那么回事，

没有什么意思。对豆芽菜来说，做爱还不如喝酒爽快。就王菊花而言，做爱还不如拆手套织衣服消闲。因此，她一鼓作气生下一男一女之后，他们的性生活基本终止。

但是，蛤蟆改变了王菊花的生活。

蛤蟆是厂食堂的司务长。工人们都说，厂里除了厂长和供销科长，油水最多的就是蛤蟆。蛤蟆不仅自己吃得膘肥体胖，还经常接济与他有肉体关系的女人。在大多职工营养不良时，蛤蟆却营养过剩，荷尔蒙多得像哺乳期女人的乳汁，随时都可以后溢出。

蛤蟆的老婆是个瘦得像木乃伊似的女人，因患上子宫肌瘤，整个子宫被白衣战士一锅端，生命之穴宽敞得像和平时期的防空洞。按照蛤蟆的下流说法，还不如在五花肉上戳个洞来的舒服。蛤蟆趴在她身上，就像漏气的轮胎行驶在鹅卵石路面上，难受死了。他老婆对那事简直充满深仇大恨，认为做那事就好比一根棍子在屎桶里搅，恶心死了。好在她并不反对蛤蟆这根棍子去搅别人的屎桶。

蛤蟆和豆芽菜是酒肉朋友，当他从一次喝酒中得知豆芽菜对那事没兴趣时，毅然决定背叛豆芽菜。

蛤蟆好酒，但是从来不一个人喝酒，他觉得一个人喝酒好比手淫，毫无意义。而且他从来不在食堂喝酒，因为那样看上去显得腐败。蛤蟆之所以和一穷二白、一毛不拔的豆芽菜为铁杆酒友，主要是豆芽菜服务命令听指挥，只要蛤蟆酒瘾上来，豆芽菜绝对随叫随到，风雨无阻，哪怕下着石头。

蛤蟆酒风不太好，三杯酒下肚就开始骂娘。从党中央国务院，省市县政

府一路骂下来，直骂到厂长书记豆芽菜，无论出语多么恶毒反动，豆芽菜一律夸他骂得好，骂得妙，骂得鬼子呱呱叫，并且守口如瓶。等蛤蟆骂够了，酒也喝得差不多了。如果豆芽菜还能走动，则回家，动不了，就在蛤蟆的床上将就一夜，反正蛤蟆和老婆分居。打上王菊花主意后，蛤蟆决定改变场所，直接上豆芽菜家里喝，同时把油水源源不断地往他家里流。

王菊花这时已经是两个孩子的母亲，第二个孩子刚断奶，一家四口靠豆芽菜一个人的工资养活，家徒四壁。只有她那两只乳房还有点内容，常常十天半月不知肉味。蛤蟆的腐败行为无异于雪中送炭，感动得王菊花恨不得拜蛤蟆为干爹。

蛤蟆大王菊花一轮，在年龄上做她干爹当之无愧。由于营养丰富，小他五岁的豆芽菜看上去反而像蛤蟆的大哥。

个把月后，蛤蟆觉得火候到了，把豆芽菜灌了个烂醉如泥，然后在豆芽菜如雷鼾声的伴奏下把王菊花做了。正如他所预料的，王菊花没有什么反抗就顺了他。

王菊花虽然出身贫寒没有文化，只认得人民币这页书。情商并不低，开始，她确实以为蛤蟆和豆芽菜兄弟情深，是出于真心实意接济她。当她经过深入细致的观察后，很快明白了蛤蟆的醉翁之意。明白了之后，她非但不觉得蛤蟆卑鄙，反而觉得蛤蟆这人挺有靠头，抱住了这条大腿，以后一家老小的吃喝就不成问题。王菊花有心理准备，只要蛤蟆要她，她随时准备献身。反正她和豆芽菜徒有夫妻虚名，身子闲着也是闲着，不如拿出来招商引资。

王菊花原以为所有男人做那事的效果都和豆芽菜一样，当蛤蟆气势磅礴进入她的身体时，她才知道自己大错特错。不断地喊着，天呀，我的天呀！这么叫不知出于后悔还是快活。

王菊花本来是出于报恩和利用心理与蛤蟆上床的，但是现在，就是分文不给，她也要免费和蛤蟆继续劈腿下去，一直到睡进棺材为止。王菊花再也不想一个人拆手套织衣服了，她只想和蛤蟆抱在一起滚床单了。

世界上最难掩盖的就是奸情，奸情好比身着三点式性感女郎，欲盖弥彰。蛤蟆和王菊花的奸情根本不要掩盖，因为豆芽菜永远也看不见了。就在蛤蟆一和王菊花有了那事后，不到半年，车间发生倒灌，当班的豆芽菜被弹出的铁板压了个正着，还没送到医院就断了气。

豆芽菜尸骨未寒，王菊花就和蛤蟆做了起来，是王菊花主动和他做的，豆芽菜虽然是个不中用的男人，他那么一死，王菊花还是有一种上不着天下不着地的感觉。

从这以后，蛤蟆就是她的天和地，她必须化悲痛为力量，尽快占领这片天地，最有效的手段就是和他做那事。虽然是酒肉朋友，毕竟酒友一场，酒友还未满七就和他的寡妻睡在一起，良心上实在有些过不去。开始蛤蟆显得有些被动，但转念一想，他老婆都不在乎我还装什么正经，于是积极应战。

豆芽菜去世一年之际，王菊花正式向蛤蟆提出了结婚要求。

蛤蟆听了这话，像真蛤蟆般跳了起来，跟你结婚，我老婆怎么办？

怎么办？离婚呀！

蛤蟆不吭声了。

不是蛤蟆不想，是不敢离婚。而是那些年离婚的成本太高，那时离婚虽然不是犯罪却是罪过，哪怕双方自愿，不僵个三年五年也难以成功。若是一方不同意，难度更大，组织上还可能对主动闹离婚的那一方进行打击报复。厂里有位主任，因为闹离婚闹得太夸张，影响了工作和厂风，厂领导对他进行说服教育，他不但不买账，还讥讽他们不懂爱情。厂领导大怒，把他从车间主任降到副主任，班长，一贬再贬，一直贬到普通工人，婚却没有离成，得不偿失。

蛤蟆要是闹离婚，司务长肯定当不成，司务长当不成，他的人生还有什么价值呢？他蛤蟆当不成司务长，你王菊花母子也就无香可吃，无辣可喝。

王菊花宁愿不吃香不喝辣的也要和蛤蟆结婚，否则从此和他断绝关系，再也别想和她睡了。

如果是其他女人，蛤蟆也就脱衣服似地脱了。王菊花不同，王菊花是贴心的棉袄，已经深深地陷进了肉里，想脱也脱不下来。自从和王菊花好上后，其他女人在他眼里都成了残羹剩饭。王菊花对他而言好比乌烟，他既然好上这一口，想戒是绝对不可能的。

那就离吧，那就闹吧，大不了下放到车间改造，总不至于开除。离婚毕竟不是杀人强奸，不是偷盗抢劫，更不是反革命，是国家法律都允许的。

　　意想不到的是蛤蟆老婆居然痛快地答应了他的离婚要求。出于感动，家庭财产蛤蟆一分没要。因为是自愿离婚，厂里没有处理他，蛤蟆依然当他的司务长。倒是王菊花受到了一定的打击报复。

　　王菊花原来的工种是包装，是厂里最累的工种，都是家属工做的活。豆芽菜因公死亡后，厂里先把她转为居民户口，户口一转，转正也顺其自然。转正后，厂里把她安排在机修车间。车间主任是个大老粗，喝醉了酒就不分场合地拿出家伙尿尿，一个随地小便的男人，生活作风肯定好不了。好在他只是个车间主任，权力有限，要是他当了厂长，不知有多少良家妇女将被他糟蹋。

　　车间主任对王菊花早就垂涎三尺，没想到天鹅肉却被蛤蟆吃走了。蛤蟆没离婚，他还对王菊花抱有幻想，尽管王菊花碰都不让他蹭一下，他还是抱着放长线钓大鱼的心理，让她当了保管员。他们一结婚，他便彻底绝望，把王菊花贬成了清洁工。

　　有情人终成眷属，他们的家庭生活幸福无比，夫妻生活性福非凡。

　　然后好景不长，五年后的一天，蛤蟆突然身体不适。一检查，居然患上胃癌，送到省肿瘤医院动手术。医生打开肚子，发现蛤蟆整个肚子都是癌细胞。医生只好缝上肚子，让他回家等死。

　　回到家不到三个月，蛤蟆就蹬腿死了。

　　对于蛤蟆的死，工人们的评价是，罪有应得。蛤蟆生癌合情合理，吃多了冤枉的人总是要生癌的，要是他不生癌，那肯定老天爷生了白内障。

　　至于王菊花的下场，工人们的评论是，活该。如果说当年王菊花怂恿蛤蟆离婚在大伙眼里还只是个坏女人的话，那么现在，她在大伙心目中已经成为一个妖精，一个克死两个男人的扫帚星。

　　蛤蟆的前妻却成了高瞻远瞩的智者，她早就看出王菊花是个克星，因此才故意答应离婚，让作恶多端的蛤蟆去送死。

　　过了五年，厂倒闭了，王菊花下岗。蛤蟆一死，她的生活水准便开始大踏步倒退。下岗后，更是雪上加霜，为了供两个孩子读书，她不得不出卖自己，只是卖不到什么好价钱，买她的人主要是上了年纪的外地民工，直到卖不动白送别人都不要为止。

就在王菊花卖不动的时候，儿子大学毕业出息了。由于他在计算机方面的出色才能，一出校门就找到了待遇不菲的工作。几经跳槽之后，如今月收入已上万元，每月寄给母亲的生活费高达二千元。女儿虽然没有考上大学，但充分继承了王菊花的容貌和德行，且青出于蓝而胜于蓝，傍上了一位大款，生活资源十分肥沃。

蛤蟆前妻却无依无靠，生活难以维系。唯一的女儿夫妻双双下岗，长年累月忍受着酒鬼丈夫的家庭暴力，别说生活，连自己的人身安全都难以保障，根本没法顾及母亲。可能是蛤蟆播种那天晚上喝多了酒，精子质量不高，女儿的智商也不高，长得也不怎么样，直至三十岁才以最优惠的条件勉强嫁了出去。没想到一不小心嫁了个比蛤蟆还糟糕的酒鬼。

蛤蟆本来还想生个儿子，那时国家允许生两胎。在女儿出生的第二年，妻子子宫就长了个东西，不得不把整个子宫切除，想播种也找不到土壤。这也是蛤蟆对酒当歌自甘堕落的一个重要原因。

蛤蟆前妻的退休金很低，只有几百块钱，很难养活自己，况且还要不断吃药，只好拉个用轴承做成的小轮车，走街串巷卖水果挣点零花钱。那天不慎被摩托车撞了一下，肇事车逃之夭夭，她却躺在地上爬不起来。交警把她送到医院，也没个人照顾。王菊花知道后，主动到医院服侍，医药费也是王菊花掏的腰包。

蛤蟆前妻问她为什么这样做，王菊花说，她弄不清为什么？蛤蟆前妻固执说，你要是说不出个原因，我死也不领你这份情。

王菊花说，那就算我向你赎罪，行不行。说完眼泪就下来了。

蛤蟆前妻没想到王菊花她这么说，于是两个女人抱着哭成一团，后来索性住在一起，以姐妹相称。

赌鬼老王

在汗味和烟味的混合气味里，在长吁短叹的懵杂声中，从德盛茶店后面悠悠走出的赌鬼老王，用散淡而蔑视的眼光扫视了一下这混乱的场面，伸手拢了拢暗花黑绸长袍，缓缓地落到那把朱红色的公子凳上。

小老婆老经头小心地捧着茶，柔柔地叫了一声老王。老王微斜茶盖，轻轻地呷了一口，伸手拧了一把老经头的屁股，说了声，去吧。老王微闭双眼，整个身子都依在公子凳上，那表情那动作显露出独步高手的寂寥。

老王就是威震桃花镇的赌场高手，镇上人送他一个外号，赌鬼。被称赌鬼的老王，真名叫王桂乐。王桂乐十六岁涉足赌场，几乎打遍了金华八县的各路高手，赢得钱财无数，桃花镇上的火腿行，茶店，古玩店，还有小老婆老经头都是他的战利品。如今的王桂乐叹出一口气，桃花镇上就会坠落几片树叶。

聪慧机灵的王桂乐，十二岁那年就被师傅看中。师傅说，跟我走吧，你将拥有世上的一切。

师傅也是赌场上的高手，垂暮之年他不想把自己的绝技带进棺材，于是就对这个一身灵气的王桂乐说，跟我走吧。

奇怪的是师傅却让王桂乐跟村里的屠夫王三弟学杀猪。王桂乐不解，用疑惑的目光问师傅。师傅说，赌场无情，赌场无死活，这是练心。师傅还说，心中无人，目中无钱，心如止水方能取胜。王桂乐苦练一年，值到一刀下去，猪便应声倒地，师傅才微微含笑说，好。

师傅蒙上王桂乐的眼睛说，我在地上撒下九十九粒绿豆，你一粒粒捡起来。王桂乐便伸手在地上摸，第一次，王桂乐摸了整整一天。三个月后，王桂乐说，师傅我已经把你撒在地上的绿豆一粒粒都捡起来了，一粒也不少，我手艺练成了。

师傅笑了笑说，王桂乐，你再把眼睛蒙上。师傅一挥手，一把油麻洒落在地。师傅说，你再把地上的油麻一粒粒捡起来。王桂乐怎么拣也对不上师傅说的数。后来，王桂乐就说对了，王桂乐说，师傅我学成了。师傅又笑了，说，你再把眼睛蒙上。师傅将一包东西递给王桂乐说，你数一数一共有多少根牛毛。再后来王桂乐也说对了。师傅爽朗地笑了一声说，手练成了，再练身。

师傅睡觉时说，桂乐别点灯，把屋里的蚊子都打死。第二天，师傅身上仍有几个红疱。师傅摇摇头说，还要练呀，王桂乐。后来蚊子从王桂乐身边飞过，王桂乐摸黑伸手就可以抓到。师傅笑了，扔给两个铜板给王桂乐说，你可以去试试了。师傅说，赢富不赢贫，赢官不赢民，赢贫不赢廉，记住了？王桂乐说记住了。

王桂乐用第一次赢的二十六个铜板，买回了两块肉，一块给师傅，拎一块飞奔着给妈妈送去的时候，师傅笑了，笑声把门口的树叶都震得沙沙响。

王桂乐赢回镇上的一座大宅院安顿妈妈时，师傅会心地笑。王桂乐赢回钱讨了漂亮老婆时，师傅爽朗地笑。师傅说，桂乐，我可以走了。王桂乐说，师傅你不要走，我要把盐埠头最漂亮的桂芳赢回来做妾，师傅眉头上就积成了疙瘩。

师傅说，桂乐你要记住，赌能成事就能毁事，你千万不能贪心，不要自掘坟墓。

王桂乐说，师傅你教我手艺不就是让我享受荣华富贵吗？师傅仰天长叹，眼睛里布满了迷茫。

王桂乐把哭哭啼啼的桂芳拖回家时，师傅吐出了一口血说，王桂乐你会遭报应的。王桂乐仰天大笑，把树上的麻雀吓得飞走了。

王桂乐不但让桂芳做了二房，还赢回了火腿行，布行，茶店。在桃花镇上没有什么是王桂乐赢不回来的，就连前来搭救桂芳的老经头也被迫无奈成了王桂乐的小老婆。

老经头本也是赌场中的女中豪杰，当知道赌鬼王桂乐在镇上以强凌弱肆无忌惮地收敛钱财。就不顾师傅的再三劝导，执意要来搭救桂芳，不曾想自己却落入了王桂乐之手。

老经头来到桃花镇的时候，桃花开得正艳，雾一样的缕缕细雨淋湿了她的发髻，额前的刘海紧贴在她细长的双眉上。

一位姑娘邀你豪赌，小伙计跟王桂乐说这话时，王桂乐正低头抚摸着手指上那九环龙戒。

哦，有这事，在哪？王桂乐漫不经心地抬起头朝门口打量，眼神里满是敷衍。王桂乐有理由这么做，王桂乐是镇上有名的赌鬼，这万贯家业和二房都是王桂乐的战利品，自从跟师傅学成这赌场绝技后，王桂乐从没有失过手，那诡秘的手段让多少人家倾家荡产，人们佩服他也畏惧他，都管叫他为赌鬼。当面也只叫老王而不叫他名字。

顺着伙计的手指，王桂乐看见一个俊俏的姑娘正用凤眼盯着他。王桂乐心里不禁有些好笑，心里说，这小女子哟。

王桂乐翘了翘嘴角，继续低头看着他的九环龙戒，姑娘想必不是本地人吧？

老经头说，不是。

知道老王王桂乐吗？

老经头说，知道，王桂乐是桃花镇上赌场高手，人称赌鬼的就是你。

王桂乐拖着长腔说，那你还要赌？

老经头说，我不仅知道老王赌技高超，还知道你为富不仁，不但违背师傅的教诲，还逼死百姓，强掠民女，盐埠头桂芳不就是靠你的手段逼来的吗？

王桂乐心里咯噔一下，看来来者不善。他便问，姑娘你是哪路神仙？为何对我如此了解？

老经头说，这个，你不必多问，本姑娘只求跟你王桂乐赌一场。

这些日子王桂乐对赌场已有些厌倦，师傅把他从一个流浪汉调教成赌场高手。如今成了桃花镇有名的商贾，就连镇长大人跟他说话也要捏声喘气。

除非大买卖，王桂乐对小打小闹的东西已很难感兴趣了。看来今天是遇到了对手。王桂乐拢了拢长袍袖子问，小的老王我不感兴趣，你今天带来多少赌资？亮出老王我看看。

老经头说，我一分钱没带。

王桂乐哈哈大笑，不带赌资赌什么？

老经头说，姑娘今天我是受人之托来赌人的。

王桂乐把头抬起来，眼睛瞪得圆圆，赌人？怎么赌？

老经头说，我赢了，你放桂芳跟我走，我输了，姑娘我愿终生为你老王家家奴。

王桂乐把茶杯往桌上一放说，好呀，好！难得你这么豪爽。不过老王跟你说清楚，你赢了桂芳随你走，你输了老王不会亏待你，我不会让你做家奴，就当老王我的小老婆怎样？

老经头低头沉思良久，突然仰起红霞飞面的脸说，好，本姑娘就依你。

王桂乐问，我们赌什么？你说。

掷骰子。老经头说。

王桂乐心里暗笑，看来老王我今天又要当新郎了，掷骰子岂不是正中我下怀？王桂乐说，好，好的！你先来，希望姑娘你不要后悔哟。

老经头说，君子之言，岂能后悔，姑娘我就先献丑了。老经头把骰子掷到碗里，骰子顺着碗飞速旋转，叮铃作响。老经头反叩上另一个碗，放在耳边不停地摇晃，等声音一点点消失，老经头轻轻放在桌上说，王桂乐你输了，放桂芳跟我走吧。老经头缓缓揭开上面的碗，三粒在碗底的骰子都是一点。老经头说，这是最小的点，既使你也弄出三点，先者为赢，你也必输无疑，王桂乐你还要赌吗？

王桂乐悠悠地吐出了一溜烟圈，淡淡地笑笑说，不赌怎么知道谁输谁赢呢。王桂乐随手掷骰子于碗中，也放在耳边叮铃铃地摇晃，等声音一点点消失，王桂乐把耳朵贴在碗上，用托碗底那只手的无名指在下面轻弹两下，然后像放盈满的一碗水那样小心翼翼顺着桌子一点点推在桌子中央。王桂乐舒缓地叹了口气说，好了，我们成一家人了，我会好好待你的。

等王桂乐把上面的碗拿开，老经头的眼睛都直了，三粒骰子叠加在一起，最上面的骰子露出的是一个点。也就是说，王宅老王三粒骰子掷出一个点。

窗外如丝的细雨终于结成雨滴淅淅沥沥打落几片纷缤的花瓣，老经头再抬起头，两行热泪已滚淌而落，老经头缓缓地说，师傅，我对不住你。

霏霏细雨里，一位银须老人的泪和雨交织在一起。老人的嘴唇上咬出一排牙印，老人幽怨地说了一声，看来，我小看他了。

王桂乐轻搓着老经头的脸说，宝贝，哭什么呀？我们都是一家人了，我老王不会亏待你。

老经头说，我给你弹奏一曲吧，老经头取下背上的琵琶，激荡的乐曲便在纷飞的细雨里响起。那是一首危机四伏的名曲，十面埋伏。

呼，一根琴弦在老经头手里断了，窗外的桃树上又坠落几片桃花。

现在的王桂乐小的看不上，大的没人跟他赌，独步天下的感觉让他感到极度孤独，高处不胜寒的傲慢已深入到王桂乐的骨髓。王桂乐闲来无事就喝喝茶听听戏，日子过得悠闲，却没有什么滋味。

王桂乐悠闲地在公子凳上哼着婺剧小调，门口进来一个白面书生，白白皙皙柔柔绵绵的样子，不像本地人。书生站在王桂乐身边说，我要和你赌一局。

王桂乐背脊上像被人刺了一针，将头探到书生脸前，又扭头看看身边的老经头，突然一阵狂笑说，你听清没有？他说要跟我赌一局。连老经头都赌不过我，你还要跟我赌吗？

书生说，是，我要跟你赌一局。

王桂乐问，年轻人，你拿什么跟我赌？

书生伸出手掌在王桂乐面前翻动着说，这双手行吗？你赢了，这双手就是你老王的，愿终生服侍你老王。倘若还不如老王你所愿，我将其断双手，永不再入赌场。

好，好，好，有种，王桂乐说，你赢了我，所有的家产，包括这位小老婆都是你的。

王桂乐故伎重演地把三粒骰子掷到碗里，晃得叮当响，王桂乐反压上另一只碗，放在耳边细听，伸无名指在碗底轻弹两下，轻轻地把碗放在桌上说，年轻人，你输了。王桂乐打开碗，三粒骰子依旧叠压在一起，上面的骰子还是一个点。

　　王桂乐用挪移的目光瞟了一下书生说，我三粒骰子只有一点，你会比我的点更小吗？

　　书生淡淡地笑，未必。书生边掷骰子在碗里摇晃，声音越来越小，等声音彻底消失，书生轻轻地把碗放在桌上说，这次是你输了。王桂乐瞪大了眼睛一看，碗里只有粉末，却不见一粒骰子。

　　王桂乐顿时觉得天旋地转，汗湿衣衫，起了几次都没有站起来。

　　书生对天长叹一声，眼里已是湿湿的一片。书生说，师傅，我终于成功了，你可以安息了。

　　王桂乐摇摇晃晃从茶店里出来的时候，一抹斜阳昏昏欲睡地挂在屋梁上，落日的余晖把天际染的一片血红，王桂乐看上去很刺眼，很刺眼。

　　书生对满面流泪的老经头说，你再弹奏一曲十面埋伏吧，师傅在天之灵会听得到的。

　　当那激荡起伏，撼人心肺的曲调在王桂乐耳边响起，王桂乐一伸手，三粒骰子被王桂乐吞进了肚子里。

王井余

光绪末年，桃花镇出了一个人物，姓王，名井余。

王井余是个贼，在金华八县的名气都很大。有天在盐埠头茶店喝茶，住镇东的棺材店老板张乾汉和他打赌，说如果三天内能偷了自己身上穿的花裤衩，愿输二十两银子，不成，王井余赔张乾汉十两，王井余一口答应。

张乾汉暗示好笑，花裤衩就穿在自己身上，不脱不换稳操胜券。第四天，当着一大帮看热闹茶客的面，脸像草纸一样暗色的张乾汉垂头丧气地掏了腰包。看热闹的不理解，贴肉穿的花裤衩，怎么会偷走呢？问张乾汉，张乾汉支支吾吾也说不出个所以然。

后来才知道，张乾汉那几天不单不换那花裤衩，和老婆也分床而睡。可第三天晚上，张乾汉迷迷糊糊地睡着了，四十好几的人，居然尽做风花雪月的春梦，梦遗了三四回，花裤衩脏湿的不行，便迷迷糊糊地脱了下来，心想塞到枕头下总稳当。张乾汉光着身子才睡到不到一刻钟，床前有人说话了，是王井余。

张乾汉，你还敢睡呀，当心桃花梦梦死你。哈哈哈一阵笑，声音和人影便上了房梁，转眼间远去。

张乾汉这才发现，自己的左右脚板心涌泉穴上分别贴着指头大小两张草纸，有点见识的人都知道，这叫桃花符，要不及时发现，定会精尽人亡。

　　王井余四十刚出头，有金盆洗手的念头。王井余想在金盆洗手之前，好好弄一票大的。有这念头后，王井余立刻盯上了浮桥头的丁家。

　　桃花镇盛产棉花蚕桑，纺织和缫丝的作坊很多，织好的布匹，缫好的蚕丝和棉花，都由镇上大商户收购，集中运出桃花镇。浮桥头有个叫丁良荣的商人，生意做得很大，大半个镇的棉花蚕丝，基本上都由他收购。而且，他每年只收一次，收完便装船，船队顺桃花江水路直运省城杭州。到第二年收购时节才回来，回来了，就把赚来的钱存放在家里。

　　那时候，银号钱庄很多，可是丁良荣不相信。一句话，丁良荣怕银号钱庄不可靠，都是私人办的，万一倒了，可就血本无归。丁良荣全兑成保值的银锭，存在自己的家里。虽然不会生息，但有丁良忠守着，万无一失。

　　丁良忠是丁良荣的堂弟。丁良忠很小就死了爹娘，也就跟了丁良荣，比亲兄弟还要可靠，在桃花镇出名的忠厚老实。丁良忠不是做生意的料，却练就了一身好武功。桃花镇每三年都会由一乡绅牵头，纠集邻近乡镇尚武的汉子进行散打擂台赛。只要丁良忠一去，那头名该得的全猪全羊一定是他的。丁良荣把他留下来看家护院，鸡摸狗盗的哪还敢打丁良荣的主意。

　　王井余盯上丁良荣家，花了近一个多月时间，每到晚上，王井余就像野猫一样伏在丁良荣家的檐沿里，将丁良荣家情况摸了个透彻。

　　丁良荣家平常只有丁良忠和一个有些耳背的老头。老头负责打扫院落和买菜烧饭。丁良荣的银子就放在房间半人多高的黄铜箱子里。箱子是连成一块铸的，先用泥沙做成箱子模型，再浇上烧熔的铜水，冷却后便成了一坨笨重的铜疙瘩，斤两足有上千斤。荷页从里面连着，外面不见一颗铆钉一个铆孔。箱盖箱体一扣，几乎看不出那条交接的缝。锁也不是平常的挂锁，箱盖箱体的交接处，两排锃亮的生铁齿轮上刻着从零到九的数字。

　　王井余能开金华八县的连环锁，蝴蝶锁，鸳鸯锁，但丁良荣家的这东西王井余不但没看到过，也没听说过。

　　如果丁良荣偶尔开开箱，哪怕只开一次，王井余也有办法弄到窍门。一个多月的时间，王井余有二十来个晚上在等机会。但丁良荣从没开过箱子。每夜时候差不多了，丁良忠就在箱前的床上呼呼大睡。开不了那箱，那就连箱子一起偷，可是有那怒目金刚样的丁良忠守着，王井余苦思冥想，决定来个智取。

丁家的后门紧靠桃花江，丁良荣贪图便利，就在桃花江江水回旋形成的湾流处筑了个青石堡坎，再往堡坎上造了几间房子，每年收购上来的棉花蚕丝就屯放在这房子里，到要外运时，货船就泊在湾流里，打开后门，装货又快又方便。

王井余主意一定，便在一天黄昏，趁有些耳背的老头回了乡下，王井余拿了丁良忠平常最爱吃的猪头肉和顶陈酒，径直去拜访。进丁家大院的时候，丁良忠正在练功，百斤重的石锁在丁良忠手里抢得呼呼直响。丁良忠见王井余到访便歇了手说，有奉承之意，必有苟且之心，王井余你打丁家什么歪主意。

王井余说，老实讲，财帛动人心，说我王井余没打丁家的主意，那是假话，只是我王井余怕你丁良忠呀，我王井余命只有一回，拿鸡蛋碰石头，怕小命不保，命都没了，再多的银子有何用。

丁良忠说，王井余，你倒会看形势。

王井余说，金华八县你我算人物。识英雄重英雄嘛，所以我……

丁良忠鄙夷地看着王井余说，你也算英雄？

怎么我就算不上呢？上九流，下九流哪一行里都有人物。梁山泊鼓上蚤时迁，和我王井余一样的营生，名头照样响当当。孟尝君从险境逃出来，还全仗鸡鸣狗盗，我也学曹孟德刘玄德和你丁良忠煮酒论英雄。丁良忠你敢喝不敢喝？王井余振振有词地说。

丁良忠大笑，全身的肌肉直打闪。好！我丁良忠喝你王井余的酒，再看王井余你葫芦里还有什么鬼名堂。

丁良忠转身取来碗盘筷子，就在院当中摆上酒菜。王井余倒了酒自己先喝了一碗，我王井余在酒里放了蒙汗药，你丁良忠还是小心点为好。

丁良忠哈哈大笑，我丁良忠就喜欢蒙汗药。端起碗仰头吱儿一声，碗里的酒便入了肚皮，然后舔了舔嘴巴，连说好酒好酒有劲头。王井余早就知道，丁良忠嗜酒如命。王井余不由得竖起大拇指，丁老哥果然豪爽！

一来二去，几碗酒下去，丁良忠已经红了眼睛，卷了舌头。哼，王井余你还真的下了蒙汗药？丁良忠用力晃了晃脑袋，有些狐疑地问，我怎么感觉天旋地转呢？

我不是有言在先吗。王井余老老实实地说。我要你丁家的箱子，你这关过不了。正所谓不入虎穴焉得虎子。哈哈，我王井余单刀直入来找你，你仗着一身本事，哪里会把我王井余放在眼里？何况酒我也在喝。不过我王井余有备而来，只是智取，不可力做啊！丁良忠你还不倒么？

丁良忠咕咚一声真的就倒了下去，软瘫成一团泥，一会儿便发出了雷一般的鼾声。

一切都跟王井余的计划并无二致。王井余不急不躁地到后院打开门，有一只船早就等在那里，王井余一扬手，上来几个同伙，进屋就将铜箱子牢牢地捆了个结实，大大方方地抬到船上。回头再看丁良忠，呼噜呼噜睡得正酣。看样子等他醒来时，船顺风顺水早过了金华到兰溪了。

船离开桃花镇百里后，王井余才慢条斯理地用锤砸，用钎撬，好不容易弄开箱子，箱盖一开，王井余几个人像三九天掉进冰窟窿里一样，全傻了眼，箱子里面空空的。王井余大惊失色，用手将箱子再摸了个遍，箱子里连个银角也没有。

没两天时间，桃花镇方面就传出消息，义乌县衙给金华八县衙门投了文书，要求协助捉拿大盗王井余。说桃花镇丁家的一箱金银财宝被他盗了。

一拳能打死一头牛的丁良忠凑钱买了只船，也从水路出发。出发前，丁良忠当着桃花镇的乡邻流着眼泪，拍着胸膛，发誓说，哪怕王井余逃到天涯海角，我丁良忠也要揪他出来碎尸万段。那一箱财宝，全是他哥十来年的血汗钱啊。

王井余只觉得脚手发软，头发昏口发苦，人家说过喜欢蒙汗药，还真是老实话。

王井余不由得狠狠地扇了自己两个嘴巴。我他妈算有什么道行呀，跟人家比差十万八千里呢。

后来，桃花镇人再也没有人看到过丁良忠和王井余。他们像从人间消失了般。

和　太

金谷村支书和太赖头走的不知是什么运，去年死了老婆，眼下他自己又住了院，患胃溃疡，还割了一刀。村里人议论纷纷，说他患了胃癌，把整个胃都割了，喉咙直接连着大肠，直通的像一个下水道，上边进水下边流液。

和太赖头住了半个月的医院回到家，仅有几户近门亲戚去医院看过他，村里几乎没有人去看过他。这年头，人情比豆腐皮还薄，听说他已经在阎王爷面前快报到了，谁也不愿再花钱去磨鞋底了。

太阳还真的从西边出来了，最恨和太赖头的狗奶和朱大肠却肯破费。两人分别买了一箱牛奶和一箱八宝粥，上门去探望和太赖头。狗奶手提牛奶先到，走进屋内叫了一声书记在家吗？

和太赖头正在床上躺着，闻声应道谁呀？缓缓地从床上爬了起来。这时狗奶手里拎着牛奶已走进屋里，和太赖头根本想不到狗奶会来看他，惊讶地难得，真难得地直叫，急忙下床迎接，被狗奶上前拦住。露出一副特别关心的样子，老书记呀，快躺下歇着，别累了。

接着门外又一声叫喊，书记在家吗？

和太赖头急忙又应道，在家，在家。抬头只见朱大肠拎着一盒八宝粥走了进来。

狗奶和朱大肠是商量好来探望和太赖头的，他们想亲眼看看这个往日劲头十足的和太赖头，是不是像霜打茄子。往日声如洪钟，落地有坑的和太赖头，这时应该是秋后的蚊虫，嗡嗡了。

狗奶和朱大肠寒暄了两句，肩并肩坐在和太赖头的对面。

狗奶说，书记呀，你已是五十出头的人了，能活五十年就是便宜，有些人还未到这个岁数都入土了，你呀，放宽心，人活一百岁也是死，哈哈，早死早脱生。

朱大肠和着说，是呀书记，你想吃什么就吃什么，填进肚子里就是本钱，活一天三餐饭，心里别老是想着我是癌症什么的，是判了死刑的人喽，千万别背上这种思想包袱。

和太赖头听到这话很不舒服，摇着手解释着，我不是癌，是胃溃疡，做了手术就没事了。

狗奶提高声音说，书记呀，癌症又怎么了，不就是死吗？这病呀也就有点怪，发现就已经晚了，做手术是活受罪，死的更快。

朱大肠眼皮一皱说，书记呀，当时你怎么想的，何必要去割这一刀呢。

和太赖头说，胃上出了个洞，要缝合呀。

狗奶说，病不瞒医，医要瞒病。医生都是菩萨心，怕说了病情，你心里增加负担，本来可活一年半载的，只活几天。书记呀，你就别往心里去，医生说胃病，你就当蛮卜别往癌症上去想。

这时的和太赖头也真被狗奶和朱大肠弄糊涂了，开始疑神疑鬼。说不定医生真的瞒着他，不由得心里恐慌起来，尴尬地露出苦笑，不声不响地垂下了头。

狗奶和朱大肠相视做了个鬼脸，显得十分开心。

一个庞大的癌字在和太赖头的脑子里旋转起来，旋得他心神不安，头脑轰鸣，实在不愿再听到那两个可怕的文字。说，狗奶，朱大肠，你们俩有其他事吗？这话意味着要送客了。

狗奶含糊其词地说，也有也没有，书记呀，三年前的事你清楚，我老婆大肚子，硬是被你弄到医院引掉了。嗨，还是个小子，该我绝后，书记呀，眼看你已经到了这一步了，能不能给我弄个指标呀？

和太赖头苦苦一笑，狗奶，我知道你恨我，你老婆已是三胎了，谁敢让她再生？唉，我没有这个权呀！

狗奶说，书记，你是党的老黄牛，我知道，你死都不会给我留个后的。

朱大肠接着开腔。书记，我还是说那盖房子的事，那是我自己的责任田，墙角都花了几万块钱了，你要我停工，凭什么呀。再说我儿子也有年纪了，媳妇就要过门了，你总不能让我们祖宗四代同居三间房吧，趁着你还揣着大印，给我说句话吧。

和太赖头说，朱大肠，你家住房紧张是不假，可上面不批我也没办法。我是为你好，耕地不准搞建筑，你硬是要盖房，最后罚款还得拆除，你有多少钱扔呀！

朱大肠嘿嘿一笑，话里含意地说，那只好等等了。说罢便站了起来，对狗奶说，狗奶，我们走吧，让书记好好休息。

和大赖头客气地说，谢谢你们来看我，何必破费呢？说着拿起狗奶和朱大肠送的牛奶和八宝粥。把这些带回去，拿回家给孩子们吃。

狗奶咂咂嘴佯装歉意，伸手接过他的牛奶，扬头对朱大肠说，朱大肠，书记让我们拿回去，我们就拿回去吧，我们的书记晚年要守气节呢，免得末了再弄个受贿不好听的话。说罢各自拎回自己买的东西走出和太赖头的家，径直到村代销店退货去了。一路上，两人唧唧咕咕伸舌头眨眼睛，笑得仰脸折腰。

和太赖头坐在床上，心里感到十分的痛苦难过。自己当了十几年的书记，为村里的工作，自家田地里的农活，家里的杂务事，从没有过问过，硬是让老婆的小病变大病，老早就住到金谷山背了。到了镇上自己是书记，镇长的出气筒。回到村里像只兔子没日没夜地折腾，跟老少爷们拧起脖子吵过，也蹦跳着和村民头顶头地像鸡一样斗过，想想，真是何必呀？

晚上，儿子洪良从皮革厂下班回来，和太赖头把儿子叫到床前，问儿子，他到底得的是什么病。洪良，你不要瞒我，给我说老实话，我到底得的是什么病？

洪良听了这句话，心里一惊，脸都变了样。爸，你这是什么意思呀？

儿子惊诧的神色，被和太赖头摄入眼帘，他冷冷一笑说，我是想问问病根，死要死个明白。

洪良说，胃溃疡，你不是早就知道吗。

和太赖头说，你看过没有，医生割掉的是什么东西？

洪良说，是一些烂肉吧。

和太赖头问，那些东西，有怎样大？

洪良不懂医学，便稀里糊涂地说，有拳头大吧。

和太赖头疑心更重了，儿子不是不知道，儿子是在瞒着他。似乎一切他都明白了，他的确是患了胃癌。

洪良见爸的心事重重，就劝爸爸说，你别胡思乱想，的确是胃溃疡，你要不相信，我们到杭州去复查一下好了。

和太赖头嘿嘿一笑，摇了摇头说，不必要了，他心里清楚白纸黑字都是人写的。多年来，镇上叫村里报数字，报计划，哪一样不是镇里改了又改骗上面的，做文章做假账，老一套的把戏，和太赖头已经见得多了。

和太赖头一夜没有睡，他要在短暂的生命间隙，安排两件后事。一件是，村后面的桃花江边办一个农家乐，在桃花江上弄只船，船上弄一个水上餐厅。桃花江距金谷山背仅几十米路，将金谷山背开发成蟠桃园，每年三月桃花开盛的时候，到桃花镇旅游的游人，必然会到金谷村来赏花。第二件，他的独生儿子开年已经二十五岁了，他要在他离世之前亲自把婚事办了，亲眼看着儿子把媳妇接到家。

精神上沉重的压力和一夜的末眠，和太赖头好像又生了一场大病，一夜间脸虚胀发光，一双眼睛肿合成一条狭窄的密缝。七十出头的老岳母早上给和太赖头烧了两个鸭蛋，和太赖头仅抿了一口，便恶心呕吐。老岳母苦苦相劝，他才勉强吃了一个，便拄起一根木棒，拖着沉重的病体，慢慢悠悠地走在金谷山背上，开始他的第一个计划，配合桃花镇开发，把金谷村变成蟠桃村。

和太赖头的脚就是公尺，迈开一步就是一米，他从北开始，慢腾腾地步量着，心里数着，当他把金谷山背宽窄长短步量以后，心里已计算出来，这是一个整整百来亩的荒坡，三米见方一棵树，亩地就二百多株，二万多株蟠桃，花儿粉红，蟠桃艳艳，那是多么招人流涎呀。和太赖头仿佛看到了果实累累的蟠桃园了，脸上布满了无限的喜悦。

已经快中午了，和太赖头感到浑身痛困，头脑昏昏沉沉，便少气无力地往回走。当他走到一个叫金谷椅的地方，猛然看到一座坟头，早已破败不堪的花圈倒在杂草凄凄的坟头上，和太赖头心里不由得一阵发酸，他停住了脚步，两眼痴痴地看着坟头，自言自语地说，老婆呀，你快有伴了，等我把媳妇讨进来，我就陪你来了。说着说着不由得流下眼泪。

这时，前边的油麻地里走出个女人，打量了一下和太赖头一眼，破嗓子哑声地说，书记呀，我正要寻你，当初你老婆在这里埋着，我们是不同意的，丑话说前头，这里可不能再埋人了。好端端的一块地，给我弄成个大坟头，弄的地都无法种。

和太赖头听了，好像深深扎在心头上的一把刀子，疼痛难受。人是什么呀？人在人情在，我人还未死，人情已淡如烟云了。嘿嘿，尽责负责却遭指责，任劳任怨永难如愿。和太赖头感觉到人世间的冰凉了。

是疲劳？是生气？或者是癌的因素？三者俱有吧，才让和太赖头喘不过气来。老岳母给他烧了碗鸡蛋面，热腾腾地端到面前，和太赖头看都没看，就摇摇头。老岳母痴痴地站在一边，难过地说，还是到外面走走好，村里的事用不着你瞎操心，多多照顾一下自己吧。

和太赖头鸦雀无声。

和太赖头心里急，好像今天脱鞋明天就没有再穿的机会，他寻了一张白纸，想了想，便在上面开始绘画，南长北短，东西长宽，哪边修路，哪边做渠，哪里建亭，圈圈画画。正在精心绘制心目中蟠桃园的他，听到了门外汽车的喇叭声，抬头一看，是桃花镇党政办主任手里拎着礼品走进屋里。

和太赖头起身迎了上去，心里激动地说，又叫领导关心了。

主任说，本来书记亲自来看你的，临时通知到县里开会去了。党政办主任带来了一个通知给和太赖头，经镇党委研究，为关心照顾老书记的健康，金谷村的支部工作决定让村长独挑。

和太赖头被泼了一桶冷水，浑身冷飕飕的，心里酸溜溜的，嘴上还迭声说，好好，谢谢领导关心。

和太赖头忍住病的折磨，心里的痛苦，硬是把一张图纸绘制得有条有理。他要站好最后一班岗，把他的设想传达给村长。他一次次托人带信，打电话，叫村长来他家里一趟，村长却搪塞地好好好，始终没和和太赖头打个照面。

一个小村的小小土官就是一条牛，当他拉起绳子，弓身蹬蹄，嘶嘶有声，如虎似龙，你就是主人赏识的好牛。当你体瘦毛稀，耕田缺力，熬汤少油，自然就要和你过不去。

一连串的不顺心，促使和太赖头的病情日益加重。

老岳母和他的儿子洪良死说硬缠让他去中心医院看看，他都摇头晃脑地拒绝了，他发怒地叫骂，就是不愿离开家门。他心里有数，不愿再往医院扔钱了，那里是个无底洞，他要把钱留给儿子办婚事。他自感到自己的日子不多了，就催促隔壁的丁嫂成就儿子的婚事。

真是船行偏遇顶头风，那天丁嫂从女方家里回来，手上拿了个包裹，走到和太赖头的家里，把包裹撂到地上，脸上没有一点表情地说，吹啦。随手解开包裹，把一件件衣裳，毛线什么的当面点数给和太赖头。

和太赖头傻了，半躺半靠在床上，好长时间才问了一句，为什么？

丁嫂把嘴一撇说，还不是因为你那个病。人家怕遗传。

嘿嘿嘿，哈哈哈，和太赖头发出一声声的悲笑。

第二天早上，老岳母叫和太赖头吃饭的时候，才发现和太赖头早就僵硬的冰凉了。

和太赖头穿了一身紫薇色的寿衣，直挺挺地躺在屋内，脸上的盖面纸竟然是他绘制的那张金谷村开发蟠桃园的图纸。

猪　郎

　　猪郎觉得这辈子最大的遗憾就是活得太窝囊。

　　猪郎是桃花镇上赶鸭为生的。桃花镇上人们把养鸭的叫赶鸭是有他的道理。猪郎做的这种营生不像电视里那样建一个养鸭场，只要在家里看着场里的鸭子就行。猪郎得天天不管刮风下雨撑一长竹杠，屁颠屁颠地跟在鸭子后面出门找食，眼睛还要处处留神提防偶尔有掉队或突然跑出视线的鸭子。干这种行当极其辛苦，又因无法形成规模而赚不了几个钱。于是桃花镇上人大多看不起猪郎。甚至连他老婆和儿子也时时看不起他，更让猪郎窝火是，就连本村外姓人牛奶都敢面对面地瞅时机干笑他几声。

　　这不，猪郎今天在路上又让牛奶给挡住了。

　　猪郎，牛奶显得很不友善，牛奶接着说，猪郎，你怎么把鸭赶到我家田里，把稻谷都吵得一塌糊涂了，下半年我家吃什么？

　　猪郎不高兴了，每次牛奶叫他猪郎他就不高兴，我辈份比你高几代，年纪也比你大几轮，连声哥叔什么都不叫，这分明是看不起我猪郎。心里不高兴的猪郎便没有心思听牛奶的话。他愤怒地用眼瞪着比他高一截的牛奶，回应道，你穷叫什么？

　　牛奶又提高了嗓门，握着拳头在猪郎面前说，猪郎，你真不是东西。

　　脸上凸着青筋的牛奶样子很吓人，猪郎立马醒悟过来，语气没变，声音却低了一半，我怎么不知道，今天不是我赶的鸭子，吵了你家那丘田？

你回去问你老婆，晚上咱们再算账。牛奶说完自顾地走了。

猪郎板着脸回到家，朝正在门口洗衣服的老婆骂开了，婊子生的东西，叫你赶一天鸭就出祸，你连几只鸭都顾不好，你吃什么药了？人家可要上门了。

猪郎的话没说完，他老婆扔下手中衣服跳了起来，比猪郎的声音还大，我吃错药了，怎么了，人家在你头上拉屎，你屁都不敢放，回到家就长本事了，拿自己的女人当出气筒，我一个女人能叫畜生往东它不往西，还要你这个男人做什么。我的命怎么就这样苦，嫁了你这样一个男人啊。女人数落着，竟然把眼泪鼻涕一块带了下来。

猪郎慌了阵脚，只好支吾着，你，你，你这个女人，说不清楚。

猪郎的老婆却是得理不饶人，抹了把眼泪又说，我怎么了，女人在外头抬不起头还不是你男人没用，你猪郎腰杆子粗，我还要给人家低头说话，他牛奶一个外姓人你都摆不住。再说，又不止我们家的鸭子在他田里，他怎么只冲着你猪郎来。你都不敢回应他几句，真是没用的东西。

猪郎急着插嘴，还有别家的鸭，不止我们一家。

你以为只有你懂得赶鸭呀，要不是日顺里那群鸭先下田，咱们家的鸭敢下吗？还不是日顺里那群鸭给领的。他牛奶又是哪只眼看到咱们家的鸭到他的田里，这不是明摆着欺你猪郎没用！

一直待在一旁正读高中的儿子突地插话，没人看见，就是没有证据，没有证据，那事实是不成立的。

猪郎迷惑地看着儿子，真的吗？没人看见就可以说不是我们家的鸭吵了他的稻。

儿子肯定地说，是的，凡事都要讲证据。

女人也附和着说，是嘛，要讲证据。

儿子是猪郎的骄傲，从猪郎认为的文化人口中说出的话，猪郎一般是不敢不相信的。于是，猪郎也点点头，对，我们死不承认，他牛奶又能怎样。

晚上，抱定死不承认的猪郎去牛奶家后回来的结果是他老婆和儿子没有想到的，猪郎被人打得鼻血都出来了，他老婆尖叫着问，猪郎你怎么弄成这样，哪个天杀的打了。

牛奶。猪郎回答得咬牙切齿。狗日的说他把我打一回也没人看见，没有证人，也是证据不足。猪郎说完看了一眼儿子，显然对儿子的失望大于被打的愤怒。

怎么能这样呢，告他，到书记那去告这天杀的，猪郎老婆流着泪喊着。

对，到书记那告他，没王法了。这次猪郎没有再征求儿子的意见，听了女人的话。

来到书记家，书记正在烧什么肉，很香，一见猪郎进来，书记便不高兴了，猪郎你这是怎么了，那么不小心，把人家的田都吵了。

猪郎立即给怔住了。这狗日的倒恶人先告状，猪郎思量着该什么办。但他还是委屈地走到书记前，叫了声书记，抹了把没擦干净的鼻子上的血，伸开让书记看，书记，这没王法了，牛奶这狗日的他打人，你看，把我都打出血了，你可得为我作主呀。

书记用筷子做了个姿势，随手指了指猪郎旁边的椅子说，猪郎，牛奶打人是不对，可开始都是你不对啊。

猪郎坐下来，哭丧着脸刚要分辩，被书记制住了。他接着说，首先你不该让鸭子吵他家的田，接着又不承认，还说什么没有证据之类的幼稚的话，这还需要证据吗，明眼人看得见也想得明白。你说这话有意思吗？

看着猪郎坐在那茫然失措的样子，书记接着说，当然，凡事都有个公断，他牛奶也有不对的地方，你家养的鸡鸭那么多，惹了不少麻烦，到我这里说你的人很多。不过话说回来，不养又不行，比如上次你婶养了几只鸡，发了什么病，都死了个光。到现在想找只鸡补补身子都难，养多了又容易惹祸，你要多管管。不过这事总得有个断法。

猪郎还想听听书记到底如何断，可书记就是不说，只是含含糊糊的一句话，总之有个断法的。接着便对猪郎说，一起吃点吧，叫你婶拿双筷子。

猪郎连忙站了起来，摇着手说，不了，不了，家里还有事，改天再来。

猪郎出了书记家的门，书记也没起身，只是在他背后说，急什么，吃点又没什么。

路上，猪郎在想书记该会怎样断，走到家也没理出个头绪来。不成想女人听完猪郎的叙述，便极不高兴地点拨说，他书记还不就图我们家那几只老母鸡吗。一语惊醒梦中人，猪郎也不得不佩服起老婆的敏锐，便随着说，那明天就抓只鸡去，这狗日的。

第二天傍晚，猪郎提着家里那只最大的花母鸡刚进书记的门，书记便从桌子边站了起来，手里拿着筷子，笑着说，猪郎，来喝一杯。

猪郎心里骂道，狗日的，假惺惺，口里却应着，不了，刚吃过了，回去还有事呢。他把花母鸡放在书记的脚下说，给婶子补补身。书记脸上笑开了花，又用筷子点了点猪郎说，猪郎，你也太客气了，这怎么好意思呢。来来来，坐，你的事，放心好了，牛奶打人我会还你一个公道。医药费总得赔，打人总不对，其他的事你也不要操心。

猪郎不敢喝书记的酒，他觉得这不是自己能喝的，于是便回去了。

半路上，猪郎突然觉得自己很解气，他觉得明天自己也许活得不再窝囊。于是挺高兴的猪郎突地想去看看牛奶家的动静。他想提前感受一下胜利的滋味。

牛奶家很黑，猪郎走近了也没见一点亮光，大概睡了。猪郎很失望，刚要走，突地传来两声啜泣，猪郎心一动，摸到窗户边蹲着听，果然有人在哭，是牛奶老婆的哭声，还有一个小女孩。哭泣中夹杂着牛奶老婆的怨声，我不过才说了你两句，你就打，你干脆打死我算了。

原来俩口子在打架，听女人接着说，男人在外面混不起，女人跟着受穷，你怎么不敢去找别的男人发火，让女儿跟着我受苦，连学费都交不起。你打吧，打死我娘俩你好出人头地。隐约中一个男人粗重的喘气声，是牛奶，猪郎听出来了。

狗弄的东西你也有今天，猪郎心里骂着，却同时突地有一种同病相怜的感觉。不妙的是，这喘气声一下子又变成了一阵怒骂，我打，我就要打，怎么了，老子在外被人看不起，回家还要受你的气，我就是要打。一阵打击声，伴随着女人压抑的哭叫声和小孩恐惧的尖叫声。要出人命了，猪郎来不及细想，推门冲了进去。

猪郎回去的时候觉得很沮丧，他觉得自己又回到了以前的状态，从书记家出来的解气感一点都没了。到家时，女人见他手里的鸡没了，便急切地问，鸡送了，书记开口了？办成了吧。猪郎觉得自己憋得慌，他朝老婆吼了一句，就你多嘴，你知道个屁。去，到狗日的书记家把鸡给要回来，就说是我说的，鸡要留着下蛋，改天再送一只，狗弄的。

女人显然是被老公吓呆了，猪郎索性吼开了，你聋了吗？快去，就说我猪郎说的。

看着女人慌慌张张出去的样子，猪郎觉得特别解气，狗弄的，终于让自己爽快了一回，原来，有时候，自己也活得挺威风的。想着想着，猪郎真的就觉得自己特别高兴特别解气。

丁瘸子

丁瘸子一条腿长一条腿短，站着时短腿的脚尖刚够着地，短腿硬邦邦的，走路时看上去总是靠那条好腿拽着走。那短腿使唤起来不得劲，有人看见他和香香寡妇睡觉时短腿朝上的。

丁瘸子说他那只腿是大炼钢铁时被拉矿石的车撞的。知情人说他满嘴胡说，是他看上部队里一个团长的老婆，趴在天窗上看那团长老婆洗澡时被团长开枪击中落下的残疾。丁瘸子胡吹闲聊，高兴的时候他把那些见不得人的事儿都能给你端出来。知情人又说，丁瘸子有些话还是真的。

一次，丁瘸子被供销部那个出门在外的采购员的老婆约了去，两人刚到火候上，采购员竟半夜回来了。那女人真有主见，将衣服和鞋子往光溜溜的丁瘸子怀里一塞，手拿煤油灯开了双扇门，另一只手将丁瘸子掖在门后。女人对男人说，你回来了。男人一进屋，女人将煤油灯举到男人脸前，趁着夜黑，女人顺手在丁瘸子背上一推，丁瘸子就出了门。丁瘸子当时真是傻了，抱了衣服提了鞋子跑到自家门前一口气爬上了院墙。当他坐在院墙上穿衣服时心里还一阵阵后怕，也许是想起了当年挨的那一枪，一下哆嗦起来。衣服是怎么穿上的，隔天说什么都想不起来。他脱了鞋子，脚板上被划下的伤痕留下了永久性的记号，几根没拔出来的毛刺变成了黑点。人被惊或吓破了胆时全没了主意，不往家屋里跑，还爬上了院墙，是怕人看不见还是怎么的？

关键时候还不如一个女人。他想起这些，抬手便给了自己一个嘴巴。事后他再向那女人说起这后怕的事，女人瞪了他一眼，没想到你就那么点胆量。

自从丁瘸子与香香寡妇好上以后，他就被香香寡妇缠住了，后来被香香寡妇缠得没辙，丁瘸子便与她领了结婚证，随后就生了一堆孩子。孩子们逐渐长大，眼看养活不下去了，丁瘸子就去找镇政府。他对镇长说，你看我睡下长短不齐，站起像老马歇蹄，孩子要吃，老婆要睡，总得让我有个活路。镇长听说过他，知道这个人难缠，便问他会做什么，丁瘸子说会做饭。丁瘸子的父亲原是个厨子，过去桃花镇上人家红白喜事上的宴席大都请他去做。丁瘸子从小跟父亲混吃混喝，有时打打杂，时间长了竟也学下两手。跟上吃喝惯了，便有些养尊处优，也养成了话长身子懒的坏毛病。没想到那时学的两手现在却派上了用场，成了全家人的救命稻草。镇长说，那你就去学校做饭吧。他就到了桃花镇中学食堂做饭，一干就是十来年。

丁瘸子在学生面前对男女之间的事不敢信口开河，他知道校长会找他麻烦的。于是便转向新的话题，且吹得更加邪乎。他对在食堂里就餐的学生说有一天居委会找他，说国务院办公厅打来电话，天安门城楼一个城角需要修缮，四处打听，只有他丁瘸子能修复，他便上了北京。去了不到三天就修好了，吃了烤鸭就回来了。办公厅想多留他几天，让他四处走走看看，他说回去还要为学生们做饭，下次吧，办公厅表示非常遗憾。学生们张大嘴巴吃着，张大嘴巴听着，然后又张大嘴巴笑。于是学生们经常喊他丁师傅丁师傅，故意逗他，丁瘸子兴趣大增，便会唱一出嗓音不全的婆剧小调，看得学生们津津有味，笑声不止。私下里丁瘸子对熟人说，宁说个玄话，不说个闲话。

丁瘸子坏毛病不少，但很有正义感，有时随便丢几句还能扔到火候上。那几年搞勤工俭学，学校组织学生们包了桃花镇方山农场摘玉米，吃住都在农场里。丁瘸子被派去为学生们做饭，饭后没事他便在地头上转悠，和农民闲扯，很投缘。当他看到地里的玉米秆长得很细，玉米长得也大，便问原因，农民们说，去年县里来了个领导，还是个女的，推广白色革命，结果给玉米地上盖上地膜后就成了这样子了。丁瘸子摇了摇头。事情很凑巧，过了两天那女领导来视察，正好碰上在玉米地边转悠的丁瘸子。女领导把他误认成了农民，便问今年玉米长得如何，丁瘸子气不打一处来，随口就说，去年来了个女领导，搞什么白色革命，革她娘的蛋，种下的玉米像球一样长。这几句话把那个女领导气得说不出话来，脸色苍白，胡乱转了一圈就跑了。跟在她身后的镇长、村长不敢笑出声来，又不敢互相对看，怕绷不住脸憋不住气。等那女领导的小车放了个响屁一走，他们一下子笑得抱着肚子蹲在地上起不来了，一个副镇长笑得闪了腰，跌进路边的草窝里。丁瘸子那几句话可为这个村解了围。

丁瘸子的儿女们比他有出息，都参加了工作，丁瘸子开始富裕。因走路不便，儿女们为他买了辆轻便摩托，丁瘸子退休在家没事干，便在家养了几只猪，有时骑了摩托去酒厂、糖厂买些酒糟喂猪。丁瘸子骑摩托的样子很特别，别人是骑摩托，他是跨摩托。屁股往上一扭侧坐在摩托上，摩托没档，一加油门就能跑。他的摩托一上路，路上的行人都用怪怪的眼光看他，说世界上竟还有这样骑摩托的。可丁瘸子却有他自己的道理：这东西不好收拾，万一有个什么情况我往下一跳就没事了，它愿撞哪儿撞哪儿。

丁瘸子的一个儿子是运输公司开卡车的，一天丁瘸子忽然来了兴致，非要儿子教他开车。儿子不高兴，他便站在院子里大骂。儿子被骂急了便带了他到野外学车，几天下来，丁瘸子竟能开着卡车在大路上跑了。一天学车后回家时丁瘸子执意要开，儿子没辙便答应了。谁知前面有交警检查，儿子要和他调换位置，丁瘸子却说，不用，一看就是老驾驶员了。儿子急了，使劲拽老子，老子就是不让，眼看车到了交警面前，儿子只好撒手听天由命。只见丁瘸子一个刹车，将头探出车窗向交警问道：出什么事了吗？脸上一本正经的样子。交警一看，误认为他是老司机，一挥手便放了过去。丁瘸子一挂挡，趾高气扬地走了。坐在旁边的儿子开始是提心吊胆，后来是张口结舌，再后来就对老子钦佩不已了。这件事儿又成了丁瘸子到处炫耀的资本。

丁瘸子看到自己的老婆有些老态，便也为自己叹息，一混多少年，没做什么事人就老了，真是岁月不饶人。那天他去喂猪，老婆也过来帮手，不经意间两人的手碰在一起，丁瘸子便抓住了老婆的手。他想和老婆开玩笑，但却一本正经地说，亲爱的，我想和你睡觉。老婆忙扫视一下院子，见没别人，骂了声老不正经，一甩手转身进屋了。丁瘸子望着老婆的背影想起了往事。生下的一堆孩子忙坏了老婆，晚上多半时间她都用在了给孩子缝补衣服上。一张大床，半边睡着孩子，半边是他们俩的地方。床前的六仙桌上放一盏油灯，老婆就在灯下做活。丁瘸子没事就早早地睡，想来那事便拽一拽老婆的衣角。老婆高兴了还能顺从，不高兴就"去"的一声。孩子生多了老婆也害怕，那时没有避孕措施，她便尽量避开那事。可丁瘸子不饶她，但又怕把孩子吵醒，仍拽衣角。一天晚上老婆被他拽急了，放下针线走出里屋，丁瘸子满以为老婆顺从了，美滋滋地在被窝里等候。老婆却不声不响地到外屋舀了一勺子凉水，走进来一掀被子把凉水倒在了丁瘸子的命根上。丁瘸子倒吸一口冷气，龇牙咧嘴却不敢出声。老婆捂着嘴咕咕咕地笑了一通，又用指头戳了丁瘸子脑门一下，重新坐到灯下缝衣服。第二天，丁瘸子起了个大早没趣地到外面溜达，孩子们起床后看到床那边湿了一大块，他们不敢断定是爸还是妈尿的，都面面相觑。从那以后丁瘸子虽然还拽老婆的衣服，但看到老婆站起来或早早地把勺子放在桌上，那晚他便没了声息。

　　丁瘸子闲时也上街转悠，别人看来很正常的事他也能搞出笑话来，而且弄得滴水不漏。有一回，他看到一个老汉把一头母牛拴在路旁的电线杆上，蹲在象棋摊上看棋，他抬头又看一眼街对面的农机配件门市部，便走了进去。门市部的主人是个女的，长得蛮好看，问他需要什么。丁瘸子说，我要配种。女人睁大了眼睛，什么配种？丁瘸子一指外面的母牛，说准备把牛拉到配种站去，你这里能配就不跑那么远了。女人明白过来，脸一下涨得通红，你骂人呢，我这明明是农机配件门市部，怎么配牛了？丁瘸子不紧不慢地说，你开的不就是配牛门市部吗，那个"牛"字还小一些，我就是来配小牛的。那女的连忙站起赶他，说走走走，你睁大眼睛好好看，我是干啥的门市部。丁瘸子干脆坐在了一旁的凳子上，你自己去看。那女的见丁瘸子不走，自己走出门往上一指说，你生的眼睛是出气的，你好好看。她那个"看"字没出口，自己倒愣住了，随后便大笑起来，哎呀，肯定是昨晚那场大风把配件的"件"字的偏旁刮掉了，还真成了牛了。丁瘸子说，这不怨我吧。那女人连忙给丁瘸子赔不是，开开心心地把丁瘸子送出了门。丁瘸子到了牛跟前，回过头来冲那女人指了指牛，意思好像是说替我看着点，转身一瘸一拐走了。那女人还真以为丁瘸子要去办啥事，便提了板凳坐在门前替他看牛，但左等右等不见人来。当她看到看棋的老汉起身解了牛绳牵牛走时，她刚要喊，却一下明白过来，站在那里"扑哧"笑出了声，嘴里骂这个死老瘸，提了凳子进了门市部，站在那里还忍不住又偷偷地笑。女人下班回家除了给家里人说起这档子事，和朋友相聚时也说这事，又引出了许多的趣闻和笑料来。

这样的连环套丁瘸子下过很多，但都是善意的。丁瘸子会耍人，但没有害过人。有人问，你睡人家的女人算不算害人？丁瘸子说，你懂个屁，那叫心疼人。他叹了一口气接着又说，人老了就没想头了，连床都上不去了，我如今是上头有想头下头没办法。趁着年轻，你们那东西要抓紧使用，不然老了就后悔了。这话不知怎的传到了老婆耳朵里，老婆直骂他，老都老了，真不嫌丢人。丁瘸子说，实事求是嘛。但他说这话时底气明显不足，也不自然，脸上红一阵白一阵的，哈哈哈地干笑上几声算完事。

从此，丁瘸子每天拿个小板凳到老市基樟树脚去打扑克，别人都争着和他打。老市基大樟树成荫，树下有好多处打牌，下棋摊子，都是人们自发组织的，成了桃花镇上的一景。丁瘸子在的摊子最为热闹，当丁瘸子输了牌翻戴帽子或脸上贴了纸条子时，他那个滑稽的样子让周围的人发出由衷的笑声。这个场面常常引得好多路人驻足观看。

王雪英

王雪英草草地洗了碗,往猪栏里倒了几桶猪食,就连忙走出了镇政府大门。

远处的道院山已是灰蒙蒙的一片,阴天天黑得早,桃花镇不大,在暮色里显得有点沉寂,只有那些屋顶上才冒出的青烟,在空气中互相追逐,才显出一点生气。王雪英看了看表,六点刚过几分,还早,心里盘算着,便进了屋。

屋不大,只放了一张床和一张桌子,剩下一点不大的空间,刚好放得下一把椅子。这简陋的居室,曾让王雪英引为自豪。刚搬进去那天,王雪英一夜都没睡着,房间窄是窄了点,总比家里好多了,光是这白白净净的墙壁,就让人觉得爽,家里那几间屋,都让柴烟熏得黑黑的,看上去滑腻腻的,总不是滋味。

王雪英关上门,脱下身上的花棉袄,天已经一天天暖起来,穿着这棉袄,实在有点热。可脱了这件,又穿哪件呢?王雪英一下子又犯了愁。

王雪英皮肤白净,身材虽胖了点,但还算得上丰满匀称,穿上漂亮的衣服,更显得精神,透出一股健壮的秀气,镇上好多姑娘都嫉妒着王雪英漂亮呢。

可王雪英没福气,早几年家里穷,镇上也没几家富的。也不时作穿那些花哨的衣服,白白浪费了一个好身衣架子。这几年有了点钱,镇上同龄姑娘都穿得跟城里姑娘似的,可她王雪英不行。

王雪英自己算过账,自己今年二十一岁,在镇上没出嫁的姑娘中年纪不算大也不算小了。最迟到后年，自己二十三岁那就是非嫁不可的年龄了。工资虽然加了几回，从二百多到四百多，先前除了自个用外还得帮衬家里，一个子都不剩，去年开始拿四百多块，除了零用外，剩下的全存到了银行，两年了，王雪英存了四千多块钱，这数字前几年吓得叫人，现在就算不了什么了。看人家上街的陈春英，光置办床上的家伙就用去了千把块钱。她不就是个卖几碗面条的么？每逢镇上市日在市基口摆个摊，烧个煤球炉，拉好面一碗碗端到人家手里，那可是费力气活，钱挣的也容易踏实。还有同村香莲，就靠一双肩，天天挑担豆腐花到镇上卖，也挣了不少钱。王雪英暗地里较劲，其实也没人跟她比，是王雪英自己多心眼。王雪英精灵，妈妈常常骂她，当妈的明里骂女儿，心里却不知多么得意。

也不光为自己打算，王雪英她还有另一层意思。想想，一个姑娘家，又是好强的主儿，哪能为嫁妆就愁得不敢买件好衣服，姐妹面前也得挣个面子吧？王雪英早先也穿过一件好衣服，花格子，大翻领，还是刚来镇上食堂上班那时，足足花了八十块钱，那年王雪英才十六岁，没有现在这么胖。也没愁过嫁妆什么，城里二伯家的老二跟王雪英同年。长得像个肉球似的，好端端一件衣服，穿在身上连扣子都扣不拢。不时地哭一场，怪爹妈餐餐让她吃好的，红着眼看着王雪英把衣服拿走了。

八十块钱，快一个月工资，王雪英没少挨父母埋怨，可王雪英情愿，那时候挣钱没现在容易，跟王雪英年纪差不多的姑娘多数在家做农活，整天背把锄头，唯有王雪英有出息。王雪英心里总有那么点念头，觉得自己在镇政府做事，比她们高一头。虽说不是正式工，好歹也算上半个公家人，不要遭日头晒雨淋，自然应该怎比她们穿好点。

王雪英穿着新衣服，在街上挺胸走了个来回，心里暗自得意。可好境不长，只穿了半天，衣服就压箱底了。

镇里吴书记不让她穿，这是王雪英回家跟妈说的话。

按理吴书记不该管那么宽，堂堂一个镇委书记，哪有闲心来管别人穿衣吃饭？王雪英不过是个临时工，工资册上写的是炊事员，怎么也轮不到书记操心，可那天，吴书记确实说了那么一句话，要不王雪英不至于当天就脱了那件衣服。

　　吃午饭的时候，吴书记头一个走进食堂。饭熟了，菜还在锅里，也许是闲着无聊，吴书记看着王雪英，随口说，雪英，今天衣服穿得好漂亮，哪像个火头军，比我们镇里妇女主任还穿得洋气。一句话，就一句话，也许吴书记根本没往心里去，王雪英却急了，脸也涨得通红，慌里慌张把菜盛起来。衣服倒是换下了，只是在菜里忘了放盐。

　　王雪英没想到今天又为衣服犯难。自那回起王雪英一直不敢穿漂亮衣服，连六月大热天的衬衫也素得不能再素。王雪英知道，自己的这份工作还是镇人武部陈部长给介绍的。镇上那么多姑娘，谁不嫉妒她，要不是陈部长跟妈有点交情，这一月几百块钱工资的活怎么也不会轮到她王雪英头上，王雪英不敢比镇政府妇女主任还穿得洋气，王雪英不敢。

　　到底该穿哪件衣服呢，衣柜被翻了个遍，除了那件花格子，没一件让王雪英看上眼，那几件灰不啦叽的衣服，皱巴巴的，像泡在干菜坛里捞起的咸菜一样。

　　王雪英一屁股坐在床上，愣愣地盯着衣柜，不明白今天怎么了，以往几年都不是这样过来的吗？

　　电影快开演了。怎么办？再乱想下去，非误了电影不可，总不能让国军他们在那干等吧，王雪英一咬牙，飞快地将那件花格子套在身上，生怕再站一会又会变卦。穿上衣服王雪英赶紧出门往电影院走去。

　　如今的王雪英没有以前那样神气了。头两年走路挺胸的，陈春英她们老是找王雪英玩，只要有空，就往王雪英屋里钻，寻些问腻的话题。

　　雪英，吴书记对你们凶不凶呀。

　　书记、镇长，他们一个月发多少工资呀。

　　雪英，妇女主任那件衬衫真的薄得能看见肉？

　　王雪英总是耐心地回答，学着镇妇女主任的样子，妇女主任是城里人，穿衣服不时兴跟镇上人比，有什么大惊小怪的。王雪英一出声，伙伴们那些嘴全闭上，就听王雪英一个人，一般大小的姐妹，没有一个比王雪英神气。

　　陈春英一来，总爱带点什么花草，往桌子上罐头瓶里一插，雪英，你这屋怎么看都像公主住的。那口气那神态，足让人心里甜半天。公主是什么，她们也说不清，反正公主很有钱，住着金子的屋。王雪英这样一想，高兴的眯着眼笑。

可不知从哪天起，她们不来了，都说忙，难得在路上碰到，也只笑笑，点点头就过去了，全无往日亲热劲。后来有一天，陈春英来找王雪英，一进门，没说上几句，冲口就说，雪英，我要结婚了，下个月十二请你去喝酒。

王雪英吃了一惊，姐妹们的事，妈在她眼前念叨多了，可没想到陈春英走到了自己的前头，王雪英比她还小半岁呢。

嫁妆都办齐了，日子也择好。王雪英看着桌子上那空空的瓶子，这几日忙着办这办那，摊也顾不上摆了。陈春英那口气，那神态，全无当年的影子。

摊也不摆了？王雪英心里想，摆摊苦是苦了点，可赚钱也赚钱。王雪英问，不摆摊？听说那摊一天可赚百八十块。

陈春英笑笑说，钱是人挣的，日子长着，钱又挣不完。话一转到王雪英身上来，雪英，你妈说你不想干了，是真的吗？你做这活不合算，一个月才挣几百块钱，活又多，起早摸黑，还受人管。陈春英话没说完，看王雪英神色不对，忙停住了口。

陈春英那话没错，王雪英不是没想过，只是不愿想，按镇上的俗话说，是鸭子死了嘴壳子硬的角色。

陈春英一走，王雪英便趴在床上呜呜地哭了起来，好伤心好委屈。她们不来，原来是看不起她，嫌她穷，嫌她侍候人。王雪英越发哭得狠，似乎要把心里的怨气全哭出来。

王雪英明里是炊事员，实际上连勤杂工都不如。这话王雪英只跟妈讲过，妈疼她，王雪英有气就回家跟妈说。食堂里十来个人吃饭，够一个人忙的，可食堂还饲养着两头猪，还有那些头儿们的脏衣服也得洗。论理王雪英不该洗，可人情到哪儿去了，人家镇里领导让她当这临时工，是多大的面子？王雪英的妈是这样跟她交代的，王雪英心里也认了。镇政府十几个人，个个端的是铁饭碗，唯独王雪英是一碰就破的泥饭碗。头几年，不知有多少人盯着这只泥碗。

王雪英全认了，落下许多好话。这姑娘脾气好，伶俐手巧。别人在王雪英妈面前夸她，王雪英的妈乐得一个劲儿笑，可谁知王雪英心里的事。

那天王雪英跟妈说，我想去学做裁缝。那是前些日子，几个姐妹伙伴来邀王雪英一起去学做裁缝。

我们可不能忘恩负义，雪英。妈说。口气中多少有些责怪，有些怜悯，更多是无奈何，妈总是有理，妈是能干的女人。王雪英从此不再提那话。

远远地，王雪英就看见丁国军他们站在那儿。他们在看那张画。画上是一个没有穿衣服的年轻女人，王雪英每次都忍不住瞟上一眼，可从不敢仔细看。镇上姐妹们背后都议论那张画，却没有一个能说出个自然来。一个姑娘家，不该看那样的画，王雪英想，尽管心里很想看。

雪英今天好神气呀！矮胖子张杰一见王雪英就嚷叫起来。虽说已相处一个多月，可王雪英在他们面前总有些腼腆。

一个女生跟着说，要是我有王雪英这样的身材，冬天也穿旗袍。逗得大家笑个不停。

王雪英抬头看她，她穿着齐膝的风衣，风一吹，飘飘的很好看，那女生足足比王雪英矮了半个头。

丁国军站在贴电影海报橱窗前，没跟他们围上来。他看了眼王雪英，王雪英想接住那目光，可刚一碰就低下了头。

电影还没有开演。场外响着那催人的什么火，电影院里面却空荡荡的，稀稀啦啦坐着几十个人，他们这一群人，走到哪里都引人注目，穿着五花八门，口音各异，嘴上又是说不完的话。加上大学生来镇上实习，是开天辟地头一回。也许根本就没有谁注意到王雪英，在这一群大学生中，王雪英那件其实早已过时的新衣服算得了什么，可王雪英仍觉得浑身不自在，总觉得有人在指指点点。

王雪英想找个靠边的座位，好避开那些眼睛。王雪英好久没有走出镇政府大门了，一则总有做不完的活，二则怕碰见那些叽叽喳喳的电影迷。王雪英挺胸走路的威风没了，连看电影的勇气也没有了。

谁知一坐下，丁国军也跟着坐下了，后面跟着张杰。王雪英一阵心慌，忙低下头，心里七上八下，猜测着丁国军的用意，同时又骂自己没出息，尽想些不着边际的事。

丁国军是这一帮子里的头儿，他们叫丁国军为丁班。王雪英背地里打听过，丁班，就是班长的意思。王雪英上过小学，知道班长是干什么的，凭空就对丁国军有了一份敬畏，听说大学里全是二十来岁的学生，一班有三四十个人，王雪英没有想到。

丁国军这个大学生实习组就六个人，三男三女，搭对似的。王雪英暗暗地算过谁跟谁。一段时间下来，王雪英又发现不像。王雪英管他们六人的饭，凭空多了这几张嘴，王雪英更忙。他们去得早，回得晚，跟镇政府开饭时间对不上。这样，王雪英得烧两回饭。起初他们只管吃，日子一长，女生也帮王雪英的忙。丁国军他们就坐在那等，说些王雪英不懂的有机质无机质的话，虽说上过小学，王雪英记得的就是自己的名字，每月领工资，王雪英也懒得写它，还是按手印方便。

丁国军不大言语，可争论起来又是最厉害的，他喜欢坐在旁边盯着人看，王雪英几次见他盯着看自己，眼睛也不转。起初有些怕，王雪英和张杰说了，谁知张杰听了笑得喘不过气来，扔过来一句话，让人摸不着头脑，班长犯病了。

病，他有病？王雪英不懂，这人会有病。

我们班头爱美术，一见着有特色的人就爱盯着看。张杰笑够了，用手比画着。

美术王雪英懂，可这特色是什么，王雪英不懂。王雪英，只在心里记着自己的特色，却不知这玩意是好是坏。

后来有一次，见丁国军老是盯着自己看，王雪英便壮着胆问，我有特色吗？你天天看。王雪英手里织着一件毛衣，那是王镇长的，王雪英手指熟练，显出一种娴静优雅。

王雪英这一问，在座的人都盯着她看，连张杰也忘了这话是自己刚才告诉王雪英的，他愣愣地张着嘴合不拢来。

这一来倒把丁国军的话匣打开了，像发现新大陆似的，显出他以往少有的健谈。

什么透明感，什么轮廓，线条，王雪英不懂，她只一个劲地点头，可王雪英越听越糊涂，最后连头也忘了点。只有一点王雪英明白了，特色，就是好看，就是漂亮，这是没说的，王雪英有镜子。

丁国军自顾自地说了一通，看见王雪英心不在焉，埋头织着毛线衣。他这才叹了口气，住了口，那新大陆不过是幻觉而已。

　　不知谁说了句，聘模特也要开工资，可不能让丁班白看。王雪英，收他五块钱。有人跟着起哄。无奈，丁国军掏出五块钱。王雪英笑着摇了摇手，人生出来就是给人看的，凭什么收人家钱。

　　钱王雪英没拿，张杰拿去买了瓜子。嗑着瓜子张杰来了兴致，大谈模特儿，王雪英第一次听说有这样的工作。

　　王雪英，不干这火头军了，进城当模特儿去。张杰吐出瓜子壳，不知怎么想起这主意。

　　几双眼睛一齐看着王雪英，王雪英直摇头，不行不行那不行，我妈不准的。

　　你妈，又是你妈，你妈能管你一辈子。丁国军说。

　　张杰也说，你在这里侍候人，图什么？过日子得像过日子的样。他们才来一个多月，什么都看在眼里。

　　王雪英仍是摇头，脸色却暗了下来，眼里一片茫然，又触了心里的那块疤。

　　银幕上，一个男人昂头站在那里，王雪英不知他叫什么名字，她心不在那里。一个女人站在男人面前，忽然她一下子跪下去，双手抱着那男人的脚，嘶声地哭着，带我走吧，带我走吧！这不是人过的日子。

　　那男人伸出右手，那女人一把抓住，王雪英猛然间像受了什么启发，碰碰丁国军的手说，我跟你们进城。也许是王雪英的声音太小，也许是电影中那一幕太吸引人，丁国军一时没有回过神来，雪英，你说什么？

　　我，我没说什么。王雪英本想再说一遍，嘴里却冒出了这么一句。

　　丁国军又去注意银幕了，王雪英把脸埋进手掌里，真烫。没有了勇气，王雪英暗自庆幸丁国军没听见刚才的话，还没跟妈商量呢，话怎么快就出口了。

　　银幕上，一对长长的影子在暮色下远去，越来越远，渐渐地融进那一片红光里。

　　黑暗中，传来张杰低低的声音，丁班，这片子有没有特色？

　　嗯，还不错。丁国军的声音，尤其那男人脸上的疤。

　　特色？疤子也算特色？王雪英忽然间像明白点什么，特色不是漂亮，不是好看，可是什么呢？是那么一点。说不明白的东西。

　　王雪英不太懂。

　　外面，那什么流星雨还在缓缓地流泻着，也许带来点什么新东西。

大 头

　　大头真名叫丁大通。因脑袋长的比常人大，便被好事者直叫大头，久而久之，真名被村人所忘。

　　大头的大学录取通知书来了。这本来是件让人高兴的事，大头一家却犯了愁。通知书上说学杂费要五千多块钱，大头家里穷，能供他读完高中家里已经尽了最大努力。大头家所在的村是桃花镇上有名的穷村，大头爹娘几乎挨门挨户地借，一圈儿下来，也只借了两千块。没办法，他们只好到村头丁政友家去碰碰运气。丁政友家开了个农机配件厂，家产有几十万，但他的心像石头一样硬得很，他的亲戚都很难沾他一点光。对外人他更是只铁公鸡，想从他身上拔根毛不比登天容易多少，典型的为富不仁。一开始大头一家就没打他的算盘，找他借钱无异于与虎谋皮，虽然几千块钱对他只是九牛一毛。事到如今，只能死马当活马医，希望会出现奇迹。晚饭后，大头和爹在浓浓夜色中来到丁政友那座村里唯一的小洋楼时，父子俩好像进了宾馆，屋里豪华得凤巢一般。相形之下，衣着寒碜的父子俩像两只灰头土脑的鸡。父子俩如履薄冰，小心翼翼地挪着脚，唯恐踩坏了啥东西。

　　丁政友正和一个大肚子下棋。大头爹见过一次大肚子，听别人叫他泥鳅。大头爹不明白他那么高那么胖，怎么和泥鳅联系到一起。大肚子是镇上的棋王，棋下得滑头，就像喜欢待在烂泥中的泥鳅一样难以捉摸，有时对手明明已将他擒在手中，却滑溜一下又让他跑脱了，因此得了个泥鳅的外号。别人捉泥鳅难，泥鳅却常在对手意想不到的地方冷不丁出现狠狠地咬对手一口。避实就虚是泥鳅下棋的策略。他自己美其名曰飘逸。村里的棋王丁政友恰恰与剑走偏锋的泥鳅相反，以力见长，喜欢大砍大杀，自号丁敢当。二人碰在一起常常争论刚和柔究竟谁更厉害，泥鳅说柔能克刚，丁政友说刚极则柔奈何不得。二人互不服气，往往说着说着就摆棋厮杀起来，让实战检验到底谁是真理。

十来分钟过后政友赢了，他很开心，问大头爹有啥事，大头爹说了。丁政友说，我钱虽说有一点，可也是一分一分挣来的血汗钱，不能平白无故地借出去。这样吧，咱俩下盘棋，你要是赢了我就借给你。

村里虽穷但有一个喜欢下象棋的习俗，不论大人小孩男的女的，几乎人人会下，棋盘和棋子像锅碗瓢盆一样成了每家的必备品。大头爹自然也会下，只不过棋艺平平，无法与丁政友相提并论。大头爹犹豫了。

丁政友说，不下就算了，我可不逼你。大头爹赶紧说，下。不下肯定借不到钱，只有下才有一线希望。大头爹寄希望于自己超水平发挥，希望丁政友在关键时刻走出昏招。可十几招过后，大头爹的棋就显出颓势。明显占了上风的丁政友一边漫不经心地下着，一边剔着牙，和泥鳅侃起昨天在城里一家歌舞厅认识的小姐。又说今晚吃的狗肉味道真不赖，就是有些塞牙。

大头爹正在用心想对策，棋盘上出现了儿子的一只手，挪动了自己的一个棋子。正在与泥鳅神侃的丁政友说，你能代表你爹吗？输了算谁的？丁政友知道大头学习很用功，平日顾不上下棋，水平肯定不高。大头爹赶紧把刚移动的棋子又挪回原处。儿子在下棋这方面挺有灵气，但下得少，欠缺经验。大头爹刚收回手，儿子又把棋子推回原处。

大头爹说，大通你别动，让爹下。干枯如柴的手又伸向棋盘。大头的手抢先一步落在棋子上。大头爹觉得不对劲，再看儿子，儿子面无表情，眼里空空荡荡的，像是冬天光秃秃的原野，死气沉沉。大头爹害怕了，说，大通你咋了？病了？大头摇摇头。

大头爹说，大通让爹下吧。大头没吱声，手死死地按着棋子。大头爹长叹，就让儿子下吧，反正是输。不让他下，他那吓人的样子可别弄出啥病来。

大头爹说，好，你下。

丁政友说，输了可别怪我以大欺小啊。随手走了一步棋，悠闲地哼起小调。双方你来我往走了十几步，丁政友的小调忽然停了。他发现大头的棋暗藏杀机，现在他的一匹马和一门炮同时被咬住了，形成双杀。他只好忍痛逃马，炮便成了一堆废铜烂铁。遭此一劫，丁政友再也不敢疏忽大意，全力以赴起来。然而大头以后的行棋不但滴水不漏，而且招法犀利，杀气不减。丁政友毕竟少了一门炮，在刀光剑影的对抗中处于下风。他想保平，可是越怕黑越撞见鬼，一不小心又让大头抓住破绽，只好用车换了对方的马，丁政友后悔得直想扇自己的耳光。大势已去的丁政友虽然竭力抵挡，最终还是败下阵来。

大头爹一直紧张地看着，就是在儿子大局已定时他也没敢松口气。当最后胜利终于到来，大头爹兴奋得身子都颤抖起来。他还不知道儿子的棋下得这么好。但他顾不上这个了，连忙说，谢谢大兄弟帮忙！丁政友却摆摆手说，先别忙着谢，谁答应借钱给你啦？

大头抓起一把棋子死命地攥着。要是丁政友耍赖，他就要把棋子扔到丁政友脸上。

大头爹急了，大兄弟，刚才不是说得好好的吗？丁政友说，我是说输了借给你钱，可是现在才输了一盘。三局两胜，还差两盘呢。大头爹说，可你明明说是下一盘棋。丁政友转头对泥鳅说，我这样说过吗？泥鳅说，我可没听见。大头爹气得说不出话来。

丁政友说，你放心，我只要再输一盘，马上借钱给你。

大头把棋子放回棋盘，重新摆起来，二人又厮杀起来。丁政友不服气，认为第一盘丢的那门炮是大意失荆州。当然大头的功力确实相当深厚，对象棋颇有研究，只是他不明白大头功课负担很重，哪会有闲心思摆弄棋呢。第二盘一开始，丁政友就如开足马力的汽车一样狂奔起来，他不相信自己会再次败在一个无名小卒的手上。可不管他怎么飞驰，大头始终与他并驾齐驱，并且看样子后劲十足。丁政友沉不住气了，悄悄地踩了一下旁边观战的泥鳅的脚。泥鳅心领神会，开始暗中帮忙，合二人之力对付大头，即使这样丁政友也只是稍占上风。关键时候大头走出了一步臭棋，丁政友扳回一盘。丁政友心中长出一口气说，好汉不赢头一盘，第一盘我是让你们的，第三盘还下吗？

大头并不回答，重新摆放着棋子，战斗又打响了。这一盘虽说丁政友仍然有泥鳅助一臂之力，水平也充分发挥出来了，可大头下得更出色。就在丁政友大皱眉头时，大头忽然身子一下扑在棋盘上，把正在思考对策的丁政友吓了一跳。

大头爹大吃一惊，忙扶儿子，大通你怎么了？大头用手揉了揉额头说，我晚饭没吃有点饿了，头有点晕。大头爹对丁政友说，大兄弟，我们改天再下吧。丁政友说，这可不行，哪有下半截棋的？下完，否则算弃权。丁政友心想这可是天赐良机，他有对策了，他要放慢行棋速度拖延时间，使大头饿上加饿发挥不出来水平，自己便可趁机获胜。

又下了两小时，大头依然招法不乱。情急之下，丁政友使出自己苦心孤诣研究出的绝招"叫你吃屎"，他想这一招将使大头束手无策，自己将一举获得领先优势。然而大头的手毫不犹豫地伸向棋盘，丁政友看到移动后的棋子，惊呆了。几年前湖山殿下出了个棋艺极高的人，名叫王和顺，王和顺极其聪明，学习才用一半的功，成绩却总是在县一中名列全年级前几名。丁政友曾经和王和顺下过几盘棋，只输了一盘，王和顺就是被自己"叫你吃屎"这招击败的。三天后王和顺找上门来，丁政友再次使出自己的法宝时被王和顺破解了。王和顺得意地说，我这招叫做"冰中取火"。现在大头使的就是"冰中取火"这一招。丁政友忍不住问道，这招你是不是跟湖山殿下王和顺学的？大头点点头。王和顺在大学假期到大头的学校介绍学习方法后，和大头下过一盘棋，大头学到了这一招。丁政友不由感叹天亡我也。丁政友也有些困了，打了个哈欠随手应了一下，他的手刚刚收回就吃惊地发现自己走了一步不可饶恕的臭棋。刚想悔棋，大头的手已鹰一般迅捷地掠了出去，把丁政友的士当成了肥兔。丁政友输了。

大头爹接过丁政友递过来的四千块钱时连声道谢，然后小心翼翼地把钱揣进衣兜里与儿子一起告辞。丁政友对大头父子俩说，你们答应我个条件，今天输棋的事谁也不要告诉。大头父子俩知道丁政友怕丢面子，就爽快地答应了。

刚走出丁政友家没几步，大头软绵绵地倒了下去。大头爹惊叫道，大通你怎么了？要不要紧？大头虚弱地说，没事，我就是有些饿有些累，一点劲也没有。大头爹说，回家让你娘给你打个荷包蛋吃。背起大头就往家走，大头爹边走边问，大通，你的棋咋这么厉害？大头说，我也不知道哪来的灵气，今天脑子特别好使。大头爹说，这是老天爷在帮咱们啊。大通，你的学费来得不容易啊，上大学后可要好好学习。大头说，爹，你放心。

大头喜极而泣。大头爹突然觉得有东西滴在自己头上，便问，大通你又怎么了？大头一边抹泪一边说，没事呢，爹。

大肚皮

大肚皮是六月狗的小舅子，在桃花镇上借读，临时寄住在他姐夫六月狗家。

大肚皮到旗杆脚时戴一顶军帽，我们想摸一下他都不肯，于是我和大头，和尚，长脚们密谋了整治大肚皮计划。便在六月狗家门口叫喊，大肚皮出来，大肚皮老师找你，出来一下。过一会儿，大肚皮戴着他的军帽出现在门口，我们把早已准备好的沙土撒在他的军帽上，撒腿就跑。

大肚皮并不追打我们，这使我们的胆子越来越大，隔三岔五埋伏在大肚皮读书回家的路上，往他身上丢石头，往他衣裤里塞蚯蚓。可是后来，我们不敢了，大肚皮手里拿着一个皮弹，包上土粒弹我们，嘴里叫着，屁股，脚后跟，大腿，弹出的土粒像长眼睛似的在我们的屁股、大腿、脚后跟上开花，疼得我们跳着逃跑，最后只好投降。

投降大肚皮以后，我们就成了大肚皮的喽啰。

大肚皮放学后的第一件事是带我们到桃花江边去捡圆圆的药丸大小的小石子，一人交一手捧，装在他的口袋里。装满衣袋，大肚皮坐在江边的草滩上，掏出他的宝贝弹弓，弹远处的杨树，小石子打在树干上发出梆梆的响声，我们都看呆了。

厉害，比座山雕厉害。

你的妈妈，座山雕是敌人，比杨子荣厉害。

比杨子荣厉害一百倍。村里刚放完电影《智取威虎山》，我们就用上了。我们开始改口叫大肚皮为哥，求他教几招弹弓功夫。大肚皮笑笑，把皮弹扔给我们，我们几个人哄抢着，大肚皮不高兴了，每个人脑袋瓜上都被他打了一下。骂道，抢什么，弄坏了你们可赔不起。说着，他夺回皮弹装在口袋里，打道回府，我们像一只只小羊跟在他屁股后面，眼巴巴看着他回到姐夫家吃晚饭去了。

我们想，这下玩那皮弹的机会没有了，就相互埋怨起来，沮丧到了极点，连吃饭都没吃出味来。高兴的是大肚皮并没有真正生气，饭后把我们召集起来，带我们去消灭我们假想的敌人。

路上我们的心怦怦地跳，我们最大敌人是赖头，前不久我们偷了他家地里的几条黄瓜，他就给我们每人一巴掌，这仇不能不报。

今晚有大肚皮领导，我们非给赖头一点颜色不可，至少叫他屁股开花，让他走不动路。可是走着走着，我们发现方向不对，赖头家在村东头，而大肚皮让我们往村西走，我们就问，大肚皮，不去收拾赖头啦？

不去了。

那我们去哪，赖头打过我们？

去了就知道了，赖头以后再说！

我们心里纳闷，不知道大肚皮葫芦里卖什么药，到了村西头，大肚皮变戏法似的从衣袋里拿出一盏电筒来。今晚我们打麻雀吃，吃好了再干别的。

我们一下欢呼起来，不再想干赖头这个老混蛋了。大肚皮讲了一遍三大纪律八项注意，然后点将。豆芽菜，你负责照电筒。长脚，你负责送子弹。大头，和尚你们俩缴战利品。纷咐完，大肚皮率先进了生产队的牛栏屋，我们呼啦着跟了进去。

牛栏屋里养着村里的牛，牛伏在地上反刍。大肚皮亮着电筒在屋檐下找麻雀，找到后把电筒交给我，从袋里取出皮弹，放上石子，瞄准了啪的一声射出去，麻雀就扑地掉在地上，大头和和尚疯了似的去捡。

大肚皮，这里有两只，我发现一对鸟夫妻。

啪啪两声，两只麻雀一前一后掉了下来。一只死了，一只还活着，在地上打转，大头和和尚猎狗般扑上去，一人得一只。大头抓了只活的，麻雀屎了大头一手屎，大头蹲在地上抹屎，不小心麻雀从手里溜了，大头一个蛤蟆跳，将负伤的麻雀压在身下，抓起来又重重地摔在地上。叫你跑，麻雀顿时毙命。

转了一圈，弹下十几只麻雀，正在兴头上大肚皮却说不弹了，叫我和长脚去弄柴，说找个地方把麻雀烤了吃。我有些不乐意，黑灯瞎火的哪里去弄柴。

亏和尚脑子灵，拉我去偷生产队喂牛的玉米秆，每人抱了一捆，来到一间破屋里，大肚皮指挥我们用泥包了麻雀，上面点燃玉米秆子。火劈劈啪啪地烧了起来，大约一顿饭工夫，香味就飘了出来。

大头流着涎水说，熟了，大肚皮我们可以吃了。

急什么，再等一下。

又等了一会儿，大肚皮说，开吃！我们早就等不及了，掰开泥巴像饿死鬼一样又啃又咬。

麻雀肉很香，吃完了意犹未尽，我们忍不住伸出舌头在手指上舔上一遍。

灭火，大肚皮站起来就往火堆上撒尿，我们忙提起开裆裤也撒了一通尿。撒完尿大肚皮说，回家。就往家走，走到一丘菜园旁，大肚皮站住了问，赖头打你们了？

打了，脸都被他打肿了，我们又想起赖头这个老东西。赖头家的自留地离这里不远，种了玉米，我们去掰，有人提议。我们就呼啸而去，喀嚓喀嚓每人掰了四五个玉米棒子。大肚皮说，今天我们来个智斗赖头。

什么智斗？

就是把赖头气得发抖，还不知道是我们做的。

好，就智斗。我们乐坏了，七嘴八舌地献计献策。

你们都按我说的做。大肚皮让我们走一步扔一片玉米衣，一直扔到赖头家门口，就各自回家睡觉去了。

狗弄的贼骨头，天杀的短命鬼。睡梦里就听一人自东向西骂骂咧咧地走过来，惊得村人从被窝里爬起来看新闻。果然是赖头，赖头骂一声走一步，捡起地上一片玉米衣，再走一步，捡起一片玉米衣。骂到后来，赖头哭了，没有眼泪只有鼻涕。

爹呀，娘呀，你糟蹋什么不好，怎么糟践我的粮食呀。

我们觉得赖头怪可怜的，当晚就将玉米棒子放在他家门口，就跑了。

赖头还以为是菩萨保佑他，又是磕头又是烧香，嘴中絮絮叨叨个没完，大慈大悲观世音菩萨。

跟着大肚皮既能吃到香喷喷的麻雀肉，又能整治赖头，我们对大肚皮佩服得五体投地。我们成了大肚皮的尾巴，大肚皮走到那里，我们就跟到哪里，大肚皮去读书，我们就在学校门口等，不见大肚皮，我们就如无头苍蝇到处乱转。

大肚皮恨他们的校长，因为他收了大肚皮两块钱借读费，我们跟着大肚皮恨王校长。我们甚至想拿大肚皮的皮弹弹王校长光光的脑袋，大肚皮不准我们，说那太明显了，谁不知道大肚皮有一个皮弹，我们只好想别的办法。

我们在王校长家的房顶扔石头，这还不解恨，夜里大头和长脚悄悄摸到王校长家门口，每人拉了一堆粪，等着第二天看王校长的好戏。这老头子真怪，一脚踩在粪上，没有像赖头那样扯开嗓子骂街，只摆头晃脑地叹息。怪哉怪哉。说完回到屋里拿出铁锨，把粪埋在门前的花下，搓搓手跺跺脚，上课去了。

我们本想让王校长生气，没想到他不但不生气，反而把我们的粪当作了养花的肥料。我们便叽叽喳喳地争论起来。

有文化的人就是不一样，不会像赖头那样骂人。

有什么不一样？那是你的粪不臭。

你的粪臭，怎么没熏着人？

听我娘说，粪不臭会死人的。

呸！放屁。

你才放屁，不相信？问我娘去。

问你娘干什么，问大肚皮。

问就问。

不巧的是隔壁秋芳听见了我们的话，给王校长报了信，大肚皮放学后被王校长留了下来。

对秋芳我们不敢靠近，因为她家的那只狼狗老是跟着她，冲着我们汪汪地龇牙，我们只有爬到浮桥头边的树上，一边等着大肚皮回来，一边骂秋芳。

秋芳的娘真能干，手抱孩子脚擀面，大腿两面当案板，银沟里热剩饭。

骂着骂着秋芳哇地哭着跑回了家。不一会儿，我爹，长脚，大头的爹气冲冲地来了，还有王校长、大肚皮低着头也来了。

我们一看阵势不对，想溜，可树太高一时下不来。结果被捉了活的，每人的屁股上都挨了几下鞋底掌，疼得我们嗷嗷大叫。

我们原以为是秋芳搬来了救兵，没想到是大肚皮在王校长的询问下，出卖了我们，把我们的事全供出来。长脚爹还当场把长脚吊在树上，用树枝抽打。

哎哟，哎哟，长脚像钓在鱼钩里的鱼，摆来摆去，尖叫声一浪高过一浪。长脚爹抽打着长脚，嘴里不停地骂着，这么点大，肚子里竟装了这么多的坏水，这还得了，今天不好好教教你，大了就是吃子弹的角色。你说，你还做不做？

王校长拉住长脚爹说，算了，小孩子家不懂事，打也不是个好办法，要慢慢教育，教育好了，说不准以后还是块读书的料呢。

长脚爹说，小时不正经，大了棺材钉，我看他是好不了。

老弟，此言差矣，小孩子像树苗，弯了不要紧，得慢慢扳，一下子扳过来容易断，这叫过犹不及，王校长指着身旁的小树示范着说。我的爹，长脚的爹和大头的爹听了王校长的话，气消了一大半。

王校长把长脚从树上放下来，摸着长脚的头说，小家伙，感谢你们送来肥料，我的花正缺料呢，你们就送上门了，不过以后再不能这样了，得好好听爹妈的话，不然你们的屁股还得挨打。

我们抹着泪，噘嘴听着，觉得王校长的话是全村最好听的话，觉得他是全村最好的人。经过王校长的劝解，大人们饶了我们，要不，我们非被揍扁不可。

我们不敢再去抓麻雀，不敢到田里掰玉米了，也不去找秋芳的麻烦，似乎懂了不少事。然而，我们原谅不了大肚皮，认为他是个软骨头，是个叛徒？一直到大肚皮念完中学，我们再也没有跟大肚皮搭过一句话。

王德梁

日本鬼子进村的时候，王德梁正在旗杆脚麻车屋里，随着大青石碾子的转动，碾房内散发着阵阵油香。枪声一响，大水牛抖了一下，王德梁没当回事，兵荒马乱的年头，枪响是常事，王德梁打了一下牛，大水牛加快步子跑了起来。

枪声接着又响了几声，王德梁这才慌了，他连忙牵着牛，打算往村外跑，却在村口那被堵住。

村口成排站着日本鬼子，端着枪，恶煞般地喊着什么，叽里咕噜的。日本鬼子的刺刀在阳光下闪着寒光，在晚秋的残阳下仿佛沾着血。王德梁随着慌乱的人群回到村里，他这才想起老娘。

幸亏没跑出去，跑出去谁管老娘啊。他沮丧地想。

王德梁牵着水牛在村里走，村头枸树上有几只乌鸦嘎嘎地怪叫着，叫得王德梁心里有些慌。

老娘会吓得怎样，他又想。

推开门，里面黑洞洞的，他听见那个熟悉的声音问，谁？

老娘瞪着一双狼一样的眼睛看着王德梁，那杆又光又长的旱烟枪在老娘的手里颤颤发抖。

你还知道回来呀？老娘说，米带回来了吗？

王德梁这才想起早上镇子里买的米还在麻车屋里。

看你怕得，娘说。

我不怕。王德梁辩解道。

还不怕，买的米都没拿回家，还不怕，娘说。

王德梁硬着头皮往麻车屋走，村上已很乱，已经能看见日本兵在村子里走了。王德梁躲避着来到麻车屋，他把米一背便往回跑。

王德梁把米袋放在地上发出声响，老娘说，怕什么。

王德梁觉得汗从额头上像水似地往下淌，腿肚子有些发抖，让他站立不稳。

王德梁想，我怎么会怕呢？我不应该这样害怕的，但他的确感到有一股凉飕飕的东西顺着裤腿往上钻。

王德梁觉得那种东西就快钻进心了，他走到水缸前舀出一瓢凉水喝了起来，他听见自己喝水时发出的声音咕咚咕咚的，像有一只青蛙在嗓子眼里怪叫。

他推开门走到阳光下，阳光使他恢复了一点平静。这时，王德梁听见保长王和发敲着锣喊什么，王和发的声音有气无力。接着王德梁就看见许多人被日本佬驱赶着走过来，他看见樟寿，四奶，和太他们满不在乎的样子，像到田地干活一样，尤其樟寿在走过他身边时，还冲他挤了挤眼。就这样他也被赶进了这支队伍，他甚至还没来得及和老娘说点什么，就被日本兵推推搡搡地带走了，和樟寿他们一块被赶到朝江府庙门前。

他们这才知道，日本人要在塔山开采莹石矿，让他们去修路。那个翻译模样的人说，只要大家好好干活，皇军不会亏待大家的。

王德梁没有注意他在说什么，王德梁只注意到那家伙有一口很突出的黄牙，这让王德梁感觉到很不舒服。后来王德梁他们就被日本人像蚂蚱一样拴在一起，带往十五里地外的塔山工地。

天快黑的时候，身后的樟寿对王德梁小声说，不能让日本人就这样拉去，我们该跑。

王德梁一愣，王德梁没有想到过逃跑这件事。经樟寿这么一说，王德梁突然醒悟过来，对呀，干吗不跑呢？

跑，一定要跑，他奶奶的。王德梁说。

王德梁说完，觉得那种凉飕飕的感觉又爬了上来，在他腿部使劲地抖着他，这让王德梁有想尿尿的感觉。

你怕了，王德梁？樟寿轻声地问。

樟寿说完这句话，王德梁的脚抖得更厉害了，王德梁甚至听见自己脚下发出窸窸窣窣的声音，这声音听起来让王德梁一阵阵发软。

樟寿说，你这个怕死鬼，去也死，还不如逃呢。

王德梁总觉得樟寿说的话阴沉沉的，樟寿在村里是个不爱说话的人，可说起话来硬邦邦的有些分量。看人的时候，目光里像有一把刀子，在你身上剜来剜去。王德梁知道樟寿不是一般的人，村里人都知道，可大家都不说。樟寿在家开了个杂货铺，他经常出门在外，说是出去进货，可人们都知道他和南联有点联系。

王德梁被樟寿的声音感染了，他对自己说，逃，怕个鬼。

这样一想，王德梁那种凉飕飕的感觉就消失了，有一种热烘烘的东西开始在他身上复活，在血液里奔腾，窜来窜去的。

王德梁想，逃！

后来，樟寿不知怎样把绳子解开了。他们暗中互相帮助着，许多人的绳子就都解开了。

樟寿小声地说了句，逃。

他们突地像狗一样跑了起来，向着黑洞洞的树林里没命地逃，他们立刻听到了枪声，枪声像沉闷的鞭炮，子弹嗖嗖地从头上飞过，有人倒下。但他们谁也顾不上谁，只是拼命地狂跑。后来枪声远了，他们才歇了下来，樟寿用手捂着胳膊问王德梁和另外几个人，跟我参加游击队吧。

那几个人没吱声，王德梁嗫嚅地说，樟寿，我不行，我家里还有六十多岁的老娘，我不能丢下她。

有人在暗地里笑了笑说，怕死鬼。

王德梁分辩说，我不怕死，我有老娘在那，难道你们不知道，真是。

樟寿他们没再说什么，樟寿挥了挥手，他们就迅速消失在黑暗中。他们像丢了只狗一样把王德梁丢了下来。

王德梁看见他们的身影一闪就不见了，只留下脚踩着树叶时发出的哗啦哗啦声响。接着就是死一样的寂静，好像什么事也没发生，王德梁活动了一下手脚，手被日本人捆的还有些痛，这使王德梁想起了自己的处境，他想，我得赶快逃，离开这里。

王德梁推开家门，家中黑乎乎的，一点亮光也没有。

谁？老娘问。

是我，娘。王德梁气喘吁吁地说。

你跑回来了？老娘又问。是，我逃回来了，是跟樟寿他们一起逃出来的，王德梁说。

他们呢？

他们投游击队了。

你怎么不跟他们走？

我，我想到娘你。

老娘起身朝王德梁吐了口唾沫，老娘说，没用的东西，怕死鬼。

王德梁觉得自己被老娘说中了，那种凉飕飕的东西真令他无可奈何。

日本人早晚还得来，你是跑回家等死，老娘气哼哼地说。

我还不是心里放不下你，王德梁说。

王德梁说完，脱鞋上床，他觉得自己累极了，他和衣躺在床上不一会儿便呼呼大睡了。

第二天，王德梁起得有点迟，睁开眼后，好像有什么人站在他身边，他抬头一看，吓了一大跳，老娘的身子悬挂在大梁上，王德梁跃身起来一摸，老娘的身体已经冰凉。

王德梁呆呆地望着老娘想，她怎么会寻死呢？

他坐在床上想了很久，阳光从破窗上照了进来，千疮百孔的。

后来，王德梁就拿锄头在院子里挖了一个坑，他把老娘的尸体放下后，跪在地一边埋土一边絮絮叨叨地说，我不怕死,我听你话,我投他们去,还不行吗？

这时候有一群黄蜂在院子里嗡嗡地飞，王德梁不耐烦地吼了一句，别烦我了，我投他们去还不行吗？

当天晚上王德梁就上路了。

许多年后，在当地的出版的文史资料上，有关于王德梁的记载，简录如下，王德梁，男，旗杆脚村人。一九三八年参加南联，任副队长，一九三九年在桃花镇与日军的战斗中阵亡。

老　周

　　早些年，桃花镇一带的人们习惯称供销社为"供销部"。老周就是在供销部里变疯的。老周在桃花镇上也算得上是个知识分子。虽然老周没有上过高中，并不是老周智力低下，相反老周在初中读书时就是班里的尖子生。按理老周升读高中是没有问题的，只是那年头，上高中要求又红又专，不光成绩，更要大队的推荐。老周家世代贫农，论出身也无可厚非，关键就在老周初中毕业的那个秋天，发生了一件影响老周一辈子的事。

　　那年立秋过后不久，老周升读初二年级的时候，老周在农村的父亲在一个没有月亮的夜晚在自己看护的窝棚里，煮了一锅还没成熟的玉米。虽说事后老周父亲以他惯有的精明清扫了战场，将玉米芯全部转入地下，可第二天大队长陪着公社王书记下地头检查工作的时候，那条跟随老周父亲多年的大黄狗毫不留情地出卖了老周一家人。大队长面对黄狗爪下还没有长出绿毛的玉米芯，非常沉痛地发出通知，下午召开全大队社员会议，批判老周父亲损公肥私大挖社会主义墙脚的坏分子。

　　当天下午在村子小学里，老周一家老幼站到了讲台下边，不是像做错作业的学生罚站那样面朝黑板等着老师开小灶，而是背朝黑板背朝主持会议的大队支书，面向全村父老乡亲低下羞愧的头。开的是全大队社员大会，三间教室里坐不下人，更多的人站到了教室外的走廊里。老周父亲的检讨书是老周写的，在麦克风面前老周父亲痛哭流涕检讨自己损公肥私的错误，丧失了一个贫下中农的革命自觉性，还不如一只看庄稼的大黄狗。教室内外有人在笑，大队支书抢过麦克风吼道，不准笑，这是开批判会。

一直以来开批判会时负责带队喊口号的民兵队长一听支书开始下命令，马上一伸胳膊带头大喊，不准笑，这是在开批判会，开会的社员一听喊口号也都伸胳膊大喊，不准笑，这是在开批判会，紧接着教室内外爆发出雷鸣般的呐喊，不准笑，这是在开批判会。

自那以后，老周父亲被剥夺了看庄稼的权利，老周的威信也在学校和村里急转直下。老周初中毕业那年，镇上的高中本来分了他们村三个名额，可支书的外甥，大队会计的女儿，两位生产队长的儿子都是老周的同级同学，即使没有参与偷吃玉米的事件，老周上高中也有些困难，更何况是被大队开了批斗会呢。

16岁的老周初中毕业便参加了生产队的劳动，整天累得腰酸腿疼。眼见几个成绩不好的同学却成了高中生，老周的心里很不是滋味。老周也想跳出农门，比方说到供销部当个临时工。老周这念头不是异想天开，因为老周有个表嫂就在供销部当营业员。那年头，村里人还分不清百货公司和供销社，更分不清营业员和经理，反正他们都是公家人。老周以为表嫂在供销部上班就能介绍自己去当临时工，于是一有空就跑表嫂的单位去。时间长了供销社的人对老周都开始有印象。也不知是哪一天，老周表嫂所在的商店丢了两袋东西，东西是采购员刚从县里提的货。老周那阵子去表嫂单位非常勤，偏偏丢东西那天晚上他闹肚子没有去，一连三天仍然不照面，于是就成了重点怀疑对象。真是闭门家中坐，祸从天上来。

三天拉稀不止的老周做梦都没想到自己成为怀疑对象。公安特派员老鲍村里跑了两回，大小队干部、左邻右舍打听个没完。老周当年跟家人偷吃玉米的事便又从新说了出来。这下坚定了老鲍的信心，也强化了老鲍对老周的怀疑，在基层派出所待了好多年，寸功未建的老鲍感觉到自己出头露脸的时候终于到来了。有作案时间、有作案条件、有偷吃青玉米的前科，甚至没能上成高中对社会不满的思想动机，这贼不是老周又会是谁。于是，在一个夕阳西下的傍晚，老周被戴上手铐，坐上了公安特派员老鲍的三轮摩托车。

261

村里很多人发现老周被带走了。老周忽然有了一种视死如归的悲壮感，如果不是在途中遇到了正在读高中的莲香，这份悲壮也许能够帮老周支撑到平反昭雪。

莲香是大队会计的女儿，和老周是同学，年前被推荐上了桃花镇中学。老周在初中毕业之前，莲香对他很有好感，老周心里也曾有过关于莲香的一些联想，甚至于老周千方百计想到供销社当营业员也有一大部分是做给莲香看的。可今天老周带着最尴尬的一副形象从莲香身边疾驰而过，不能不令老周在心头萌生出一种万念俱灰的沮丧。

老周疯了，一进派出所老鲍的办公室，老周就满嘴说胡话，起先老鲍以为自己震慑犯罪的手段有了效果，马上让自己的助手摊开了审讯记录，可听了两句就发现老周的供述实在难以整理成标准的现代汉语。老鲍对助手说这小子吓傻了，先关他三天，等他清醒了再审。

不用等第三天，第二天下午供销社主任打电话给老鲍说在供销社炊事员相好小白的家里发现了丢失的东西。老鲍马上带助手出现场，在强大的政策攻势面前，炊事员和小白对自己犯罪的过程供认不讳。除了供认盗窃供销社货物之外还坦白了两人长达八年的明铺暗盖过程。老鲍说，这后边的事比偷盗还严重，要他们如实坦白，争取宽大处理。后来老鲍让助手把炊事员和小白的口供整理成册，锁进了自己办公室的柜子里。夜深人静时，老鲍会将这份凝结着自己破案智慧的交代材料取出来，从里边寻找人性的弱点与光芒。

当然，真正的罪犯落网，老周就得无罪释放。老鲍跟村里的支书、大队长商量既然抓错了人，就得给人家恢复名誉，是不是再用摩托车将老周送回村里，再开个社员大会，声明一下老周跟供销社失盗案无关。支书说，美得他，你给他开个翻案会他怕蹬鼻子上脸，把偷玉米的案子也翻了过来了。

老鲍听到"翻案"的字眼就打住了，说那就依大队党支部的意见，叫他爹自己去接他回来，让他以后教育儿子不要随便乱串门惹是非。

就这样，老周他爹从派出所背老周回了家，回到家老周的精神就没有正常过。老周他爹发现儿子病了想找派出所理论理论，可惜自己是损公肥私的坏分子。后来拨乱反正了，老周爹带领全家偷吃玉米那点事已经算不得什么，可老鲍已经调到县里工作了。

白萝卜

在桃花镇上的人常常被赋予一个莫名其妙的外号,连他们自己也说不清楚它的含义,比如长脚,大头,比如白萝卜。

白萝卜是80年代从中街以技校毕业的身份分配到水泥厂的。技校生有技术,便落实到了生产第一线。白萝卜死活不肯服从分配,非要厂里留到行政上班。白萝卜一进厂就招蜂引蝶地引来不少追求者。白萝卜一句掷地有声的谁有本事把我弄到行政上班,我就嫁给谁。便轻而易举击退了他们。

白萝卜除了长得白长得漂亮,客观上并没有什么特别与众不同之处,也就是说没有什么后台,没有后台的职工,即使削尖脑袋,也难在行政谋一席之位。霸占行政办公楼的不是厂级领导和上级领导的亲属,就是镇上领导和主管部门领导的亲戚。长得白和漂亮有什么用,厂里白而漂亮的女工不止她一个,难道都让她们坐办公室?就是去年来的毛芙蓉这样的厂花,不也在车间青春无悔吗?

那时的工厂实在是仁慈,那时的工人确实像个主人,要是现在像白萝卜这样不服从分配的职工,不要说私营企业,就是国有企业也会一脚远射,把她踢出厂门。当时厂里非但没有开除她,每月还发给她百分之五十的工资,留厂待岗半年,半年后还不服从分配,只能走人。

白萝卜态度坚决,宁愿开除,也不下车间。像她这样又白又嫩的女人,是经不住滚滚粉尘污染的，水泥厂的粉尘不同一般粉尘，具有酸性和碱性。裸露外面的皮肤尤其是脸部皮肤，很容易被腐蚀且变得又黑又暗。对于爱美成性的白萝卜来说，下车间就等于下地狱，何况她要下的是水泥厂粉尘最大的粉磨车间，那就等于十八层地狱。

留厂待岗期间，白萝卜每天把自己打扮得花枝招展，厚颜无耻地跑到厂长室卖弄风骚，企图以白以漂亮的身体打动厂长。可惜，白萝卜生不逢时，偏偏那任厂长是个难能可贵的正人君子，贪不贪污，受不受贿，自己心里明白，不好色却是全厂公认。白萝卜一出现，他就横眉冷对，下逐客令。

白萝卜并不识趣，或故意装着不识趣，厂长反而无计可施，堂堂一厂之长，总不能动手动脚把一个如花似玉的女孩子往门外推。一推，就上白萝卜的当了。厂长被她缠得没办法，只好对她说，行政科室人满为患，不要说人了，就是连条凳子也塞不进，这样吧，只要那个科室肯要你，我就同意把你安排在那科室。

这正是白萝卜苦苦期待的表态。白萝卜一下子高兴起来说，厂长，你说话可要算数。

厂长拍了一下桌子，说道，你把我当什么人了，别说我是一厂之长，就是一般的君子，也是一言既出驷马难追。

厂长胸有成竹，他事先已经向各科室的科长主任说清楚，谁要是想留下白萝卜，就由谁付她的工资。

然而，厂长怎么也没想到，还真有人收留白萝卜，这个人就是供销科科长吴礼仪。

白萝卜每天到三楼厂长室报到过后，便蹿到二楼与供销科吴礼仪科长打情骂俏。吴礼仪年过半百，是猫喜欢腥气的角色，一看到漂亮女人就骨质疏松。一天，白萝卜乘供销科无第三者之际，向吴礼仪抛了一个比狐狸精还媚的媚眼，然后长长地叹了口气，意味深长地说，唉，我的大科长，你要是厂长就好了。

什么意思？吴礼仪微笑着说。

你要是厂长，就可以把我留在行政了啊！

吴礼仪嘿嘿直笑，不说话。

你笑什么？白萝卜伸出肉嘟嘟的粉拳，朝吴礼仪的胸部轻描淡写地打了一下。

这下还了得，吴礼仪仿佛被击中穴位，两眼直勾勾地看着她，好半天才开口说话，我不是厂长，但有时我可以办厂长办不到的事。

你要是能把我留在行政，我就拜你为干爹！

我可不想当你干爹，我已经有二个女儿一个孙女啦。

白萝卜不说话了，心中狂喜不已，老家伙上钩了。次日白萝卜就加大了打情骂俏的力度。

如果是别的科长主任，如此明目张胆地违抗旨意，厂长非撤了他不可，可这个吴礼仪非同一般，水泥厂建厂不久就当上科长，老奸巨猾，经历了好几任厂长，谁也动不了他，谁也不敢动他，号称万里长城永不倒。原因很简单，厂长们的屁股比他还脏，都有小把柄抓在他手里，动他一根毫毛，必然伤到自己筋骨，现任厂长也不例外。当供销科提出要用白萝卜时，厂长轰轰烈烈地批评了供销科随意增人，但为了厂里的销售工作迈出新台阶，表示下不为例。白萝卜的工资当然还是由厂里支付。

从此，白萝卜便成了吴礼仪的私人秘书。之前，供销科长是不怎么出差的，尤其远差，尽量让手下去。如今不同了，大都亲自出马，出马必然带着白萝卜，一去就是十天半月。工人们背后都说，他们别说游山玩水，连打胎的时间都有了。

白萝卜在供销科干了不到一年便失业了。因为科长吴礼仪患了肺癌，对于吴礼仪的病情，工人们对他的评价是罪有应得。供销科长生癌合情合理，吃多了冤枉的人总要生癌的，要是他不生癌，那肯定是老天爷得了白内障。水泥厂的工人一向认为，贪得无厌者的五脏六腑都是黑的，五脏六腑一黑，病就乘虚而入，等到黑得伸手不见五指，就进铁板间了。他们的理论在吴礼仪和前几任厂长身上得到了证实。

不过，令人愤怒的是前几任厂长都付出了生命的代价，吴礼仪的癌细胞却没有扩散，医生把他肮脏破败如抹布的左肺切除后，他又奇迹般活了下来，下台之前还要以生病的方式消耗厂里一笔巨额医疗费，真是黑到了家。

吴礼仪虽然保住了一条老命，科长却是当不成了，被怀恨在心的厂长提前打发退休。效忠于厂长的新科长,上任第一把火就是调换白萝卜的工作,让她去磅房过磅。过磅其实是个非常轻松的工作,在供销科却是最差的工种,因为过磅房在车间,白萝卜当然拒绝下车间,于是白萝卜再一次待岗。

白萝卜故伎重演,厂长倒是比上次热情多了,又是端茶又是让座说,你不用天天来找我,还是按老办法,只要有人收你,我就同意你去那,否则,半年之后,你要么老老实实去车间,要么另谋高就。

这一次,白萝卜没有上次幸运,那个科室都不敢留她。

就在白萝卜心灰意冷之际,机会来了。县里掀起一股中外合资风潮,水泥厂奉命与某港商合资。

港商来水泥厂考察那天,白萝卜被临时安排做接待工作,没想到港商居然与她一见钟情。考察过后,港商痛快地签下了意向书,意向书签了后,港商并没有飞回香港的动向,而是打电话叫助理半月内先汇二百万港币过来,他本人打算在水泥厂小住一段时间。据说是看上了四周的青山绿水。

大喜过望的厂长知道他看上了什么。当即以惊人的速度将厂招待所装修一番,安排白萝卜专门照顾他的生活起居。厂长还向她郑重许诺,只要她把港商招待好了,将来想去哪个办公室由她自选。

港商和白萝卜入住招待所后,正是炎炎夏日,白萝卜把自己打扮得异常漂亮,头戴太阳帽,身着迷你短裙,今天脖子上多了条项链,明天手指上冒出个戒指,港商厚如砖头的大哥大也被她玩于手掌之中。

港商走后,白萝卜迅速提升为厂办副主任。基本上不用上班,工资奖金照发,招待所的钥匙仍由她保留。

港商回港第一次也是最后一次打电话过来,第一句问的不是厂里的合资进展情况,而是白萝卜。厂长如实汇报后又锦上添花一番,然后小心翼翼探询资金何时到位。港商在海那边哈哈大笑,厂长大人,实在抱歉,鄙人在泰国的那笔生意需要大笔资金,一时周转不过来,不过你放心啦,那笔生意肯定很有赚头的,到时鄙人再追加一百万给你好了,我们合作来日方长,哈哈哈。

厂长连连点头,满脸放光,狗一样不断抽动着鼻子,仿佛从话筒里嗅到了港币味。

偏偏县城没有资格怀疑港商,就像基督徒没有资格怀疑上帝一样。何况那还在90年代初期，香港回归之前，别说小地方目光短浅，就是大地方见过世面的人，也未必敢怀疑港商的真伪。

水泥厂全厂上下，谁也想不到他是骗子，而且是香港一个手段并不高明的骗子，港商临走时还向厂里借了十万块人民币。

港商和白萝卜温柔了最后一夜，将身上的零钱尽数掏给她后，怀揣着十万块人民币，笑嘻嘻地黄鹤一去不复返。

上当受骗后，白萝卜成了众矢之的，因为当初港商在签意向书时说了这样一句话，这次签约众领导立下了汗马功劳，服务小姐也功不可没。

因为这句话，白萝卜成了水泥厂的功臣。因为这句话白萝卜成了水泥厂的罪人。本应该负责任的有关领导丝毫无损，白萝卜被开除了厂籍。这是水泥厂厂史上黑色幽默的一笔。令白萝卜宽慰的是开除她几年后，水泥厂倒闭了。而这时的她已成功地破坏了一个穷苦出身其貌不扬的暴发户家庭，成为他合法夫人。

老 三

当老三大无畏地喝掉了桌子上自己面前的那杯酒之后，他那独具特色的醉态便露出了端倪，话语和音量及动作的幅度都明显地加大。那些平常隐匿于心的思想也相继失去了约束，接二连三地溜出了没有设防的齿门。

老三对酒的驾驭能力长期以来一直不好，以至于他经常地搞出了堪称经典的笑料来。而他又偏偏离不开他的几位对酒有执着追求且作风爽猛的难兄难弟。老三他无法想象，如果没有这些难兄难弟的陪伴，自己的日子将会黑暗到什么程度。

老三的老婆外出打工两年了，老三他因过惯了散淡的日子而拒绝和老婆一同外出，只得在这空落落的家里充当娘们的角色。可是，对于田间农事，老三同样也没有兴趣，他认为那是一种世上最受罪的活，一年忙到头，风吹日晒，累死累活多不出几个钱。还不如隔三岔五地戴着电瓶灯，手拿只编织袋夜里出去抓几斤蛤蟆来得实惠。

于是，老三的空闲时间便多得发慌，常常不得不为消磨一天时间而煞费苦心。还好，在这个村子里，还有几位与他相仿的同辈人，他们自然而然地走到了一起。并且很快找到了维护这个集体团结，运转的动力和载体，这便是喝酒和搓麻将。所以，只要他老三还待在这个集体里，并时常免不了充当召集人的角色，他就无法与麻将和酒拉开距离，而他的醉态也就难免成为各种酒桌上的保留节目。

驼背，驼背。老三朝驼背打了个酒嗝，手上拿着一杯刚倒满的酒，你，你恐怕还不晓得吧，你的后娘她在打，打我的主意呢。

放你妈娘的屁。驼背感到受了侮辱。她都那么大的年纪了，她打你什么主意。老三，你说话要有分寸。

驼背，你别误会。老三努力矫正着舌头的位置，我，我是说你后娘她在打我家房子的主意。我敢对天说，你的那个后娘眼下做梦都想买我的这房子，嘿嘿。

她干吗要买你家的房子，她不是没房子住。驼背听了这话，脸皮才有些松动。莫非你老三上代在这房子里埋下财宝？让她知道。

不懂了吧，驼背。老三得意起来，言语也因高兴而顺畅了许多。镇里的张副镇长，他是我的兄弟，他跟我说，镇政府打算搞条新公路，把镇北的几个村都连接起来。嘿嘿，那路一修，路就从我家门前过了，你们说说，那时，我这房子是不是成了店面房。驼背，而你后娘现在的那个，那个代销店就缩在村子里头了，位置不好。前些天，你的那个后娘还跟我说过呢，她说，她愿意出大价钱买我这房子。可我老三不卖，出多少钱都不卖，我有打算，等我老婆回来……

不卖你又废什么话，驼背不高兴地打断了老三的话。脸色有些难看。

气氛似乎不太好，皮球见状连忙站了起来，干什么呀，你们干什么呀，说这些没意思的话，我们聚一起，要说就说点开心的。

皮球的几句话，是沉闷的气氛又转了回了。是啊，干吗自寻不快呢？在这个冷清的村子里，他们能聚在一起多不容易，他们聚在一起，不就是为了寻些乐子打发时光，充实日子吗？

阳光在屋外明媚着，悠悠的凉风一阵连着一阵地吹进来。再有，昨天晚上老三出奇的运气，一夜抓了三十来斤蛤蟆，一大早拿到菜市场卖了个好价钱，剩下几斤，老三死活都不肯卖，拿回家在那锈迹斑斑的锅灶里变成了一锅下酒的美味。他们几个人没牵没挂地坐在这里享受着。这样的日子，在老三他们聚会史上也是少有的，干吗不高兴高兴呢？

又喝了几个回合，三瓶酒已经消灭了二瓶，锅里的蛤蟆肉也没有了热度。

269

但他们的热度却仍在不断地升高。他们争先恐后地说话，阐述着对国际重大问题和国内新出法规的看法。譬如，外出打工无异坐牢，连上个厕所都要请假报告，种田不如抓蛤蟆等等。尽管他们的舌头都已经开始不配合他们的思维。

别，别老说那些难起力的事，我们一个人说一个笑话，说不上来的罚一杯酒，老三提议道，随着他把那散发着异味的脚架在了桌沿上。

那我先说，皮球响应道，有个醉鬼，醉，醉鬼，夜里回家，回家睡觉，他总是爬，爬不上床去，爬上去，就滑下来，第二天早上醒过来，才发现自己躺，躺在一棵大树下……

几个人都发出鸭叫似的笑，接下去，狗奶也说了一个，自然又是一阵笑。驼背嘴笨，没说上来，罚喝了一杯酒。最后轮到了老三，老三已坐不稳身子了，舌头更处于罢工状态。但他还是坚持说他的笑话，而每句话过后，都让人担心他能否将下句话接上。他说的大意是，有一年，他老婆和他吵架，一气之下寻短见上吊自杀，可是人上去之后又后悔了，两手扯着绳套让它收紧，最后就没有死成，是他老婆把他放了下来。

驼背和皮球提出质疑，他们认为这不可能，不可信。上吊的人没法控制自己，但老三坚持说这事不假，是真的，你们要是不信，可以试试。于是围绕这一课题，他们几个人又展开了热烈的讨论。最后决定不妨一试。

老三找来了麻绳，费了好大劲才把麻绳抛上屋梁上，做了个活结，哪，哪个先，先来，老三吃力地叫喊着。

驼背趔趄着走了过来说，我来，见，见我不行了，你们就把我放下来，几个人都表示没有问题。

于是，驼背上去了，不一会儿就挣扎起来，踢倒了凳子，老三他们几个见状都大笑不止。这是一种在酒精支持下的大笑，因而不易停下，大笑引起胃的收缩，引发一连串的呕吐。

但是他们只顾了自己的笑和呕吐，他们被酒精控制的神智已经照顾不到笑和呕吐之外的事情了。于是便将可怜的驼背一直挂在绳索上。再往后，他们都无一例外地躺在了他们呕吐下的秽物上。

老三醒来时发觉，自己的脸上到处火辣辣的痛，嘴角处还非常痛苦地肿了一大块。他拼命地睁开肿着的眼睛，才发现屋里屋外都挤满了人。他不知道到底出了什么事，而他的那张嘴也只知道肿着，除了无声地喊着痛之外，什么都不能告诉他。

后来，当然他什么都清楚了，他的另外两位难兄难弟皮球和狗奶出卖了他。

事情出在老三他家，点子也是老三出的，老三他无话可说。老三被驼背的后娘叫了过去，开始了艰难的几乎没有筹码的一边倒谈判。

你要是不答应，那你就得坐牢。驼背后娘说，这件事没有商量的余地。

老三只能答应，只能私了。因为老三对坐牢有着与生俱来的恐惧，以前他进去过一回。

于是，老三没有了房子。

无家可归的老三，他不知怎么向老婆交代。

巧玲嫂

天一亮巧玲嫂就起了床。巧玲嫂先是用凉水随意地摸了一下脸，又在胳臂下夹了个口袋，这才叫起了王青红。其实巧玲嫂不用叫，王青红早已从饥饿的梦魇中醒来了。

巧玲嫂的三女儿王青红起床后对巧玲嫂说，昨晚自己做了一个好梦，梦见自己的家里堆满了白花花、热腾腾的馒头，锅里是，大碗里是，桌子上是，甚至地上都堆满了馒头，一家人围着馒头吃呀吃呀，怎么都吃不够。后来王青红反倒是越吃越饿，越吃感到肚子里就越空荡，于是就醒了。醒了不仅没起床，也没睁眼，怕一睁眼就被眼前的真实夺走了梦中的虚幻。她就这样静静地躺着，咀嚼回味着梦中的情景，直到巧玲嫂来叫她时，她才很不情愿地睁开眼睛。

巧玲嫂嘱咐王青红把米缸里剩下的那点玉米面烧成稀饭，在家照顾好几个弟弟妹妹就向家门口走。王青红没有问娘这么早出去干什么，其实王青红不用问就知道娘要去干什么的。因为昨天晚上一家人商量来商量去已经说好的，所以王青红就没有问。她满怀着希望满怀着期待把娘送到家门口。也就在这时候，巧玲嫂的另外几个儿女也都醒来了，光着屁股光着脑袋从狭小的窗口伸出头来叫，我肚饥，我还等着吃红萝卜呢。说着每个人的喉咙还蠕动了一下，像是真的咽下一口红萝卜。昨晚吃的玉米面糊糊现在已被永远也填不满的肠胃吞噬得一干二净，空荡的肚子早已发出了饥饿的信号。

巧玲嫂用慈祥的目光看着自己的几个孩子，嗔怪地说，快回到被窝里，别冻坏了身子。巧玲嫂看着一个个小小的脑袋缩了回去，这才放心地走出家门。

此时天刚刚发亮，微微的晨光照在巧玲嫂粗糙凌乱的发际和面容憔悴、色如枯蒿的脸上，使脸颊上的两个颧骨显得更加突出，一双眼睛显得更加醒目。巧玲嫂尽管有着一副高大的身材，但长期的饥饿使身子显得十分瘦弱，穿在身上她自以为较为体面而实际上已打了好几个补丁的黑棉袄黑棉裤显得十分空旷，就像一件破旧的大蟒袍很不合适地搭在一棵枯瘦的玉米秆上一样。

冬日的晨风冰凉入骨，像刀子一样切割着巧玲嫂的脸庞和每一块没有遮盖住的肌肤。但巧玲嫂没有感到疼痛，这种疼痛对巧玲嫂来说已经算不得什么了，已经习以为常了，或者说已经麻木了。世事沧桑，生活多舛，多苦多难的事巧玲嫂都忍耐住了，更何况这看不见摸不着的风。风的凛冽还抵不住人生的残酷。

巧玲嫂的男人就在距巧玲嫂怀揣着五块钱去镇上买红萝卜的这个冬天两年前撒手西去了，巧玲嫂的男人没有给巧玲嫂留下什么家产，唯一留下的只是那三间四面跑风漏气的茅草屋和六个儿女。大的是女儿，刚刚出嫁，自家的婆家也像自己的娘家一样一贫如洗，生计无着，挂着棍提着篮和年轻的丈夫一块跑了江西，这一去好几年没有音信，而此时巧玲嫂的小女儿才仅仅五岁，大大小小一群孩子的嘴巴就像永也填不满的坑，咀嚼着巧玲嫂的心，撕咬着巧玲嫂的肉。

巧玲嫂步履蹒跚，沉重不堪地踯躅在桃花镇贫瘠的土地上。路上再没有其他行人，沙泥路上除了路两旁枯黄的麦苗外，只有巧玲嫂一个大活人了。昨晚吃的半碗稀粥现在也已经消磨殆尽，空荡荡的肚子里就像有无数只手挠着巧玲嫂干瘪的肚皮。巧玲嫂的身上揣着一个希望一个梦想，这个希望和梦想缘于巧玲嫂身上两张两块、一张一块的五块钱。巧玲嫂这是去镇上买红萝卜，去讨一家人今后一段时间的食物。

这五块钱是巧玲嫂的二女儿王青花前天晚上特意从几里远的公社砖瓦厂送回来的。也就在上上个月的时候，巧玲嫂央亲托友把刚刚长成了身子的二女儿王青花送到了公社的砖瓦厂当了一个小工。整日和泥，搬砖装窑，搬砖出窑，繁重的体力劳动把身子瘦小的王青花折磨得遍体鳞伤。肩磨肿了，手指磨烂了，缠着一条条脏兮兮的布条。但却能吃饱饭了，为了能吃饱肚子，王青花咬着牙一天天地坚持了下来，这样就到了月底，厂里发了王青花七块钱。王青花本来是可以得到拾块钱的，但那三块钱让厂里代扣交给生产队里换成了工分。工分虽不是钱，但是粮食，没有工分生产队就不会给王青花分口粮。

王青花双手哆哆嗦嗦地捧着自己的血泪换来的七块钱，激动得热泪盈眶。王青花从来没有见过这么多钱。那一刻她忘记了一个月来的劳累，一个月来的痛苦，陶醉在这灿烂的幸福之中。王青花没有把钱全部装进自己的腰包，王青花想到了娘，想到了仍在忍饥挨饿的几个弟弟妹妹。王青花拿出了两张两块的票子，想了又想，又果断地从已装到了身上的三块钱中抽出了一块凑成了五块钱。

王青花顾不上一天下来的劳累，下了班连夜步行几里地赶回家里，将带着体温的五块钱递到了娘的手里。巧玲嫂一手拿着钱，一手捧着女儿王青花缠满布条的手，心疼得泪水扑簌簌地落。巧玲嫂哽咽起来，不知该说什么好，只觉得心里有一种刀绞般的痛。王青花却先自哭了起来：娘，娘。巧玲嫂也哭喊起来：青花，我的好女儿，我的好女儿，娘没本事，娘不该让你去受这份苦。巧玲嫂拿钱的那只手不知不觉哆嗦起来，手中的钱滑落地上。三女儿王青红见状也哭泣起来，其他几个孩子也跟着哭了起来。哭声从敞开的门口飘了出去，刺疼了寒冷的冬夜。

王青花连夜就走了，明天一大早还得开早工。巧玲嫂那一夜没有睡好，思量着该怎样用二女儿用血汗赚来的这五块钱。米尽管每斤只有一毛多钱，可在那吃了上顿无下顿，吃了今天还不知道明天拿什么下锅的时期，谁会有多余的粮食卖，就是有谁又舍得卖。于是，巧玲嫂就想到了萝卜，红红的，粗粗的红萝卜。萝卜虽是菜，但也可以用来填肚子。萝卜，镇上的食品店里就有，才两三分钱一斤，五块钱就可以买上一担子，足够一家人吃上十天半月了。巧玲嫂的这个想法得到了几个儿女的响应。巧玲嫂就这样像是带着一种神圣的使命一早就走出了家门，不过巧玲嫂绝没有想到自己会将女儿王青花用血用汗赚来的这五块钱弄丢。

天大亮的时候，巧玲嫂终于来到镇政府的所在地。尽管只有几里地的路程，但巧玲嫂还是走得大汗淋漓，全身软弱无力，像虚脱了一样。

古老的镇子保留着完好的明清时期的店铺门面，店铺门面的木板已是油漆斑驳，裸露着里面白森森的底色。店铺除了供销社设在这里的几个所谓的商店开门营业外，就只有县食品公司在镇上的食品店了。其余的店铺都住成了一户户人家。

街上冷冷清清，没有几个行人。仅有的几个行人也是神情木然，缩着脖子，佝偻着腰在街上蹒跚。从几家国营商店敞开的大门飘出一缕食物的香气，在清冷的街面上飘绕弥漫。巧玲嫂从这几家国营商店敞开的大门看到摆在柜台上的油条、烧饼，还有油煎饼。油条黄灿灿的，烧饼金黄金黄的，油煎饼焦黄焦黄的，很是诱人。

巧玲嫂看到这一切的时候，只觉得有无数条虫子向自己的鼻孔里钻，虫子又顺着鼻孔钻进了肺，钻进了心，然后又沿着血管向全身的每个部位钻去，入骨入髓。巧玲嫂的腿软了，再也走不动了。

巧玲嫂摸了摸了衣袋里的那五块钱，巧玲嫂只需从这五块中掏出几分钱就可以吃个滚瓜肚圆。巧玲嫂差点就要走进了店，那个卖油条的姑娘笑吟吟地走过来时，巧玲嫂突然从意乱情迷中醒悟过来。巧玲嫂想，自己这哪是吃油条，分明是在吃女儿的肉喝女儿的血，背着自己的孩子在偷吃。几分钱能买好几斤红萝卜，够一家人痛痛快快吃上一天。

巧玲嫂腿缩了回来，巧玲嫂想用这清醒过来的意志来抵抗那些已钻进体内却还没有完全在体内扎根开花的虫子的诱惑和怂恿。

巧玲嫂很是后悔自己不该去看那些东西，让那些很诱人的香气化作虫子钻进自己的体内，是自己的一时贪眼给了这些虫子可乘之机。巧玲嫂想自己之所以会有如此贪念，都是这些虫子在作怪。巧玲嫂想，只要自己离开这里，跑得远远的，这些虫子说不定就又会化作一缕缕香气从自己的骨髓里、血液里、鼻孔里再钻出来。想到这儿，巧玲嫂毫不犹豫地离开了烧饼店的门口。毅然决然的样子，并且加快了步子，几乎快的要跑了起来。那些该死的虫子果真像巧玲嫂想的那样变弱了，变软了，最后又变没了。

　　巧玲嫂兴奋了，兴奋的巧玲嫂一时疏忽了自己脚下的青石板，被临街人家头天晚上泼的污水现在已经结成了冰的冰滑倒了。巧玲嫂重重地倒在了地上，巧玲嫂在地上趴了好半天才试探着爬起来。

　　有两个人看到了巧玲嫂摔倒时的样子，一个是那个烧饼店卖油条的姑娘，一个是从对面走过来的男人。男人衣衫不整，蓬头垢面，巧玲嫂不知为什么很是留意地看了他一眼，他也很特意地远远打量了巧玲嫂一眼，没有任何表情，神色呆板得就像街面上毫无色彩的房屋。巧玲嫂感到了尴尬，活动了一下筋骨，感觉没什么大碍，捡起掉在地上的口袋，也没留意自己的脚下，就红着脸向前走去，然后同那个迎面走来的男人擦肩而过。

　　巧玲嫂走进了食品商店。商店内也是冷静静，除了两个似乎还没有睡醒聚在一起窃窃私语的营业员和摆在柜台上的几块肉，一篮子鸡蛋，几棵大头菜和两堆白萝卜红萝卜之外，再没有其他鲜活的物体。巧玲嫂像抵抗油条和油煎饼的诱惑那样，低垂着头没敢看那块白花花油亮亮的肉一眼，甚至筐子里的鸡蛋。鸡蛋对巧玲嫂来说并不陌生，巧玲嫂就饲养了好几只母鸡，说是饲养，实际上巧玲嫂从来没有喂它们一把粮食，也仅仅是为鸡们提供了一个栖息的场所，鸡们完全靠自己的两只爪子在土里刨食喂养肚子。尽管如此，鸡们也毫无怨言，隔三岔五地下出一个蛋，然后再让巧玲嫂拿出去换回一家人食用的食盐还有日常用品。善良的巧玲嫂很是内疚，常常觉得自己太对不起这些鸡了。

　　这次巧玲嫂终于抵挡住了诱惑，很坚定地走到卖菜的柜台前，一眼就看到摆在案上的红萝卜。

　　红萝卜静静躺着，像一个个鲜嫩嫩的小生命享受着巧玲嫂爱抚温情似水的目光。巧玲嫂看着萝卜，骤然想起夏收或者秋收时生产队摆在晒谷场上的金灿灿黄艳艳的稻谷或玉米，心中禁不住有了一种捧起柜台上红萝卜的欲望。巧玲嫂想，这一大堆红萝卜要是到了自己家不知要一家人吃多长时间填多少回肚皮，能让孩子欢喜多长时间呢。

　　一个营业员走了过来，淡淡地问巧玲嫂想买点什么。巧玲嫂用一只手指着柜台上的红萝卜，另一只手就朝自己的衣袋里掏钱。巧玲嫂掏着掏着手就不动了，抬起的另一只手也像冻僵了一样停在那儿不动，那张由兴奋而红润起来的脸霎时苍白无色，一时间大脑一片空白，像门外头顶上灰蒙蒙的天空，没了思维没了意识，甚至没了知觉，一下子瘫倒在地，夹在胳肢窝的布袋像一团破布飘落到地上。

巧玲嫂身上的那五块钱不见了。

巧玲嫂不知道自己是怎么走出食品商店的，也不知道自己现在该怎么办，大脑混浊的像是一个毫无意识毫无感觉的植物人，只是顺着街道机械地挪动着自己的脚步。

巧玲嫂步子踉跄，眼睛发直，神情僵硬，遇到街道凝结的冰和新泼出的污水也不知道躲开，脚就那么僵硬地踏了上去。几个走来的行人，看见巧玲嫂失魂落魄的样子，早早地就绕开了。

巧玲嫂后来走着走着就走到一条公路上。那是一条刚修好通往县城的公路，刚刚修通投入运行，公路上的沙石子静静地躺在新修的公路中间，一头通向巧玲嫂看不到尽头的远方，另一头也通向巧玲嫂看不到尽头的运方。巧玲嫂走到这儿停了下来。巧玲嫂很早就听人说镇的西面修了条能跑汽车拖拉机的大路，但巧玲嫂还没有来过。头脑一向清晰的巧玲嫂一时茫然无措起来，一会儿抬头看看，看不到尽头的公路一方，一会儿又扭脸看看依然看不到尽头的另一方。巧玲嫂久久伫立在公路的中间，六神无主，任凭冰肤彻骨的寒风抽打着自己木然的脸颊。

巧玲嫂并不知道这时候正巧有一辆汽车开过来。从公路的这一头到另一头去。巧玲嫂没有坐过汽车，也不知道这样站在公路中间是多么危险的事。巧玲嫂只是想这样站着。在巧玲嫂单纯的大脑里只有几个吃不饱忍饥挨饿的孩子。巧玲嫂只是想着自己办了件很没成色的事，把钱弄丢了，把女儿王青花辛辛苦苦流血流汗挣来的五块钱弄没了，把眼看就要到手的红萝卜弄飞了，这让在家翘首等待的孩子吃什么呀。

一个手执两面小旗的道班老工人披着一件油腻腻的大棉袄从一间小房子里走出来。道班老工人一眼就看见了站在公路中间的巧玲嫂，急切地喊叫道：喂，喂，快过来，汽车来了。巧玲嫂没有听见，仍纹丝不动地站在那儿，一双失意的眼神茫然地凝视着远方。不过巧玲嫂感觉到刚才安静的公路突然微微抖动起来。这时的巧玲嫂看到了一个黑点从公路的一头开了过来，黑点移动很快，还响着隆隆声，很快就到了巧玲嫂眼前。巧玲嫂感到了一种危险，可就是挪不动脚步，就那样眼睁睁地看着这个变大了的庞然大物向自己扑来。那个手拿两面旗的道班老工人飞快地跑了过来，上前一把将巧玲嫂拉出了公路。汽车呼啸着从身边一闪而过，隆隆的声音使巧玲嫂顿然有了一种恐惧，脸色愈发的苍白，颓然地瘫倒在干硬的沙石地上。

那个道班老工人原本是想责怪巧玲嫂几句的，可一看巧玲嫂失魂落魄的样子，口气软了下来，问：你怎么在这儿，站在公路中间可不是闹着玩的。

巧玲嫂没有说话。这时的巧玲嫂不知为什么就有了一种想哭的欲望。道班老工人慌了神，也在巧玲嫂的身边蹲下来，劝说着巧玲嫂：同年嫂，别这样，别这样，有什么不顺心的事就说出来，说出来会好一些。

巧玲嫂边哭边说：我把我女儿辛辛苦苦挣来的五块钱弄丢了，我把百十斤红萝卜弄没了。我对不起我女儿，对不起我家里的那几个孩子，我没脸见我的孩子啦，我真没脸见我的孩子啦！

呜呜……巧玲嫂声音嘶哑，含糊不清。

道班老工人听了好几遍才听明白。道班老工人想了想便在自己身上掏，掏出一大把零钱，有一毛两毛的，还有一分二分的。道班老工人数了数说：我这儿还有一块二毛钱，你先拿去给孩子买点红萝卜吧。巧玲嫂一眼便看到了伸到自己面前的几张皱巴巴的钱，眼前顿时一亮。巧玲嫂哆哆嗦嗦伸出一双手，就在手快要触摸到钱的时候又犹豫了，双手像触电般缩了回来：不，不，我不要，我不能要你的钱。道班老工人把双手向前伸了一下，说：拿着吧，拿着吧，孩子要紧，孩子要紧。巧玲嫂把双手藏在了身后，道班老工人仍坚持着，几张角角分分的钱在他们之间推来推去。后来两人都不推了，他们都没了力气。两人就干干地坐着，没有说话，只是叹气。

后来，道班老工人出主意说：要不，你再去找找看，说不定还能找着，人心都是肉长的。巧玲嫂定定地看着好心的老工人。道班老工人又坚定地点点头。巧玲嫂的脸顿时掠过一丝笑容，满脸的愁云霎时消失得一干二净，身上也顿时有了力气，霍地站了起来说：我怎么没有想到，我怎么就没有想到呢。巧玲嫂向道班老工人道了谢，走了，步子迈得很是轻快。

巧玲嫂又走回街上，不管大人小孩，不管男人女人，逢人就问你拾到五块钱没有？那是我女儿在公社的砖瓦厂里拼死拼活挣来的五块钱，我家的孩子还等着我买红萝卜当饭吃呢。你见到我丢的五块钱没有？是两张两块、一张一块的。被问者好像是商量好似的，都摇摇头，一副爱莫能助的样子。他们头摇得使巧玲嫂心中刚刚燃起的希望越来越微弱，自信越来越渺小，以致后来巧玲嫂连问的力气和胆量都没有了。不过巧玲嫂仍然坚持着，但回答她的仍是一个个摇头，人们只能用同情、怜悯的眼神去安慰巧玲嫂。

巧玲嫂走到了她早上来时摔倒的地方。巧玲嫂在这儿站了一会儿，头脑一下子清醒过来，猛然记起自己在烧饼店门口摸摸钱还在，到了食品商店才几十丈，怎么就没了。在这几十丈内又没人靠近自己，不可能被人掏去，十是八九就是自己在摔倒的时候钱从衣兜里掉了出来。可是巧玲嫂很快又陷入了迷茫，这条街不知已经走了多少人，也不知这些人又都走到哪儿去了，上哪儿去找呀。

巧玲嫂彻底灰心了。神色沮丧的巧玲嫂在那儿又呆站了一会儿才踯躅着向前走，然后巧玲嫂便看见烧饼店那个卖油条的姑娘。油条还没有卖完，姑娘默然坐在一把破旧的凳子上，看着面前的油条出神，似乎是在为没有卖完的油条犯愁。

巧玲嫂走了过去，脸上赔着笑，叫了声姑娘。姑娘抬起头，看着走近的巧玲嫂兴奋地说，大娘你要买油条？巧玲嫂摇摇头。巧玲嫂说，你见没见到谁捡到了五块钱？然后用手指了指自己早上时摔倒的地方。姑娘准备拿油条的手停住了。她定定地看了巧玲嫂一会儿，似乎也认出了巧玲嫂，想了想说：在你摔倒的地方，我看见过一个人弯腰似乎捡了什么东西，然后就慌慌张张地走了。

巧玲嫂兴奋了，巧玲嫂激动地伸出手想去抓姑娘的手，手伸到半路又缩了回来。巧玲嫂的手太粗糙了，巧玲嫂怕自己的手硌痛了姑娘的手。是谁？他是谁？巧玲嫂急切地问。姑娘摇摇头说：我叫不上他的名字，可见过他，知道他在哪一带住。对了，就是你摔倒时从你对面走过来的那个人。巧玲嫂的眼前就猛地闪现出自己在摔倒后不知出于什么缘故而特意看到那个人的脸。巧玲嫂亢奋起来，焕发了精神，舒了口气，失落的希望又像烈火一样熊熊燃烧起来。

巧玲嫂按照那个姑娘的指点信心十足地走了。

那是一条狭小的街道，在镇的最边缘，破烂不堪的房屋讲述着生活在那儿的居民的寒酸。巧玲嫂走了一家又一家，后来就走到与自家相似的三间土屋前。巧玲嫂一眼就看到了那个男人。那个男人一副垂头丧气的样子蹲在门口。在他的身后是三个孩子，每人捧着一只碗，舌头伸得长长的在舔碗里的残饭，已经把碗舔得白亮了，还在不住地舔，好像要把碗舔下一块似的。

巧玲嫂走过去叫了声同年哥。男人缓缓地抬起头，一看到巧玲嫂身子就像触电般地颤抖起来。大姐，您来……男人脸色苍白地说。

巧玲嫂从男人惊慌失措的表情一下子就认准就是这个男人捡了自己的五块钱。巧玲嫂说：同年哥，听说你捡了我的五块钱？男人没有说话，躲避着巧玲嫂的目光，看看自己脚下的地，又扭脸看看身后的三个孩子。三个孩子已不再舔碗了，他们捧着碗像他们的父亲一样木然迟钝，呆呆地看着巧玲嫂。

巧玲嫂志在必得地追问了一句，男人才哆哆嗦嗦地说：大姐，不是五块，是，是三块，我，我只捡到三块钱。巧玲嫂说：我丢的是五块呀，你咋只捡到三块钱，那两块呢？男人显得很慌乱地说：我不知道，我真的只捡到三块钱。巧玲嫂一眼就看出男人是在骗她。巧玲嫂心里愤愤地骂：你这个没良心的，你这个千刀万剐的。你这个天打五雷轰的。我明明丢的是五块钱，你硬说只捡了三块，你知道不知道，这五块钱是我女儿一滴血一滴汗赚来的。那钱上还粘有我女儿的血我女儿的汗，这两块钱就是好几十斤红萝卜，这好几十斤红萝卜就能让我家的几个孩子吃好长一阵子。

男人说：我这就去给你拿，我这就去给你拿。男人背驼得像个虾米，向黑乎乎的里屋走去。巧玲嫂就站在门口等。男人在里屋摸索了好长时间才向外走，快走到门口时又住了脚，似乎犹豫了一下又转了回去。巧玲嫂想不明白这个男人葫芦里在卖什么药。

男人从里间走了出来，走到了巧玲嫂的跟前嗫嚅地说：大姐，我记错了，不是三块，是四块，是四块。男人说着，双手捧着钱哆哆嗦嗦递到巧玲嫂的面前。喜悦的笑容很快就出现在巧玲嫂的脸上。巧玲嫂就像蓦地看见失踪多年又回到自己身边的孩子那样激动万分。巧玲嫂用双手哆哆嗦嗦接过男人双手捧着的钱。巧玲嫂把钱抓得紧紧的，生怕不小心再从手里滑掉。

巧玲嫂离开了那三间土屋，在那个男人和男人的三个孩子注视下走上了街道。巧玲嫂边走边想，有这四块钱就足够了，人家要是不承认，自己又有什么什么办法。人家是从地上拾的，又不是偷的，犯不了法。

手里拿着钱的巧玲嫂很自然地又想到了红萝卜。天已经过午了，自家的孩子也肯定在家巴望着自己尽快回去吃红萝卜呢。巧玲嫂不由地加快了步子。也就在这时，巧玲嫂听到身后传来那个男人的叫声，巧玲嫂站住了。巧玲嫂看见那个男人有气无力地跑过来，后面还跟着他的三个孩子。男人跑到巧玲嫂面前扑通一声跪下了。男人双手举着一块钱哽咽地说：大姐，大姐，我对不起您，我没良心，我昧了您一块钱。我这也是没办法呀！大姐，大姐，这是那一块钱，您拿着吧。巧玲嫂看着那一块钱，心动了一下，伸手就想去接。这时那个男人的三个孩子也围了过来，围着男人齐刷刷地跪了下来：爹，爹，我饿，我饿。巧玲嫂的心抖动了一下，心还有点痛，伸出的手又缩了回来。

巧玲嫂说：同年哥，是我记错了，是四块，不是五块。男人仍哽咽地说：大姐，您丢的是五块，不是四块，这一块钱您就收下吧，不收我就没脸见人了，没脸见人了。不，不，同年哥，我们俩都错了，是四块，真的是四块钱。

巧玲嫂说着已是泪如泉涌，泪水落在地上，也落在男人双手捧着的一块钱上。